히로인의 사정

정 경 윤   장 편 소 설

reasons of heroine

가하

CONTENTS

히로인의 사정

지은이 정경윤
일러스트 Awin
펴낸이 이형기
펴낸곳 도서출판 가하

초판인쇄   2016년 6월 28일
초판발행   2016년 7월 4일
출판등록   2008년 10월 15일 제 318-2008-00100호

서울 영등포구 양평로 67, 1209 (당산동5가, 한강포스빌)
전화 02-2631-2846   팩스 02-2631-1846
www.ixbook.co.kr

ISBN 9979-11-300-0749-6 03810

값 12,000원

01
하늘에서 공포의 대왕이 내려와

좁아터진 임대 원룸 안은 소형 텔레비전 화면이 발하는 푸른빛을 빼곤
온통 암흑에 잠겨 있었다.

[계속해서 알려드리고 있는 바와 같이, 벌써 사흘째 달 궤도에서 지구를 공전하고
있었던 미확인 거대 비행물체에서 정확히 여섯 시간 전, 작은 비행체 하나가 떨어
져 나왔습니다. 모선에서 분리된 후 엄청난 속도로 지구 근처를 배회하던 이 괴 비
행체는 조금 전, 에, 그러니까 한국 시간으로 오후 열 시 십팔 분 경 미국 소속 극궤
도 기상 위성과 충돌한 후 대기권을 돌파해 현재 빠른 속도로 지표면에 다가오고
있습니다.]

잔뜩 긴장한 기자는 마이크를 부숴버릴 태세로 틀어잡고서 떨리는 목
소리로 기사를 전달하고 있었다.
멍하니 화면을 바라보고 있던 나나는 고개를 돌려 좌식 화장대의 거
울을 쳐다봤다.
작달막한 키에 통통한 몸, 큰 가슴, 쌍꺼풀 없는 눈과 애매한 크기의

코, 밥도 반찬도 막힘없이 다 잘 들어가는 입술.

이마에 몇 개 나 있는 여드름이 살짝 신경 쓰이긴 하지만 뭐, 이 정도면 평범한 외모 수준이라 할 수 있을 것이다.

그런데 스물아홉 살이나 먹을 동안 이 빌어먹을 인생은 왜 그렇게 안 평범했던 걸까.

그녀는 소주를 병째 들고 꿀꺽꿀꺽 마신 후 바닥에 아무렇게나 흐트러져 있는 우편물들을 내려다보며 헛웃음을 흘렸다.

"독촉장, 독촉장, 독촉장……. 흐흐흐. 온통 독촉장뿐이구나. 제엔장. 아름다운 세상이잖아? 독촉하지 말고 느릿느릿 좀 가면 안 돼? 안 그러니, 촉촉아?"

방구석 플라스틱 케이지 안의 달팽이는 여전히 아무 움직임도 없었다.

"이것 봐. 달팽이는 하루가 지나도, 이틀이 지나도, 사흘, 나흘, 닷새가 지나도, 일 년을 하루같이 매일매일 느릿느릿 게으름을 피워도 착실하게 잘 살아 있잖아. 난 열심히 부지런히 사는데도 왜 이렇게 사방에서 못 잡아먹어 안달인 거냐고오. 도무지 알 수가 없네. 하아."

한숨을 길게 내쉰 나나는 지잉, 지잉, 진동을 울리며 방바닥을 돌아다니는 휴대전화를 뒤늦게 발견하고 쳐다봤다.

"아. 전화가 아직 안 끊겼구나. 언제쯤 끊기려나."

손을 내밀어 버튼을 누르고 스피커 모드로 돌리자, 기다렸다는 듯 험악한 목소리가 터져 나왔다.

─ 야, 이년아! 너 내가 오늘까지 돈 갚으라고 했지? 이년이 아주 겁대가리를 상실하셨네! 갚을 돈이 없으면 빌리질 말았어야지! 너 지금 어디

야? 내일은 네년 장기를 떼다 팔아서라도 그 돈 받아내야겠어. 어디냐
고, 이년아!

호칭이 또 바뀌었다. 사흘 전엔 '사모님', 어제는 '아가씨', 오늘은 '이
년'인 것을 보니 내일은 분명 카페로 직접 찾아오겠지. 어떻게 해야 하
나.

나나는 소주 뚜껑을 소리 내어 돌려 따며 알코올 기운 섞인 한숨을 길
게 내쉬었다.

"지구가 아예 멸망해버리면 내가 망한 것 따위는 아무렇지도 않은 일
이 되겠지?"

- 야! 듣고 있어? 돈 갚으라고 이 X년아!

[조금 전 미 항공우주국에서 발표한 바에 따르면, 이 괴 비행체가 인공위성과의
충돌로 비행 능력을 상실했다는 가정 하에 낙하 위치는 아마도 우리나라와 일
본 사이, 즉 동해 해상이 될 것이라고 합니다. 문제는 그 오차 범위가 상당하다는
것인데요. 만약을 대비해 국민 여러분은 이 시각 이후로 절대 외출을 하지 마시
고⋯⋯.]

휴대전화와 텔레비전 스피커를 통해 흘러나오는 목소리들을 안주 삼
아 두 병째 소주 병나발을 불기 시작한 나나는 창문으로 다가가 밖을 내
다보며 절망 섞인 어조로 울부짖기 시작했다.

"어디 나만 망하란 법 있냐? 나만 망하란 법 있냐고오오, 아앙? 망해!
망해! 지구 따위 아주 다 쫄딱 망해버리란 말이야아아아!"

그때 동쪽 먼 하늘에서 반짝, 아주 작은 빛이 나타났다.

술에 잔뜩 취한 데다 꺼이꺼이 우느라 그 빛을 미처 발견하지 못한 나나는 소주병을 들고 휘청휘청 방을 가로지르더니 달팽이 케이지 앞에 쪼그려 앉아 미친 사람처럼 웃으며 노래와 율동을 시작했다.

"우주선에서어어 외계인이 내려와아 하! 는! 말! 디비디비딥!"

소주병을 든 손으로 힘겹게 가위 액션을 취했건만 달팽이는 여전히 아무런 움직임도 없었다.

"하, 하하……. 흑! 으흐흑! 에라이, 흐아앙! 흐흐흐, 으아하하하하!"

꺼이꺼이 울다 미친 듯이 웃다, 마침내 방바닥에 널브러진 나나는 천장을 올려다보며 계속해서 주문처럼 중얼거리기 시작했다.

"제길. 망해라, 망해. 다 망해버리라고……."

그리고 다음날 아침.

"이, 이, 이……."

말을 잇지 못하고 줄곧 더듬거리고만 있던 나나는 본인 소유의 가게를 멍하니 쳐다보다 이내 머리를 쥐어뜯으며 소리쳤다.

"이게 뭐어야아아아아아아! 우, 우웨엑."

저도 모르게 소리를 지르던 중 어제 먹은 술이 신선한 위액과 함께 식도로 역류했다.

돌아가신 모친에게서 물려받은 고물 소형차의 보닛을 붙잡고 한참이나 숨을 고른 그녀는 '이건 꿈이다.'를 세 번 되뇐 후 고개를 번쩍 들었다. 그리고 다시 좌절했다.

모든 것은 다 현실이었다.

허허벌판 위에 생뚱맞게 자리한 나나의 커피전문점 '로또'의 전면 창이 밤사이 쫄딱 멸망해 있었다.

여기저기 어지럽게 널려 있는 유리 파편과 상호 '로또' 중 너덜너덜한 유리창에 남아 있는 글자 '또'를 보는 나나의 멘탈도 그 자리에서 함께 멸망했다.

"으아아! 또! 또! 또오오오! 도대체 내 인생은 왜 이 모양인 거지? 하는 일마다 왜 자꾸 꼬이는 거냐고! 이럴 줄 알았으면 지난주에 세콤이랑 화재보험 해지하는 게 아니었는데! 아아악!"

아담한 커피숍 앞, 중형차 세 대 정도가 나란히 주차할 수 있는 주차장에는 지름 1미터 정도의 움푹 팬 자국이 나 있었다. 그리고 거기서 뭔가가 튕겨 들어가기라도 한 듯 가게 유리창에 커다란 구멍이 뚫려 있다.

"제기랄. 망하라는 건 안 망하고 왜 나만!"

가게 주위를 돌며 유심히 주변을 살핀 그녀는 도둑이 들었다는 것을 확신한 후 악에 받친 표정으로 이를 악물고 중얼거렸다.

"벼룩의 간을 내 먹지, 감히 망해가는 커피숍을 털어? 이 도둑노무시끼! 어떻게든 잡아서 아조 듁여버리가써!"

가게 안엔 적지 않은 금액의 잔돈과 전시용으로 구입했던 고가의 장식품들, 그리고 아직 할부도 다 끝나지 않은 에스프레소머신이 있었다.

참담한 기분을 금할 길 없던 나나는 애써 울음을 삼키며 문을 열고 커피숍 안으로 들어섰다.

깨진 창문 안쪽엔 바깥과 마찬가지로 날카로운 유리조각들이 흩어져 있었다.

원목 테이블과 의자가 엉망으로 쓰러져 있는 가운데 나무 마룻바닥에 뭔가가 질질 끌린 자국을 본 나나는 절규했다.

"아악! 긁혔다! 긁혔어! 저 바닥 공사하는 데 내가 돈을 얼마나 때려부었는데에에!"

속으로 울컥 피를 토한 나나는 머리를 쥐어뜯으며 울상을 지었다.

"아아, 이게 대체 무슨 일이람."

한탄은 나중 일이고 일단은 피해 파악이 우선이었다. 나나는 애써 정신을 차리고 주변을 둘러보았다.

장식품들은 다행히도 모두 제자리에 놓여 있었다.

에스프레소머신도 어느 한 군데 상한 곳 없이 자리를 잘 지키고 있는 것을 확인한 그녀는 안도의 한숨을 내쉬며 계산대 쪽으로 발걸음을 돌렸다.

"잔돈만 쓸어간 건가?"

금고의 상태를 확인하기 위해 계산대 쪽으로 다가가던 그녀의 표정이 묘해졌다.

"어……?"

계산대 밖으로 기다란 무언가가 나와 있었다. 황금빛 갑옷 같은 것으로 둘러싸인, 분명 사람의 다리 한 쌍이었다.

도둑인가? 아니, 도둑이라면 벌써 도망치고도 남았을 테고, 그게 아니라면 깨진 창문을 통해 들어온 노숙자? 노숙자라고 생각하기엔 또 금빛 갑옷이 설명 안 된다. 아니, 아니, 잠깐. 애초에 금빛 갑옷이란 게 아무나 입고 거리를 활보할 수 있는 패션아이템인가?

병든 자다. 어딘가 살짝 맛이 간, 위험한 놈이 틀림없었다.

나나는 주위를 두리번거리다 바닥에 쓰러져 있는 원목 스툴을 집어

들고 살금살금 계산대로 다가갔다. 상황이 안 좋으면 그대로 휘둘러 버릴 생각이었다.

그런데.

"세상에나……!"

계산대 안쪽, 손님이 없어 늘 지루하게 앉아 하루를 보내던 하이체어 밑을 내려다본 나나는 눈이 부신 나머지 저도 모르게 움찔하고 말았다.

아름답고 긴 금발, 흰 피부에 짙은 갈색 눈썹, 길고 숱 많은 속눈썹과 눈을 감았음에도 선명한 쌍꺼풀을 본 그녀의 입술 사이로 저도 모르게 경탄의 한숨이 흘러나왔다.

"우와아아."

어디 그뿐이랴. 시원하게 쭉 뻗은 콧날 아래 남자답게 두툼한 입술은 더없이 섹시한 선을 그리고 있었다.

눈길을 단번에 뺏어갈 정도로 뚜렷한 이목구비로도 모자라, 남자는 감히 범접할 수 없을 기묘한 분위기를 풍기고 있었다.

부드러운 카리스마, 아니, 그런 차원을 이미 넘어선 어떤 것이었다. 뭐랄까, 태생부터 고귀한 아우라?

외국인이라 정확히는 모르겠지만 20대 중반 정도로 보이는 그 남자는 나나가 태어난 이래로 단 한 번도 마주친 적 없을 정도로 대단한 미남이었다.

한동안 입을 다물지 못한 채 멍하니 남자의 외모를 구경하고만 있던 중, 그녀는 뒤늦게 겁을 집어 먹고서 의자를 내려놓았다.

전신에 황금 갑옷을 두른 채 길게 드러누워 있는 남자는 눈을 감은 채 줄곧 미동도 없었다.

"아니, 잠깐. 이거 혹시……?"

너무 잠잠하다. 죽은 거 아닌가?

만약 죽었다면!

나나의 눈앞에 생생한 파노라마가 펼쳐졌다.

경찰들이 모여든다. 철컹철컹. 수갑을 찬 채 유치장에 갇혀 식사는 분명 곰탕이나 설렁탕을 먹게 되겠지. 그리고 어두운 취조실, 네모진 책상 너머에 앉은 무시무시한 인상의 형사가 소리친다. '네가 죽였지?' '아니에요! 제가 아니에요! 아침에 출근해 보니 이미 죽어 있었어요!' '거짓말 마! 네가 죽였잖아!' '아니라니까요! 전 정말 결백해요!' 손목에 찬 수갑의 섬뜩한 무게, 그리고 눈앞에서 굳게 닫히는 감옥 문, 마지막으로 '피고 신나나에게 사형을 선고한다!' 땅땅땅!

"으아아아앙! 내 인생은 도대체 왜 이 모양인 거지? 으흑! 이봐요! 일어나요! 죽으면 안 돼요! 죽더라도 여기서 죽으면 안 된다고! 왜 하필 여기야, 왜애애애애!"

나나는 오열하며 정체불명 남자의 몸을 붙잡고 절박하게 흔들어댔다.

바로 그때.

"으음……."

의문의 남자가 가느다란 신음소리를 내며 살며시 눈을 떴다.

남자가 정신을 차리는 것을 본 나나는 반색을 하며 달려들어 쉴 새 없이 질문을 퍼부어댔다.

"이보세요, 정신이 좀 들어요?"

"음?"

"아픈 데 없어요? 꽤 오래 기절해 있었던 것 같은데, 괜찮으세요?"

"기절한 게 아니다. 피곤해서 잠깐 눈을 붙인 것뿐이다."

아아. 아이고, 이분이 많이 피곤하셨구나. 너무 많이 피곤하셔서 남의 가게 창문을 깨고 들어와 눈을 붙이셨구나.

일단은 누군가를 불러야할 것 같은데, 경찰이냐 병원이냐 그것이 문제로다.

심각하게 고민하는 나나의 얼굴을 올려다보던 남자가 대뜸 물었다.

"이름이?"

"엥……? 저, 저요?"

돌아가신 나나의 부친은 무명 가수였다. 그는 기념비적인 첫 앨범, '신나나 안나나, 다 함께 트로트!'가 출시될 무렵 태어난 자신의 사랑스러운 딸에게 앨범 타이틀을 이름으로 붙여 주었다.

평생 신나라고 지어준 이름이었겠지만, 나나의 입장에선 태어나는 순간부터 이미 안 신나는 인생이 시작된 거나 마찬가지였다.

"나나……인데요. 신, 나나……."

이름이 콤플렉스였던 그녀가 성과 이름 사이에 애써 간격을 벌리며 대답하자 남자는 가슴이 녹아내릴 정도로 매력적인 미소를 짓더니 중얼거렸다.

"호오. 아담한 눈에 두툼한 눈두덩, 뭉툭한 콧날, 게다가 이마에 뾰루지까지 있다니……."

뭐야, 이 인간, 지금 초면에 나랑 개파이트 붙자는 거? 나나의 미간이 형편없이 짜부라졌다.

"과연, 그 발랄한 이름만큼이나 천하의 미색(美色)이로다."

남자를 내려다보는 나나의 얼굴에 시커먼 그늘이 졌다.

경찰 아닌 것 같다. 병원 쪽 같다.

나나는 이 정상 범주를 한참 벗어난 듯 보이는 남자를 자극하지 않기 위해 노력하며 조심스럽게 물었다.

"도움이 필요하신 것 같네요. 처음 보는 분 같은데 누구세요? 어쩌다 여기까지 오신 거죠? 어디서 왔어요?"

질문을 들은 의문의 남자는 조금 전까지의 느긋한 태도를 버리고 약간 심각한 표정을 짓더니 생각에 잠겼다.

시간은 6시간 전으로 거슬러 올라가.

"왕이시여!"

지구와 달 사이, 어둠의 공간에 거대한 우주선이 떠 있었다. 은하 간 이동요새 '여신의 은총'이었다.

여신의 은총 후미에 위치한 소형 비행선 격납고 안엔 간절한 목소리가 다시 한 번 쩌렁쩌렁 울렸다.

"부디 이 미천한 신하의 진언에 귀를 기울여주소서!"

작달막하고 통통한 몸에 흰색 차이나칼라 제복을 입은 갈색머리 남자가 바닥에 납작 엎드려 연방 머리를 조아렸다.

그와 동시에 5열 횡대로 열 맞춰 정렬하고 있던 비슷한 차림새의 병사들 역시 바닥에 엎드려 절을 올리기 시작했다.

"아직 환경 실사조차 마치지 못한 곳이옵니다. 어떤 위험이 도사리고 있을지 모릅니다. 게다가 전하께선 지금 많이 취하셨지 않습니까? 부디, 옥체를 귀히 여기시어…….."

"아아, 거 참 시끄러워 죽겠네. 너, 그리고 너!"

황금빛 유선형 몸체에 긴 날개가 양쪽으로 뻗어 있는 1인승 비행선에 앉아 열린 콕핏 밖으로 머리만 내밀고 있던 긴 금발의 남자는 엎드려 있는 병사들 중 대충 두 명을 골라 가리키고 명령했다.

"너는 부사령관을 뒤에서 붙잡는다! 그리고 너는 입을 틀어막아 버려라! 당장 실시!"

"옙, 분부 받들겠습니다!"

즉각 병사들에게 포박당해 일으켜 세워진 남자는 계속해서 고개를 도리도리 젓고 발악을 하며 말을 이었다.

"이것 놓아라, 이놈들아! 아니 됩니다! 아니 되옵니다! 왕이시여! 그렇게까지 바람을 쐬고 싶으시거든 지휘선 대신 완전 무장된 전투기를 몰고 가시든지 제발 호위병들이라도 데리고 가시옵소서! 저번처럼 또……! 읍! 으읍!"

"무례하도다! 땀 냄새인지 발 냄새인지 모를 썩은 내가 진동하는 그런 자리에 감히 짐을 앉히겠다?"

격납고 안에 추상같은 호통이 계속해서 울려 퍼졌다.

"그리고 호위병들이야 데려가 봤자 이거 안 된다, 저거 안 된다, 잔소리만 할 뿐 하등의 도움도 안 되는 버러지들이 아닌가! 비단 호위병뿐만이 아니다! 이 자리에 모인 너희들 모두가 버러지들이다!"

그의 말이 끝나자 병사들의 어깨가 일제히 움찔했다.

세라프의 제 18 황자이자 팔콤의 왕인 앙골무아 3세는 스스로도 훌륭한 전사일 뿐 아니라 전략과 전술에 있어선 타의 추종을 불허할 정도로 능한 자, 단언컨대 신이 내린 천재였다. 그런 그가 함선 내의 모두를 버러지라 칭하며 무시하는 건 어찌 보면 당연한 일이었다.

"그대가 짐에게 호위병을 붙이려는 진짜 속셈을 짐이 모를 거라 생각했다면 오산이다!"

이 거대한 함선과 그 안의 대형 전투 기갑을 포함한 병사들을 수족처럼 간단히 부려 무려 28개의 행성을 멸망시킨 왕의 위엄은 너무도 대단해 산전수전 다 겪은 늙수그레한 부사령관조차 전혀 말릴 수가 없을 정도였다.

"짐의 충직한 신하이자 부관, 벤포르테여."

무슨 일인지, 왕의 목소리도 표정도 누그러졌다.

"읍, 읍읍! 으부붑! 으부부부부붑!"

"짐을 생각하는 그대의 마음, 이미 충분히 와 닿았다. 그러니 더는 아무 말도 말라."

한없이 다정하고 자상한 목소리와 태도. 그동안 숱하게 당했던 패턴이 아닌가. 왕에게 또 한 번 무슨 꿍꿍이가 있음을 벤포르테는 바로 알아차릴 수 있었다.

"뿌와아악!"

발악을 하며 괴력을 발휘해 병사들의 포박을 푼 벤포르테가 소리쳤다.

"왕이시여! 정 그러하시거든 부펜이라도 한 마리 데려가소서!"

벤포르테의 손가락 끝엔 초합금 우리에 단단히 가두어 둔 거대 생물체가 자리하고 있었다.

끈적끈적하고 미끌미끌한 점액질을 분비하며 대가리를 치켜든 괴생물체는 시선이 자신에게 모이자 비릿한 냄새를 풍기며 슬금슬금 껍질 안으로 숨어들었다.

"쯧쯧. 저렇게 광포한 맹수를 데리고 어찌 길거리를 활보하라는 말이냐. 게다가 냄새나고 지저분해 싫구나."

"하오나 왕이시여, 저 아래는 미개한 원주민들이 사는 곳입니다! 홀로 다니시다 혹여 위험한 상황이라도 맞닥뜨리게 된다면……!"

"그 말은 곧, 그대는 짐의 전능을 믿지 못한다는 뜻인가? 날아가는 비행선도 단박에 떨어뜨린다는 이 아론 세라프 리그누시스 앙골무아 3세를?"

등골이 오싹할 정도로 싸늘하게 되묻는 왕의 말에 안색이 하얗게 질린 부사령관은 그 즉시 한쪽 무릎을 바닥에 대고 사죄했다.

"신이 죽을죄를 지었습니다. 부디 불충한 이 부관을 죽여주시옵소서!"

"아아, 드디어 그 소리가 나오는군. 그동안 그대 잔소리가 좀 시끄러웠어? 그래. 나도 언젠가는 죽여야지, 언젠가는 저놈을 꼭 죽여야지, 하긴 했었지. 하지만 뭐, 술기운도 올랐겠다, 오늘은 만사가 다 귀찮으니 다음으로 미루도록 하겠다."

부사령관이 '아무리 그래도 그렇지, 그건 좀 너무하지 않나?' 하는 표정으로 올려다보자 왕은 귀찮은 벌레라도 쫓듯 손을 휘휘 내저으며 말을 이었다.

"아무튼 지구상의 모든 언어와 지리적 특성은 이미 머릿속에 다 입력해두었거늘. 오랜 정벌에 지쳐 잠시나마 여흥을 즐기고 싶은 것뿐이니 너무 걱정하지 않아도 된다. 한 이틀 정도만 쏘다니다 올 테니 그때까지 요새의 코어와 양자포 점검을 확실히 마무리 해두도록."

"왕이시여! 통신기와 휴대용 순간이동기는 확실히 잘 챙기셨사옵니까?"

그 소리에 왕의 표정이 미묘해졌다.

표정을 보고 속마음을 읽은 듯, 부사령관이 소리쳐 물었다.

"순간이동기 충전이 다 된 것도 확인하셨습니까?"

왕의 표정이 한층 더 의심스러워졌다.

"전하!"

"아아, 챙겼어, 다 챙겼다고! 충전도 다 했으니 그 주둥이 좀 다물라! 무슨 수다쟁이 유모도 아니고! 더 이상 네놈의 잔소리 따위 듣고 싶지 않으니 썩 물러가거라!"

콕핏의 전면창이 서서히 내려오기 시작했다. 지휘선이 이대로 활주로로 이동한 후 해치가 바로 오픈되면 기압차를 견디지 못해 전원 몰살이었다. 병사들은 신속히 차폐격벽 뒤로 이동하기 시작했다.

마지막으로 자리를 뜨며, 벤포르테는 잔뜩 근심 어린 눈으로 뒤를 돌아보았다.

아론 세라프 리그누시스 앙골무아 3세는 국정을 대할 때나 전투에 임하는 순간엔 더할 나위 없이 위대한 왕이자 훌륭한 지휘자였으나, 평상시엔 동일인인 것이 의심될 정도로 싫증도 잘 내고 몹시 즉흥적인 성격이었다. 바로 오늘처럼 말이다.

'이틀? 말이 좋아 이틀이지, 맘 맞으면 본인 내키는 대로 질릴 때까지 실컷 돌아다니실 거면서…….'

그간 왕이 홀연히 사라진 적이야 한두 번의 일도 아니었지만 그 중 최악은 5년 쯤 전, 모 행성에서였다.

「아. 통신기랑 순간이동기 충전하는 걸 잊었더군.」

당시 바람 쐰다고 나가서 연락이 두절된 지 딱 한 달 만에 나타난 왕이
했던 변명이었다.

뻔뻔스러우리만치 해맑게 웃는 왕의 얼굴을 보는 순간 벤포르테는 맘
고생이 화병으로 뻗쳐 뒷목을 잡고 넘어가다 허리를 삐끗하는 바람에
무려 일주일 간 의무실에서 집중치료를 받아야만 했다.

"왕이시여……."

세라프 역사에 길이 남을 성군이 도대체 왜 저런 기행을 줄기차게 일
삼는 것일까.

어쩌면 그건 외모에서 비롯된 콤플렉스일지도 몰랐다.

해안의 모래를 연상케 하는 부드럽고 긴 금발, 백옥처럼 흰 피부, 깊
이 쌍꺼풀 진 커다란 갈색 눈, 오똑한 코, 섬세하고 부드러운 선을 그리
는 입술. 그것으로도 모자라 그는 호리호리한 몸에 큰 키, 그리고 놀라
울 정도로 늘씬하고 길쭉길쭉한 팔다리의 소유자였다.

'참말로 다행이야. 황족으로 태어나지 못했으면 어쩔 뻔했나. 못생긴
것도 죄라면 아마도 사형을 백 번도 더 당했을 테지. 쯧쯧.'

세상은 공평하다 했던가.

누구도 감히 넘볼 수 없는 능력과 무소불위 권력의 소유자였건만 이
무슨 신의 장난인지, 앙골무아 3세는 황국 역사상 유례가 없는 희대의
추남이었다. 저주받았다고까지 느껴질 정도로 그의 외모는 최악이었
다.

하늘같은 왕에게 깊은 연민을 느끼며, 벤포르테는 짧은 다리로 열심

히 걸어 안전구역에 들어선 후 격벽을 내렸다.

"무사히 다녀오십시오, 전하!"

병사들이 격벽의 창을 통해 절도 있게 경례를 올려붙이자 왕은 콕핏 안에서 엄지손가락을 딱 치켜세워 보이며 씩 웃었다.

왕의 선홍빛 입술이 부드럽게 호를 그리며 그 사이로 새하얗고 가지런한 치아가 반짝 빛났다.

그것을 본 사령관과 병사들의 입술 사이로 탄식이 새어나오고, 미간은 약속이라도 한 듯 일제히 찌푸려졌다.

"부사령관님, 이런 곳에 계셨군요."

쭉 찢어진 눈매와 산소 희박한 곳에서도 호흡이 거뜬할 듯 시원하게 뻥뻥 뚫린 콧구멍, 흡사 주먹이라도 통째로 얹어놓은 듯 호쾌한 크기의 코와 툭 까진 입술, 이목구비가 각각 하나 씩 더 들어가고도 남을 듯 광활한 얼굴 크기. 어디 그뿐인가. 군데군데 농익은 여드름들은 자칫 단조로워 보일 수 있는 피부에 훌륭한 매력 포인트를 부여하고 있었다.

바라보는 눈이 송구스러울 정도로 잘생긴 일등항해사의 얼굴을 바라보던 부사령관 벤포르테는 잠시 넋을 잃고 말았다.

"아……, 이것 참. 자네를 마주보고 있으면 가끔씩 정신이 혼미해지는군. 흠흠."

"죄송합니다. 가끔은 제가 보기에도 제 얼굴이 부담스러울 정도라. 크윽. 너무 잘난 이 외모가 저주로 느껴질 때도 있습니다."

"아이고, 자네. 그런 소리 말게. 저주라니. 전하께서 들으셨으면 분명 크게 노여워하셨을 걸세."

"전하께는 부디 비밀로 해주십시오, 부사령관님."

팔콤 왕실 주최 미인 대회에서 남자의 몸으로 무려 세 차례나 우승을 거머쥐었던 일등항해사 시배리우스는 함선 메인 통제실 앞 복도에서 아련한 눈으로 창밖을 내다보며 말을 이었다.

"이제 이 여정도 곧 끝이로군요."

"자네, 귀환하면 전역할 생각이라며?"

"네. 오랫동안 절 기다려주었던 애인과 이제는 가정도 꾸리고 여유도 즐기며 살 생각입니다."

"자네 같은 미청년을 단 한 여자가 독점하게 된다니, 그것 참 두고두고 아쉬운 일이야."

벤포르테의 너스레에 웃던 시배리우스는 함선의 튼튼한 내벽을 주먹으로 툭툭 두드리더니 눈을 반짝이며 중얼거렸다.

"여신의 은총. 트릴라듐을 수집하기 위해 일곱 개의 은하를 워프하며 무려 28개의 행성을 멸망시키고 오는 동안 단 한 번도 큰 문제를 일으킨 적 없는, 신이 내린 훌륭한 기체. 제가 일등항해사로서 그동안 대(大) 세라프 선진 과학기술의 집약체인 이 함선을 조종할 수 있었던 건 왕께서 제게 주신 영광이자 은총이었습니다."

"아암. 대대손손 길이길이 영광이지. 세라프 행성제국 전체를 통치하시는 위대한 황제께서 직접 이 보물을 하사하셨다는 것은 곧, 황제께서 우리 전하를 황위 계승자로 인정하신 증거가 아니겠나."

한동안 말없이 푸른 행성을 바라보고 있던 두 사람은 추억에 젖어 대화를 주고받았다.

"그리울 겁니다. 더없이 유쾌하고 호탕하신 전하의 곁에서 우주 곳곳을 누비며 가슴 뛰는 모험을 하던 시절이 말입니다."

"그래. 비록 저주받은 외모 때문에 손해 보는 부분은 크지만, 전하는 지금껏 내가 긴 세월 모셔온 황족들 중 단연코 최고의 매력을 지닌 분이시지."

"네. 맞습니다."

"아무튼 우리는 전하께서 무사히 귀환하시면 바로 출격할 수 있도록 만반의 준비를 갖추세. 그간 왕께서 우리에게 하사하신 은총에 유종의 미를 거두는 것으로써 보답하자고."

"네, 부사령관님."

거대한 동체의 앞에 눈이 시릴 정도의 푸른빛 행성이 펼쳐져 있었다.

핵융합 에너지원인 트릴라듐이 탐지된 마지막 행성. 이 별에 살고 있는 자들이 '지구'라고 부르는 곳이었다.

바로 이곳만 정복하면 3013 세라프력에 시작해 장장 10년에 걸쳤던 긴 원정에 종지부를 찍고 모(母)행성으로 귀환할 수 있는 것이다. 바야흐로 최후의 여정을 앞둔 그들의 가슴이 세차게 뛰기 시작했다.

그때, 왕이 타고 있는 아름다운 황금빛 지휘선이 빠른 속도로 우주공간을 가로지르는 것이 그들의 눈에 들어왔다.

"어어? 속도가 지나치게 빠른 것 같⋯⋯?"

벤포르테가 놀라던 순간, 아니나 다를까, 자유자재로 곡예비행을 하고 있던 지휘선이 뭔가에 정통으로 부딪치고 말았다. 지구인들이 인공위성이랍시고 올려둔 조악한 기계덩어리였다.

"헉! 맙소사!"

"전하!"

충돌 시 충격으로 인해 조종력을 상실했던지, 기체는 순식간에 균형을 잃고 빙글빙글 돌다 지구의 중력에 이끌려 무서운 속도로 낙하하기 시작했다.

그때, 조종실 해치가 열리더니 한 승무원이 튀어나와 마구 소리를 질러댔다.

"부사령관님! 부사령관님! 큰일 났습니다!"

"알고 있다! 전하께서 타신 비행선이 추락하고 있단 말이지?"

"아, 아니! 그것보다 더 큰 일이! 전하와의 통신이 완전히 두절됐습니다! 신호도 감지되지 않습니다!"

"무어라? 휴대용 통신기 쪽은?"

"전하의 지휘석에 떨어져 있는 것을 방금 주웠습니다!"

"크아아아악! 그리도 챙기시라 내가 몇 번을 말씀드렸건만!"

동시에 복도 한쪽에서 한 여승무원이 뭔가를 양손에 들고 뛰어오며 소리쳤다.

"부사령관님! 부사령관님! 큰일 났습니다!"

"이번엔 또 뭔가!"

"전하의 휴대용 순간이동기의 충전기가 고장입니다! 들고 가신 것은 현재 거의 방전 상태일 듯합니다!"

사색이 된 벤포르테는 두 손으로 양 뺨을 찰싹 때리고 입을 쫙 벌리며 비명을 질렀다.

"까아악!"

"위대한 앙골무아 2세의 후계자이자 팔콤의 왕, 아론 세라프 리그누시스 앙골무아 3세. 그것이 짐의 이름이다."

듣는 순간 즉시 지쟈스를 외치게 하는 대사에 나나의 열 손가락이 일시에 오그라들었다.

"느아아앙! 크으윽!"

그나저나, 앙골무아라면 어디서 들어본 적이 있는 이름이다. 노스트라다무스가 종말을 가져올 이로 지목했던 바로 그 인물 아닌가.

'노스트라다무스 영감님, 헛다리짚으셨어요! 세상은 공포의 대왕이 아니라 중증 중2병 환자들이 끝장낼 거예요. 지구는 아마 오그라들어서 한 점 블랙홀이 될걸요.'

나나는 불현듯 참을 수 없는 피곤에 시달렸다.

"아, 아무튼 이름은 됐고요, 왜 여기 누워 있었어요?"

"짐은 너희가 안드로메다라고 부르는 은하의 세라프 행성에서 왔다. 이곳과 놀라우리만치 비슷하지만 열 배 정도 더 크고 아름다운 곳이며 일억 년 정도 앞서 생성되었기에 문명 역시 비교할 수 없을 정도로 발달된 곳이지."

나나의 표정이 말도 못 하게 복잡해졌다.

이건 순도 백 퍼센트 병원 출신이다. 아니, 그런데 문제가 생겼다. 병원인 건 알겠는데 이런 인간을 인계하려면 어떻게 해야 하는 거지? 그다지 응급환자도 아닌데 119를 찾을 수도 없고 말이다.

"짐의 말이 유창해서 놀란 모양이구나. 이틀 전 기억 부스터를 통해 너희 지구상의 모든 언어와 지리적 특성을 각인시켰기 때문에 어딜 가도 짐에게 통하지 않는 말은 없다."

119다, 119. 상황이 응급해졌어. 듣고 있자니 자기 정신이 위급해지는 느낌이었다.

"아아, 예에, 그러시구나."

"그나저나, 아직도 멍한 것이 아무래도 어제 너무 과음한 모양이야. 생전 저지르지 않던 실수까지 다 하다니⋯⋯."

긴 금발을 쑤석거리며 남자가 내놓은 말에 나나는 왠지 납득이 가며 저도 모르게 고개를 끄덕이고 말았다. 어떻게 이런 사람이 다 있나 했더니, 역시 술 때문에 병이 깊어진 모양이었다.

하긴. 세상이 이 모양 이 꼴로 돌아가니 알코올 없이는 버틸 수 없는 사람들도 생기는 거겠지. 멀리 갈 것도 없이, 그녀도 마찬가지였다.

숙취에 시달리는 머리에 동병상련을 느낀 나나는 주방으로 가 선반에서 꿀을 꺼내며 덤덤하게 말했다.

"그쪽도 술 덜 깬 것 같은데, 꿀물 한 잔 타줄 테니 마시고 유리창 제대로 변상하세요. 젊은 나이에 안 좋은 기록 남으면 곤란할 것 같으니 일단 경찰은 안 부를게요."

벽면의 푹신한 소파로 다가가가 그 위에 길게 기대 누운 남자는 거만한 태도로 말했다.

"연약한 유리창 따위 다시 끼워서 무엇 하겠느냐, 언젠가는 또 깨질 텐데. 끼우려거든 확실히 하이퍼실리카 소재의 창으로 끼우든지. 아, 미개한 너희 지구인들에겐 아직 하이퍼실리카를 정제할 기술이 없겠구나. 안타까운 일이로다."

"도대체 무슨 술을 얼마나 퍼마시면 사람이 이 지경이 되는지, 원."

나나가 쟁반을 들고 다가오며 빈정거리자 남자가 피식 웃으며 덧붙였다.

"뭐, 곧 멸망할 곳이니 상관은 없겠다만."

그 말을 듣는 순간, 나나가 동작을 멈추고 눈을 크게 떴다.

"어? 지, 지금……, 뭐……라고요?"

남자는 그녀를 살짝 곁눈질하더니 몹시 귀찮은 표정으로 말했다.

"감히 짐에게 두 번 묻는 죄를 저지르다니. 죽어 마땅하건만, 너는 아름다우니 특별히 봐주도록 하겠다. '하이퍼실리카'라고 했느니라."

"아니요, 그 바로 다음에!"

우아한 태도로 잔을 건네받은 남자는 얼음꿀물을 한 모금 마시더니 눈을 크게 뜨며 놀랐다.

"지구의 수질이 형편없다는 보고가 아무래도 틀린 모양이군. 머리가 맑아지는 기분이야. 숙취가 사라지고 있어!"

"이봐요! 지구가 어떻게 된다고요?"

나나의 재촉에 그는 잔을 기울여 꿀물 몇 모금을 더 마신 후 산뜻하게 내뱉었다.

"곧 멸망한다고 하지 않았느냐."

"아, 그럼 혹시……!"

뭔가에 얻어맞은 듯 멍하니 쳐다보는 나나에게 그는 더없이 매력적인 눈웃음을 지어 보이며 덧붙였다.

"미개한 너희들도 지금쯤은 눈치를 챘겠지만, 짐이 저것을 괜히 끌고 다니는 것이 아니란다."

손을 들어 우아하게 하늘을 가리키는 남자의 날카로운 눈빛과 당당한 태도에선 또 한 번 무어라 형용할 수 없을 정도의 카리스마가 느껴졌다.

오만방자하지만 지극히 당연하고 자연스러운 분위기, 보기만 해도 압도 되는 것 같은 느낌이랄까.

단순한 미친놈이라고 치부해버리기엔 너무도 신비한 외모와 알 수 없는 아우라의 남자, 그리고 며칠째 달 근처에 머물며 세상을 발칵 뒤집어 놓은 괴 함선과 거기서 떨어져 나와 바로 어젯밤 동해에 처박혔다는 괴 비행체까지.

"저것이라니요? 혹시⋯⋯, 달 근처에 있는 그 우주선 말이에요?"

"그래. '여신의 은총'이다. 우리 세라프 역사상 최고라 자부하는 전투형 은하 간 이동요새지."

"으헉. 진짜였어?"

"여신의 은총은 핵융합 코어로 구동하며 최대 가속 900G 정도는 거뜬히 내는 데다 총 승조원 60만 명, 그 중 15만 명이 병사로, 오메가급 수송기 스물다섯 대, 소형 전투정 2만 대, 중대형 전투정 5천 대, 지상 공습용 사륜탱크 1만 대가⋯⋯."

남자는 도무지 무슨 뜻인지 이해할 수 없는 자랑을 길게도 늘어놓고 있었다. 그를 멀뚱히 쳐다보던 나나는 귀신에라도 홀린 듯 물었다.

"당신⋯⋯, 그냥 취객이 아니라 정말 외계인이란 말이에요? 정말로?"

제기랄. 입 밖으로 내놓고 나니 어째 더럽게 유치하고 얼굴 팔리는 말이다. 미쳤지.

자괴감에 빠진 나나는 우스꽝스러운 태도로 머리를 쥐어뜯었으나 남자는 싸늘한 표정과 어조로 그녀를 꾸짖었다.

"감히 짐이 말하는 도중에 끼어들다니. 발칙한 계집이로다!"

나나는 남자의 시퍼런 서슬에 놀라 저도 모르게 사과하고 말았다.

"앗, 죄, 죄송합니다! 그, 그럼 여긴⋯⋯ 왜 온 거예요?"

"잠깐 바람을 쐬고 싶었거든."

그 대목에 이르러서 남자의 눈빛이 묘하게 짙어졌다. 그 눈동자가 왠지 모르게 쓸쓸하고 아련하게 느껴진 건 기분 탓이었을까.

"오랜만의 외출에 들떴던 나머지 출발 전에 좀 과하게 마셨던 게 화근이었다. 분명히 피할 수 있을 줄 알았는데, 쳇……."

괴 비행체가 미제 기상위성과 처박은 후 추락했다던 뉴스를 떠올린 나나는 전 우주 차원의 교훈을 다시 한 번 되새겼다.

"음주운전은 안 됩니다. 당장 목에 칼이 들어와도."

"네 말이 맞다. 아무튼, 성층권을 통과한 직후 밀폐 캡슐을 이용해 비상 탈출했지만 속도가 줄지 않아 큰 고생을 했지. 캡슐이 완전히 두 동강이 나는 바람에 튕겨 나와 몇 번이나 바닥에 굴렀단다. 이 갑옷이 없었더라면 하마터면 죽을 뻔하지 않았느냐. 하하하!"

죽을 뻔했다며! 그렇게 해맑게 웃을 일이 아니잖아!

나나가 황당한 눈으로 바라보는 동안 남자는 한쪽 팔에 안고 있던 찌그러진 황금 헬멧을 탕탕 내리치며 계속해서 호탕하게 웃어댔다. 그녀와는 달리 어쩐지 근심걱정이라곤 하나도 없어 보이는, 무척이나 속편한 얼굴이었다.

"일단 지구인들 눈에 띄지 않게 짐이 손수 잔해를 거둬오긴 했다만, 저것은 이제 사용 불가능하겠지. 네가 적당히 가져다 치우거라."

남자가 가리키는 방향을 따라 걸음을 옮긴 나나는 주방에서 냉장고의 잔해로 보이는 어떤 것들을 발견하고 더욱더 경악했다.

"헉! 이게 뭐야!"

겨우 사람 한 명이 들어갈 수 있을 크기의 흰색 캡슐은 그의 말마따나 정확히 반 동강이 나 있었고 그 사이로 생전 처음 보는 특이한 섬유들과 거품 같은 충전재들이 어지러이 빠져나와 있었다. 이런 쪽엔 문외한인 나나조차도 이것이 지구상의 물체가 아니라는 것을 한눈에 알아볼 수 있을 정도로, 그것들은 너무도 이질적이었다.

"아니, 세상에 어떻게 이런 일이⋯⋯!"

그때 남자가 나나의 등 뒤로 바싹 다가와 물었다.

"그나저나 이 물은 어디서 난 거지? 이걸 마시고 속도 머리도 무척이나 편해졌다. 상류를 찾아가 수원(水原)을 통째로 가져가야겠구나."

뭔가에 홀린 듯 몽롱한 어조로 나나가 대답했다.

"그거, 물에다 꿀 탄 거예요."

"꿀?"

"네. 미개한 지구인 놈들보다 더 미개한 꿀벌 놈들이 모아주는 건데 숙취해소에 그만이에요."

"선진문명의 세라프에서도 아직까지 숙취해소는 최대 난제인데 미개한 지구에 이런 보물이 있었다니, 놀랍구나."

"네네, 미개한 여기, 특히 한국엔 꿀물 말고도 되게 많아요."

"무엇이?"

"숙취해소 방법이요."

진심으로 놀랐던지 그는 눈알을 통째로 비우고 충격에 몸을 부들부들 떨기 시작했다.

"아, 그건 일단 나중에 얘기하기로 하고요, 아까 지구를 멸망시킨다고 했던 말, 그거 정말이에요?"

"네가 감히 짐의 말을 의심하는 것이냐."

"아, 딱히 의심하는 건 아니지만 그렇다고 단번에 믿기에도…….""

"호오. 아름다운 계집이라 그런지 당돌하기도 하군. 하지만, 뭐, 이런 것도 꽤나 신선하고 좋다. 예쁘니 봐주마."

남자가 느긋하게 웃으며 내놓는 말에 우거지상을 한 나나가 재차 확인을 구했다.

"그러니까 그게 정말이냐고요."

"여신께 맹세코 짐은 절대 허언하지 않는다. 짐은 각 은하를 돌며 지금까지 스물여덟 개의 행성들을 정복했다. 지하에 묻힌 핵융합 에너지원 트릴라듐을 모조리 거둬들인 후 반란을 일으키지 못하도록 행성 거주자들을 몰살시켰지. 그간 실패는 단 한 번도 없었다."

세상에. 지구가 멸망한다니, 지구가 멸망한다니. 지구가 드디어 멸망한단다! 쾌지나칭칭나네!

나나의 머릿속에 지난 29년의 굴욕들이 주마등처럼 스쳐지나갔다. 말도 안 되는 이름을 달고 태어난 순간부터 유치원, 초등학교, 중학교, 고등학교, 대학교를 거쳐 사회에 나온 후 지금에 이르기까지 자신에게 패배감과 절망만을 안겨주었던 이들, 그리고 이 짜증나는 세상과 모두 빠빠이 한다고? 장렬한 퇴갤이라고?

복잡한 나나의 심경을 눈치챘는지, 그가 천천히 고개를 숙이고 그녀의 귓가에다 바싹 입술을 들이대며 속삭였다.

"그렇게 걱정할 것 없단다. 너는 특별히 짐의 마음에 들었으니까."

"네……?"

이윽고 그의 손이 거침없이 그녀의 통통한 허리를 꽉 붙잡았다.

"꺅!"

놀라서 괴성을 지르던 나나는 무지막지한 힘에 이끌려 반 바퀴를 돌아 그를 마주보게 되었다. 호리호리한 몸의 어디에서 이런 괴력이 나왔는지 놀라울 따름이었지만, 제대로 놀란 것은 그 다음이었다.

　"이곳을 쓸어버린 후, 짐이 너를 거둘 것이다."

　손가락으로 단단히 나나의 턱을 붙잡은 그가 다짜고짜로 입을 맞춰왔다.

　첫 느낌은 부드러움이었다.

　"으음!"

　이윽고, 달아오른 나나의 입술을 가르고 섬세하지만 강인한 느낌이 진입했다. 그녀의 입안 구석구석을 따뜻하게 어루만지며 탐색하는 그의 혀는 마치 독립적으로 살아 움직이는 생명체 같았다.

　정신을 잃을 정도로 아찔하고 매력적인 키스는 무척 달콤하기까지 했는데, 그게 그가 조금 전 마신 꿀물 때문인지 아니면 다른 어떤 이유 때문인지 도무지 알 수가 없었다.

　"하아……!"

　숨 막히도록 길었던 키스 끝에 마침내 입술이 떨어지자 나나는 생각했다.

　'아무리 외계인이라지만 이렇게 잘생기고 매력적인데다 지구까지 멸망시켜준다는 사람이 평범한 나를 좋아해준다니, 이건 꿈이 확실해.'

　황홀경에 빠져 흐릿한 눈으로 위를 올려다본 나나는 이어진 그의 말에 꿈에서 확 깨고 말았다.

　"너처럼 어여쁜 애완동물을 거두다니, 이번엔 운이 좋았다."

　잠시 황홀경에 빠졌던 나나의 얼굴표정이 급 썩어들었다.

02
Kick the bucket!

믿을 수 없는 말에 나나는 손등으로 눈을 북북 문지르고 물었다.

"자, 자, 자, 잠깐만요! 지금 뭐라고요? 애완동물?"

"보면 볼수록 미색이로다. 말귀도 못 알아듣고 살짝 백치미까지 풍기니, 그 또한 어여쁘구나. 짐의 주변에 있는 것들은 하나같이 다 매끈한 외모에 어찌 그리 똑똑하기까지 한지, 그동안 보고 있으려면 아랫것들이라 해도 속이 뒤틀렸었는데. 그런 점에서 너 참 마음에 든다."

이 인간, 아니, 이 외계인이 뭐래? 나나는 오만상을 찌푸리고서 항의했다.

"저기, 그 동네 미의 기준이 어떤지 잘은 모르겠지만, 일단은 제가 예쁘다면서요? 그런데 애완동물이라니요?"

나나의 말에 남자는 한동안 이해가 안 간다는 표정으로 그녀를 내려다보더니 흥미로운 듯 물었다.

"지금 네가 짐에게 항의하는 건, 애완동물로 삼겠다는 말에 대한 것인가?"

지구를 멸망시키러 온 외계인, 살짝 지각한 감은 있지만 노스트라다무스가 예언했던 공포의 대왕, 잘못 걸리면 이 자리에서 나부터 멸망. 아니, 정신적으로는 이미 멸망했다고 보지만, 그래도 이 이상의 멸망은 사절.

극심한 불안감에 빠진 나나는 저도 모르게 두 손을 모으고 싹싹 비비며 공손하게 대답했다.

"아니요, 아니요! 저 애완동물 아주 좋아합니다. 저부터도 벌써 집에서 한 마리 키우고 있는걸요."

남자는 나나의 대답을 듣더니 유쾌하게 웃으며 다시 말했다.

"아니, 그런 뜻이 아니라. 짐이 네 행성을 멸망시키겠다고 호언했건만 너는 어째서 네 안위만을 따지고 있는지, 그걸 묻는 거다."

"네?"

"너는 이 행성에 살고 있는 자로서 마땅히 저항할 의무가 있지 않은가."

"무슨 말씀을. 지구 멸망은 제 오랜 바람이기도 한 걸요."

나나가 내놓은 말에 남자는 새로운 장난감을 발견한 어린아이처럼 호기심 가득한 표정으로 물었다.

"호오. 이유가 뭐지?"

한동안 남자의 얼굴을 올려다보던 나나는 힘없이 어깨를 늘어뜨리며 그를 지나쳐 커피숍 한가운데 테이블로 향했다.

쓰러진 원목 의자를 세우고 흐느적거리며 그 자리에 앉은 그녀는 여전히 흥미로운 표정으로 팔짱을 낀 채 주방 입구에 기대 서 있는 그를 향해 독백 아닌 독백을 시작했다.

"신나라는 이상한 이름을 달고 태어났을 때부터 이미 잘못되어 있었던 건지도 모르겠어요. 하면 하는 족족, 내가 하는 일은 다 망했거든요. 난 아무리 열심히 해도 안 돼요. 그리고 그건 모두 다 주변 사람들 때문이었어요."

"으음. 너 참 편하게 사는구나. 뭐든지 주변 탓으로 돌리면 확실히 마음은 가볍지. 책임감의 무게에서 벗어날 수 있을 테니까."

남자가 피식 웃으며 중얼거리는 말에는 숨길 수 없는 조롱이 묻어 있었지만 나나는 아무렇지도 않게 말을 이었다.

"지나간 일들이야 뭐 말할 것도 없고, 최근 일만 해도 그랬죠. 3년 전, 돌아가신 부모님께 물려받은 집을 팔아 소규모 커피전문점을 하나 인수했어요. 처음엔 굉장히 고전했는데 그 바로 근처에 대단지 아파트가 들어서게 된 거예요. 유동인구 늘어나면서 아, 이제 좀 풀리나 싶었더니 계약 기간 다 되자마자 주인이 무조건 나가라고 떠밀더라고요. 겨우 투자비만 건져 나온 후에 내가 그러면 그렇지, 하고 있는데, 오랜만에 대학 선배가 전화를 했어요. 신도시 중심 상가 지역에 좋은 자리가 있으니 가격 쌀 때 선점하라고."

잠시 한숨을 쉰 나나는 말을 이었다.

"가보니까 자리가 정말 괜찮아. 아, 그래서 얼른 계약하고 분양을 받았지요. 그게 바로…… 여기예요."

그때까지 주방 입구에 서 있던 남자는 뚜벅뚜벅 걸어가 깨진 유리창 밖을 내다보더니 의아한 어조로 말했다.

"짐이 지구의 시장 사정까지는 잘 모르겠다만, 좋은 자리라고 하기엔 어째 주변에 아무것도 없구나."

나나는 철퍼덕 테이블 위로 엎어지더니 다 포기한 듯 힘없이 웅얼거렸다.

"부지 매입했던 건설사들이 계획을 다 취소하고, 심지어 잘 올라가던 아파트까지 분양을 취소했어요. 건설 경기 악화라나 뭐라나."

"으음."

"그래도 노력은 했어요. 손님도 없는 커피숍에 앉아 하루 종일 부업도 하고, 밤에도 틈틈이 알바 하고. 이러다 언젠가는 풀리겠지, 언젠가는 풀리겠지, 하면서 생활비 열심히 벌어 썼다고요. 그런데……."

"그런데?"

"몇 달 전에 아는 언니가 10년 만에 전화를 해서는 딱 일주일만 쓰고 줄 테니까 오백만 빌려달라고……."

"팔콤에는 이런 말이 전해져 내려오느니라. '부모자식 간에도 돈 거래는 하지 말라.'는."

"그거요, 토씨 하나 안 틀리고 여기에도 있는 말이에요. 그치만 아들이 아파서 당장 큰 수술을 해야 하는데 집이 안 팔린다고 하니, 어떻게 해요……."

"흐음. 보아하니 결국 돌려받지 못한 모양이구나."

"젠장. 젠장. 제엔장! 하나 터지니까 줄줄이 터지더라고요. 카드 연체, 원룸 월세 계속 밀렸지, 각종 공과금 연체에……, 하다하다 내가 사채까지 끌어다 쓰게 될 줄이야. 하루 종일 오는 전화라곤 독촉이나 협박 전화가 다인 거, 어떤 기분인지 알아요?"

"그래. 듣고 보니 네가 그럴 만도 하구나."

부드러운 동조의 말에 갑자기 울컥해졌던지, 나나는 처절한 어조로 웅변했다.

"며칠 전엔 옥상에도 올라가 봤어요. 뛰어내리려고 했지만, 높은 곳은 질색이라……. 거기다, 갑자기 너무 서럽더라고요. 죽기 직전에 떠오르는 사람이 단 한 명도 없는 거예요! 이 사람한테만큼은 미안해서 내가 도저히 못 죽겠다, 하는 사람이 거짓말처럼 한 명도! 단 한 명도 없더라니까요! 제기랄!"

흥분한 나머지 벌떡 일어난 나나는 허공을 향해 주먹을 내지르며 울부짖었다.

"도대체 난 왜 이렇게 인복이 없는 거죠? 이런 인생은…… 정말 너무 하잖아요! 이렇게까지 외로운 내가 너무 불쌍해서 차마 못 죽겠는 거예요! 이런 내 맘 알아요? 이해할 수 있냐고요!"

남자가 다소 놀란 듯한 표정으로 쳐다보는 가운데, 그녀는 우스꽝스러울 정도로 광기(狂氣) 어린 눈을 하고 중얼거리더니 돌연 크게 웃어젖혔다.

"어디 나 혼자만 망할 수 있나! 지구야 망해라, 지구야 망해라! 다 함께 손에 손 잡고 나란히 황천길로 가자꾸나! 우아하하하하하! 아이, 썬나! 까르르륵!"

"쯧쯧쯧. 이렇게 어여쁜 아이가 맘고생을 얼마나 많이 했기에. 상태가 영 좋지 않군."

그가 도리도리 고개를 저으며 안쓰럽게 쳐다보자 나나가 갑자기 웃음을 멈추더니 소리쳤다.

"아! 잠깐!"

좋은 생각이라도 떠올랐던지, 그녀는 주먹으로 손바닥을 탁 치며 물었다.

"저기, 위대하신 대왕 마마 폐하 각하! 혹시 지금 당장 공격하실 건가요?"

뭔가 부탁이라도 할 분위기임을 감지한 그는 너그러운 표정으로 대답했다.

"말해보아라."

"조금만 말미를 주시면 안 될까요? 몇 달, 아니 딱 한 달만이라도……."

"이대로 떠나기엔 뭔가 아쉬운 일이라도 있는 건가?"

"네! 버킷리스트라고나 할까요? 다 끝장나기 전에 꼭 하고 싶은 일들이 있어서 말이죠."

그게 뭔지 금세 눈치를 챈 듯 남자는 느긋하게 웃더니 중얼거렸다.

"음. 오랜 원정도 이로써 끝인데, 심심하게 이대로 돌아가는 건 나 역시 싫으니."

한동안 생각에 잠겼던 남자가 산뜻하게 덧붙였다.

"좋다. 기회를 주마."

나나가 반색을 하며 환호하려는 순간, 그가 덧붙였다.

"단, 조건이 하나 있는데……."

나나는 당장 간이라도 빼줄 듯 비굴한 표정으로 손바닥을 싹싹 비볐다.

"분부만 내리시어요."

"그동안 짐이 너와 동행하겠다. 그러니 열과 성을 다해 짐을 즐겁게 만들어 보아라."

"네에……?"

'잠깐. 왕님이잖아. 게다가 날 애완동물 취급하는데 동행이라니? 말이 동행이지 이거 혹시 백 프로 내가 모셔야 하는 거 아니야?'

39

나나의 얼굴에 갈등이 그대로 드러나자 그는 어깨를 으쓱하며 내뱉었다.

"싫음 말고."

머릿속에서 한참이나 뭔가를 계산하던 나나는 '에라, 될 대로 돼라.' 하는 표정으로 해맑게 웃으며 대답했다.

"싫을 리가 있겠삽사리와용? 오홍홍홍."

"그렇다면 먼저……."

주위를 둘러본 그는 카운터로 다가가 오디오를 이리저리 살펴보더니 뜬금없는 소릴 했다.

"오랜만의 조종이라 조금 들뜬 나머지 속도를 너무 냈던 모양이야. 충돌 시 기체 파손이 생각보다 심각했다. 통신기는 모선에 놔두고 왔고 위치 추적 중추가 있는 기체 후미도 파손된 채 바다에 빠져 아마도 부하들이 내 행방을 전혀 추적하지 못하고 있을 터."

"아아. 그거 안됐네요."

"물론 휴대용 순간이동기가 있긴 하지만……."

"순간이동기라고요?"

"그래. 달에서 나오는 오메가선을 이용해 휴대용으로 쓸 수 있도록 고안된 거지만 안타깝게도 지금 당장은 사용할 수 없는 상태라."

"왜요?"

"너희 달이 우리 달의 10분의 1 정도 크기밖에 되질 않아 3-오메가선 조사량이 너무도 부족하더군."

"고등어 돋네."

"뭐라고?"

"아, 아무것도 아니에요."

"아무튼 어젯밤 시험 삼아 네 물건을 하나 전송시켜 봤는데, 결국 저 꼴이 나고 말았지. 하하하."

그가 재밌어 죽겠다는 듯 웃으며 가리키는 곳을 바라본 나나의 머리털이 쭈뼛 섰다. 장식용 비스크 인형의 상반신이 칼로 베어내기라도 한 듯 감쪽같이 사라져 있었다.

"으아악!"

"왜 그리 놀라지?"

"지, 지금 이거……, 혹시 반만 간 거예요?"

"보면 모르나? 좌표도 제대로 설정이 안 돼서 사실 어디로 갔는지도 모르겠구나."

"미리 시험해보길 천만다행이에요! 하마터면 죽을 뻔했잖아요!"

순식간에 얼굴이 허옇게 변해버린 나나가 펄펄 뛰었지만 그는 전혀 신경 쓰지 않는 듯 말을 이었다.

"아무튼, 이 몸을 이동시킬 정도로 충분한 파워가 축적되려면 다음 보름달이 뜰 때까진 기다려야 할 것 같다. 그런데 사소한 문제가 하나 있단 말이지."

"사소한 문제라니요?"

"으음. 아직도 이렇게 미개한 장치를 사용하다니, 이건 황실 박물관에서도 본 적이 없는 물건인데……, 호오, 이걸 누르면 작동하는 건가?"

라디오가 켜지자 평소라면 클래식 음악 방송이 나올 채널에서 기묘한 기계음이 섞인 목소리가 흘러나왔다.

[모든 미개한 지구인들, 특히 동북아시아 지역에 거주하는 인간들에게 다시 한 번 경고한다. 그대들이 만약 우리의 왕께 티끌만큼이라도 위협을 가한다면, 우리는 여신께 맹세코 그대들의 행성을 먼지 하나조차 남지 않도록 분해해버릴 것이다.]

"혹시 저게 사소한 문제……?"
"그렇다."

[협상은 없다. 다음 보름달이 뜨기 전까지 우리의 왕께서 무사히 돌아오시지 않는다면 총공격을 감행하겠다!]

"이, 이거 결코 사소한 문제가 아닌 것 같은데요?"
그때, 화창했던 하늘이 갑자기 어두워졌다.
불길한 기분에 창 쪽으로 고개를 돌린 나나의 눈이 밥그릇처럼 휘둥그레졌다.
여기 올 때까지만 해도 달 근처에 정박하고 있다고 들었던 모선은 어느새 육안으로 확인할 수 있을 정도로 가까워져 있었고, 하늘에는 새까만 괴 비행체들이 포진하고 있었다.
"우, 우워어어어, 스타워즈 실사판! 근데 무서워! SF가 아니라 명백히 공포 장르야!"
원을 이룬 몇 대의 비행체들이 기묘한 광선을 쏘자 하늘에 거대한 스크린 같은 것이 나타나더니 눈앞에 있는 이 미남자의 얼굴이 선명하게 떠올랐다.
"하!"

공중에 펼쳐진 자기 얼굴을 확인한 그가 갑자기 벌컥 짜증을 냈다.

"저 버르장머리 없는 것들이! 짐이 면상에 콤플렉스 갖고 있다는 걸 알면서 잘도 이런 짓을."

"저, 저, 저, 저게 도대체 무슨……!"

"내 부관이자 함선의 부사령관 벤포르테는 성질이 몹시 급해서 말이지."

[잊지 말도록! 기한은 지금으로부터 정확히 3주일이다! 이것은 명실 공히 선전포고다!]

"쯧쯧. 키도 작고 뚱뚱하고 기름진 데다 뻐드렁니까지, 미(美)중년으로 소문이 자자한 자가 대체 성질은 어찌 저리 불같은지…….

나나가 황당함에 어찌할 바를 몰라 허둥지둥하고 있는데도, 남자는 그저 느긋하게 웃기만 할 뿐이었다.

"뭐, 됐고. 즐기려면 우선 저것들부터 따돌려야겠는데, 자, 어찌 할 셈이냐. 지금부터 짐을 한껏 즐겁게 만들어 보거라."

싱글싱글 웃으며 건너다보는 남자의 잘생긴 얼굴에는 '지금 와서 딴소리한다면 이 자리에서 너부터 바로 죽음.'이라고 쓰여 있는 듯했다.

"화석 연료로 가는 차를 직접 타보다니. 이럴 수가…….

계속해서 감탄하느라 도무지 말을 잇지 못하는 남자를 힐끗 곁눈질한 나나는 운전석 창을 통해 위를 올려다봤다.

괴 비행체들, 그리고 하늘 한가운데 선명히 떠 있는 남자의 초대형 초상화를 보고 있자니 또 한 번 눈앞이 아찔해진다.

"저기요, 대왕님. 그냥 자수, 아니, 귀환하시는 게……."

"뭐라고?"

고개를 돌리고 건너다보는 그의 몹시 싸늘한 눈초리를 마주한 그녀는 배시시 웃으며 얼버무렸다.

"아니, 아무것도 아니오와요. 옷이 참 잘 어울리시는 것 같아서……. 에헤헤."

"그래? 조금 불편하긴 하지만, 못 입을 정도는 아니군."

잘 어울린다는 말을 곧이곧대로 믿었는지, 그는 턱을 치켜들고 어깨를 으쓱하며 오만한 미소를 지어 보였다. 그 솔직한 반응을 보고 있자니 나나의 눈가에 슬쩍 눈물이 맺혔다.

"아……, 예. 참으로 다행입니다요."

저렇게 눈에 띄는 꽃미모에다 황금 갑옷과 금색 장발을 뽐내며 거리를 활보하다가는 한 방에 아웃이 뻔했다. 변장이 절대적으로 필요했던 것이다.

그래서 나나는 커피 전문점 '로또' 오픈 무렵 야심에 가득 차 고용했던 남자 웨이터 - 비록 경영난으로 보름도 못 가 그만두게 하고 말았지만 - 의 유니폼을 꺼냈다. 흰 셔츠와 검은 조끼, 그리고 검은색 정장 바지는 소매와 바지 길이가 조금 짧은 것을 빼곤 그럭저럭 입힐 만은 했다. 남은 건 모자와 신발, 선글라스였다.

눈에 확 띄는 금발을 정성스레 모아 똥머리로 묶어준 후 임시방편으로 스카프를 둘러씌웠다. 거기다 운전용 오버사이즈 선글라스를 씌워 얼굴을 가린 후 눈에 띄는 금제 부츠 대신 화장실용 나일론 지압 슬리퍼를 신기니 확실히 눈부신 왕의 미모가 대번에 확 죽었다. 물론 다른 의미로 눈에 확 띄는 꼬라지가 되고 말았지만 말이다.

"다른 좋은 옷을 꼭 구해다 입혀드릴게요."

마지못해 내놓은 나나의 말에 그는 무척이나 감동한 표정으로 그녀를 건너다보며 고개를 저었다.

"얼굴도 어여쁜 데다 마음씨도 비단결이로군. 나는 이대로도 괜찮단다."

아무것도 모르는 어린 동생에게 거짓말이라도 친 듯 심한 죄책감이 든 나나는 간절한 어조로 말했다.

"아니, 아니에요, 꼭 제대로 된 옷 사드릴게요. 그러지 않으면 내가 나를 용서하지 못할 것 같아. 흐흑."

영문을 전혀 모르는 듯, 그는 흐뭇한 눈으로 한동안 그녀를 바라보다 차 뒷자리에 실어둔 황금 갑옷을 가리키며 말했다.

"그럼, 저것이라도 가져다 팔아 보태 쓰도록 해라. 아까 듣자 하니 네가 빚이 많다던데."

"에이. 곧 다 끝장날 텐데 굳이 뭐 하러 빚을 갚아요?"

피식 웃으며 대답하는 나나를 한심한 표정으로 건너다보던 그가 돌연 싸늘하고도 단호한 어조로 호통 쳤다.

"당장 굶어죽더라도 남에게 빌린 것은 돌려주는 것이 법도인 것을! 아무리 미모가 출중하다 하더라도 네 그 못된 버르장머리는 도저히 그냥 두고 볼 수가 없구나!"

도무지 농담이라곤 통하지 않을 듯 서슬 퍼런 기운에 등골이 오싹해진 나나는 어깨를 움츠리고 다급하게 고개를 주억거렸다. 그것을 본 그는 다시 너그러운 미소를 지으며 덧붙였다.

"지표면에 부딪친 충격으로 다소 찌그러지긴 했으나 세라프 최고의 장인들이 최고의 황금으로 정성들여 세공한 왕의 갑옷이다. 네 빚을 다 갚은 후로 평생 먹고 살아도 남을 테지."

"아……."

오오! 그러고 보니 번쩍번쩍한 황금이다! 전신 판금 갑옷, 못해도 30킬로그램은 나갈 텐데 저게 다 금이라면 돈이 얼마야? 금 한 돈 시세가 지금 얼마지? 금 1킬로그램이 몇 돈이더라?

머릿속으로 바쁘게 계산기를 두드려보던 나는 영의 개수를 세다 중간에 포기하고서 존경심 가득한 얼굴로 그를 우러러봤다.

"고맙습니다! 정말 감사해요! 대왕님은 정말로, 로또, 아니, 저의 은인이세요."

눈물까지 글썽이는 그녀를 보고 어울리지 않게 슬쩍 얼굴을 붉힌 그는 부드럽게 웃으며 말했다.

"주인 된 자로서 소유물에게 관대함을 베푸는 것은 감사받을 일이 아니란다."

고백이라도 하듯 부드러운 어조와 정반대 뜻을 지닌 말이었지만, 나는 가슴이 벅찬 나머지 '애완동물이면 어때? 펫물도 한때 유행 탔었잖아?' 하고 다소 비굴한 생각까지 하고 말았다.

그리고 그로부터 정확히 한 시간 후.

그녀는 귀금속 상회를 거쳐 고물상에 도달한 후 울상을 지었다. 아니, 울었다.

그의 고향 세라프 행성과 이쪽의 황금 개념 차이로 인해 일어난 일이었다. 번쩍번쩍한 갑옷의 85퍼센트에 해당하는 금은 우리가 아는 순금이 아니라 근원을 전혀 알 수 없는 합금, 고물상 아저씨의 말을 빌자면 '폐품'이었다.

그나마 군데군데 장식으로 들어간 특수금속들 덕분에 나나는 낑낑거리며 끌고 간 33㎏의 갑옷을 팔아 다행히 20만 원을 손에 쥘 수 있었다.

물론, 그 돈이 고스란히 왕님의 옷값으로 나간 것은 조금 뒤의 이야기.

"이 티랑 이 셔츠, 청바지, 그리고 트레이닝복 세트랑 야구모자 주세요. 사이즈는 저 마네킹이랑 비슷하겠네요. 그리고 여기 있는 스니커즈도 주세요. 발 사이즈는……. 엥? 저기요? 듣고 계세요?"

나나는 왕님이 타고 계신, 길가에 세워둔 자기 고물차를 수시로 곁눈질하며 다급히 옷을 골랐지만 사장으로 보이는 젊은 남자는 이쪽에 전혀 관심이 없어 보였다.

"사장님, 영업 안 하실 거예요?"

"아! 죄송합니다."

남자가 줄곧 멍하니 쳐다보고 있던 소형 텔레비전에선 곳곳의 혼란을 중계하는 뉴스가 방영되고 있었다.

왕의 행방을 찾는 외계인들의 선전포고 때문에 세계 전체가 정치 경제 할 것 없이 엉망이었다.

그중 외계인들이 대놓고 지목한 동북아시아 쪽은 사정이 더욱 심각해 거의 통제 불능 수준이었다. 한중일, 돌아가면서 화면에 잡히는 장면에는 각 지역의 군(軍) 집결 상황과 국민들의 극심한 불안이 가득했다.

분유를 구하지 못했다며 아기를 안고 울부짖는 젊은 여자의 얼굴이 화면에 클로즈업 되자, 나나는 입술을 깨물고 애써 고개를 돌려 화면을 외면했다.

"아아……, 결국엔 이렇게 시시하게 끝나는가 싶어요."

사장의 한숨 섞인 독백이 이어졌다.

"대학 졸업하고 백수로 살면서 줄곧 부모님 등골만 빼먹다 작년에서야 간신히 자리를 잡았지요. 비록 변두리 보세 옷가게지만 제법 장사도 잘 됐고 오래 사귀었던 애인이랑 올 연말에 결혼하기로 약속까지 했는데……. 빌어먹을. 인생이란 참 알 수가 없는 거예요, 그죠?"

"뭐, 그렇죠."

'쳇. 최소한 나보다는 나은 인생을 살았구만, 뭐.'

나나가 속으로 되뇌는 동안, 사장은 자조적인 웃음을 지으며 옷가지들을 차곡차곡 갰다.

"어제 애인이랑 싸웠지 뭐예요. 발단은 아주 사소한 일이었어요. 가게에서 저녁으로 비빔냉면을 시켜 먹었는데, 평소에 달걀을 잘 안 먹기에 당연히 안 먹을 줄 알고 걔 몫의 삶은 달걀을 내가 먹어버렸거든요."

"아이고. 대역죄를 저지르셨네요."

"하하하. 너는 왜 그렇게 배려가 없느냐, 그러는 너는 왜 그렇게 변덕이 죽 끓듯 하느냐, 목소리 높여 싸우고 헤어진 후 결국 지금까지 전화한 통도 안 했네요."

"원래 싸움이란 게 그렇게 사소한 일에서부터 시작되는 법이죠."

"그렇죠? 되돌아보면 정말 별것 아닌 일인데."

"맞아요."

이야기 끝에 희미한 미소를 짓던 사장이 불쑥 물었다.

"이런 상황에 남자 옷을 사러 왔다니. 애인 선물인가 봐요?"

"아……, 으음, 뭐, 그런 건 아니지만 그 비슷한 거라고 해두죠."

"그렇다면, 아직 사귀는 사이는 아니로군요. 홋."

사장은 한쪽 눈을 찡긋 감으며 대단히 느끼한 표정으로 나나에게 손가락 총을 쏘았다. 타앙!

"쿨럭."

가지런히 모서리각을 맞춘 새 옷과 모자, 신발을 쇼핑백에 담으며, 젊은 사장은 말을 이었다.

"UN에선 왕을 찾아 협상 수단으로 내세우려고 하는 것 같지만, 저들이 자기네 왕의 신병을 넘겨받고 얌전히 돌아갈 거라는 생각은 안 들어요. 애초에 여길 왜 왔겠어요?"

"그, 글쎄요."

"생각해보세요. 놀러온 건 아닐 테고, 달 근처에서 며칠이나 정박한데는 다 이유가 있을 거 아니에요? 뭐, 우리 땅 밑에 뭔가 묻혀 있다거나, 그렇지 않겠어요? 어쨌든 저 외계인들이 왕을 찾는 순간 이 지구는 끝장날 거예요."

'오. 예리한데.'

속으로 감탄한 나나는 다시 한 번 힐끗 밖을 내다보며 문제의 그 외계인 왕님이 제자리에 잘 계시는지 확인했다. 그런데…….

어라, 어째 차 안이 좀 썰렁하다?

'잠깐. 없는 거 아니야? 어, 없다! 어디 갔지?'

패닉 상태에 돌입한 나나는 아랑곳 않은 채 사장은 여전히 감수성 폭

발하는 독백을 이어가고 있었다.

"이럴 때 인간은 지구를 구해줄 히어로를 간절히 바라지요. 그렇지만 히어로는 어디까지나 상상 속에 존재하는 법. 우리, 운명을 받아들이고 남은 시간만큼은 후회 없이 살아 봐요. 시간이 얼마나 남았든지, 최선을 다해 살면 언젠가 눈을 감을 때 밀려올 후회가 조금은 줄어들지 않겠어요?"

"아아, 네, 네. 알았으니까 포장 좀 빨리."

"그런 의미에서 전 오늘 이후로 가게 문을 닫을 생각입니다. 사랑하는 그녀와 조금 더 많은 한 때를 나누고 싶어요. 아가씨도 꼭 그의 마음을 겟츄! 하기 바라는 마음에서……."

'아, 알았다고, 알았다니까! 도대체 멸치 똥자루만 한 인간이 사설은 왜 이렇게 아나콘다야!'

나나가 속으로 발을 동동 구르며 욕을 하는 순간 사장이 덧붙였다.

"이거, 매장 디피용으로 비싸게 주고 산 거긴 한데, 그냥 서비스로 드릴게요."

'어익후, 이 분이 장사할 줄을 아시네.'

환하게 웃으며 레이밴 보잉 선글라스를 쇼핑백 안에 넣어주는 사장의 친절에 눈물이 다 났지만 나나는 미처 그에게 감사할 겨를도 없었다.

"다 해서 얼마예요!"

"에, 20만 3천 원이네요. 20만 원만 주세요."

조금 전 갑옷 판 돈을 다급하게 꺼내 카운터 위에다 척 올려둔 나나는 쇼핑백을 들고 미친 듯이 문을 향해 돌진했다.

그러나 출입문 손잡이를 잡는 순간, 그녀의 발걸음이 멈칫 했다. 등 뒤에서 전화 벨소리에 이어 들려온 말 때문이었다.

"아! 자기야! 그래, 나야. 어젠 미안했어. 응, 그래. 나도 사랑해. 아주 많이…….."

사랑.

사랑? 사랑이라고? 도대체 그게 뭔데?

자문해봤자 답이 나올 리가 없었다. 평생 인복 없이 살아왔던 신나나에게는, 문을 열기 위해 잡은 금속 손잡이마저 너무도 차가웠으니까.

무식하게 크기만 한 선글라스, 그마저도 자외선 차단이 되고 있는 건지 안 되고 있는 건지 모를 렌즈를 통해 하늘을 한번 올려다본 왕은 시선을 돌려 한 건물을 바라봤다.

현지의 시장인 듯한 쇼핑센터의 입구에는 그 끝도 보이지 않을 만큼 긴 줄이 늘어서 있었다. 전쟁이 일어날 것을 예상하고 미리 생존에 필요한 물건을 구하려는 인파인 듯했다.

인간들의 각기 다른 생김새나 옷차림처럼 그 표정 역시 무척이나 다양했지만, 단 한 가지, 그들에겐 공통점이 있었다.

왕의 시선이 줄을 선 사람들의 손으로 향했다. 눈동자가 주욱 줄을 훑는 동안 그의 표정은 점점 더 기묘해졌다.

인간들은 혼자 선 자를 제외하곤 모두 하나같이 누군가의 손을 꼭 붙잡고 있었다. 종말을 앞두고 이런 것에 내체 무슨 의미가 있다는 건지, 아이 어른 할 것 없이 서로의 손을 꼭 붙들고 있더란 말이다. 세라프에선 한 번도 본 적 없던 진기한 풍경이었다.

"흐음."

자기 양 손을 내려다보며 고개를 갸웃거리는 순간, 그의 바로 등 뒤에서 핵융합장치 초기 구동 소리에 버금가는 고성이 터져 나왔다.

"지금 여기서 뭐 하시는 거예오오옷!"

돌아서서 나나를 내려다본 왕은 느긋한 태도로 해명하려 했지만, 그녀는 애초에 대답을 들을 생각도 없었던지 그의 손을 붙잡고 전속으로 달려가기 시작했다.

"내가 못 살아! 성질 급한 부관 눈에 띄면 안 된다고 한 건 어디의 누구였냐고요!"

"으음. 그건 그렇지."

덩달아 전속력으로 달리면서, 왕은 자신의 손을 꼭 붙잡은 나나의 손을 내려다봤다.

그녀의 손은 통통하고 보드라웠으며 무척 따뜻했다. 손가락을 움직여 꽉 잡아 보니 바르작거리는 것이, 어쩐지 무척 귀엽게 느껴지기도 했다.

"아니, 이곳은……! 정녕 이런 곳이 네 거처란 말인가?"

놀라서 입을 다물지 못하는 그의 반응이 무엇을 의미하는지 몰라 얼떨떨하게 올려다보던 나나는 이어지는 말에 바로 표정이 썩었다.

"짐의 신발장보다도 좁은데, 이런 소굴에서 어떻게……."

아아, 신발장은 너무하잖아. 어디선가 고린내가 풍기는 듯한 기분이 들어 길게 한숨을 내쉰 나나는 투덜거리며 말했다.

"네, 네. 누추하지만 부디 들어오소서."

"이 집에 욕실은 있느냐?"

"욕실, 확실히 있사옵니다. 욕조가 없어서 그렇지."

아무 소리가 안 들려 뒤를 돌아본 나나는 믿을 수 없다는 듯 입을 벌리고 있는 그를 발견한 후 거칠게 내뱉었다.

"어유, 욕조도 없는 집에 사는 가난한 애완동물이라 죄송합니다요!"

"뭐, 됐다."

안으로 들어선 왕은 거만한 표정으로 원룸 내부를 휙 훑어보더니 곧장 달팽이 케이지로 다가갔다.

"호오. 가난뱅이 주제에 제법 괜찮은 것을 키우고 있지 않느냐."

"네?"

"네 부펜은 이름이 무엇이지?"

부펜이라니, 달팽이를 그쪽에서 부르는 말인가, 생각한 나나는 환한 미소를 지었다. 애완동물이란 확실히 좋긴 좋다. 문화적 차이를 이렇게 단숨에 좁힐 수 있으니 말이다.

"촉촉이예요."

"촉촉이? 으음. 흉포한 전투 지원 맹수치고는 너무 유약한 이름인데."

그가 고개를 젓는 것을 보며 그녀는 의아한 얼굴로 물었다.

"흉포한 전투 지원 맹수……라니요?"

"원정을 막 시작했을 무렵, 짐이 세라프에서 데려온 부펜 '융단폭격'은 투르칸 행성에서 전기작살을 열다섯 개나 맞고도 무려 200명이 넘는 적군을 무참히 집어 삼키……."

이건 문화적 차이를 단숨에 좁힌 게 아니라 아예 붕괴시켜버리지 않았나.

"아, 네! 무, 무슨 말씀이신지 잘 알 것 같네요, 이제 그만요!"

"으음. 이 빛깔 하며……. 촉촉이라……, 모선으로 데려가 감마선 몇 번 쬐어주면 융단폭격의 뒤를 이어 훌륭한 전사가 될 재목이다."

"사, 사, 사, 사양하겠습니다요. 으흐흐흑."

경악한 나나는 플라스틱 케이스를 끌어안고 울면서 고개를 도리도리 저었지만, 그는 뭐가 문제인지 전혀 모르는 듯 여전히 만족스러운 표정이었다.

쌀통에 쌀이 떨어진 관계로 점심 메뉴는 라면이었다.

진기한 현지 음식이라며 또 한 번 라면 봉지를 붙들고 감탄해 마지않던 그는 보글보글 라면 물이 끓고 있는 찌그러진 양은 냄비를 힐끗 내려다보며 물었다.

"이제 어떻게 할 셈이지?"

가스레인지에 기대서서 노트에다 뭔가를 적어 내려가고 있던 나나는 연필 뒤꽁무니를 앞니로 잘근잘근 깨물며 분명치 못한 발음으로 대답했다.

"차근차근 찾아가서 되갚아줘야죠. 유치원 때 날 괴롭혔던 친구부터 지난 주말에 진상 제대로 부리고 갔던 손님까지, 뒤를 밟을 수 있는 인간은 모조리 다 쫓아가서 받은 만큼 해주고 올 생각이에요. 그런 후에 모든 것과 장렬한 빠빠이. 아이, 썬나!"

그는 라면봉지를 한쪽에 내려놓은 후 나나의 손에 들린 노트를 부드럽게 뺏어 들고서 내용을 천천히 훑어보았다.

거기엔 그녀가 말했던 대로 여러 사람들의 이름이 빼곡하게 적혀 있었다. 연도와 사건까지 메모해둔 것을 보니, 과연 복수하겠다는 것은 거짓말이 아닌 듯했다.

그러나 신난다는 그녀의 말만은 어쩐지 의심스럽게 느껴졌다.

끓는 물에다 라면 두 개를 부수어 넣은 후 조리대 위의 졸업앨범 주소록을 뒤지는 나나의 얼굴을 유심히 관찰하던 그가 물었다.

"말로는 신난다고 하면서도 어쩐지 넌 별로 즐거워 보이지 않는구나. 아까 네 가게에서 봤던 것과는 분위기가 달라. 여기까지 오는 길에 무슨 일이라도 있었나?"

"네?"

이해할 수 없는 그의 말에 나나는 자기 얼굴을 더듬어보았다. 물론 그런다고 알 수 있는 일은 아니겠지만.

오는 길에 있었던 일이라면 역시 옷가게를 나서며 느꼈던 참담한 기분밖에 없었다.

종말을 바라보는 이 순간, 누구는 사랑하는 사람과의 행복한 한 때를 누리겠다는데 이쪽은 앙심 품은 사람들 찾아다니며 유치한 복수나 하겠다며 방방 뛰고 있고 말이지. 한심하지 않을 리가 없었다.

그는 다 안다는 듯 씩 웃으며 담담하게 조언했다.

"싸움을 앞둔 기백이 전혀 아니로구나. 전쟁이란 말이지, 적을 죽이지 않으면 내가 죽는다는 각오로 임할 자신이 없다면 애초부터 뛰어들지 않는 것이 좋아."

그 말을 들은 니나가 벌벌 떨며 대꾸했다.

"아, 아니, 아무리 미워도 제가 직접 죽일 생각까지는 없는데요."

"말이 그렇다는 거지."

그가 싱글싱글 웃으며 다시 노트를 건네주자 그녀는 잠시 그것을 내려다보며 생각에 잠기더니 되물었다.

"요(要)는 기합이라 이건가요?"

"으응? 왜 그런 쪽으로 이해를……?"

그의 말이 끝나기도 전, 나나는 돌연 주먹을 꼭 쥐더니 이내 우스꽝스러운 목소리로 고함을 지르기 시작했다.

"압! 압! 아자, 아자, 가자! 조오아아쓰!"

예상했던 반응이 아니었던 듯, 그의 표정이 오묘해졌다.

"든든하게 먹고 나가서 첫 타석 시원하게 홈런 치고 오자고요! 아자!"

한동안 멀뚱히 그녀를 건너다보던 그는 또 한 번 흥미로운 표정으로 피식 웃더니 고개를 끄덕였다.

"그래. 뭐, 네가 어찌 하든 짐은 재미만 있으면 그만이니까."

"기다려라, 이것들아! 내가 간다! 이 신나나가 간다! 유후!"

첫 번째 타깃으로 점찍은 인간은 유치원 동창으로, 그 시절 시도 때도 없이 나나를 괴롭혀댔던 아이였다. 그녀와 비교적 최근까지 연락을 주고받았다던 친구에게 전화를 걸며, 나나는 희열에 들떠 몸부림을 치느라 라면을 끓이고 있었다는 사실을 완전히 잊어버리고 말았다.

지구를 정복하러 온 공포의 대왕 앙골무아.

정복 대상에서의 첫 식사는 불 위에서 거의 10분 가까이 끓어 면은 팅팅 불었고 국물은 잔뜩 졸아버린 라면이었다.

물론, 소박하면서도 더없이 강렬한 인상을 남긴 그것이 잘못 조리된 음식이었다는 것을 그가 깨달은 것은 다음 식사 시간의 이야기.

03
삐걱삐걱

"어머, 세상에, 어머머, 그래서? 꺄아앙! 정말?"

나나가 휴대전화를 어깨와 뺨 사이에 끼우고 억지 물개박수를 치자 아론의 그림 같은 눈매가 살짝 일그러졌다.

"대체 언제까지 짐을 기다리게 할 작정이지?"

그가 싸늘하게 노려보며 내뱉었지만 나나는 당장 전화를 끊고 그를 받들어 모시는 대신 입에다 검지를 대고 조용히 하라는 시늉을 했다. 이번이 벌써 네 번째 통화였고 세 번째 무시였다.

"그래서, 그래서 그 사람이 반지 주면서 너한테 뭐라고 했는데?"

물어보고는 있지만 전혀 궁금하지 않은지, 나나의 표정은 몹시 심드렁해 보였다. 게다가 전화 저편의 유치원 동창 친구에게서 무슨 소릴 들었는지 이내 조용히 구토하는 시늉까지 내기도 했다.

"오옥. 어우야, 진짜 좋겠다. 부럽네에."

아론이 짜증 섞인 한숨을 내쉬며 노골적으로 눈치를 주자 나나는 그제야 본론을 꺼내놓았다.

"아, 그런데 말이야. 너 왕지연이랑 고등학교 때까지 친했지? 그래.

샛별유치원 장미반 왕지연. 혹시 최근에 연락한 적 있어? 아, 그래? 으응. 아니, 별일은 아니고 오랜만에 생각이 나더라고. 얼굴이나 볼까 싶어서."

한참동안 친구의 말에 귀를 기울이고 있던 나나는 메모지에 뭔가를 휘갈겨 적기 시작했다.

똥과 우는 얼굴 낙서가 빽빽하게 그려져 있던 메모지 한 귀퉁이에 전화번호로 보이는 숫자 조합과 '가리봉동 거부빌딩 1층' 따위의 간략한 위치 정보가 추가됐다.

"응, 그래. 고마워. 나중에 보자. 아, 참. 두 분이서 옙흔 사랑하세요오."

가식이 분명한 코맹맹이 소리로 작별인사를 남긴 나나는 서둘러 전화를 끊고 식탁 위에다 턱 내려놓았다.

"으아아아, 남의 연애사 듣느라 토쏠려 죽는 줄 알았네. 그래도 조오아아쓰! 드디어 찾았다!"

똥 씹은 표정의 왕을 뒤늦게 발견한 나나는 그제야 손을 모아 싹싹 비비는 시늉을 하며 사과했다.

"죄송해요, 오래 기다리셨지요?"

"짐을 이만큼이나 오래 기다리게 하다니. 이 죄는 네 목숨으로 갚아야 마땅하겠지만, 뭐……."

어울리지 않게 말끝을 흐린 아론은 나나의 얼굴을 힐끗 쳐다보고서 덧붙였다.

"그렇게 어여쁜 얼굴로 애교를 떠는데 어찌 봐주지 않을쏘냐."

입술 끝을 딱딱하게 굳힌 나나가 몸을 부르르 떨더니 한숨을 내쉬고 조심스럽게 운을 뗐다.

"저기요, 있잖아요, 그…….."

"뭐냐."

"에, 그러니까…… 그게…….."

나나가 사온 옷으로 갈아입은 아론은 똑바로 바라보면 어디 한 군데 닿기라도 할까 아까울 정도로 너무나 멋졌다. 핸섬한 마스크, 훤칠한 키에 늘씬늘씬하게 뻗은 팔다리는 진정한 패션리더란 이런 것이라고 온몸으로 말하는 것만 같았다.

그런데. 그런데!

"대체 무엇이기에 그리도 뜸을 들이는 거냐. 짐은 얼음처럼 차갑고 칼날처럼 날카로운 왕이지만 소유물에는 한없이 관대한 이니라. 그러니 속 시원히 말해보거라."

"아으으으으앙! 캬악!"

오글오글 오그라든 손가락을 가락가락 다시 펴고 나나는 거의 울다시피 하며 말했다.

"저기, 그 말투! 말투 좀 어떻게 안 될까요?"

"말투?"

"네. 그거, 사극에나 나오는 어투지, 지금 여기서 그런 말을 쓰는 사람이 어딨어요?"

"없나?"

"없지요. 네버."

"기억부스터의 최적화 시스템이 선정한 말투인데 현지 사정과는 동떨어진 모양이로구나. 올라가거든 시스템을 재정비해야겠다."

"아무래도 그러셔야겠어요."

"뇌 내 언어내비게이터를 재탐색해야 하니 잠시만 조용히 하고 있도록."

조용히 눈을 감고 약 1분 정도 정신을 집중한 아론이 다시 반짝 눈을 뜨더니 말했다.

"하이룽, 방가방가!"

눈앞의 초절정 미남이 너무도 진지한 태도로 유행 한참 지난 선사시대 통신체를 구사하자 나나의 표정이 곧바로 썩어문드러졌다.

"그, 그래도 얼추 다 온 것 같네요. 조금만 더 뒤로 오세요."

1분 뒤, 그는 한층 더 진지한 얼굴로 말했다.

"우리 옵빠 욕하면 존나쎈 아론님이 뗸쮜할끄야."

"악! 뒤로 오다 자빠지셨는데요!"

경악한 나나가 달아오른 얼굴을 두 손으로 가리고 도리도리 고개를 젓자 아론은 슬슬 귀찮은 표정으로 다시 한 번 정신을 집중하고 말했다.

"너, 한강굴다리 밑으로 10초 안에 뛰어와라. 흥이 다 애정이 있어서 때리는 거다."

"아악! 아악! 대체 저한테 왜 이러세요, 네에? 그 내비게이터 망가진 거 아니에요? 이상한 소리 좀 그만 하세요, 제발. 이러다 내 손발이 파괴될 것 같아!"

"XX! 누구든 왕을 건드리면 X되는 거예요. 아주 그냥 X되는 거야."

"아놔, 미쳐버리겠네!"

"시스템 추천으로 가버렷. 이야아, 야메떼에에."

"크악!"

더 이상 참을 수 없었던 나나는 아론의 소매를 꼭 붙잡고서 울다시피
하며 애원했다.

"죄송합니다, 죄송해요. 제가 순도 백 프로 죽일 년이었어요. 다시는
그런 소리 안 할 테니까 원래대로 돌아오세요! 그것이야말로 대왕마마
폐하 각하께 딱 어울리는 말투셨는데 제가 미처 못 알아 뵙고 그만!"

느긋하게 나나를 내려다보던 아론은 씩 웃으며 내뱉었다.

"변덕이 죽 끓듯 하는 계집이로군. 하지만 뭐, 이 정도 앙탈이야 그냥
넘어가주겠다."

"하아. 내 팔자야."

깊고 긴 한숨을 내쉬며 몸을 일으킨 나나가 진지하게 물었다.

"저기, 말투는 그렇다 치고. 앞으로 뭐라고 불러야 해요?"

"무엇을 말이냐?"

"보통 여기선 상대방을 부를 때 이름 뒤에 '씨'나 '님' 같은 호칭을 붙여
서 부르거든요."

"아. 그래서 짐을 아론 씨, 라고 부르고 싶으시다?"

"그……."

나나가 막 대답하려던 순간 그가 의자에 몸을 비스듬히 기대더니 턱
을 쳐들고 도도하게 내뱉었다.

"어딜 감히. 깍듯이 전하라고 부르거라."

"네, 전하. 크윽."

눈물을 삼키며 고개를 숙인 나나의 손가락 발가락이 또 한 번 오글오
글 오그라들었다.

"여기가 맞는 것 같네요."

"유치원 때 널 괴롭혔던 친구가 기거하는 곳이라 했던가?"

"사는 곳은 아니고 여기서 국밥을 팔고 있대요."

"국밥?"

"아아, 국밥이란 건 말이죠, 여러 재료를 넣고 오랫동안 푹 끓인 국에다 밥을 말아서 먹는 우리나라 고유의 음식이에요. 숙취해소에 그만이죠."

"호오. 숙취라."

반가운 소리에 아론은 기대감 가득한 표정으로 변두리 가게의 간판을 올려다보았다.

그런데 무슨 일이었을까. 그의 눈살이 사정없이 찌푸려지더니 눈동자에서 분노의 불길이 치솟았다.

"아무리 지구인이 미개하다 한들, 이리도 미개할 수가 있을까! 어찌……!"

충격에 제대로 말도 잇지 못한 채 탄식을 내뱉고 있는 아론을 의아한 눈으로 건너다본 나나는 고개를 들고 간판을 올려다봤다.

[원조 어머니내장국밥]

"아무리 숙취가 심하여도, 목숨 걸고 낳아서 길러준 어머니가 아닌가! 그런 어미를 어찌 감히……! 내 이 미개한 종족들을 당장 모조리 몰살시켜버리고 말 테다!"

"저, 전하! 잠깐 스톱!"

당장 가게로 쳐들어갈 것처럼 분개해 펄펄 날뛰는 아론을 온몸으로 마크한 나나가 다급하게 해명했다.

"그, 그런 게 아니에요!"

"아니긴 뭐가 아니란 말이냐!"

"그러니까, 어머니의 그, 그걸로 끓인 게 아니고요, 아아악! 생각만으로도 끔찍하잖아! 어머니가 직접 끓여준 국밥 맛이라 그 뜻이죠!"

"그게…… 정말인가?"

"그럼요!"

"정말?"

"그럼요! 물론 사방에 짐승보다 못한 인간들 천지지만 엄마를 어떻게! 아무리 그래도 그런 오해를 하시다니요오오, 흑!"

말하다 말고 나나가 부들부들 떨며 격하게 고개를 가로젓자 아론은 그제야 안도한 듯 한숨을 내쉬고 모자를 깊이 눌러썼다.

"그렇다면 됐다. 후딱 복수하러 들어가자꾸나."

"니엡!"

두 사람이 테이블 예닐곱 개가 놓인 아담한 가게 내부로 들어서자 주방 쪽에서 낭랑한 목소리가 들려왔다.

"어서 오세요!"

이옥고 때가 꼬질꼬질하게 낀 플라스틱 구슬발을 걷어내고 늘씬한 미녀 한 명이 나타났다.

그녀를 본 나나의 손이 일순 작은 주먹으로 움츠러들었다. 20년을 훌쩍 넘겨 만났는데도 한눈에 알아볼 수 있었다.

"오랜만이다, 왕지연."

63

"어……, 누구……?"

"나 못 알아보겠니? 나야. 신나나. 샛별유치원 장미반 신나나."

"뭐? 신나나라고?"

"그래. 졸업할 때까지 너한테 병신나나 소리 들으면서 니 부하노릇 했던 신나나."

나나가 비 맞은 치와와처럼 발발 떨며 내놓은 말에 지연은 눈을 크게 뜨더니 득달같이 달려왔다. 이윽고 그녀는 예상과는 달리 나나의 두 손을 꼭 잡고서 호들갑스럽게 소리쳤다.

"어머, 나나야! 너 정말 나나 맞아? 너무 오랜만이다! 이게 몇 년 만이야 대체! 밥은 먹었어? 밥 먹으면서 얘기하자. 자랑하는 건 아니지만 우리집 국밥 맛 진짜 괜찮거든. 뭐 좋아하니? 저분은 누구셔? 같이 오신 거?"

'어, 어라?'

나나의 표정이 점점 썩어 들어가는 동안 아론은 선글라스를 낀 채로 가게 내부 이곳저곳을 둘러보다 제일 깨끗해 보이는 테이블에 가서 자리를 잡더니 이내 천연덕스럽게 식사를 주문했다.

"시끄럽게 떠들지만 말고 어서 내장국밥이란 것을 대령해보도록."

뚝배기 안에서 아직도 보글보글 끓고 있는 국물을 내려다보던 나나는 고개를 들고 지연을 마주봤다.

"넌 여전히 그대로구나. 그런데……."

나나가 기억하는 그 시절 지연은 부잣집 딸로 태어나 넓고 고급스러운 집에서 살며 좋은 것만 먹고 좋은 것만 입는 원단 공주였다. 지금의 이 허름한 식당이나 때 묻은 에이프런과는 전혀 동떨어진.

"너, 그동안 무슨 일 있었니?"

나나의 질문에 지연은 애잔한 미소를 짓더니 되물었다.

"어렸을 때 그렇게 잘 살다가 왜 이렇게 됐는지 궁금한 거지? 실은……, 그때 우리 집 부자 아니었어."

"무슨 소리야? 너희 집 부자 동네 이층 양옥에 앞마당에는 잔디도 깔려 있었잖아. 거기서 황소만한 개도 키우고. 그런 너희 집이 부잣집이 아니라면 우리 집은 개미집이냐?"

나나가 눈을 크게 뜨고 믿을 수 없다는 표정을 하자 지연은 고개를 저으며 말했다.

"그 집, 사실 우리 작은 이모 집이었어. 유치원 다닐 때 잠깐, 한 일 년 정도 엄마랑 같이 얹혀살았거든. 엄마가 이모네 집안일 도와주는 대가로 그 집 차고 옆 단칸방에서 먹고 자고 살았지. 그때 입고 다녔던 좋은 옷들은 다 이모네 언니들 옷 물려 입은 거였어. 뭐, 이모가 나 불쌍하다고 이것저것 많이 사주기도 했고."

"어……?"

지연은 여전히 놀란 눈으로 건너다보는 나나에게 어깨를 으쓱해 보이며 말을 이었다.

"그때 내가 너 엄청 많이 괴롭혔잖아? 그거 실은 네가 부러워서 그런 거야."

"무슨……?"

"너희 아빠 가수셨잖아. 노래도 잘 부른다는 아빠가 만날 유치원 앞까지 데려다주고 데리러 오고, 그러는 거 얼마나 부러웠는지 몰라. 울 아빠랑 엄마는 그때 이혼했었거든. 아빠가 바람피우고 술 취해서 엄마 막 때리고 그래서."

"어머, 난 그런 줄도 모르고……."

나나가 어쩔 줄을 몰라 하자 지연은 코끝과 눈시울을 발갛게 물들이며 한동안 말을 잇지 못하더니 이내 진심으로 사과했다.

"질투에 심통 부리느라 괜히 너 괴롭히고 못살게 굴고 그랬다. 미안해. 그 후로도 정말 오랫동안 미안하게 생각하고 있었어."

"어……, 야아……."

"나, 그동안 엄청 열심히 살았어. 학교 졸업하고 엄마랑 둘이서 진짜 악착같이 벌어서 작년에 이 국밥집 오픈했고. 장사는 시원치 않지만 그래도 남한테 신세질 정도는 아니야."

"그, 그래? 잘…… 됐네."

"어쩌면 그때 자격지심으로 너한테 그렇게 한 거 미안해서 더 열심히 살았는지도 모르겠어. 다시는 내 허물 때문에 남한테 피해주지 말아야겠다고 생각했거든. 너한텐 정말 미안하고 고맙고, 그래."

극심한 혼란에 빠진 나나는 눈만 깜박이다가 자리에서 벌떡 일어났다.

"왕지연. 나는 있지, 나는…… 오늘 널 말이지……. 너를……. 으윽."

입술을 깨물며 중얼거리던 나나는 목에 뭔가 걸리기라도 한 듯 가까스로 마른침을 꿀꺽 삼키더니 눈을 질끈 감고서 내뱉었다.

"아니, 됐어. 그만두자. 나도 너 그런 사정 있는지 모르고 오랫동안 미워해서 미안하다. 이제 다 알았으니까 그걸로 됐어. 그러니까 너도 이제 다 털고…… 얼마 후가 될지는 모르겠지만…… 끝까지 계속 열심히 살

66

아."

"고마워, 나나야. 정말 고마워."

"고, 고맙긴. 국밥 얼마야?"

"놔둬. 내가 너한테 그 돈 받아서 무슨 부귀영화를 누리겠다고."

"그래? 그럼 그냥 간다."

나나가 뭔가에 홀린 듯 흐느적거리며 자리를 뜨자 아론은 의미심장한 눈으로 그녀의 뒷모습을 바라보다 자리에서 일어나며 지연에게 한 마디를 건넸다.

"그대 어머니내장국밥의 놀라운 숙취 해소 효과, 확실히 체험했다."

집으로 돌아가는 길, 나나의 고물 차 안은 시끄러운 엔진소리만 울리고 있었다. 그녀는 계속해서 묵묵히 운전대만 쥐고 있을 뿐 한참 동안이나 아무런 말도 하지 않았다.

"맘먹고 복수하러 갔건만, 결과가 썩 마음에 들지 않는 모양이구나."

"아니, 뭐 그런 건 아니지만⋯⋯."

말끝을 흐리던 나나는 이내 고개를 세차게 젓더니 힘주어 다시 말했다.

"네. 맞아요. 마음에 안 들어요. 이건⋯⋯, 이런 건 명백히 반칙이니까요!"

"반칙이라니?"

"반칙이죠, 반칙! 자기 힘들었던 얘기 꺼내서 결국 논점 흐린 거잖아요! 아니, 대체 엄마 아빠 이혼한 거랑 자기가 나 괴롭힌 거랑 무슨 상관인데?"

한동안 물끄러미 차창 밖을 바라보고 있던 아론이 밑도 끝도 없는 소리를 내놓았다.

"사실 그런 건 자기 의지대로 제어되는 게 아니지. 그 행위 주체가 어린 아이라면 특히."

"네?"

"황궁에서 지내던 어린 시절, 짐 역시 꽤 오래도록 비뚤어진 시선으로 세상을 바라봤었다."

"왜요?"

"짐은 세라프의 제18 황자이자 황위 계승 서열 2위로서, 지구 정복을 마치고 지금까지 모은 트릴라듐을 모두 가지고 돌아간다면 유력 황위 계승자로 자리매김할 예정이지. 이게 무슨 말인지 알겠나?"

"음……. 글쎄요."

"백치미 쩌는구나. 어쩜 그리도 예쁘단 말이냐."

"헤헷. 뭔가 기분이 엄청 좋으면서도 상당히 찜찜한뎁쇼?"

"그 말은 곧, 지금껏 내가 열일곱 명의 다른 황위 계승자와 치열하고도 처절한 암투를 벌여왔다는 뜻이다."

"아아."

"사리분별이 없는 어린 마음에 심어진 증오나 분노, 투쟁심 같은 것들은 블랙홀과 마찬가지라 주변의 모든 것을 다 삼켜버리지. 나 역시 그런 악감정에 먹혀 당시 많은 이에게 숱한 상처를 주었고, 철이 든 후에 그 일에 대해 몹시 후회했단다. 그 죄의 무게가 지금도, 그리고 앞으로도 가슴 한구석을 무겁게 짓누를 테니, 이 정도면 형벌이라 할 수 있지 않을까? 네 친구도 아마 마찬가지겠지."

신호등의 빨간불을 올려다보는 아론의 눈은 어울리지 않게 쓸쓸한 빛을 띠고 있었다.

"세상에 저마다의 사정이 없는 이가 있겠나. 어린 시절의 실수만큼은 너그러이 용서해줄 수 있는 배포와 아량도 필요한 법이란다."

그의 말이 맞았다.

아무것도 모르던, 그저 철없기만 했던 어린 시절의 일이기도 했고, 막상 왕지연이 저렇게 잘 살고 있는 것을 보니 오히려 그 때의 일이 희미해져 무척 홀가분하기도 했다.

나나는 뭔가를 털어내려는 듯 긴 한숨을 내쉬고 이내 담담히 말했다.

"전하도 보기보다는 힘들게 사셨네요."

"흐음, 힘들게 살았다는 생각은 안 해봤는데, 뭐, 따지고 보면 힘들었을 수도 있었겠구나."

아론은 남 말 하듯 심드렁하게 대꾸했지만 나나는 무척 진지하게 덧붙였다.

"그래도 그런 거 다 극복하고 이렇게 훌륭한 왕이 되셨잖아요. 수많은 별을 멸망시키고 지구까지 한 큐에 멸망시킬 최후의 대마왕으로 훌륭하게 성장하셨잖아요. 스스로 상처를 딛고 일어서는 건 그 자체로도 대단한 일이라고 생각해요."

"지금 짐을 위로하려는 건가?"

"고작 이런 말로 무슨 위로가 되겠어요? 그저……, 그렇다는 거죠."

어색하게 둘러대는 말에 아론은 부드럽게 미소를 지었다.

"고맙구나."

그의 새하얗고 가지런한 치아가 입술 사이로 살짝 드러나자 나나는 눈앞이 아찔해진 나머지 허벅지를 세게 꼬집고 말을 돌렸다.

"사실 조금 허탈하기도 하네요. 그 지지배가 착실하게 살면서 뭔가를 이룬 동안 저는 뭘 했나 싶어서. 이렇게 되는 일 하나도 없는 인생, 그동안 난 대체 뭐 하러 그렇게 아등바등 노력하면서 살았을까."

"최선을 다해 노력했다면 그 결과가 좋지 않다 해도 결코 후회해선 안 되지. 후회는 그간의 고된 노력마저도 쓸데없는 것으로 만들어 버리니까. 노력은 가치 있는 일이지만 후회는 전혀 무가치한 것이란다."

"음……. 듣고 보니…… 그런 것도 같네요."

가벼운 한숨을 내쉰 나나는 고개를 주억거리며 인정했다.

"네. 전하 말씀이 맞아요. 비록 실패한 인생이지만 노력했던 그 시간만큼은 소중하겠죠."

"오오. 그렇게나 금세 이해하다니."

흐뭇하게 웃으며 나나를 건너다본 아론이 천천히 손을 뻗어 그녀의 턱을 끌어당겼다.

둘의 거리가 순식간에 좁혀지더니 서로의 숨결이 뺨 위로 생생히 느껴질 정도가 되었다.

"똑똑하기도 하지."

"으음……."

입술만 살짝 부딪친 가벼운 키스가 겨우 몇 번 이어졌을 뿐인데 나나는 금세 황홀경에 빠지고 말았다. 키스만으로도 이 정도인데, 이런 남자의 품에 안긴다면 어떤 기분일까.

빵빠앙!

뒤에서 울리는 경적소리에 정신을 차린 나나는 서둘러 차를 출발시키려 했다.

그런데 바로 그때, 아론이 무섭도록 진지한 어조로 속삭였다.

"영리한 나나야, 짐이 누구도 모르는 비밀을 하나 알려줄까?"

"네? 비밀……이라니요?"

"사실 우리 세라프 인의 생식기는 말이다……."

이어진 그의 말에 나나의 동공은 인생 유례없던 최대치로 확장됐다.

"예에에에?"

집으로 돌아가는 길, 어느덧 해는 뉘엿뉘엿 기울고 사방이 오렌지 빛으로 물들고 있었다.

혼잡한 도로를 운전해 오는 동안 줄곧 나나는 아론을 몰래 곁눈질하다 눈이 마주치면 얼른 피하고, 아닌 척 훔쳐보다 또 눈이 마주치면 고개를 돌리고를 반복했다.

"왜 그러지? 궁금한 것이라도 있는 건가?"

"궁금한 거……."

"얼마든지 물어봐도 좋다."

「사실 우리 세라프 인의 생식기는 말이다…….」

나나는 조금 전 들었던 이야기의 사실 여부에 대해 알고 싶어 미칠 것만 같았지만, 도저히 민망해서 물을 수가 없었다.

"아, 아유우우우, 아아니에요. 묻긴 개가 뼈다귀를 파묻나요. 궁금한 거 하나도 없어요. 오호호."

뭔가 묻고 싶은 말이 잔뜩 있는 눈치였지만, 그녀는 끝끝내 아무런 질문도 내놓지 않았다.

"보기보다는 꽤나 수줍은 성격이로구나."

아론은 다 알면서 놀리는 듯 의미심장한 눈으로 나나를 건너다보며 계속해서 빙글빙글 웃었고, 그런 그의 잘생긴 얼굴에서는 찬란한 빛이 뿜어져 나오는 것만 같았다.

'으아니, 그러니까 저렇게 잘생겼으면 뭐하냐고! '그것'이 하필 그런 곳에······! 어라? 자, 잠깐! 지구 멸망 후에 난 꼼짝없이 펫으로 잡혀가 남은 인생 내내 '그것'이 하필 그런 곳에 있는 외계인들이 득실득실한 곳에서 살아야 하는 거야? 노, 노, 노우우우웁!'

뭐라 말할 수 없는 공포와 참담함에 몸서리치며 울상 짓던 나나는 뒤늦게 집 앞에서 뭔가를 발견하고 화들짝 놀랐다.

"어라? 저 언니가 갑자기 왜 짐을 빼지?"

원룸의 공동 출입구에서 한 여자가 커다란 이불 보따리를 나르고 있었다.

"아는 여자인가?"

"네. 옆집 사람이요. 아무래도 이사 가는 모양인데, 무슨 일인지 금방 가서 물어보고만 올게요. 아, 혹시라도 누가 알아보지 못하도록 모자 더 깊이 눌러 쓰세요. 그리고 선글라스 절대 벗으시면 안 돼요. 아시죠?"

혹여 행인들에게 들키지 않도록 조수석 선바이저까지 내려준 나나는 서둘러 차에서 내려 여자에게로 다가갔다.

혼자 남아 할 일이 없어진 아론은 차 안 구석구석을 구경하다 신경 쓰이는 무언가를 발견했다.

글러브박스 안에 손바닥만 한 다이어리가 하나 들어 있었다.

거리낌 없이 펼쳐 낱장들을 넘겨보니 매 페이지마다 나나를 꼭 닮아 통통하고 귀여운 필체의 글씨들이 가득 들어차 있었다.

그 중 특히 아론의 눈길을 잡아끈 것은 지구 날짜로 꼭 한 달 전까지 거의 매일 반복해 적혀 있던 문구였다.

「세상에 지면 안 돼. 힘내자, 신나나!」

모든 것을 다 놓아버리기 전까진, 아마도 그게 혼자서 자기 스스로를 채찍질하는 주문이었으리라. 깜찍하기도 하지.

아론이 부드럽게 미소 지으며 다이어리를 덮어 제자리에 돌려넣는 순간 나나가 다시 차로 돌아와 걱정스러운 표정으로 말했다.

"큰일이에요. 상황이 생각보다 훨씬 더 빨리 심각해지고 있나 봐요."

"심각하다니?"

"다들 가족들 찾아가거나 지방 쪽으로 피난 준비하고 있대요. 여기 살던 사람들도 오늘 오전에 다 나가고 아무래도 저만 남게 된 것 같네요."

"어차피 모선이 전투모드에 돌입하면 몰살이니 힘들게 멀리 도망간다 한들 별 의미도 없지. 신경 쓰지 말거라."

"으윽. 앞문장이랑 뒷문장의 뜻이 심하게 상충하는뎁쇼."

"어여쁜 나나야, 큰일을 도모할 땐 자잘한 일들은 산뜻하게 무시하는 게 정신건강에 좋단다."

"자잘한 일들이라……."

나나는 앞 차창을 통해 위를 올려다봤다.

어느새 어둑해진 하늘에 또 한 번 외계 비행선 한 대가 긴 제트구름을 남기며 정찰을 돌고 있었다.

세라프 측에서 아직 이렇다 할 움직임을 보이지는 않는 상태였고, 국제연합에선 그들과 마찰을 일으키지 않고 최대한 외교적으로 상황을 타개할 방법을 모색하는 중이었다.

그러나 그 노력에도 불구하고, 하늘엔 하루에도 몇 번 씩 소형 외계 비행선들이 날아다니고 땅엔 지구인 군대가 쫙 포진하느라 어느새 양측은 확연한 대치 상태를 이루고 있었다. 전 세계 사람들이 공포와 불안에 떠는 것은 지극히 당연한 일이었다.

"짐이 하도 완벽히 은신하고 있으니 저 바보들이 못 찾는 모양이구나. 아아, 간만에 통쾌한 기분이로다. 내친 김에 여기서 오래오래 놀면서 약이나 올리다가 돌아갈까."

아론은 이 심란한 상황에도 해맑게 웃고 있었다.

그의 아까울 정도로 잘생긴 얼굴을 지그시 바라보며 긴 한숨을 내쉬던 나나는 잔소리꾼이라는 그의 부관에게 깊은 연민을 느꼈다. 사람이 말이야, 귀에 못이 박히도록 잔소리를 듣는 데에는 다 이유가 있는 거다. 평소에 도대체 얼마나 말을 안 들은 거냐!

"그나저나 전하, 죄송한데요, 완벽히 은신한 건 아닌 것 같은 게요, 사람들 앞에서 그 모자 벗겨지면 3초 만에 모선으로 강제 소환되실 걸요?"

"응?"

"머리카락 말이에요."

야구모를 깊이 눌러썼는데도 아론의 귀 옆머리와 뒷머리의 밝은 금발은 가릴 수가 없었다.

"여기도 곧 검문검색이 심해질 텐데 지금 이 상태로는 곤란해요."

선바이저의 거울을 올려다보고 자기 흉측한 얼굴에 흠칫 놀란 그는 귀 옆으로 흘러나온 머리카락을 만지작거리며 수긍했다.

"그러고 보니 이곳 사람들의 머리카락은 모두 새카맣더구나. 흐음. 이렇게 튀는 건 확실히 곤란한데."

"음. 허락만 하신다면 제가 해결해드릴 수 있을 것 같은데요."

"네가? 어떻게?"

그 길로 곧장 아론을 데리고 집으로 들어간 나나는 욕실 세면대 앞에 의자를 놓고 그를 앉혀둔 후 어딘가에서 작은 종이박스 하나를 찾아 들고 돌아왔다.

"그건 뭐지?"

"블루블랙 스피드 염색약이에요. 전에 몇 개 샀다가 남았거든요."

아론은 크게 놀라더니 되물었다.

"지구에선 부모에게서 물려받은 머리색을 바꾸기도 하는 모양이지?"

"네. 흰머리를 감춘다든지, 아니면 기분 전환이라든지 그런 이유에서죠."

"흐음."

그가 턱을 어루만지며 무척 신기해하는 사이 나나는 고민에 고민을 거듭한 후 덧붙였다.

"그리고……, 머리 길이도 웬만하면 좀 줄이는 게 좋겠어요. 여기선 남자가 이렇게 장발을 하고 다니는 게 흔치는 않은 일이거든요."

"그래? 그럼 어디, 네가 한번 알아서 해보도록."

아론이 선뜻 자세를 고쳐 앉으며 들뜬 미소를 보이자 나나는 수납장에서 미용가위와 보자기를 꺼냈다.

"실은 어머니가 돌아가시기 전까지 미용실을 하셨는데, 거기서 꽤 오랫동안 일 거들어드리면서 좀 배웠거든요. 자랑은 아니지만 실력 괜찮다고 칭찬도 많이 들었어요."

"호오. 어여쁜 계집이 손재주까지 좋다니."

"쿨럭. 특별히 원하는 스타일이라도 있으세요?"

그 소리를 들은 아론은 변기 옆에 꽂혀 있는 과월호 잡지를 집어 들고 팔락팔락 페이지를 넘기더니 한 군데를 펼쳐 나나에게 불쑥 내밀었다.

"여기 있는 이 아름답고 세련된 인상의 사내 같은 스타일이 좋겠군. 물론 짐의 투박한 얼굴로는 똑같이 소화하기 힘들겠지만 최대한 힘써보도록."

가리킨 사진은 엑소와 장미여관의 단체사진이었다.

하지만 아론의 손가락이 애매한 위치를 가리키고 있어 나나는 재차 확인해야만 했다.

"누구라고요?"

"여기, 바로 이자 말이다."

다시 한 번 짚은 그의 손가락은 백현과 육중완 사이의 어딘가를 향하고 있었다.

"오케이, 최대한 비슷하게는 해볼게요. 너무 기대는 마시고요."

"마음에 들게 해준다면 너를 왕실 이발사 자리에 앉혀주마."

그 소리에 나나의 표정이 일순 밝아졌다. 펫보다야 확실히 이발사가 기분 상으로도 더 낫지.

"넵! 열과 성을 다 하겠습니다, 즈언하!"

보자기를 펼쳐 아론의 목에다 둘러주는 나나의 손길에 힘이 실렸다.

사각사각 쉴 새 없는 가위질에 보자기 위로 아론의 긴 머리카락이 후드득 떨어져 내렸다. 이윽고 독한 약품 냄새가 풍기더니 축축한 약액이 머리카락 사이사이에 발렸다.

"괜찮으시죠?"

"으음. 기분이 이상하군."

"곧 좋아지실 거예요."

얼마쯤 후, 몸이 뒤로 젖혀지는가 싶더니 딱 맞는 온도의 따스한 물이 머리카락을 타고 흘러내렸다. 나나의 말마따나 세라프에서는 접해보지 못했던 신기하고도 기분 좋은 경험이었다.

그런데 무슨 일이었을까.

"으음?"

두피를 구석구석 어루만지는 나나의 부드러운 손길에서 불길한 느낌이 감지되었다. 수건으로 머리카락의 물기를 제거하자 불길한 느낌은 더 짙어졌다. 어째 뒷목덜미가 서늘한 것이다.

수백 번 전장을 누비면서도 느끼지 못했던 불안이 그의 온몸을 휩쌌다. 이건 잘못 돼도 뭔가 단단히 잘못됐다는 생각이 들었다.

단숨에 몸을 일으킨 아론은 거울에 비친 자신의 모습을 확인하고서 경악하고 말았다.

"으아악! 이게 뭐야아아아아아!"

"왜 그러세요, 전하?"

나나가 영문을 모르겠다는 듯 놀란 토끼눈을 하자 아론은 화가 머리

끝까지 뻗쳐 버럭버럭 소리를 질러댔다.

"너 실력 괜찮다며! 그렇게 훌륭한 견본을 보여줬건만, 어째서!"

뎅강 잘려 사방으로 제멋대로 삐친 검은 머리가 흉측하기 짝이 없었다. 그렇지 않아도 '황국 역사상 전례 없는 추남' 소리를 지겹게 듣고 살아왔는데 이건 뭐 상처에 직격으로 화학무기 살포한 격 아닌가.

"왜, 왜요? 이제 말리고 왁스로 스타일만 잡으면 제법 비슷할 것 같은데……."

당황한 나나가 눈을 깜박이자 아론은 자리를 박차고 일어나 잡지를 집어 들더니 그녀의 눈앞에 대고 마구 흔들어 댔다.

"어디가 비슷해, 어디가! 눈은 장식이냐? 머리카락의 길이와 질감이 전혀 다르지 않느냐!"

아론의 손가락 끝이 가리키는 곳을 가만히 바라보고 있던 나나가 믿을 수 없다는 어조로 더듬더듬 물었다.

"아, 아름답고 세련된 인상의 사내……라면서요?"

"그래!"

"그게…… 육중완 씨 쪽이었어요? 아니, 뭐랄까, 물론 그분도 미친 매력의 소유자인 건 인정하지만, 상식적으로, 아니, 저기 그런데……, 진심이세요, 지금?"

아론은 애써 분노를 참고 있는 듯 부들부들 떨며 탄식했다.

"안 그래도 못생긴 이 얼굴에 머리 스타일까지 망했으니 이를 어쩐단 말이냐! 돌아가면 저 얄미운 벤포르테와 시배리우스에게 비웃음을 살 것이 뻔한데……, 으윽!"

그러고 보니 특별할 것 없는 나나의 외모를 보고 감탄하며 '예쁘다, 예쁘다'를 연발했던 것부터 시작해 처음부터 뭔가가 좀 이상하긴 했었다. 조각 같은 자기 얼굴을 보며 마치 벌레라도 본 듯 질색하는 아론을 보며 나나는 그제야 깨달을 수 있었다.

저쪽 행성과 지구의 미의 기준이 아무래도 완전히 다른 모양이다!

도무지 어쩔 줄을 몰라 우물쭈물하던 나나는 일단 그를 달래기 위해 다급하게 변명을 이었다.

"저기요, 안 믿기시겠지만, 전하 지금 완전 멋있거든요? 진짜 최고로 잘생겼거든요? 머리도 완전, 완전, 대박 잘 어울리거든요?"

"이것이 예쁘다, 예쁘다 하니 감히 짐을 가지고 놀려 하는구나!"

"아니에요, 정말이에요, 제 말 좀 들어보세요! 말리고 잘 만져놓으면 훨씬 나을 거라고요!"

아론은 나나가 자신을 놀린다고 오해했던지, 그녀의 말을 전혀 믿지 않은 채 사나운 눈으로 노려보았다.

머리카락을 검은색으로 염색한 탓이었을까. 그의 분위기는 이전의 그 것과는 비교할 수 없을 정도로 불길하고 압도적으로 느껴졌다.

싸늘한 기운이 어린 갈색 눈동자를 마주하는 순간 나나는 숨통이 턱 막혀 버렸다. 그러고 나니 그가 행성 수십 개를 멸망시키고 온 최후의 대마왕이라는 것이 뒤늦게 떠올랐다.

"으, 으으, 죄송합니다! 제가 죽을죄를 지었어요!"

무시무시한 어둠의 분위기를 풍기며 아론은 한 걸음 한 걸음 천천히 나나를 향해 다가왔다.

"헉!"

뒷걸음질 치던 나나는 욕실 벽에 부딪쳤다.

어깨 위로 그의 손길이 덮쳐오자, 그녀는 공포에 질린 나머지 더 이상 꼼짝달싹도 할 수 없게 되어 버렸다.

아론의 얼굴은 살인적으로 잘생기긴 했지만 액면가 그대로 '살인적인' 분위기를 풍기고 있었다.

마침내 최후를 감지한 나나는 아무런 죄도 없는 이들을 원망하며 김 서린 벽에다 다잉메시지를 남겼다. '범인은 엑소와 장미여관.'

나나가 지난 삶을 투영한 주마등을 풀 스피드로 돌리려는 순간, 아론의 위엄 있는 목소리가 낮게 깔렸다.

"비켜라."

"네……? 네?"

"비키라고 했다."

"아, 넵!"

나나가 잽싸게 자리를 피하자 아론은 조금 전 그녀가 기대어 서 있던 벽에 걸린 헤어드라이어를 집어 들었다.

"이것이 너희가 쓰는 헤어드라이어인가? 머리를 말리면 좀 나을 거라고 했으니 일단은 믿어 보겠다."

그가 벽으로 다가온 게 다른 이유가 아니라 드라이어였다는 것을 깨달은 나나는 안도의 한숨을 돌렸다.

"휴……?"

그러나 그녀의 입술 사이로 미처 숨이 다 빠져나오기도 전, 갑자기 욕실 조명이 꺼지고 사방이 암흑에 잠겼다.

"이건 또 무슨 일이지?"

어둠 속에서 잠시 침묵이 감돌았다.

"아……, 으음. 실은, 전기세를 몇 달 못 냈더니……."

"아주 가지가지 하는구나."

전기가 끊긴 지 얼마 지나지 않아 수도와 가스도 딱 끊겼다. 해는 이미 졌고 더 이상 집에서 아무것도 할 수 없게 되자 나나는 아론을 이끌고 자신의 커피숍 '로또'로 향했다.

젖은 머리를 말리지도 못한 채 아론은 달팽이 케이지와 헤어드라이어를 안고 조수석에 앉아 연방 재채기를 해댔다. 아까처럼 느긋하게 웃지도 않고 계속해서 앞만 보고 있는 것을 보아하니 기분이 썩 좋지는 않은 것 같았다.

"추우시죠? 죄송해요. 커피숍 공과금은 밀리지 않고 꼬박꼬박 냈으니 거기 가서 머리 말리고 식사도 하시고……."

거기까지 얘기하고 보니 그제야 지금까지 생각하지 못했던 큰 문제가 대두되었다.

'그러고 보니 잠이 문제네. 잠은 어떡하지?'

그와 같은 공간에서 밤을 보내야 한다는 것에까지 생각이 미치자 나나는 왠지 몹시 불편한 기분이 들었다. 전에 사귀었던 애인과도 함께 밤을 보냈던 적이 없으니 당연한 일이었다.

커피숍 근처에 거의 다 도착했을 무렵 곁눈질로 힐끗 살폈으나 아론은 여전히 미동도 하지 않은 채였다.

그런데, 앞만 보고 있던 그가 뜬금없는 질문을 던졌다.

"아는 사람들인가?"

"네? 누가요?"

"저기 저자들 말이야."

"어……?"

운전대를 잡은 나나의 손이 눈에 띄게 덜덜 떨리기 시작했다.

그럼 그렇지, 신나나가 달리 신나나인가. 재수가 없어도 이렇게 없을 수가. 어쩌 기다려도 안 온다 했더니 하필 이럴 때 왔구나.

"아아. 불법 사채업자들이에요. 돈 갚으라고 협박하더니 기어이 찾아왔네요."

"사채업자? 세라프에는 없는 말이라 의미 파악이 안 되는구나. 설명해보도록."

"으음. 은행에서 돈을 못 빌리는 사람들이 은행보다 훨씬 더 비싼 이자를 주고 이용하는 곳이죠."

"훨씬 더 비싼 이자라고?"

"네. 어마어마해요. 저만 해도 원금은 300만 원이었는데 월 이자가 60만 원이나 됐거든요."

아론이 도저히 이해할 수 없는 표정으로 건너다보자 나나는 얼굴을 붉히며 대꾸했다.

"나중에 납입한 돈 합산해보니 원금은 이미 다 들어가고도 남았는데 그놈의 불어난 이자 때문에……."

"이해가 안 가는구나. 원금을 다 갚았는데 이자가 왜 더 나오지? 계산이 왜 그래?"

"아니, 원금이랑 이자를 같이 분할 상환하는데 계획대로 안 되다 보니 이자가 불어나는 바람에……."

"뭐라고? 지금 도대체 무슨 소리를 하는 거냐?"

나나가 입을 딱 다물었다.

어느날 할리우드 블록버스터 영화를 보고 근육질 남자 주연 배우에게 홀딱 반해 돌아온 나나는 생전의 어머니에게 국제결혼에 대해 어떻게 생각하느냐고 물었다가 '같은 나라에서 태어나 같은 밥 먹고 산 남자하고도 안 맞는데 넌 참 용감하기도 하다.'는 대답을 들은 적이 있었다. 철모를 땐 그게 뭔 소린가 했는데 이제야 알 것 같았다. 더 이상 이 인간, 아니 외계인과 말을 섞으면 딱 병 걸릴 것 같았다.

"그만두죠."

나나는 커피숍 앞에 차를 세우고 사이드브레이크를 잘 채운 후 한숨을 내쉬며 밖을 내다봤다. 5미터 쯤 떨어진 곳에서 위협용 쇠파이프와 각목 같은 것을 하나씩 들고 있는 세 명의 남자가 잡아먹을 듯 그녀를 노려보고 있었다.

"어쨌든 지금 확실한 건요. 저 사람들 돌려보내기 전까지 커피숍에 들어갈 순 없을 거란 거예요."

그 소리에 아론의 미간이 사정없이 찌푸려졌다.

"뭐? 저자들 때문에 안에 못 들어간다고? 네 가게인데 왜 못 들어간단 말인가?"

"이런 상황에 순순히 들여보내 주겠어요?"

"당연히 들여보내 줘야지!"

갑자기 지나치게 대흥분하는 아론을 의아한 눈으로 선너나본 나나는 이어지는 그의 말에 말문이 꽉 막히고 말았다.

"안 그러면 짐이 머리를 못 말리잖아!"

아아, 한심하기도 하지. 내 인생은 대체 왜 늘 이 모양이지? 이제 더

83

이상 눈물도 안 나올 정도로 절망한 나나가 운전대 위로 철퍼덕 엎어지는 순간, 괴한들이 천천히 차로 다가오기 시작했다.

"어쩔 수 없지. 내가 나가서 저자들과 대화를 해보겠다."

벗어두었던 모자를 다시 쓴 아론은 축축함에 몸서리를 치며 안전벨트를 풀었다. 벨트 클립을 누르는 그의 손등은 웬만한 여자의 그것만큼이나 선이 고와 보였다.

뒤늦게 정신이 번쩍 든 나나가 그의 팔을 덥석 잡고서 말렸다.

"아, 안 돼요! 저렇게 무서운 사람들이랑 대화라니, 지금 제정신이세요? 얻어맞고 다치기라도 하면 어쩌려고 그러세요!"

"얻어맞긴 누가 얻어맞아? 무식하면 용감하다더니, 네 백치미를 급으로 따지자면 은하 영웅 급은 되겠구나. 놔라."

손을 뿌리치고 차 문을 열며 내리는 아론의 넓은 등에 흰색 티셔츠가 딱 달라붙었다. 그걸 본 나나는 무슨 일인지 갑자기 눈이 부셔 견딜 수가 없었다.

모델처럼 길쭉하고 마른 한 몸매인 줄로만 알았건만, 찬란한 후광이 비치는 그의 등에는 군침 돌 정도로 실한 근육이 잡혀 있었다.

조수석 문이 닫히자 차 안은 정적에 휩싸였고 이내 작은 창을 통해 무성영화가 펼쳐지기 시작했다.

아론이 다가가 뭔가를 이야기하자 괴한 세 명 중 가장 덩치 큰 한 명이 앞으로 나서더니 그의 가슴팍을 세게 떠밀었다. 제법 무지막지한 기세였으나 아론은 마치 땅에다 다리를 박아둔 것처럼 꼿꼿했고 오히려 떠민 장본인이었던 근육 돼지가 뒤로 밀려나고 말았다.

이후로도 몇 번의 힘겨루기가 이어졌건만 결과는 똑같았다.

외계인 왕이라 그런 건지, 아니면 그의 존재 자체가 초월적인 건지는 몰라도 그는 여전히 그 자리에서 꿈쩍도 하지 않은 채였고 괴한들은 슬슬 당황한 눈치를 보이기 시작했다.

그러던 중, 근육 돼지가 바닥에 내려놓았던 쇠파이프를 집어 들고 아론을 급습했다. 순식간의 일이었다.

"어머, 어떡해! 안 돼!"

놀란 나나가 자리에서 펄쩍 뛰며 차에서 내리려던 순간, 믿을 수 없는 광경이 차창에 펼쳐졌다.

아론이 왼팔로 공격을 막아내자 두꺼운 쇠파이프가 마치 엿가락처럼 직각으로 휘었다.

이 거짓말 같은 상황에 놀란 사람은 차 안에서 구경하던 나나뿐이 아니었다.

괴한 세 명의 눈이 일제히 휘둥그레졌고, 아론은 꺾인 쇠파이프를 뺏어 저 멀리 던져 버린 후 근육 돼지를 주먹 한 방으로 가볍게 때려눕혔다.

이윽고 그는 각목을 들고 덤비는 녀석의 정강이를 사정없이 걷어차 버렸다. 뭔가 뽀각 하는 소리와 함께 이어진 "꽤액!" 비명 소리.

과연 대마왕이라는 것인가.

아무리 동네 양아치래도 평생 쌈질만 하고 살았을 텐데 그런 놈들을 어린애들로 보이게 만들 정도로 아론의 힘은 너무나도 압도적이었다.

바닥에서 데굴데굴 구르는 동료들을 본 마지막 괴한은 공포에 질린 나머지 들고 있던 야구배트를 내던지고 줄행랑을 놓고 말았다.

한심한 표정으로 그 뒷모습을 바라보고 있던 아론은 녀석이 버리고 간 배트를 주워들어 가볍게 집어던졌고, 빙글빙글 돌며 날아간 배트는 도망치던 녀석의 뒤통수에 그대로 명중했다.

희미한 빡 소리와 함께 마침내 상황 종료.

눈앞에서 펼쳐진 한 편의 활극을 도무지 믿을 수가 없었던 나나는 어느새 모자를 벗고 손을 탁탁 털며 이쪽으로 다가오는 아론을 보고 반사적으로 몸을 움츠리고 말았다.

창백한 피부, 깊은 밤의 어둠처럼 검은 머리카락, 도무지 이 세상 사람의 그것으로 보이지 않는 이목구비.

달빛에 비친 그의 모습은 너무도 위험해 보이는 동시에 치명적으로 아름다웠다.

뚜벅뚜벅 다가와 차 문을 열어젖힌 그가 천천히 몸을 숙이더니 나나와 시선을 맞추었다. 그와 동시에 그녀의 심장은 쿵 내려앉더니 세게 요동치기 시작했다.

"나나야."

"에……, 아, 네, 네, 전하!"

당황한 나나가 바보처럼 더듬거리며 대답하자 아론은 무척이나 만족스러운 미소를 지으며 명령했다.

"드라이어 챙기거라."

04
Hand in hand

"말리고 매만지면 분명 나아질 거라고 하지 않았던가?"

커피숍 한쪽의 전면 거울에 본인의 모습을 비춰본 아론이 분노로 부들부들 떨기 시작했다.

"마, 마음에 안 드세요? 가슴에 손을 얹고 제 인생 최대의 역작인데요? 이대로 연예계 데뷔하셔도 올킬할 수 있을 듯한데요?"

입에 발린 거짓말이 아니었다.

패션의 완성은 얼굴이라고 했던가. 기본 외모가 워낙 출중한 덕에 사실 머리를 억지로 스타일링 할 필요도 없이 이미 훌륭했었다. 그런 데다 드라이와 왁스, 노련한 손길을 조금 첨가하니 눈앞의 외계인은 외모적으로 이미 완벽의 경지에 올라 있었던 것이다.

단 한 가지, 그걸 본인이 전혀 받아들이질 못하는 것만 빼고 말이다.

"아니! 이게 아니지! 여기가 좀 더……."

아론이 몹시 못마땅한 듯 미간을 좁히며 앞이마를 가리키자 나나는 드라이어와 롤 빗을 움켜쥐고 그의 요구에 정신을 집중했다.

"좀 더 확실하게 정중앙에다 가르마를 내고 머리카락을 두피에다 딱 붙이면 괜찮을 것 같은데.”

“아악! 아악! 크아앙!”

그 소리를 듣자마자 나나는 빗과 드라이어를 내던지고 귀를 틀어막은 후 마구 비명을 질러댔다.

“안 돼! 그 짓은 목에 칼이 들어와도 절대 못 하겠어! 그럴 바엔 차라리 날 죽이세요!”

“하! 짐이 살다 살다 이런 굴욕은 처음이다! 너 때문에 이게 도대체 무슨 꼴이란 말이냐!”

분노 서린 목소리가 커피숍 안에 쩌렁쩌렁 울리자 나나는 조금 전 아론이 사채업자 세 명을 장난감 가지고 놀 듯 굴리던 장면을 떠올리고 모든 것을 포기한 채 중얼거렸다.

“아아, 좋은 인생이었어요. 비록 재수는 죽을 때까지 개미 똥구멍만큼도 없었지만, 한 세상 자알 놀다 갑니다. 껄껄껄. 빚을 갚고 혹시라도 남은 재산이 있거든 모교에 장학금으로 기부하겠습니다. 아울러 장기는 필요한 사람에게 두루 나누어주시고 남은 유해는 양지바른 곳에…….”

비 맞은 중 염불 외듯 쉴 새 없이 중얼중얼하는 나나를 한참이나 원망스러운 눈으로 바라보던 아론은 이내 길게 한숨을 내쉬고서 테이블 쪽으로 가더니 의자를 꺼내 털썩 앉았다.

아무런 말도 하지 않는 아론은 어딘지 모르게 힘이 없어 보였다. 지쳐 보이기도 했다.

나나는 조심스럽게 다가가 그의 맞은편에 앉아 그의 눈치를 살살 살피다 물었다.

“힘드세요?”

"아니, 힘든 건 아닌데 조금…… 피곤하구나. 아무리 생각해도 너 때문인 것 같다."

"집 떠나면 고생이라 그런 거지, 그게 왜 저 때문이에요?"

"으음. 생각해보니 짐이 팔콤을 떠난 지가 어언 10년이다. 그 10년 간 이렇게까지 지친 기분을 느낀 것은 단연코 이번이 처음이므로 역시, 몇 번을 분석해도, 확실히 너 때문이다."

계속해서 면전에서 대놓고 까이자 나나는 몹시 불편함을 느끼고 진지하게 물었다.

"그럼, 여기 계신다고 유엔에 연락해드릴까요?"

"뭐?"

"간단해요. 가까운 파출소에 전화해 거동이 수상한 자가 있다고 신고하면 이후론 모선까지 원스탑으로 이동하실 수 있을걸요. 물론 중간에 위험은 좀 감수하셔야겠지만."

"그거 좋은 방법이군."

"원하시면 분부만 내리세요."

"진심인가?"

"네."

"짐이 지금 곧바로 올라간다면 지구는 이대로 끝장이다. 넌 그 전에 찾아내서 복수하고 싶은 사람들이 있다고 하지 않았던가?"

"어쩔 수 없죠, 뭐. 대신 부탁이 하나 있어요. 뭔지는 몰라도 뚱뚱한 최후의 무기 발사하실 때 '이것은 신나나의 몫!' 하고 크게 한 마디만 외쳐주세요. 아쉽지만 그걸로 참도록 할게요."

나나의 진지한 대답에 아론은 황당했던 나머지 저도 모르게 키득키득

웃음을 흘리고 말았다.

웃고 있는 그를 가만히 건너다보던 나나는 그에게서 왠지 모를 부자연스러움을 감지하고 물었다.

"전부터 부관의 잔소리가 심하다고 하셨죠?"

"아아, 그랬지. 말도 마라."

"부관이 하늘같은 왕한테 그렇게까지 잔소리할 일이 있나요? 혹시 매번 이랬던 거 아니에요?"

"뭐가?"

"행성 여러 개 멸망시키셨다면서요. 혹시, 그 행성 가는 곳마다 이렇게 가출해서 돌아다니셨던 거 아니냐고요."

대답이 금방 돌아오지 않는 것을 보니 정곡을 찔린 모양이었다. 나나는 그제야 조금 전 느꼈던 부자연스러움의 정체를 알 수 있었다.

"혹시⋯⋯, 고향 행성으로 돌아가고 싶지 않은 거 아니에요?"

아론은 그 질문에 대답하지 않은 채 턱을 괴고 흥미로운 눈으로 나나를 마주봤다.

"왜요? 왕이라면 뭐든지 마음대로 해도 되고 먹고 살 걱정 같은 거 안 해도 될 텐데⋯⋯, 왜 돌아가기 싫으세요?"

아론은 여전히 나나의 물음에 대꾸하지 않은 채 가만히 그녀의 눈만 바라보고 있었다.

나나의 말이 맞았다. 행성 스물여덟 개를 멸망시키고 오는 동안 그는 그녀의 표현을 빌자면 정확히 열여덟 번의 '가출'을 했다.

그 중엔 반나절만의 외출도 있었고 한 달 넘게 이어진 유랑도 있었지만, 이렇게 행성 거주자와 가까이 지내며 붙어 다니는 것은 단연코 이번이 처음이었다.

이렇게 된 데에는 물론 나나의 출중한 미모도 한 몫 했겠지만, 그녀가 자신과 알게 모르게 닮은 곳이 있기 때문인지도 몰랐다.

"왜냐고?"

"네."

나나의 까만 눈동자엔 아론의 얼굴이 그대로 비쳐 있어, 마치 거울을 마주보는 것만 같았다.

"네가 네 행성 망하라고 빌었던 것과 똑같은 이유."

"아……."

나나는 아론의 대답이 정확히 무엇을 의미하는지 파악할 수 없었지만, 그게 어떤 느낌인지는 희미하게나마 알 것 같았다.

철저히 외톨이인 사람은 주변이 어떻게 되든 전혀 신경 쓰지 않는 법이다. 남이 잔소리를 하든 말든, 세상이 망하든 말든, 뭐가 어찌 됐든지 간에 나는 어차피 계속해서 혼자일 테니까.

오만하고 당당한 왕의 모습 뒤에 숨겨진 그림자가 왠지 낯설지 않았던 나나는 시큰해진 코를 손으로 쓰윽 문지르고서 일부러 명랑하게 말했다.

"저는 우울할 때 치느님을 영접해요."

밑도 끝도 없는 말에 아론은 의아한 눈으로 되물었다.

"누구?"

"치느님이요. 하늘엔 하느님, 땅엔 치느님이 계시죠. 치킨반반무마니와 맥주는 절대적인 사랑이랍니다."

아론이 호기심 가득한 눈으로 쳐다보고 있는 사이 나나는 여러 통의 전화 끝에 아직 영업하는 치킨집을 간신히 발견해 주문을 넣었다.

이렇게 흉흉한 시절 태평하게 치킨 시켜먹는 사람들이 없는 것은 당연지사. 치킨은 주문한 지 얼마 지나지 않아 총알같이 도착했다.

깨진 유리문 대신 커다란 판자조각으로 커피숍 입구를 다시 잘 막아둔 나나는 치킨 봉지를 달랑달랑 들고서 아론이 앉아 있는 곳으로 다가갔다.

쇼케이스에서 꺼내온 맥주 캔을 곁들이자 어느새 테이블 위엔 거하게 한 상이 차려졌다.

"맛이 어때요?"

바삭하게 튀겨진 프라이드치킨의 닭다리와 맥주 한 모금을 목 너머로 넘긴 아론은 한동안 말이 없더니 제법 심각한 표정과 어조로 말을 이었다.

"팔콤은 고대 신화는 존재해도 종교의 자유는 허락되지 않는 왕국이지."

"어머, 그래요? 엄청나게 문명화 된 곳이라더니 의외네요."

"적어도 짐의 왕국 안에서는 그 어떤 신이라 해도 경배하는 것은 금지되어 있다. 왜냐, 그들에게 있어 경배의 대상은 오직 짐일 뿐, 둘은 될 수 없으니까."

"우오오."

'뭐야, 나 진짜 이렇게 대단한 사람, 아니 외계인하고 마주보고 있는 거구나.' 하고 나나가 새삼 깨달은 순간, 아론이 덧붙였다.

"그런 짐조차도 세 번 절하고 싶은 맛이다."

아아, 치느님은 사랑입니다.

"그런데 그 혐오스럽고 끔찍한 것이 이렇게 훌륭한 음식으로 바뀔 수 있다니, 지구, 그 중에서도 한국의 식문화는 정말 대단하군."

"네?"

나나가 '어……? 닭이 그런 취급을 받을 정도로 징그러운 동물인가?' 하고 생각하는 순간 아론의 입에서 믿을 수 없는 말이 흘러나왔다.

"다리 많은 동물은 질색이라서."

놀란 나나의 눈이 휘둥그레졌다.

"다, 다리가 많아요, 그쪽 닭은?"

"으응. 몸통이 이러어어엏게 길고 몸통 마디 하나하나에 각각 한 쌍의 다리들이 양쪽으로 이렇게, 이렇게……."

어울리지 않는 제스처까지 섞어가며 아론이 묘사하는 닭의 모습은 나나가 아는 치느님의 그것이 아니었다. 절대로.

"아악! 그, 그만! 그만요! 죄송해요, 더는 못 듣겠어요!"

세라프의 닭 모습을 상상해버리고 만 나나는 질색을 하며 비명을 질렀지만 아론은 오히려 짓궂은 눈으로 그녀를 바라보며 계속해서 말을 이었다.

"한 번에 알을 오천 개씩 낳는데 그것들이 부화하면 작고 새까만 닭들이 제각기 수천 개의 발을 움직이며 기어 나와 장관을 이루지. '여신의 은총' 일등항해사 시배리우스가 한때 다산퀸으로 유명했던 닭을 키웠었는데 그 부화 철에 함선 바닥이 새카맣게……."

"꺄악! 그, 그만! 제발 그만해주세요!"

거의 울다시피 하며 자리를 박차고 일어난 나나는 아론의 팔에 매달려 곡소리를 냈고, 그는 그런 그녀를 바라보며 무척이나 흐뭇한 미소를

93

지었다.

사실 세라프의 닭은 지구의 닭보다 1.5배 정도 몸집만 클 뿐 그 외의 특징은 거의 흡사했다.

이날 대놓고 사기 당했다는 사실을 나나가 깨닫게 되는 데까지는 이후로도 꽤 오랜 시간이 걸렸다.

훈훈한 분위기에서 가볍게 맥주 두 캔과 치킨 한 마리를 나누어 먹고 나니 벌써 자정이 가까운 시각이었다.

아론이 늘어지게 하품을 하며 주변을 두리번거리자 나나는 드디어 올 것이 왔음을 감지하고 물었다.

"주무시게요?"

"음. 눈을 좀 붙여야겠다. 침상은 어디 있지?"

나나는 주방 안쪽 탈의실에 비상용으로 구비하고 있던 접이식 간이침대 하나를 돌돌 밀고 나와 그의 앞에서 펼쳐 보였다.

홈쇼핑에서도 이미 백만 년 전에 유행 지난 줄무늬 간이침대를 내려다본 아론의 눈살이 노골적으로 찌푸려졌다.

"지금 나더러 여기서 자란 말은 아니겠지?"

"이 훌륭한 침대가 옵션 A고요."

조용히 커피숍 밖으로 나가 차 트렁크에서 뭔가를 짊어지고 돌아온 나나는 들고 온 것을 바닥에 패대기치며 덧붙였다.

"이 낡고 추접한 침낭이 옵션 B이옵니다."

"너는 참 놀라운 능력을 지녔구나."

"네?"

"설득을 아주 똑같이 하는 능력 말이다."

아론이 툭 내뱉고서 간이침대 프레임을 붙잡자 나나는 배시시 웃어 보였다.

바로 그때였다. 그의 손이 불쑥 눈앞에 나타난 것은.

"아……!"

아론의 커다란 손이 시야를 다 가릴 정도로 가까이 다가오자 좋은 향기와 온기가 훅 끼쳤다.

눈앞이 캄캄한 것은 손 때문에 그렇다 쳐도, 갑자기 가슴이 쿵쿵 울리고 얼굴이 화끈 달아오르는 이유까지는 알 수가 없었다.

나나가 당황해서 어쩔 줄을 몰라 하는 사이 아론은 의미심장한 미소를 지으며 좀 더 팔을 길게 뻗더니 그녀의 머리 위에 손을 턱 얹었다.

그가 마치 농구공 드리블이라도 할 것처럼 정수리를 가볍게 붙잡자 그녀는 불편한 기색을 감추지 않고서 물었다.

"가, 갑자기 왜 이러세요?"

대답을 하지 않은 채 지그시 나나를 내려다보고 있던 아론은 이내 새하얗고 고른 치아를 드러내고 씨익 웃더니 좌우전후 할 것 없이 그녀의 머리를 마구 쓰다듬었다.

"으윽!"

얌전했던 머리가 엉망으로 헝클어지자 나나는 몹시 난감했지만, 그보다 더 난감한 건 따로 있었다. 얼굴이 달아오르고 가슴이 제멋대로 뛰기 시작한 것이다.

"이건 짐의 머리를 엉망으로 만든 것에 대한 앙갚음이란다."

"아……."

"하지만, 덕분에 즐거웠다. 무척."

나나가 바보처럼 아무 말도 하지 못한 채 우물거리고만 있자 아론은 의아한 눈으로 한번 힐끗 내려다본 후 이내 침대에 훌쩍 뛰어올라가 드러누워 버렸다.

얼굴을 새빨갛게 붉힌 채 멀뚱멀뚱 그를 바라보고만 있던 나나는 카운터 쪽으로 가 조명 전원을 내리고 바닥에 침낭을 펼쳤다.

"안녕히 주무세요, 전하."

꼬물꼬물 침낭 속으로 기어들어가 누운 나나가 조심스럽게 인사를 건넸지만 대답은 돌아오지 않았다.

달빛도 없는 밤.

희미한 가로등 불빛이 커피숍의 창을 통해 새어 들어와 있었다.

피곤한 하루였지만 잠은 쉽사리 오지 않았다.

길가의 나무 그림자가 비친 커피숍 마룻바닥을 가만히 누워 구경하고 있던 나나의 머릿속에 문득 낮에 주고받았던 대화가 떠올랐다.

「영리한 나나야, 짐이 누구도 모르는 비밀을 하나 알려줄까?」

「네? 비밀……이라니요?」

「사실 우리 세라프 인의 생식기는……, 왼쪽 겨드랑이 아래에 숨겨져 있단다.」

겨드랑이라니, 어므나, 그 동네 외계인 참 희한하기도 하지.

얼굴에 열이 확 오른 나나는 자세를 고쳐 돌아누우며 잠들기 위해 필사의 노력을 퍼부었다.

그러나.

'겨드랑이래. 겨드랑이. 아니, 그게 말이 돼?'

생각할수록 의심은 한층 더 깊어갔다.

'혹시 거짓말은 아닐까? 일부러 날 놀리려고 한 말은 아닐까?'

생각이 깊어질수록 눈은 점점 더 말똥말똥해졌다.

"으, 으으으……."

사실 여부가 궁금해서 도저히 잘 수가 없는 지경에 이르자 나나는 마음을 정하고 조심스럽게 자리에서 일어나 아론이 누워 있는 침대를 바라봤다.

"저……, 전하?"

조용히 불러봤지만 아무런 대꾸가 없었다.

"저기요, 주무시어요?"

깊이 잠들었는지, 아론은 미동도 하지 않은 채 누워 아무런 기척도 내지 않고 있었다.

확인을 하고자 한다면 지금밖에 없다는 생각에 나나는 입술을 꾹 깨물고 조용히 자리에서 일어났다.

발뒤꿈치를 들고 살금살금 다가가는 동안 마룻바닥이 아주 살짝 삐걱거리는 소리를 냈지만, 아론은 전혀 잠에서 깰 기미를 보이지 않고 있었다.

손을 내밀면 닿을 거리 정도에서 멈춰선 나나는 조심스럽게 손을 들어 아론의 눈앞에서 몇 차례 흔들어 보았다.

"위엄 쩌는 대왕님인 척하더니, 업어 가도 모르겠네."

조용히 중얼거린 나나는 침을 꿀꺽 삼키고 그를 내려다봤다.

여전히 숨 막히도록 아름다운 외모였지만, 영 좋지 않은 곳에 단점이 있었다니.

특별히 뭔가를 어쩌려는 것은 아니고 그냥 확인만 하려는 것뿐이다.

겨드랑이를 보자, 겨드랑이를.

나나는 몹시 긴장한 표정으로 살짝 아론의 왼쪽 손목을 잡아 보았다. 여전히 미동도 없다.

"죄송해요. 보진 않고, 그냥 있는지 없는지 살짝 눌러만 볼게요. 살짝만."

소곤소곤 속으로 사과하며 눈을 질끈 감은 나나는 왼손으론 그의 팔을 들어 올리고 오른손을 내밀어 그의 겨드랑이 아래를 살며시 더듬어 보았다.

아. 이건 아닌데. 매끈한 감각과 동시에 불길한 예감이 나나의 목 뒤를 스치고 지나갔다.

아니나 다를까.

"세상의 모든 존재는 정확히 두 부류로 나눌 수 있지. '저 앞의 구덩이엔 똥이 가득 차 있으니 절대 빠지면 안 된단다.' 하고 알려줬을 때 그 충고를 즉각 받아들이는 이들과 기어코 가서 똥구덩이에서 허우적거리는 부류. 전자는 재미없는 이들이고 후자는 남을 즐겁게 해주는 이들이지."

아론에게 손목을 딱 붙들린 나나는 창피한 나머지 남은 한 손으로 얼굴을 가리며 중얼거렸다.

"죄송합니다. 멍청한 제가 죽을죄를 지었습니다요. 아니, 그냥 죽여주세요."

"한 번 사는 생 아니겠니? 짐은 지루한 이들보다 놀려먹는 재미가 있는 이를 훨씬 더 좋아한단다."

재밌어 죽겠다는 듯 싱글싱글 웃으며 나나를 올려다보던 아론이 덧붙였다.

"바로 너처럼 말이야."

"여기도 아니래요. 석 달 전에 이사 갔대요."

이른 아침 출발해 나나의 여중 시절 친구를 찾아 나선지 정확히 여덟 시간이 지나 있었다.

아는 인맥을 총동원하여 친구의 위치를 파악해 힘들게 찾아다녔건만 헛걸음만 벌써 세 번.

"이사를 참 자주 다니는 친구로군."

지금껏 말없이 뒤를 따르며 흥미 있게 지켜보고만 있던 아론 역시 지쳤던지 한숨을 길게 내쉬었다.

나나는 파김치가 된 얼굴로 손에 쥐고 있던 메모지를 내려다보며 말했다.

"이번이 마지막이에요. 딱 여기까지만 가보고 아니면 포기할게요."

"그래. 내 의지로 안 될 땐 포기할 줄 아는 것도 필요한 법이지."

"그런데……."

"응?"

"여기가 아니라 지방이에요."

그 길로 내리 달려온 지 두 시간, 이정표에 슬슬 '대천해수욕장'이 나타나기 시작했다.

"여기, 어렸을 때 몇 번 와본 적 있었어요."

"그래?"

"이런 곳에서 지역 축제 같은 행사를 하면 무명가수들이 흥을 돋워주고 그러거든요."

"아버지가 가수셨다고 했지?"

"네. 돌아가시기 전까지 앨범을 열 개도 넘게 내셨어요. '신나나 안나나 다 함께 트로트!'로 데뷔하시고 '신나나 안나나 다 같이 하이웨이!'로 히트 치셨죠. 관광버스 운전기사님들 사이에서 특히 각광받았어요."

생전의 부친을 추억하는 나나의 입술 끝에 부드러운 미소가 어렸다.

"물론 아버지 땜에 강제로 이런 이름을 갖게 된 건 억울했지만, 늘 미용실 일로 바쁜 엄마 대신 많은 시간을 같이 보내서 전 아버지가 참 좋았어요."

예쁜 얼굴임에도 울상인 경우가 더 많은 나나가 오랜만에 환하게 웃자 아론 역시 저도 모르게 미소를 짓게 되었다.

"부모와 긴밀한 사이로 지낼 수 있다는 건 좋은 일이지."

아론의 말에 나나는 눈을 동그랗게 뜨고 그를 건너다봤다.

"전하는 부모님하고 사이가 별로셨어요?"

"별로라기보다는……, 글쎄, 별로일 기회조차 없었다고나 할까."

"왜요?"

"세라프는 황제가 통치하는 행성제국이지만 넓은 땅덩이를 황제 혼자서는 다스릴 수 없기 때문에 그 휘하에 각 왕국을 다스리는 18명의 왕을 두지. 물론 그 왕의 후보는 아주 특수한 경우를 제외하고는 거의 대부분

황족들이고, 철저한 경쟁을 통해 마지막까지 남은 한 명이 왕위를 계승하게 되는 시스템이다. 황위도 마찬가지. 황제가 더 이상 통치권을 행사하지 못하게 될 경우엔 각 왕국의 왕 중 한 명이 다음 황위를 계승하게 되는데, 자, 여기서 문제.”

“윽. 어려운 문제는 질색인데요.”

나나가 얼굴을 찡그리며 우는 소리를 했지만 아론은 아랑곳 않은 채 말을 이었다.

“짐은 오래전 황위 계승 경쟁구도에서 밀려난 부모 아래서 태어났다. 그리고 어린 나이에 팔콤의 왕위 계승 후보로 선발되어 다섯 명의 경쟁자를 물리친 후 마침내 열세 살의 나이에 황실 역사 최연소 왕에 등극했지. 어떻게 그런 일이 가능했을까?”

“아……..”

뭔가를 눈치챈 듯 나나가 입을 다물자 아론은 지금 내놓고 있는 말과는 전혀 어울리지 않는 느긋한 태도로 말을 이었다.

“처음부터 완벽한 모양을 지니는 보석은 없는 법. 말 그대로 뼈를 깎는 시련을 견뎌냈다. 왕위에 올랐던 당시 18위였던 황위 계승 서열을 현재 2위까지 끌어올리는 것보다 더 혹독했던 세월이어서, 아아, 그때로 다시 돌아간다면 정말이지 제정신으로는 못 살 것 같구나.”

그는 키득거리고는 있었지만 정말 웃고 싶어서 웃는 것 같지는 않았다.

“그렇군요. 제가 좋은 부모님 만나서 살 수 있었던 건…… 어떻게 보면 행운이네요.”

저도 모르게 중얼거리던 나나가 뒤늦게 뭔가를 깨닫고 손사래를 치며 덧붙였다.

"아, 아니, 그렇다고 전하의 부모님이 모질거나 좋지 않았다는 뜻은 아니고요, 그냥, 뭐랄까, 스트레스 받지 않고 자랄 수 있었다는 게 행운이었달까, 아, 그러니까……."

나나가 당황하자 고물차의 승차감이 한층 더 안 좋아졌다.

아론은 또 한 번 씩 웃으며 손을 내밀더니 운전대를 쥐고 있는 나나의 손을 감싸 고정시켜주며 말했다.

"너는 네 스스로 재수가 없다, 불행하다 생각하는 모양이지만, 사실 그런 건 마음먹기에 따라 얼마든지 달라질 수도 있는 법이야. 불평만 할 것이 아니라 주어진 삶 안에서 즐기는 것도 살아가는 한 방법이란다."

부드러운 눈길과 따스한 손길, 그리고 훈훈한 분위기에 나나의 가슴이 또 한 번 뛰기 시작했다.

그녀는 붉어진 얼굴을 들키지 않기 위해 고개를 돌리며 아무 생각 없이 말했다.

"솔직히 처음엔 전하가 어느 별의 그냥 아무 생각도 없는 왕족인가 보다, 오지게 할 일 없어서 가출을 밥 먹듯 하는 어딘가 살짝 맛이 간 한량 왕인가 보다, 그렇게 생각했었는데요. 이제 보니까 아닌 것 같아요, 뭐랄까……."

'전하는 굉장히 매력 있는 분이세요.'를 덧붙이려는 찰나, 나나의 눈에 뭔가가 들어왔다. 반대편 차선의 도로가에서 취객으로 보이는 한 남자가 정확히 이쪽을 향해 가랑이춤을 내놓고 노상 방뇨하는 중이었다.

그 광경을 보고 놀란 나나는 뭔가 중요한 말을 하던 중이었다는 사실을 완전히 잊고서 저도 모르게 내뱉고 말았다.

"제대로 미친놈이네!"

차 안에 묘한 정적이 내려앉았다.

급 어색해진 분위기를 견디지 못한 나나가 고개를 돌려 아론을 바라봤다. 그는 어딘지 모르게 예민해 보이는 표정으로 그녀를 보고 있었다.

"어? 무슨…… 문제 있으세요?"

"아니. 전혀."

아론은 이내 섬뜩할 정도로 환한 미소를 지으며 덧붙였다.

"나나야. 네가 지구인이라 다행이구나. 팔콤에서 태어났더라면 처형을 골백번도 더 당했을 거다."

이해할 수 없는 분위기, 전혀 이해할 수 없는 말이었지만 나나는 왠지 등골이 오싹해지며 목숨의 위협을 느끼고 말았다.

"에헤이."

주소와 상호가 적힌 메모지를 보고 바닷가의 한 횟집을 찾아간 나나는 사장의 감탄사를 듣자마자 또 한 번의 실패를 감지했다. 아니나 다를까.

"한발 늦었네, 딱 한발 늦었어. 며칠 전에 그만뒀거든요."

"하아, 그렇군요. 혹시 어디로 갔는지는 아시나요?"

다급한 나나의 질문에 횟집 사장은 갑자기 의심 어린 눈길로 그녀를 훑어보더니 물었다.

"근데 아가씨, 갑자기 경희 씨를 왜 찾아요? 혹시…… 시누?"

"네? 아, 아니에요. 저 경희 중학교 동창인데 걜 찾아서 뭐 좀 물어볼 게 있어서 그래요."

"아하. 그럼 다행이고요."

다행이라니. 시맥하고 무슨 트러블이라도 있는 모양이다.

나나가 생각에 잠긴 사이 사장은 주방으로 가 종업원들에게 이것저것을 물어본 후 돌아와 또 한 번 고개를 저었다.

"어디로 간단 얘기까지는 안 한 모양이야. 서울에서 내려온 것 같은데 어쩌지? 전화라도 하고 오지 그랬어요?"

차마 '전화하면 도망갈까 봐서요.' 소리를 할 수 없었던 나나는 난처한 표정으로 웃으며 돌아섰다.

아론은 해변 입구 쪽에서 모자를 깊이 눌러 쓴 채 바다를 바라보고 있었다.

천천히 걸음을 옮겨 옆에 가 서자 그는 이미 알고 있었다는 듯 말했다.

"결국 못 찾은 모양이구나."

"네. 제가 하는 일이 다 그렇죠, 뭐."

갯냄새를 머금은 거센 바람이 불어 닥치자 나나의 단발머리가 공중에 나부꼈다.

"혹시 그쪽에도 해수욕장이 있어요?"

아론은 광활한 수평선을 바라보며 담담하게 대꾸했다.

"바다가 있긴 하지만 이렇게 푸른색은 아니지. 물에 철 함량이 높아 붉은 빛이 돌고 저렇게 맑지도 않아. 바닷물에 직접 들어가 즐길 수 있는 행성은 전 우주에 몇 개 안 된단다."

"와아, 그렇군요. 지구가 좋긴 좋구나."

중얼거리던 나나가 문득 고개를 들고 그에게 물었다.

"기왕 여기까지 온 거, 해변 따라 좀 걸으실래요?"

"그럴까."

나나는 냉큼 스니커즈를 벗고 양말까지 벗은 후 청바지 단을 접어 걷었다.

"뭐 하는 거지?"

"맨발로 백사장 걸게요. 이럴 때 아니면 언제 하겠어요?"

뜨악한 눈으로 나나를 내려다보고만 있던 아론은 이내 흥미로운 표정으로 고개를 끄덕였다.

"좋은 생각이구나."

말로는 좋은 생각이라며 그는 미동도 하지 않은 채 장승처럼 서 있기만 했다.

"얼른 신발 벗고 바지 걷으셔야죠."

나나의 말에도 아론은 여전히 느긋하게 선 채 그녀를 내려다보고 있을 뿐이었다. 그러고 나니 그제야 눈물 나는 사실 하나를 떠올릴 수 있었다.

아, 맞다. 이 사람, 아니 외계인, 왕이었지. 하나부터 열까지 다 챙겨 드려야 하는 왕.

차가운 바닷물에 젖은 모래를 밟으니 사박사박 소리가 났다.

흥미로운 표정으로 한참이나 걸음을 옮기던 아론은 금세 무료해졌던지 나나에게 말을 시켰다.

"이번에 찾는 친구는 어떤 사람이지?"

"아……. 경희라고……, 제 중학교 동창이에요."

어제 국밥집 친구를 만나러 갈 때와는 사뭇 태도가 다르게 느껴졌다. 그때의 나나는 무척 호기롭고 사나웠는데 지금은 어딘지 모르게 주눅이 들어 보였다.

호기심을 참지 못한 아론이 물었다.

"무슨 사연이 있기에?"

"으음. 말하자면 좀 길어요."

"요약은 됐다 국밥 끓여먹으라고 있는 게 아닐 텐데."

그의 종용에 그녀는 걸음을 잠시 멈추고 해가 지는 수평선을 바라보며 주저하다 입을 뗐다.

"생긴 것도 예쁘고 집안도 괜찮은 애였어요. 다른 초등학교를 다녔던데다 어디 접점 같은 것도 하나도 없었는데 중학교 입학하자마자 단짝 친구가 됐어요. 입학식 날 같은 반이 돼서 화장실에서 휴지 빌려 쓴 게 계기였죠."

"으음, 뭔가 쓸데없이 디테일한 기분이구나."

"아무튼 등하교도 같이 하고 급식 먹으러 갈 때도 항상 같이 움직이고, 심지어 쉬는 시간에 화장실에도 손잡고 가고 그럴 정도로 친했어요."

"화장실은 왜 같이 가지?"

"그 시절 여자애들은 다 그래요."

"도무지 이해가 안 가는군."

"그냥 그러려니 하시면 돼요."

아론이 어깨를 으쓱해 보이자 나나는 이내 담담한 어조로 말을 이었다.

"아까도 말씀드렸지만, 울 아부지……, 변두리 성인 나이트 같은 데서 촌스러운 트로트 노래 부르는 가수였지만, 행사 하나만 있으면 일당 따지지 않고 어디든지 달려갈 정도로 일 없던, 사람들이 아무렇지도 않게 무시하는 무명가수였지만……, 그래도 전 울 아부지를 부끄럽게 여기거나 피한 적 맹세코 한 번도 없었어요. 아, 솔직히 이런 이상한 이름 지어준 걸로 살짝 원망하긴 했지만."

"얼굴이 예뻐서 그런지, 마음씨도 비단결이구나."

"쿨럭."

여전히 적응되지 않는 현실에 몸서리치던 나나는 다시 말을 이어가기 시작했다.

"아무튼 전하 말씀대로 우리 부모님 두 분 다 좋은 분이셨고, 저는 그런 두 분 정말 사랑했어요. 그런데 어느 날……, 쉬는 시간에 잠깐 나갔다 들어왔더니 경희가 반 친구들 앞에서 깔깔 웃고 있더라고요. 울 아부지 딴따라라고……."

"딴따라?"

"연예계 종사자를 낮잡아 부르는 아주 안 좋은 말이에요. 울 아부지가 제일 싫어하시는 말이기도 했고요."

"흐음."

나나기 몹시 억울한 표정으로 주먹을 부르쥐었다.

"반 친구들 다 보는 앞에서 딴따라 딸이라고 대놓고 놀리더라고요. 물론 악의는 없는 장난이었겠지만……, 당시 경희 아버지는 유명 음대 성악과 교수셨거든요. 그런 상황이 맞물리니까 뭐랄까, 굉장히……."

그 대목에 이르러서 아론의 미간이 살짝 좁아졌다.

"울 아버지, 당신이 하는 음악 사랑하셨고 평생 걸어온 길을 자랑스럽게 여기는 분이셨어요. 딸인 저 역시 부끄럽게 생각한 적 한 번도 없었고요. 그런데 그걸 생판 남이 아무렇지도 않게 무시하면 안 되는 거잖아요. 안 그래요? 그래서 제가 아무리 친해도 너 그딴 식으로 얘기하는 거 아니라고, 사과하라고 큰소리로 나무랐죠."

"그런데 사과를 안 했구나."

"응응. 그래서 그 자리에서 바로 눈 뒤집혀 완전 대판 했죠. 머리채 잡고 진짜 죽도록 싸워서 지도실에 불려가고 결국 양가 부모님 다 학교로 소환되고 그랬어요. 그때 경희도 저도 각자 아버지한테 호되게 혼나 눈물 쏙 뺐고, 아버지들끼리도 서로 정중히 사과하고 그 자리에서 좋게 잘 마무리했어요. 아니, 잘 마무리한 줄 알았어요……."

바닷바람에 헝클어진 머리를 쓸어 올리는 나나의 손길이 떨리기 시작했다.

"그런데 그 후로 경희를 포함해서 내가 친하다고 생각했던 반 친구 애들이 점점 멀어지더군요. 얘기해도 잘 받아주지도 않고 다들 짜기라도 한 것처럼 무시했어요. 그런 시간이 길어지니까 결국 안 친했던 친구들조차 날 무시하기 시작하고……, 언제부턴가 쉬는 시간에도 급식시간에도 학교 끝난 후에도 계속 혼자 지내게 됐어요. 어느 날 정신 차려 보니 반에서 저 혼자 완벽하게 투명인간이 되어 있더라고요."

"힘을 과시하는 방법은 여러 가지가 있지만, 따돌림은 그중에서도 가장 저열한 방법이지."

"맞아요. 아무튼 그 주동자가 경희였다는 건 2학년에 올라가서야 알았어요."

"저질이로군."

아론이 툭 내뱉은 말에 나나는 몹시 억울한 표정으로 그를 올려다보며 동조를 구했다.

"그렇죠? 제가 찾아내서 복수하려고 할 법도 하죠?"

"그래. 철이 들었을 나이에 부모를 욕되게 하고 친구 간의 신의를 저버리다니, 있을 수 없는 일이지."

"전하가 혼 좀 내주세요."

"어떻게 혼을 내줄까?"

"네?"

"일단 찾아야 혼을 낼 수 있을 텐데 말이야."

"아, 맞네."

"보면 볼수록 백치미 쩌는구나."

아론이 빙글빙글 웃으며 놀리자 나나는 우어억, 하고 머리를 쥐어뜯더니 백사장에 OTL자세로 엎드렸다.

"아아악! 진짜 내 인생은 도대체 왜 마지막까지 이 모양이지? 뭔가 맘만 먹었다 하면 끝도 없이 엎어지잖아!"

분한 듯 땅바닥을 내리치는 나나를 물끄러미 내려다보고 있던 아론은 가만히 쭈그리고 앉아 그녀와 눈높이를 맞추더니 진지하게 말했다.

"그 새 또 잊었구나. 마음먹기에 따라 얼마든지 달라질 수도 있는 법이라니까."

"마음먹기에 따라서 달라지는 거라고요……?"

"그래."

"그건 전하처럼 뭐든지 다 가졌고 뭐든지 잘하는 사람들한테나 해당하는 말이지, 저 같은 쩌리한텐 불가능한 일이라고요. 마음가짐을 바꿔서 다 잘 될 것 같으면 이 세상은 온통 로또 1등 천지일걸요."

나나가 볼멘소리로 대꾸했지만 아론은 여전히 확고한 눈, 확고한 태도였다.

"너 같은 쩌리라도 충분히 가능하단다. 네가 그 가능성을 믿지 않을 뿐이지."

"아, 늬에, 늬에. 그런데, 아무리 그래도 그렇지 대놓고 면전에서 쩌리라고 하지 말아주실래요? 막상 남이 하는 얘길 듣고 있으니 좀 기분 나쁘네요."

나나의 얼굴에 닿아 있던 아론의 시선이 문득 먼 곳으로 옮겨가는가 싶더니, 이내 그는 그럴 줄 알았다는 듯 웃으며 말을 이었다.

"너는 충분히 행운아라고 하지 않았나. 아무래도 네 복수는 순조롭게 이어질 것 같구나."

이해할 수 없는 소리에 의아한 눈으로 뒤를 돌아본 나나는 해안선을 따라 저 멀리서 한 중년 여인이 달려오는 것을 발견했다. 아까 횟집 주방에서 힐끗힐끗 나나를 곁눈질하던 여자였다.

여자는 뒤뚱거리며 나나의 앞까지 다가오더니 이내 거친 숨을 몰아쉬며 일사천리로 말을 이었다.

"하아, 하아, 아가씨! 아유, 놓치는 줄 알고 얼마나 맘 졸였던지. 사정이 좀 있어서, 경희 바꾼 연락처 나만 알고 있거든. 몰래 전화해서 물어보니 있는 곳 알려줘도 된다고 하더라고. 주소 알려줄게."

"아……? 어, 고, 고맙습니다."

나나가 얼떨떨한 얼굴로 주소가 적힌 메모지를 받아들자 중년 여자는 작은 종이 쇼핑백 하나를 불쑥 들이밀며 덧붙였다.

"그리고 이거 준이 여름 내복인데, 시장에서 한 벌 샀거든. 가는 길에 아가씨가 좀 전해주겠어?"

"준이……라니요?"

"경희 아들이야. 혼자서 고생 많으니 아가씨가 가끔씩 들여다봐줘."

"애를 혼자…… 키워요?"

"사정이 좀 있어."

"무슨 사정인데요?"

"그런 건 아무래도 직접 듣는 게 낫겠지."

우물쭈물하던 여자는 난처한 표정으로 고개를 젓더니 얼른 자리를 떠버렸다.

여자가 사라진 후 나나는 천천히 메모지를 펼쳐서 그 안에 적힌 주소를 내려다봤다.

모자를 푹 눌러쓴 채 뒤에서 흥미롭게 지켜보고 있던 아론이 물었다.

"그래서, 네 친구는 지금 어디 있지?"

"어디 있냐고요?"

바스락.

메모지는 나나가 야무지게 쥔 주먹 안에서 짜부가 되었다.

"하, 하하하. 내가 하는 일이 다 그렇죠, 뭐, 하하. 아하하하하하하!"

다시 세 시간 가까이 운전해서 찾아갈 목적지는 나나의 커피숍 로또가 있는 곳에서 불과 10분 거리의 장소였다.

05
가시밭길 배틀

「꺄악, 시배리우스 님!」

「한 번만! 딱 한 번만 저를 바라봐주세요, 시배리우스 님!」

「사랑해요, 시배리우스 님!」

"으헉!"

복잡한 공식들을 마구 휘갈겨둔 우주지도 위에 엎드려 잠들었던 시배리우스는 몸서리를 치며 꿈에서 깨어났다.

"하아, 하아, 하아……."

전역해서 함선에서 내리는 순간 초미녀들에게 둘러싸여 꼼짝도 못하는 꿈이라니. 뭇사람들이라면 행복한 꿈일 테지만 그에게 있어선 악몽이었다.

이런 끔찍한 꿈을 꾸다니. 감당할 수 없는 인기가 역시 부담으로 작용했던 걸까.

시배리우스는 천천히 자리에서 일어나 짧은 다리로 총총 걸음을 옮겼다.

까만 우주 공간이 비쳐 있는 창은 거울처럼 그의 모습을 반사시키고 있었다.

"외모만을 보고 사랑에 빠지다니. 영혼 없는 사랑은 한낱 껍데기에 불과한 것을……. 어리석은 여인들 같으니라고. 쯧쯧."

창밖을 향해 손가락총을 탕 쏜 시배리우스는 주먹만 한 코 밑을 손가락으로 쓰윽 문지르다 그만 농익은 코드름을 건드리고 말았다.

"크윽!"

온몸을 비틀며 아픔에 몸서리치던 그는 배어나온 눈물을 닦아내고 중얼거렸다.

"아름다움이란 과실은 결코 쉽게 맛볼 수 있는 것이 아닌 법. 지금의 이 고통은 감히 신의 영역을 탐한 형벌이란 말인가."

창에 기대 오그라드는 독백을 이어가던 그는 인기척을 느끼고 뒤를 돌아봤다.

"시배리우스 님."

함교의 내비게이터 시스템을 담당하고 있는 아이나-B였다. 그녀의 역할은 내비게이터 화면에 뜬 정보를 육성으로 읽어주는 것이었다. 예를 들자면 '300광년 전방에서 3시 방향, 목성을 지나 우회전입니다. 우측 웜홀을 이용하세요.' 같은.

"언제 들어도 아름다운 목소리군, 아이나."

"과찬이십니다."

꾀꼬리 같은 목소리로 대꾸하고 우물쭈물하던 아이나가 문득 고통스러운 표정으로 어쩔 줄을 몰라 하더니 불쑥 다가왔다.

"시배리우스 님!"

"응?"

"저, 더 이상은 못 참겠어요!"

"자, 자네, 왜 이러는 건가!"

막무가내로 시배리우스의 품에 안긴 그녀는 울면서 호소했다.

"더 이상은 숨길 수가 없습니다! 사랑해요, 시배리우스 님!"

"물론 전부터 자네가 날 바라보는 눈빛이 이상한 건 알고 있었지만, 이래선 안 돼. 난 이미 고향에 결혼을 약속한 여자가 있는 몸."

"그런 평범한 여자 따윈 버리고 저를 가지세요! 저는 이미 몸도 마음도 시배리우스 님의 것이에요!"

"이것 놔!"

단호하게 아이나를 밀쳐버리고 옷매무새를 고친 시배리우스는 싸늘한 어조로 호통 쳤다.

"순간의 쾌락에 내 순수한 영혼까지 바치진 않을 것이다! 미련한 순정남이라 욕해도 좋아! 나는 으리에 살고 으리에 죽으리!"

"흐, 흐흑! 어쩜! 너무하세요!"

서럽게 울면서 뛰쳐나가는 아이나의 뒷모습을 바라보고 있던 시배리우스는 긴 한숨을 내쉬고 다시 테이블로 돌아왔다.

승조원에게 고백을 받는 일이 이번이 처음은 아니었다. 지나친 인기 덕에 몸살을 앓는 것도 하루 이틀 일이지, 이대로 계속 가다가는 이 미친 인기의 무게에 압사 당할지도 몰랐다. 사실 전역을 결심한 것에는 이런 이유도 있었다.

"후우. 지나친 미모는 결국 저주에 지나지 않는 법."

그나저나 빨리 고향으로 귀환하려거든 실종된 왕을 찾는 것이 급선무인데, 앙골무아 3세의 행방에 대해선 아직 아무런 단서조차 찾지 못한 상태였다.

"흐음. 아무리 봐도 계산이 틀렸는데, 그 영감……."

마지막으로 교신이 끊긴 지점과 지휘선의 추락 지점, 그리고 거기서 사출된 밀폐캡슐의 궤도를 추정하는 과정에서 벤포르테와 시배리우스는 격한 의견충돌을 빚었다.

백전의 노장이자 훌륭한 부사령관인 벤포르테에게는 딱 하나의 단점이 있었으니, 그것은 바로 성격이 지나치게 독선적이라는 것이었다.

일단 본인이 맞다 생각되면 아랫사람의 의견은 깡그리 무시하는 게 일이었다. 충언 같은 건 전혀 귀담아듣지 않는다. 왕이 틀렸다고 지적하며 화를 내지 않는 한 절대 안건 수정 따위 없다.

얼굴은 희대의 추남일지언정 두뇌회전과 판단능력만큼은 우주신 급인 앙골무아 3세가 실종된 현재, 이 거대 함선을 지배하고 있는 것은 고집으로 똘똘 뭉친 저 영감뿐이었다. 일이 제대로 돌아갈 리가 만무했다.

우주지도를 내려다보며 다시 한 번 계산에 몰두한 시배리우스는 다시 한 번 확신했다. 벤포르테와 항해팀의 계산법은 확실히 틀렸고, 자신이 계산한 좌표야말로 정확했다.

문제는 우기는 데 장사 없다고, 이 결과를 부사령관이 절대 받아들이지 않을 것이란 데 있었다.

"흐음. 어떻게 하지, 어떻게……."

생각에 잠긴 채 함선의 복도로 나가 정처 없이 걷기 시작하던 시배리우스는 문득 등골이 서늘한 느낌에 뒤를 돌아봤다. 처절하게 차인 아이나-B가 어느새 집착의 화신으로 돌변해 이곳저곳 들쑤시며 자신을 찾고 있었다.

"에라!"

시배리우스는 스스로 계산한 좌표를 휴대용 순간이동기에 입력시키고 서둘러 격납고로 달려갔다.

잠시 후, 소형 비행정 한 대가 함교의 허가 없이 이륙했다. 비행정은 곧장 지구의 대기권 안으로 진입한 후 멈춰 섰고, 뒤늦게 수색대가 들이닥쳤을 때 비행정의 조종간 위에는 일등항해사가 남긴 짤막한 메시지만이 그들을 기다리고 있었다.

[기필코 전하를 찾아 모시고 돌아오겠다. —시배리우스.]

'일이 잘못되면 죽음을 면치 못한다.'

부사령관의 명령을 어기고 자리를 이탈했으니 목숨을 걸고 왕을 찾아 돌아가야 했다.

수색대에게 발견되는 즉시 모선으로 소환돼 구속당할 것을 알고 있던 시배리우스는 추적을 피하기 위해 대기권에서 비행정을 버리고 휴대용 순간이동기를 이용해 지구상의 대한민국으로 내려왔다.

물론 휴대용의 한계로 인해 애초 입력했던 좌표와는 조금 더 떨어진 곳에 떨어졌지만 이 정도는 허용치 안이었다. 같은 서울 안에 떨어진 것만으로도 다행이었다.

"하나 더 없어요?"

"그게 마지막이에요."

"브로마이드는 여기도 품절이죠? 언제 입고 돼요?"

"모르겠어요. 다음 주 중에 한 번 들러보세요."

"전번 남기고 예약도 안 돼요?"

"안 돼요. 기다리는 사람이 워낙 많아서."

길가 상점 안에서 새어나오는 지구인들의 대화를 엿듣고 있던 시배리우스는 고개를 갸웃거렸다.

황실 골동품 박물관에서나 봤을 법 한 상점의 구식 간판에는 '24시간 편의점'이라는 문구가 쓰여 있었다. 그리고 무척 약하고 조잡해 보이는 유리창엔 온통 이해할 수 없는 사진과 광고문구들이 도배되어 있었다.

[드디어 발매! 초절정 꽃미남 외계왕 피규어!]

[꽃미남 외계왕 전신 브로마이드 1인 1매 한정 판매!]

[정력증강, 수험생 집중력 향상에 좋은 우주선 빵. 발매 기념 수량 한정 외계왕 스티커 증정!]

"오우, 마이 아이즈!"

더 이상 뭔가를 붙일 수 없을 정도로 유리창을 빼곡히 채우고 있는 것은 다름 아닌 아론 세라프 리그누시스 앙골무아 3세의 수배 사진이었다. 긴 금발에 큰 키, 늘씬하고 길쭉한 팔다리와 조막만 한 얼굴, 그리고 거기에 오밀조밀 붙은 이목구비까지. 몇 번을 다시 봐도 희대의 추남, 팔콤의 왕이 틀림없었다.

왕의 흉측한 모습을 보고 저도 모르게 눈을 가린 시배리우스는 울컥 치미는 감정을 도무지 다스릴 수가 없었다.

"안 그래도 얼굴에 콤플렉스 있는 분이신데, 비겁하게도 정신 공격을 하다니. 과연 잔인무도한 지구 놈들."

편의점 문이 열리고 그 안에서 웬 훤칠한 미남이 걸어 나왔다.

넙대대한 얼굴에 뿔테 안경, 온 얼굴을 뒤덮은 여드름과 음흉한 눈, 근육이라곤 한 점 없어 보이는 지방질 몸매에다 짧은 기장이 예사롭지 않은 것을 보아하니 아무래도 지구의 연예인인 모양이었다.

자신과 견주어 크게 떨어지지 않는 미모에 놀란 시배리우스가 감탄을 하며 건너다보자 지구의 미남자는 그를 힐끗 곁눈질하더니 손에 들고 있던 상자를 소중히 들어 보였다. 투명한 상자 안에는 차마 쳐다보기에도 끔찍한 앙골무아 3세의 피규어가 들어 있었다.

"안타깝게도 놓치셨네요. 이게 마지막이었거든요. 다른 데도 다 품절이라는…….."

알 수 없는 말을 늘어놓은 미남자는 자랑스럽게 혐오 피규어를 흔들어 보이더니 자리를 떴다.

"흐음. 저 훌륭한 얼굴을 하고서 미친놈이라니……, 안타깝군."

도무지 이해할 수 없는 눈으로 주변을 둘러보던 시배리우스는 제복 주머니에서 지구인의 지갑을 꺼냈다. 함선을 떠나기 전, 최초 지구 정찰때 수색대가 습득한 물품 중 한국 돈을 몰래 빼온 것이었다.

미개한 지구에선 아직도 실물화폐를 쓰고 있었다. 그는 기묘하게 생긴 사람 얼굴이 그려진 지폐 뭉치를 한심한 듯 내려다보다 편의점으로 들어가 지도와 여행가이드 책을 샀다.

현지 지도에다 자신이 계산한 좌표를 대입해 위치를 파악한 그는 곧장 택시를 잡아타고서 이동했다.

그리고 마침내 도착한 곳.

그곳에서 시배리우스는 인생 최대의 난관에 봉착하게 되는데…….

"으앙, 으아아아앙!"

곰팡이 슨 벽지가 다 일어난 방안에 귀 따가운 아이 울음소리가 쩽쩽 울렸다.

"내가 다 먹을 거란 말이야! 내 과자 줘! 줘!"

"애가 정말! 손님들 앞에서 이게 무슨 실례야!"

경희가 버럭 소리치자 다섯 살 난 아이는 더 크게 울며 바닥을 뒹굴었다.

나무라는 애 엄마, 정신줄 놓고 멍하니 앉아 있는 나나 사이에서 보다 못한 아론이 자기 앞의 과자를 집어 아이 손에 쥐어주며 달랬다.

양 손에 과자를 쥔 아이는 금세 울음을 그치더니 아무렇지도 않게 그의 품으로 가 막무가내로 안기며 옷에다 과자가루와 눈물콧물을 묻혀댔다.

"준아!"

"괜찮으니 놔둬라."

아론이 다짜고짜 반말로 하대하자 경희는 떨떠름한 표정으로 나나를 돌아봤다. 나나가 어깨를 으쓱하며 묘한 눈치를 주자 경희는 알겠다는 듯 중얼거렸다.

"사정은 잘 모르겠지만 너도 남자 잘못 만났구나."

"아니, 뭐 그런 건 아닌데……, 그나저나 너 어떻게 된 거야?"

"뭐가?"

"그러니까, 이런 상황."

"아아, 싱글맘 된 거? 뭐, 어쩌다 보니 그렇게 됐다."

"뭐가 어쩌다 그렇게 된 건데?"

나나가 추궁하자 경희는 한숨을 내쉬며 감정을 추스르다 이내 담담하게 말했다.

"나 지방대 가는 바람에 집에서 독립했었잖아. 대학교 일학년 때 여행 서클을 들었었는데, 거기 되게 멋있는 선배가 있었어. 그 선배 좋아하던 애들 되게 많았거든. 근데 어느 날 그 선배가 나한테 너무 잘해주는 거야. 정말 좋았지. 행복했어. 그래서 썸타던 중에……."

"아아, 그 선배랑 그렇게 된 거?"

"아니, 선배랑 자주 가던 호프집 알바랑 그렇게 됐어."

으음? 왜 뜬금없이 호프집 알바로 워프? 나나의 표정이 묘해졌다.

"그래서?"

"중간고사 끝나고 갑자기 속이 계속 이상한 거야. 그래서 검사해보니 임신이더라고."

"저런……, 어라? 잠깐. 일학년 때라고? 그때면 벌써 9년 전인데 임신했던 애가……?"

"걘 학교 갔지. 얘는 둘째."

"쿨럭."

"애 아빠는 고등학교 중퇴에 이렇다 할 직업도 없었어. 겁도 나고 어떻게 해야 할지 몰라서 우왕좌왕하다 배는 점점 불러 오지, 결국 학교도 못 가고 계속 자취집에 틀어박혀 있는데 전임교수님한테서 연락 받은 아버지가 내려오신 거야. 딱 들켰지. 너도 알잖아. 우리 아버지 완전 고지식한 거."

경희의 성격은 개차반이었지만 그 아버지만큼은 달랐다. 예전에 그런 사건이 있었을 때도 경희의 아버지는 나나의 아버지에게 정중히 양해를 구했고 심지어 딸의 친구인 나나에게 고개를 숙여 사과하기까지도 했었다.

"으응. 나도 알지. 그래서 아버지가 반대하셨구나?"

"아니. 아버지는 오히려 쿨하게 받아들여주셨어."

"어, 으응? 쿨럭."

"이미 생긴 생명인데 어떻게 하냐고. 힘닿는 대로 도와줄 테니 어떻게든 낳아서 잘 키워보자고 하셨지. 그래서 바로 결혼 준비에 들어갔어."

"그랬구나. 언제 결혼했어? 소식도 못 들었네."

"결혼식은 결국 못 올렸어."

"크앙."

계속되는 반전에 나나는 어떤 표정을 지어야 할지 몰라 입만 벙긋거리고 있었다.

"애 아빠네 집에 인사하러 갔더니 시모가 다짜고짜로 나한테 물을 끼얹더라고."

"아니, 왜애애애?"

"너 따위가 어떻게 감히 우리 아들을 넘보느냐고 하더라."

"지기, 딱히 비하 발언은 아닌데 애 아빠가 고등학교 중퇴에 직업도 없다고 하지 않았던가……?"

"응. 그런데 5대 독자. 시누가 여섯 명이나 되는데 그 중 네 명이 반대하는 바람에 다수결에서 밀려서 더 이상 진행이 안 되더라고."

"그래서?"

"우리 부모님이 직접 내려가셔서 통사정했지. 이미 생긴 애를 어떻게 하겠냐고, 결혼하고 정착하는 비용 모두 다 아버지가 댈 테니 간소하게 식이라도 올리자고. 그랬더니 시댁에서 역세권 30평대 아파트하고 중형차를 애 아빠 명의로 해달라고 요구했어."

"어억!"

듣고 있던 나나가 뒷목을 잡으며 외마디소리를 내지르자 아론은 화들짝 놀라 그녀를 쳐다봤다.

"아버지가 그렇게까지는 형편이 안 되니 조금 줄이는 게 어떻겠냐고 물어보시는 순간 결혼은 파투났어. 그래서 간신히 혼인신고만 올리고 친정에서 얹혀살면서 큰애 출산했는데, 애 아빠가 어느 날 울면서 들어와 고백하더라고. 알고 보니 경마에 빠져서……."

"야, 아니, 저기, 나 미안한데 더는 못 듣겠다. 이제 그만……."

"끝까지 들어봐. 삼천만 원 빚을 아버지가 다 갚아주셨는데 이 개객끼가 애 돌잔치 전날 집에 안 들어오고 단란주점에서 이백만 원을 긁었더라고. 그 후로도 계속해서 도박에 술에 바람에, 아주 끝이 안 보이는 거야. 그 뒤치다꺼리를 다 우리 아버지가 했어."

"아니, 너희 아버지는 대체 무슨 죄?"

"남편은 계속 사고 치지, 그 와중에 시댁에선 계속 당신네 손자 데려오라고 연락오지, 내가 너무 답답한 거야. 그래서 마음 좀 가라앉히려고 동네 언니 따라 간 곳이 나중에 알고 보니 사이비종교였네? 아버지가 우리 애들 주라고 애 아빠 몰래 만들어주신 오천을 내가 거기다 다 때려부었다. 정신 차렸을 때는 이미 늦은 후였어. 그러는 사이 둘째가 생긴 걸 알았지. 더는 못 참겠던지, 아버지가 먼저 연 끊자고 하시더라."

황당한 나나가 입을 뻐끔뻐끔하다 소리쳐 물었다.

"야! 듣고 있는 내가 병 걸릴 것 같다! 너희 아버지 지금 괜찮으시니?"

"간암 2기. 지금 병원에 입원해 계신대. 미안해서 못 가봤어."

"야아아아아! 네가 제정신이니? 지금 빨랑 안 가 봐?"

"난 못 가. 마음잡고 살아보겠다고 애들 아빠랑 같이 지방 내려가서 착실하게 일했는데, 어느 날 애들 아빠가 사고 쳐서 감방 들어가고 수중에 돈은 없지, 급한 마음에 친정에 가서 돈 될 만한 금붙이 싹 훔쳐왔거든. 염치없게 내가 어떻게 가."

"아으으으으으크으으으아아아악!"

남의 일에 이렇게까지 울화가 치민 것은 생전 처음이었다. 답답한 나머지 머리를 쥐어뜯으며 펄펄 날뛰는 나나를 물끄러미 건너다보던 경희가 크리티컬 히트를 날렸다.

"요즘은 그래도 윤미 덕에 좀 나아."

"뭐? 누구? 윤미? 박윤미?"

"그래. 걔 덕분에 좋은 사업 아이템 잡아서……."

"야, 이 빙구야! 너도 당했냐? 걔 하는 거 불법 다단계 사기잖아!"

"욕하지 마! 다단계 아니라 네트워크 마케팅이라고. 네가 잘 몰라서 그러는 것 같은데……."

아아, 이렇게 짧은 시간 안에 사랑과 전쟁 전 회를 다이제스트로 볼 수 있을 줄이야!

당장이라도 정신을 잃을 것만 같았던 나나는 복수고 나발이고 다 집어치운 채 아론의 손을 잡고서 꽁지에 불이라도 붙은 말처럼 경희의 집을 튀어나왔다.

"나나야. 정신 좀 차려라. 애초의 패기는 어디다 팔아먹었단 말이냐."

"아뇨, 아뇨, 이건 지금 복수할 타이밍도 뭐도 아니에요. 와아, 대박! 진짜 미칠 것 같다. 전하 말씀이 맞았어요. 쟤한테 대니 저는 생각보다도 훨씬 더 운이 좋은 사람이었군요!"

나나는 개안(開眼)하기라도 한 듯 무척 가슴 벅찬 표정으로 사방을 둘러보며 중얼거렸다. 그러던 중, 그녀의 시선이 어딘가에 고정되었다.

"저는 진짜로 행운아였……, 으응?"

얼굴 생김새부터 이미 지구 멸망의 운명을 예고하는 한 남자가 그윽한 눈으로 그녀를 바라보고 있었다.

그 노골적이고 음흉한 시선에 등골이 오싹해진 그녀가 남자를 가리키는 순간, 아론이 그를 똑바로 바라보며 씁쓸한 표정으로 내뱉었다.

"쳇. 저 녀석은……."

"아는 사람이에요?"

"내 함선의 일등항해사 시배리우스다."

"푸흡!"

의아한 눈으로 곁눈질하는 아론에게 나나는 손을 내저어 보이며 해명했다.

"죄송해요. 이름이 너무 이상해서 그만."

"이상하다고? '시배리우스'란 우아하다는 뜻의 팔콤 어인데."

"아, 그렇군요. 뭔가 미묘하네요."

"짐이 살면서 누군가를 이기지 못할 거라는 생각을 한 번도 해본 적이 없었는데 그걸 깬 유일한 놈이 바로……."

아론은 골목 입구에서 이쪽을 바라보고 있는 오덕남을 부럽고 분해 미칠 것 같은 눈으로 마주보며 덧붙였다.

"저 녀석이지."

도무지 이해가 가지 않는 말이었다. 나나가 눈을 동그랗게 뜨고 올려다보자 아론은 친절한 설명을 덧붙여주었다.

"저 생김새를 봐라. 하아. 저렇게 잘생겼는데 저걸 누가 따라잡을 수 있겠나."

입을 너무 크게 벌리는 바람에 나나의 턱에서 딱 소리가 났다.

"아, 끄아으으. 아니, 뭐, 외모 가지고 뭐라고 할 건 아니지만, 정말 뭐랄까……, 이런 걸 컬쳐쇼크라고 하는 건가 싶고……, 아무튼, 뭐, 네."

"그렇지?"

아론이 어울리지 않게 한숨을 내쉬자 나나는 웃어야 할지 울어야 할지 몰라 애매한 표정으로 따라서 한숨을 쉬었다.

"그런데 저 녀석이 이제 뵈는 게 없나……, 왕을 봤으면 재깍 기어와서 엎드려야지, 왜 멀뚱멀뚱 쳐다보고만 있지?"

자신이 계산한 좌표로 이동한 시배리우스는 택시에서 내리려던 순간 목표를 발견해 기쁜 나머지 하마터면 저도 모르게 비명을 지를 뻔했다. 보고 있나 부사령관!

허허벌판에 시 있던 코딱지만 한 건물에서 한 남자가 모자를 쓰며 걸어 나와 차에 올랐는데, 바로 그가 찾고 있던 왕이었다. 머리카락을 짧게 자르고 검은색으로 염색도 했건만 황국 최악의 못생긴 얼굴만큼은 도무지 가릴 수가 없었던 것이다.

차를 타고 곧장 어딘가로 이동하는 앙골무아 3세를 미행한 시배리우스는 변두리의 주택가까지 따라간 후 택시에서 내려 몸을 숨겼다.

그가 골목 한쪽에 숨어 지켜보는 동안 왕은 아무런 의심도 없이 한 여인과 함께 허름한 주택 안으로 들어갔고, 얼마 지나지 않아 도로 밖으로 나왔다.

왕의 심리상태가 어떤지, 현재 무슨 사연을 지니고 있는지는 알 바 아니었다. 시배리우스의 할 일은 이미 정해져 있었다.

가서 '모시러 왔습니다, 전하.'라고 말한 후 그의 팔짱을 낀다. 그리고 통신기를 통해 가장 빨리 근처를 지나는 정찰기의 좌표를 받아 휴대용 순간이동기에 입력하기만 하면 상황 종료.

그런데 이 무슨 운명의 데스티니, 혼돈의 카오스, 폭풍의 스톰이란 말인가.

왕의 곁에 서 있는 여인의 얼굴을 보는 딱 한 번 본 순간, 시배리우스의 눈앞이 캄캄해졌다. 만년설 같던 그의 심장이 단숨에 녹아내리기 시작했다. 눈앞의 모든 것이 가물가물 멀어져 갔고 그녀의 얼굴만이 환하게 빛을 발했다.

단언컨대 태어난 이래 처음으로 보는 미녀였다. 세라프의 초미녀들을 대량 학살할 듯한 미친 미모였다. 미안하지만, 고향에서 일편단심 그를 기다리고 있는 약혼녀 얼굴조차 기억이 나질 않았다.

시각적 충격에서 헤어 나오지 못한 채 멍하니 입만 벌리고 있던 시배리우스는 어느새 바로 코앞까지 다가와 있는 왕을 발견하고 화들짝 놀라고 말았다.

시배리우스는 곧장 두 손을 가슴 앞에서 교차시킨 후 양쪽 무릎을 꿇고 제대로 예를 표했다.

"저, 전하! 충성을 다하겠습니다!"

꼭 영화 속의 한 장면을 보는 듯 근엄하고 군기 충만한 장면이었다.

하지만 시베리아인지 뭔지 하는 남자의 몸짓에 옷자락이 펄럭거리는 소리가 꼭 방귀 소리처럼 들렸던 게 에러였다. 넋 놓고 그들을 구경하고 있던 나나는 저도 모르게 웃음을 터뜨리고 말았다.

"푸홋!"

그녀가 웃자 시배리우스의 눈동자에 희끄무레한 뭔가가 끼었다. 눈앞의 왕이 대왕오징어로 변하고 또다시 세상이 가물가물 멀어지며 핑크빛 은하수가 눈앞에 펼쳐졌다.

"시배리우스."

"네, 넵! 전하!"

왕의 호통에 다시 정신줄을 붙들어 맨 시배리우스는 그제야 깨달을 수 있었다. 자신이 지금 우주 최고의 미녀를 본 후 금방 사랑에 빠졌다는 사실을.

"벤포르테가 보냈겠지?"

"아, 아니, 딱히 그런 건 아니고……."

애매하게 얼버무리는 시배리우스를 싸늘한 눈으로 내려다보던 아론은 진지하게 말했다.

"기체가 추락하긴 했지만 보다시피 짐은 멀쩡하다. 오랜 원정에 지쳐 여기서 잠시 혼자 쉬고 싶을 뿐이니 가서 걱정 말라고 전해라. 때가 되면 짐의 발로 알아서 돌아가겠다."

"전하! 안 됩니다!"

"짐은 한 번 한 말은 지키는 자라는 것을 알고 있을 텐데. 그러니 너도 이만 돌아가거라.”

“하오나 전하, 이곳은 어떤 위험이 도사리고 있는지 모를 곳이옵니다! 전하를 이런 미개한 곳에 계시게 할 순 없으니 당장 모선에 구조 요청을……”

제복 뒷주머니에 손을 넣어 뭔가를 꺼내려고 하던 시배리우스의 표정이 미묘하게 변했다.

손으로 자기 양쪽 엉덩이를 툭툭 치기도 하고 옆구리를 쓰다듬기도 하고 가슴팍을 마구 더듬어대던 시배리우스의 안색이 급격히 창백해졌다.

주위를 두리번거리더니 갑자기 차도 쪽으로 달려 나가 애타게 택시를 외쳐대는 시배리우스의 기행에 아론은 영문을 몰라 눈을 깜박거렸고, 그런 그를 지켜보던 나나가 물었다.

“혹시 모선에 연락할 때 거기도 휴대전화 같은 걸 써요?”

“우주에선 보통 시그마파를 이용하는 통신기를 사용하지.”

나나는 알겠다는 듯 고개를 끄덕이며 말했다.

“아아. 아무래도 그 통신기, 택시에 놓고 내렸나 본데요.”

“드세요. 아는 선배한테서 선물로 받은 다즐링이에요.”

찻잎 몇 이파리를 남기고 스트레이너를 통과한 홍차는 그윽한 향기를 풍겼다.

고풍스러운 찻잔에서 오르는 따스한 향을 음미한 아론은 한 모금을 마시고 가뿐한 한숨을 내쉬었다.

“지구의 음료는 어찌 이렇게 다 맛있는지 모르겠다.”

아론이 감탄하며 잔을 이리저리 돌려보자 나나는 자랑스러운 듯 가슴을 쑥 내밀며 말했다.

"제가 만든 거라서 맛있는 거죠."

"그런가?"

"어머, 그럼요."

나나가 환하게 웃자 마주보고 있던 아론이 무슨 일인지 얼굴을 살짝 붉혔다. 그런 그를 본 나나 또한 옮기라도 한 듯 귓불까지 확 붉어졌다.

주거니 받거니 어색한 분위기가 한참이나 감돌다 잦아들 무렵, 그녀는 아련한 눈으로 찻잔의 수면을 내려다보며 중얼거렸다.

"이 찻잎을 생산한 다원 이름이 'Margaret's hope'래요."

"흐음. 왠지 사연 있어 보이는 이름인데."

"다원 주인의 딸인 마가렛이 몹시 병약해서 인도에서 요양을 했었는데, 영국으로 돌아가던 중 병이 도져 배 위에서 숨을 거뒀대요. 딸의 죽음을 몹시 슬퍼하던 아버지는 당신 딸이 생전에 사랑해 마지않았던 다원에다 딸의 이름을 붙여주었다고 해요."

"심금을 울리는 이야기로군."

"경희네 아버지 생각이 나서 너무 안타깝네요. 아마 지금까지도 딸 걱정에 잠 못 이루고 계실 텐데……."

"그렇겠지."

"경희도 경희지만 그 남편은 대체 뭔가 싶어요. 가장 많이 사랑하고 지켜줘야 할 남편이 대체 왜……? 아, 진짜 너무너무 충격이었어요."

"모름지기 사내들이란 전 우주를 막론하고 다 똑같은 법이지. 어린애처럼 자기밖에 모르다 지켜줄 사람이 생기면 뒤늦게 철이 들고, 아버지

가 되면 그제야 비로소 완성되는. 하지만 개중엔 네 친구의 남편처럼 입
관 직전까지도 철 안 들 놈들도 존재하더구나."

"그래요?"

나나가 눈을 동그랗게 뜨고 되묻자 아론은 아무렇지도 않게 대꾸했다.

"그와 마찬가지로, 처음부터 완성체로 태어나는 사내도 있긴 하다. 지
금 네 눈앞에 있는 훌륭한 왕처럼."

나나는 그 소리에 곧장 실눈을 뜨고서 짓궂은 어조로 말했다.

"아, 니에, 니에, 어련하시겠습니까."

눈부시게 환한 미소로 씩 웃어 보인 아론은 고개를 돌려 나나의 커피
숍 한 구석에 웅크리고 처박힌 시배리우스를 바라봤다.

커피숍의 전화가 울린 것은 바로 그때였다.

발신처는 시배리우스가 탔던 택시 회사였다. 혹시 독특한 디자인의
무전기 비슷한 물건이 분실물센터로 들어오면 연락해달라고 전화를 해
두었는데 그것에 대한 답인 듯했다.

"아, 네! 맞아요. 아……, 그런가요? 혹시 나중에라도 발견되면 사례
할 테니 꼭 좀 연락 부탁드립니다. 고맙습니다."

나나가 수화기에 대고 난처한 듯 내놓는 말로 미루어 아무래도 통신
기를 찾는 것은 이미 틀린 듯했다.

역시나, 예상대로 나나는 전화를 끊고서 아론과 시배리우스 쪽을 돌
아보며 비보를 전했다.

"죄송해요. 운이 좋으면 돌아올 수도 있겠지만, 사실 전화기 잃어버리
면 찾기 힘든 경우가 많거든요. 요즘은 해외로 팔아넘겨진다고도 하더
라고요. 누가 분실 폰 위치 추적해봤더니 형제의 나라 터키에 가 있더라

나, 그나마 형제가 쓰고 있어서 다행이라는 웃지 못 할 얘기도 들었으니까요. 어쨌든 뭐, 결국은 잃어버린 사람이 일차 책임자니까 안타까워도 어쩔 수 없다고 생각하세요."

"아……, 네."

시배리우스는 결국 모선으로 돌아갈 수 없게 되었는데도 크게 동요하지 않는 듯 꽤나 담담해 보였다.

그런 시배리우스를 관찰하고 있던 아론은 돌연 날카로운 눈빛을 하고서 자리에서 벌떡 일어났다.

테이블 사이를 성큼성큼 걸어간 그는 시배리우스의 맞은편에다 목재 스툴을 놓고 털썩 앉더니 그의 어깨를 툭툭 두드리며 위로했다.

"상심하지 마라. 어딘가에 분명 연락할 방법이 있을 테니."

"네, 전하."

선선히 건너온 시배리우스의 대답에 아론이 묘한 미소를 지었다.

"나나야. 짐의 부하가 몹시 우울해 보이니 우리가 위로를 해주어야겠다. 술이 있거든 좀 내오거라."

"술이요?"

"그래."

"으음, 저기 죄송한데……."

카운터 안쪽의 선반을 쭈욱 훑어본 나나가 얼굴을 붉히며 말을 이었다.

"제가 한동안 너무 심란해서 홀짝홀짝 마시다 보니 거의 다 먹고……, 남은 술이라곤 칵테일 제조용 보드카뿐이라서요."

"보드카?"

"불곰국 오빠들이 먹는 엄청 쎈 독주예요. 괜찮으시겠어요?"

"독주라. 독주 좋지. 안 그래, 시배리우스?"

아론이 돌아보며 묻자 시배리우스는 몹시 난처한 표정으로 손을 내저었다.

"죄송합니다만 전하, 저는 알코올 분해 효소가 부족한 체질이라 술은……."

"호오. 왕께서 친히 하사하시는 술을 감히 마다하는 불경을 저지르시겠다?"

아론이 양손으로 깍지를 단단히 낀 후 기지개를 켜자 근육으로 다져진 온몸에서 우두둑 우두둑 관절 꺾이는 소리가 났다. 아무것도 모르는 나나가 봐도 다분히 위협적이었다. 지금의 아론은 이전과는 달리 조금 이상해 보였다.

돌처럼 단단해 보이는 아론의 주먹 마디를 본 시배리우스는 물렁살로만 이루어진 몸을 잔뜩 움츠리고서 고개를 도리도리 저었다.

"아, 아닙니다, 전하! 대대손손 가문의 영광입니다!"

아론의 입술 한쪽 끝이 살짝 치켜 올라갔다. 뭔가 꿍꿍이라도 있는 듯 몹시 의미심장한 미소였다.

알코올 분해 효소가 부족하다는 말은 과연 사실이었던지, 작은 스트레이트 잔으로 세 잔을 마신 시배리우스의 혀가 심하게 꼬이기 시작했다. 술자리가 벌어진 지 겨우 30분 만의 일이었다.

"우리 예옙흔 아가쉬, 이름이 뭬에라고?"

혀가 꼬이다 못해 반 토막이 났는지 급속으로 말도 짧아졌다.

나나가 떨떠름한 표정으로 입을 다물고만 있자 시배리우스는 험악한 표정으로 버럭 소리를 질렀다.

　"야아! 우주 최고 미남께서 묻고 있쟈나, 아앙? 네 이름이 뭬냐고오오오!"

　우주 최고 미남이란다. 우주 최고 미남이란다. 우주 최고 미남이란다.

　머릿속으로 계속해서 메아리치는 단어에 잠시 정신이 혼미해진 나나는 고개를 돌려 아론의 얼굴을 한 번 보고 안구를 정화한 후 대답했다.

　"신나나라고 하옵니다, 씨배리우스 님."

　"크아앙, 너는 얼굴도 엡흔데 이름도 엡흐구나아앙."

　"으휴. 과찬이십느드, 이 씨배르으스 늠."

　나나가 억지로 웃으며 이를 악물고 내놓는 대답에 옆에서 지켜보고 있던 아론은 박장대소하며 뒤로 넘어갔다.

　"하하하! 히하하하하!"

　그러나 아랫배를 붙잡고 폭소하던 아론의 웃음소리는 이어진 시배리우스의 말에 딱 멈추고 말았다.

　"넌 뭘 좋다고 웃고 앉았어, 아앙? 너는 그걸 쥐금 면상이라고 들고 다니냐, 이 천하에 못쌩긴 놈아!"

　아론이 웃음기 싹 빠진 무표정한 얼굴로 가만히 바라보고 있는 가운데 시배리우스의 주정은 갈수록 점입가경에 접어들었다. 혀가 꼬이느라 뇌 주름이 말끔히 풀린 모양이었다.

　"야! 니가 왕이면 다냐? 앙? 왕이면 다냐고! 야아, 소오찍히 까놓고 말해서 얼굴만 보면 누가 더 왕 같냐, 앙? 누가 더 왕 같아?"

　잔뜩 취한 시배리우스가 나나의 얼굴 앞으로 자기 얼굴을 불쑥 들이

밀었다.

"아악! 마이 아이즈!"

나나는 손으로 눈을 가리며 고통스러워했지만, 시배리우스는 한술 더 떠 그녀의 팔을 붙잡고 자기 쪽으로 끌어당기며 거칠게 희롱하려 했다.

"이리 와!"

"엄마야!"

"나 같은 미남을 이러케 가카이서 볼 쓔 있는 걸 영광으로 알라고. 앙?"

미처 말이 다 끝나기도 전, 시배리우스와 나나의 사이로 아론의 팔이 불쑥 끼어들었다.

흰색 차이나 칼라를 단단히 움켜쥔 아론의 팔은 멈추지 않은 채 곧장 바닥으로 향했고, 동시에 시배리우스의 육중한 몸이 공중을 반 바퀴 돌아 원목 마룻바닥에 그대로 처박히고 말았다. 호리호리한 아론의 몸에서 나왔을 거라곤 생각할 수 없을 정도로, 실로 가공할 힘이었다.

"꽥."

기절한 채 바닥에 널브러진 시배리우스를 싸늘한 눈으로 내려다본 아론은 손을 탁탁 털더니 나나를 돌아보며 물었다.

"다친 곳은 없나?"

"아……, 에에, 네."

어머, 어머, 그렇게 안 봤는데 레알 상남자네, 심쿵했잖아, 이거 어쩔 거야, 응? 저도 모르게 얼굴이 벌겋게 달아오른 나나는 부끄러움에 몸 둘 바를 몰라 했다.

"촬영은 잘 됐는지 확인하거라."

"네?"

"네 휴대전화로 이 녀석 진상 부리는 동영상을 촬영해뒀으니 확인하란 말이다."

나나가 휴대전화의 동영상 라이브러리를 확인하는 동안 아론은 재빠르게 몸을 숙여 시배리우스의 제복 주머니를 마구 뒤졌다.

돈이 제법 많이 들어 묵직한 지갑을 나나에게 툭 던져준 아론은 이내 그의 품속에서 희한하게 생긴 기계덩어리를 하나 꺼냈다.

"어, 그건……?"

전에 나나도 본 적 있던 물건이었다. 고등어 돌게 3-오메가 선으로 작동한다던 그 순간이동기 말이다.

"이럴 줄 알았다. 어쩐지 너무 태평하다 했지."

"이걸 숨기고 있었다는 건……?"

"휴대용 순간이동기는 말 그대로 휴대용으로 고안된 것이라 고정형보다 성능이 떨어지지. 보낼 수 있는 거리에 한계가 있기 때문에 모선까지 한 번에 워프는 힘들고 중간 기착지가 있어야 하니, 이 녀석, 하루에 한 번 상공을 지나는 정찰선을 기다린 거다."

"아……, 그럼 전하를 방심하게 한 후 반강제로 끌고 돌아가려 했다는 말인가요?"

"그래. 발칙한 것."

아론은 시배리우스의 순간이동기를 들고 어딘가로 뚜벅뚜벅 걸어갔다.

호기심에 뒤를 따라간 나나는 화장실 변기에다 그것을 풍덩 빠뜨리고서 잔인한 미소를 짓는 그를 보고서 왠지 등골이 오싹해지고 말았다.

"감히 짐을 속이려 들다니. 백만 년은 이르다."

"아아, 총사령관이신 전하에 이어서 일등항해사까지 실종되다니, 이게 도대체 무슨 일이란 말인가……!"

벤포르테가 탄식을 하자 함교가 일동 숙연해졌다.

"시배리우스의 통신기 신호는 아직인가?"

답답한 듯 소리치는 벤포르테의 눈치를 살살 살피던 병사의 눈이 갑자기 휘둥그레졌다.

"부사령관님! 신호가!"

"어서 보고해!"

"줄곧 꺼져 있던 일등항해사님의 통신기 전원이 다시 켜졌습니다!"

"위치는? 위치를 보고하라!"

"추적 중입니다!"

시배리우스가 그렇게 사라지고 난 후 벤포르테는 모든 경우의 수를 상정해 왕이 있을 만한 좌표를 다시 계측해보았다. 그 결과 자신의 계산이 틀렸고 시배리우스의 것이 정확했다는 것을 확인할 수 있었다.

그러니 시배리우스가 벌써 왕과 접촉했을 가능성도 있었다. 운이 좋다면 두 사람을 모두 구출하고 우주 정복의 위업을 달성할 수도 있는 것이었다.

"부사령관님! 위치 파악 완료했습니다!"

"좋아! 어디인가!"

"동경 28.976018, 북위 41.01224! 터키의 이스탄불이라고 하는 곳입니다!"

지휘석을 박차고 일어난 벤포르테가 비장한 목소리로 소리쳤다.

"모든 병력을 집중시켜라! 목표는 터키다!"

06
마음의 비

"으음. 이 또한 감탄하지 않을 수 없구나. 혈중 알코올 농도 세계의 혁명이랄까. 음주 익일 미각 세계의 범우주적 통일이랄까."

이것은 세계 3대 진미에 대한 찬사가 아니다.

"지친 위장을 부드럽게 감싸 안는 따스함. 숙취로 멀어진 집중력에게 이리 오라 손짓하는, 마음에서부터 우러나는 그리운 그 맛. 마치 어마마마의 품과도 같은 맛이다."

봉지를 뜯고 내용물을 냄비에 쏟은 후 물을 부어 끓이기만 하면 되는 즉석 북엇국에 대한 아론의 감상평에 영혼까지 오그라들고 만 나나는 저도 모르게 외마디 비명을 내지르고 말았다.

"크아앙!"

"왜 그러지?"

숟가락을 들고서 올려다보는 아론의 얼굴은 지금의 이 엽기적인 행동과는 전혀 어울리지 않을 정도로 지나치게 잘생겨 보였다. 보드카 한 병을 밤새 혼자 다 마시고 자다 일어나 씻지도 않은 채 해장 중이라는 현실은 짐작할 수조차 없었다.

"겉모습만 보면 이슬만 드시고 사실 것 같은데 실상은……."

"뭐라고?"

"아, 아무것도 아니에요."

나나가 얼버무리며 빈 쟁반을 가슴에 꼭 안자 아론은 싱겁다는 듯 피식 웃고 북엇국을 떠먹으며 연방 감탄사를 이었다.

"정말이지 신기하구나. 우주 변방에 지나지 않는 곳에 이렇게 진보한 해장 문화가 있었다니……."

그때, 어디선가 할머니 일주일째 변비 앓는 소리가 울렸다.

"끄으응. 흐허헐. 웃흥."

고개를 돌린 나나는 카페 한쪽 구석에 원산폭격 자세로 얼차려를 받고 있는 시배리우스를 바라보았다.

원목마루에 야무지게 박고 있는 그의 머리 바로 앞엔 흥건히 젖은 휴대용 순간이동기가 마치 제사상처럼 차려져 있었다.

"끄으으으응. 즈언하……, 한 번만, 이번 한 번만 흐어어, 부디 용서를……."

웅얼웅얼하며 속죄하는 시배리우스를 힐끗 곁눈질한 아론은 불쑥 손을 내밀더니 나나의 에이프런 앞주머니에서 휴대전화를 꺼내 들었다.

이윽고 손바닥만 한 휴대전화를 통해 어젯밤 시배리우스가 선보였던 화려한 주사가 여과 없이 송출되기 시작했다. 화면을 보지 않아도 그 소리만으로도 익히 죄의 중함을 짐작할 수 있을 정도였다.

"돌아가 군법회의에 송부할 가치조차 없구나. 하도 기가 차서 죽이기도 아까우니 너는 영원히 거기서 머리나 박고 있거라. 안 그래도 그간 네가 잘난 외모만 믿고 나대는 것이 영 눈엣가시였는데 딱 잘 걸렸다."

턱을 괴고 느긋하게 웃으며 말하는 아론의 머리 위로 찬란한 아침햇살이 쏟아지고 있었다. 아름다운 그 모습은 지금 내놓고 있는 황당한 말이나 그릇째 들이마시고 있는 즉석북엇국과는 전혀 거리가 멀어, 마치 샹젤리제 거리의 노천카페에 앉아 에스프레소를 즐기고 있는 파리지앵처럼 보이기도 했다.

"아, 진짜 적응 안 되네……."

나나가 저도 모르게 중얼거리는 순간 아론이 북엇국을 다 비우고 자리에서 벌떡 일어났다.

"몸이 찜찜하니 좀 씻고 와야겠다."

"아, 네. 물론 이런 얘기하면 셀프 안면 침 뱉기지만, 인테리어 업자한테 속아서 화장실 시설에 지나치게 많이 투자해버렸거든요. 카페 화장실에 저렇게 샤워실까지 완비된 곳은 아주 드뭅답니다. 아아, 기분 탓인지, 갑자기 눈가가 촉촉해지네요."

아론은 애잔함과 한심함이 교차하는 눈으로 나나를 내려다보며 진지하게 명령했다.

"저 녀석이 꾀부리지 못하도록 나나 네가 감시 잘하거라."

"네엡, 전하!"

나나가 저도 모르게 군기 바짝 들어 고개를 끄덕이며 대답하자 아론은 귀여워 죽겠다는 듯 그녀를 내려다보다 또 한 번 머리카락을 마구 헝클어뜨렸다. 훈내 나는 장난이 제법 재미가 있었던 모양인지 한 번 한 이래로 계속되고 있었다.

머리카락을 쓰석거리며 아론의 뒷모습을 멍하니 바라보던 나나는 이내 테이블을 치우고 빈 그릇들을 주방으로 들고 갔다.

마악 설거지를 시작하려던 순간이었다. 시배리우스가 또 한 번 앓는 소리를 냈다.

"끄으으으으응. 아흐흐흐흐흐흥."

설거지통에 그릇을 넣다 말고 뒤를 돌아본 나나는 부동자세로 얼차려를 받고 있는 작달막하고 뚱뚱한 남자에게 깊은 연민을 느꼈다.

그래, 누누이 생각하는 거지만 술이 나쁜 거지 사람이 나쁜 건 아니잖아. 아니, 그런데 저 별 사람들은 어쩜 저렇게 하나같이 다들 술버릇이 더럽담? 하긴 유력 황위계승자라는 사람부터도 우주 차원 음주운전 사고를 일으킨 동네니 알 법도 하네.

속으로 쉴 새 없이 중얼거리던 나나는 그릇에다 밥을 담고 뜨끈한 국물을 잘 말아 쟁반에 받쳐가지고 시배리우스에게로 다가갔다.

"끄으으응, 즈언하, 부디 이 미천한 것에게 자비를 베푸시어……."

"샤워를 오래 하시더라고요. 얼른 일어나 이것 드시고 다시 박으세요."

뭔가 굉장히 친절한 것 같으면서도 안 친절한 말에 시배리우스는 잠시 갈등했다. 눈치를 챘던지, 나나는 조심스럽게 다시 채근했다.

"전하껜 비밀로 해드릴 테니까 걱정 마시고요."

바닥을 짚고서 살며시 몸을 일으킨 시배리우스는 집 잃은 강아지 같은 눈으로 그녀를 바라보았다.

신나나. 아아, 무서운 아이.

정말이지, 감히 눈을 마주칠 수조차 없었다. 길다면 길었던 인생에서 단 한 번도 마주친 적조차 없는 초절정 미모였다.

'순간의 쾌락에 내 순수한 영혼까지 바치진 않을 것이다! 미련한 순정

남이라 욕해도 좋아! 나는 으리에 살고 으리에 죽으리!'라고 자신 있게 선언했던 시배리우스였건만, 도무지 당해낼 도리가 없었다. 미개한 지구인 신나나의 삼 대가 미친 매력 앞에서 고향에서 기다리고 있는 약혼녀에 대한 '으리' 따위는 산뜻하게 잊은 지 오래였던 것이다.

"아름다운 그대를 위하여."

그가 북엇국에 만 밥 한 술을 공중에 들어 보이며 대단히 느끼한 표정으로 건넨 말에 나나는 지독한 폭력 충동을 느끼고 말았다.

"크앗! 앗뜨, 뜨! 핫 촤!"

안 그래도 못생긴 시배리우스의 얼굴은 뜨거운 국밥을 단숨에 입에 넣고서 온갖 오두방정을 다 떠는 바람에 더욱더 기괴해 보였다.

이해할 수 없는 눈으로 물끄러미 그를 바라보고만 있던 나나가 조심스럽게 물었다.

"저기……, 저 진짜로 궁금한 게 하나 있는데요."

"후아아아, 마이쪄, 마이쪙."

볼이 미어터져라 입에다 국밥을 밀어 넣고 쩝쩝거리며 감탄하는 것은 아론과 비슷했지만 그 모양새만큼은 어째 영 다르다.

"여인이여, 궁금한 것이……, 쩝쩝, 무엇입니까?"

그릇을 기울이고 국물을 후르르 들이마시는 폼이 맞춤옷을 입은 듯 딱 어울렸다. 주모! 여기 국밥 한 그릇 더 말아주시게!

"그쪽 행성 기준으로는…… 제 얼굴이 먹어주는, 아니, ㄱ 뭐랄까……, 인기 있는 스타일인가요?"

장사 안 되는 커피숍이니만큼 가끔씩 손님이라도 오면 그 유일한 손님들이 주고받는 대화가 여과 없이 나나의 귀에 들려오곤 했었는데, 그 중 가장 고역인 게 바로 여자가 코맹맹이 소리로 묻는 말이었다. '옵화, 나 옙훠? 진짜루?' 이딴 거 말이다. 지금 이 질문이 그것과 다를 게 뭐냐 말이다.

나나가 제 스스로 내뱉은 말에 미칠 듯한 환멸을 느끼는 사이 시배리우스는 식사를 다 마쳤는지 숟가락을 쪽쪽 빨며 답했다.

"왕실 주최 팔콤 미인 대회에서 무려 세 차례나 연속 우승을 거머쥐었던 전설의 사내가 있지요. 누구일 것 같습니까?"

"그런 걸 제가 알 리가……."

"물론 자랑은 아니지만."

지금까지 살아온 동안 경험한 것에 따르면 '자랑은 아니지만'이라는 말이 의미하는 바는 백 퍼센트의 확률로 자랑이었다. 나나가 불길한 예감에 몸서리치는 순간, 익히 예상했던 말이 건너왔다.

"바로 접니다. 하하."

"쿨럭."

"그리고 그런 제가 인정한 미녀는 지금까지 아무도 없었죠. 그대를 제외하고."

시배리우스의 그로테스크한 얼굴 생김새를 아무 말 없이 물끄러미 바라보고만 있던 나나의 입술 사이로 긴 한숨이 흘러나왔다. 기뻐해야 할 상황인 것 같긴 한데 어쩐지 한심하기 짝이 없었다.

"그럼…… 전하는요?"

나나의 질문에 시배리우스는 긴장한 표정으로 주저했다.

"전하의 용안에 대한 이야기는…… 적어도 팔콤에서는 금기입니다."

"어머? 왜요?"

"그것이 전하의 유일한 약점이기 때문에."

예상이 맞긴 했던 모양이다. 그 동네에선 저 얼굴이 못생긴 얼굴인 거구나.

문득 궁금해진 나나가 조심스럽게 물었다.

"어느 정도이기에요?"

그 질문에 시배리우스의 얼굴에 조소가 어렸다.

"흐음. 글쎄요."

명쾌한 대답을 듣지는 못했지만, 노골적으로 비웃는 표정을 보는 순간 그가 아론을 어떻게 생각하는지만큼은 확실히 깨달을 수 있었다.

무슨 일이었을까. 나나는 갑자기 속에서 뭔가가 욱하고 치미는 것을 느꼈다.

"저기…… 왜 그렇게 웃어요?"

"네? 뭐가요?"

시배리우스의 눈동자에 악의는 전혀 없어 보였다. 지극히 자연스러운 눈.

아이러니하게도 그의 행동에 전혀 악의가 없었다는 게 기분이 더 묘했다. 나나의 표정이 몹시 복잡해지더니 이내 미간이 확 일그러졌다.

어두운 안색으로 한동안 시배리우스를 노려보던 나나는 싸늘하게 내뱉었다.

"다 드셨으면 하던 일 계속 하셔야죠."

"네?"

"이 아저씨가 통 말귀를 못 알아들으시네."

자리에서 일어난 나나는 동네 일진 같은 불량한 태도와 어조로 명령했다.

"도로 머리 박으라고."

갑자기 달라진 분위기에 놀라 나나를 올려다본 시배리우스의 심장이 단박에 뚫렸다.

아아, 우주 최강 미친 매력의 여인이 얼음 파편을 날려가면서 내리는 명령처럼 거부할 수 없는 것이 또 있을까.

시배리우스는 뭔가에 홀린 듯 경건한 자세로 바닥에 머리를 박으며 열에 달뜬 신음을 흘렸다.

"흐음."

좋은 향기를 풍기며 나타난 아론은 수건으로 머리카락을 털며 커피숍 내부 상황을 유심히 살폈다.

주방에서 묵묵히 설거지를 하는 나나와 한쪽 구석에서 비실비실 머리를 박고 얼차려를 받고 있는 시배리우스 사이에서 묘한 기류가 감지되고 있었다.

긴 다리를 교차하며 성큼성큼 홀을 가로질러간 아론은 개수대 앞의 나나 옆에 바싹 다가가 선 후 넌지시 그녀를 떠보았다.

"감시 잘하라 했거늘."

"감시 완전 잘했는데요. 계속 매의 눈으로 지켜보고 있었는데요."

"솔직히 말해보거라."

"뭘요?"

"짐의 명령을 무시하고 저 녀석에게 식사를 내줬지?"

한동안 나나에게서 아무 대답도 돌아오지 않자 아론은 피식 웃으며 손을 내밀더니 그녀의 머리를 또 한 번 마구 헝클어뜨렸다. 착각인지는 몰라도 그 손길이 왠지 칭찬이라도 받고 있는 것처럼 더없이 부드럽게 느껴졌다.

"감시하라고만 했지, 밥 주지 말란 얘기는 안 하셨잖아요."

"음. 그랬던가. 듣고 보니 그렇구나."

"사실 다 알고 계셨죠? 자리를 뜨면 제가 저 사람한테 바로 먹을 것을 가져다 줄 거란 걸."

"네 행동 패턴이야 단순하기 짝이 없으니 모를 것도 없지."

"그런데 왜 미리 못하게 안 하셨어요?"

나나가 뾰로통한 목소리로 대들자 아론은 흥미로운 눈으로 그녀를 내려다보며 되물었다.

"화가 난 것처럼 보이는데, 무슨 일이지?"

세제 거품이 잔뜩 묻은 접시를 물에다 헹구던 나나는 손이 미끄러지는 바람에 접시를 놓치고 말았다. 요란한 소리를 내며 다른 그릇에 가 부딪친 접시는 보기 흉하게 한쪽 이가 빠지고 말았다.

"저런."

"아아! 아끼던 접시였는데."

"쯧쯧. 하이퍼실리카의 도입이 시급하구나."

고무장갑을 벗은 나나는 한참이나 접시를 들고서 이리저리 돌려보더니 진지하게 말했다.

"이거 진짜 좋은 접시예요. 가볍고 무늬도 예쁘고 여기저기 활용도도 높은, 아주 비싼 브랜드 제품이라고요. 그런데…… 겨우 이 빠진 거 하나만으로 흉한 몰골이 돼서 더 이상은 손님 앞에 내놓을 수 없다는 건 좀 억울하지 않아요?"

"나나야. 접시뿐 아니라 어차피 지구 전체가 곧 끝장날 텐데 뭐가 걱정이냐. 너무 깊이 생각지 마라. 접시는 우리 팔콤에도 많다. 거긴 천 년을 써도 안 깨지는 접시가 천지란다."

아론이 개수대에 비스듬히 기대 실없는 농담을 건네도 나나의 굳은 표정은 풀어지지 않았다. 그녀는 깊은 생각에 잠긴 채 담담하게 말을 이어갔다.

"결국 외관이란 건 그런 것 같아요. 남에게 보이기 좋은 것, 그뿐이잖아요. 그 속의 진짜 모습은 보지 않은 채 모두들 겉모습만 따지죠. 그런데 그 겉모습이란 거, 그것도 사실 절대적인 건 아니잖아요?"

"으응? 이야기가 어째 다른 방향으로 가는 것 같은데?"

"제가 말씀드렸잖아요. 그쪽에선 어떤지 몰라도 전하의 얼굴은 이쪽에서 아주 독보적인 미인상이라니까요? 올킬이라고요. 거기서 절세미녀라는 제 얼굴은 여기선 평범함 언저리에서도 살짝 비켜난 얼굴이고요. 그러니까 도대체!"

접시를 내려둔 나나가 마침내 억울한 목소리로 소리쳤다.

"도대체가 외모가 뭐가 그렇게 중요한데요?"

밑도 끝도 없이 버럭버럭 화를 내던 나나의 흥분이 잦아들자 커피숍 내에 정적이 내려앉았다.

황당하게 나나를 내려다보고 있던 아론이 눈을 가늘게 뜨며 물었다.

"나나야. 왜 갑자기 화가 났느냐?"

"네? 화라니요? 아…….."

왜 화가 났냐고? 나나는 스스로 화가 난 줄도 모르고 있었다.

화가 났나? 그런가 보다. 그래. 화가 난 것이 맞다면 아마 그때였을 것이다. 시배리우스인지 씹빼리우쓰인지 뭔지 하는 놈이 아론의 얼굴을 비웃었던 바로 그때.

그쪽 사정이 어떤지는 몰라도 아론은 왕이다. 피나는 노력을 쏟아 부은 끝에 스스로 무소불위의 권력을 거머쥔 왕, 더 나아가 황국의 유력 후계자 중 한 명이라 하지 않았나. 그런 왕을 일개 부하가 감히 비웃다니.

그러고 보니 아론은 전에 부관조차도 잔소리꾼이라고 했었다. 상식적으로 이런 게 가당키나 한 일인가.

그 동네 기강이 약해서일 거란 생각은 들지 않았다. 만약 그 정도로 당나라 군대였다면 애초에 여기까지 도달하지도 못했을 테니까.

그러면 남은 가능성은 하나였다. 그동안 아론이 다 받아줬다는 것.

겉으론 저렇게 툭툭거리고 짓궂게 굴어도 짧은 시간 동안 그는 나나에게 날카로운 가르침을 주었고 때로는 보호해주기도 했으며, 각종 앙탈들을 귀엽게 받아들여 넘어가 주었다. 그것과 마찬가지로 그는 부하들의 건방진 행동을 모두 참고 넘겼을 것이다. 지금까지 살아온 그 긴 세월 동안 내내.

나나가 화가 난 건 바로 그 점이었다.

그동안 그렇게 잘해줬음에도 그는 모선이나 고향별로 돌아가고 싶지 않아 기발한 가출을 이어갈 정도로 철저히 외톨이였다는 사실.

"전하가 나쁜 거예요."

"뭐?"

뜬금없는 소리에 아론이 눈살을 찌푸렸지만 나나는 아랑곳 않은 채

속에 담긴 말을 풀어놓기 시작했다.

"잘생겼든 못생겼든, 그런 껍데기를 다 배제하고 알맹이만 놓고 봤을 때 전하는 이런 취급당할 이유가 없는 위치라고요. 부하들 저러는 거 다 받아주지 말고 힘으로 눌렀어야죠. 매력은 모자라고 가진 건 힘밖에 없다, 그러면 그 힘이라도 휘둘러야 하는 거 아니에요?"

자존심을 건드릴까봐 '바보같이 외톨이로 남지 말고.'라는 말은 끝내 덧붙이지 못했다.

가만히 나나의 말을 듣고만 있던 아론이 씩 웃으며 말했다.

"위험한 소릴 하는구나. 가진 힘만 믿고 마구잡이로 칼을 휘두르는 건 무식한 폭군 독재자나 하는 짓이지."

"차례차례 여러 행성 멸망시키고 오신 분께서 하실 소리는 아닌 것 같습니다만."

"뭔가 하고 싶은 말이 있거든 빙빙 돌리지 말고 확실히 하거라."

"그러니까 제가 하고 싶은 말은······."

뚫어져라 쳐다보는 아론의 눈길이 왠지 불편해진 나나는 얼굴을 붉히고 그의 눈을 피해버리며 웅얼거렸다.

"그러니까 그게 뭐냐면······."

"인내력 테스트는 그만두는 게 좋을 거다. 단언컨대 짐의 인내력은 네 짧은 속눈썹 길이만큼도 못한 수준이니까."

"자랑입니까?"

"대충 알아듣거라."

"아무튼 제가 하고 싶은 말은 그거예요."

"그거라니?"

148

"외모가 잘생겼든 못생겼든 전하는…… 다정하고 좋은 분이시란 거."

그 소리에 아론의 표정이 드러나지 않을 정도로 미묘하게 바뀌었다.

나나는 허공 어딘가를 바라보며 담담하게 말을 이어갔다.

"지금까지 주변 사람들이 그걸 알아주지 않아서 외로우셨을지는 몰라도, 이제 적어도 지구인 신나나 하나만큼은 그 사실을 알고 있으니까……, 그러니까 이제는……, 아아, 내가 지금 무슨 말을 하고 있는 거지?"

말을 이어가면 갈수록 나나의 얼굴은 새빨갛게 달아올라, 입을 다물 때 즈음엔 이미 물러 터진 토마토 수준이 되어 있었다.

가만히 팔짱을 끼고 선 채 나나의 말을 듣고만 있던 아론이 문득 씨익 웃었다.

부드럽게 벌어진 입술 사이론 새하얗고 가지런한 치아가 반짝였고, 초승달처럼 휘어진 눈매 아래 눈동자는 그 어느 때보다도 더 매력적으로 보였다.

"예쁜 줄만 알았는데 아부도 잘하는군."

"아부 아니에요."

"짐이 보는 눈이 좋아 최고의 애완동물을 손에 넣었다."

"아, 네엡, 쿨럭. 영광무지로소이다."

또 한 번 나나의 머리를 쓱쓱 문지르며 헝클어뜨린 아론은 몸을 깊이 숙여 그녀의 이마에다 가볍게 입을 맞춘 후 조용히 덧붙였다.

"고맙다."

그저 입에 발린 말은 아니었다. 마음 깊은 곳에서 우러나온, 진심 어린 감사 인사였다.

"아니, 뭐 그렇게 고마워하실 정도까지……."

나나는 이유 없이 설레는 마음으로 아론을 올려다봤고, 그는 이내 훈훈한 분위기에 쐐기를 박는 한 마디를 내놓았다.

"좋다. 명령 불복종이긴 해도 머리 박는 것까진 봐주지. 저 옆에서 30분 동안 무릎 꿇고 손들기. 실시."

시배리우스의 옆에서 나란히 벌을 받는 동안 나나는 내내 자기가 한 말을 후회하고 또 했다.

'다정하고 좋은 분은 얼어 죽을, 내가 미쳤지, 내가 미쳤어!'

[이스탄불 연결하겠습니다. 곽대기 기자, 곽대기 기자.]

[네, 터키 이스탄불 탁심 광장의 곽대기 기자입니다. 이곳 상황 전해드리겠습니다. 도심은 아직까진 큰 혼란 없이 차분한 상황이지만 지금 제 머리 위의 하늘은 보시다시피 외계인 비행선이 완전히 점령한 상태입니다. 외계 병력이 대거 이동 집결하기 시작한 것은 현지 시각으로…….]

"저것들은 도대체 엉뚱하게 저기 가서 뭐 하는……, 으음?"

암체어에 기대어 앉아 음료를 홀짝거리며 텔레비전 뉴스를 시청하고 있던 아론의 입술 사이로 나지막한 욕설이 튀어나왔다.

"저런 미친!"

아까부터 구석에 쭈그리고 앉아 뭔가를 꼼지락꼼지락 손보고 있던 시배리우스의 시선이 자연스럽게 텔레비전 화면으로 향했다.

카메라가 앵글을 돌려 잡은 하늘의 영상이 화면을 가득 메우고 있었다.

익숙한 비행선들이 새카맣게 포진하고 있는 한가운데 지휘선 두 대가 허공에 가상 플라즈마 영상을 투영시키고 있었는데, 다름 아닌 위대한 앙골무아 3세의 확대 전신 스캔 영상되시겠다.

실제에 가까운 선명한 화질에다 더없이 생생한 왕의 육성까지 더해지니 창공에 진짜 그가 서 있는 듯한 착각이 들 정도였다. 3D 영상에다 육성을 얹는다는 게 하필 웃음소리를 입히는 바람에 '하하하하하! 하하하하하!' 끝도 없이 웃는 꼴이 영락없이 미친놈처럼 보이는 건 일단 논외로 하자.

끔찍한 자신의 모습이 또다시 만천하에 드러나는 것을 화면으로 접하게 된 아론은 참을 수 없는 굴욕에 비분강개해 펄펄 날뛰었고 마침내 텔레비전을 향해 리모컨을 집어던지고 말았다.

바로 그 순간, 어깨와 귀 사이에 휴대전화를 낀 채 누군가와 통화를 이어가던 나나가 홀연히 나타나더니 리모컨을 휙 잡아채 텔레비전을 꺼버렸다. 물 흐르듯 자연스러운 태도였다.

"네, 네……, 아아. 그렇군요. 실례지만 어느 병원인가요? 네, 네."

다시 전화 저편의 목소리에 집중하며 메모지에다 뭔가를 받아 적는 나나의 표정은 꽤나 어두워 보였다.

"네, 고맙습니다."

전화를 끊고 아론이 앉아 있는 테이블까지 다가온 나나는 건너편 소파에 털썩 앉아 멍하니 메모지만 들여다봤다.

"무슨 일이지?"

"아아, 다음으로 찾아갈 사람을 찾고 있었어요."

"또 친구인가?"

"아니요. 이번엔 은사님이요."

"은사님에게까지 피도 눈물도 없는 복수를 꿈꾸다니, 이거야 원 숫제 우주 최고 악당과 진배없…….."

"어머, 그런 거 아니에욧!"

나나가 빽 소리를 지르며 펄쩍 뛰자 아론은 짓궂은 표정으로 그녀를 건너다봤다. 설명을 요구하는 듯한 눈빛에 나나는 한숨을 폭 내쉬고 말을 이었다.

"저라고 뭐 세상천지 복수할 사람만 있겠어요?"

"호오."

"고등학교 2학년 때 담임선생님이셨는데……, 여기 학생들은 보통 치기 어린 마음에 선생님들을 우스꽝스러운 별명으로 부르고 그러거든요."

"아아, 우리 쪽도 그런 문화가 있지. 어린 시절 황국 아카데미에서 교육을 받을 때 황실 규범을 가르치셨던 은사님의 별명이 특히 기억에 남는구나."

"뭐였는데요?"

"으음. 이쪽엔 그런 말이 없어서……, 최대한 비슷한 것을 찾자면 '개' 정도 되려나?"

"네에? 개요? 황실 규범 가르치시던 분이시라면서요."

"으음. '개'는 좀 약한 듯하다. '광견' 정도가 더 맞겠구나."

계속 이어지는 황당한 대답에 나나의 눈이 두 개의 하이픈으로 변했다.

"아무튼, 그분은 별명도 없이 그냥 가르치시는 과목인 '윤리'라고 불렸어요.”

“학생들에게 인기 있는 스타일은 아니셨던 모양이군.”

“네. 정말 조용하고 차분한 분이셨어요.”

“보통 기억에 남는 은사님은 많이 도와주셨거나 많이 괴롭혔던 분들일 텐데, 어느 쪽이지?”

그 질문에 나나의 눈매가 부드럽게 휘었다. 과거 어딘가의 추억을 헤매 도는 듯, 눈동자에는 아련한 빛이 머물렀다.

“많이 넉넉한 편은 아니었지만 그래도 사는 데 크게 지장은 없었던 저희 집도 잠깐 힘들었던 적이 있었어요. 너무 힘들어서 학비랑 급식비 밀린 것도 친척한테 빌려서 간신히 맬 정도였거든요. 그러다 어느 달, 부모님한테도 미안하고 해서 급식 신청을 안 했는데…… 도시락 싸서 다니기는 또 창피하고 해서 며칠 독하게 점심을 굶었어요. 그러던 어느 날, 선생님이 갑자기 점심시간에 휴게실로 부르시는 거예요. 가보니까 휴게실 테이블 위에 소박한 도시락이 펼쳐져 있었어요. 거기에 저 말고도 다른 반 친구도 몇 명 더 있었는데, 모두 저처럼 지원 받을 조건이 안 되지만 사정이 어려운 친구들이었죠. 제가 모르는 사이, 그런 애들을 선생님께서 계속 챙겼던 거예요.”

“고마운 일이구나.”

“네. 지금 생각하면 얼마나 고마운 분이신지. 그런데, 왜, 그런 거 있잖아요. 아직 철없던 때라 그 상황이 너무 창피하고 불편하고……, 그렇더라고요. 그래서 미적거렸지 뭐예요. 다행히 집안 형편은 금세 풀렸고 다시 급식을 시작했지만, 끝까지 그때 일에 대해 제대로 감사 인사를 못 드렸어요. 한 번 찾아뵙고 인사드리려고 했는데……. 그런데…….”

말과는 달리 심상치 않은 분위기에 아론은 손을 내밀어 나나가 들고 있던 메모지를 뺏어 보았다.

"병원?"

"네. 몸이 안 좋으신가 봐요. 많이."

불안한 듯 손톱을 깨물고 있는 나나를 물끄러미 건너다보던 아론은 자리에서 일어나 기지개를 켠 후 시배리우스를 향해 내뱉었다.

"우린 나갔다 올 테니 허튼 짓 말고 가게 잘 지키고 있거라."

"넵, 전하!"

한쪽 무릎을 바닥에 대고 절도 있게 예를 표하는 시배리우스의 손에는 일자 드라이버가 들려 있었다.

한동안 의심스러운 눈으로 그를 살핀 아론은 이내 흥미를 잃었던지 테이블 위의 모자를 집어 깊이 눌러쓴 후 나나를 데리고 나가버렸다.

두 사람이 카페를 나가자마자 시배리우스는 손에 들고 있던 지구의 일자 드라이버를 내려다보고 회심의 미소를 지었다.

젖어서 망가진 휴대용 순간이동기를 분해해 고쳐보고자 했지만 지구 드라이버의 규격이 세라프의 것과 미묘하게 일치하지 않았다. 그래서 밤부터 몰래 줄칼로 모서리를 깎아냈더니 이제야 딱 들어맞지 않나. 아아, 스스로가 대견한 나머지 눈물 한 방울 흘려주시고.

침착하게 순간이동기를 해체한 후 드라이어로 내부를 정성스럽게 말린 시배리우스는 조심스럽게 전원을 살려 보았다.

"크하하! 역시 우주 최강 미남은 손재주도 우주 최강이라능!"

다행히 핵심 부품에 이상이 있었던 건 아니었는지, 순간이동기는 푸른빛을 찬란하게 발하며 재구동되었다. 파워도 거의 풀 게이지였다. 이 정도면 무리 없이 정찰선으로 워프할 수 있을 터.

정찰선이 상공을 지나갈 시간을 가늠해보며 자리에서 일어선 시배리우스는 의기양양하게 웃으며 외쳤다.

"전하! 죄송합니다만 전하의 유랑은 여기까지인가 봅니다, 하하하하하! 먼저 가서 동료들을 이끌고 오겠습니다!"

"선생님……."

나나가 찾던 은사는 6인실 병동의 창가 쪽 베드에서 잠들어 있었다.

10여 년 전 어려운 처지의 학생들에게 먹일 도시락을 매일 몇 개씩 척척 쌌을 정도로 바지런하고 건강했던 그녀는 어느새 껍데기만 남은 번데기처럼 변해 있었다. 바람이 빠져 쪼그라든 풍선처럼 작고 무기력해 보였다.

"선생님, 저 왔어요. 나나예요. 신나나."

간병인이 물러난 자리에 다가가 조심스럽게 선생님의 손을 잡아본 나나는 나뭇가지처럼 가늘고 딱딱한 감촉에 몸서리를 치고 말았다.

3년 전, 학교 출근길에 생긴 일이었다고 했다. 일명 묻지 마 범죄.

교문 앞에 서 있던 사람이 이유 없이 휘두른 둔기에 맞은 그녀는 목을 다쳐 그 자리에서 쓰러졌고, 이후 교단에 다시 서기는커녕 스스로의 힘으로는 고개도 돌리지 못하는 처지가 되고 말았다. 범인은 일면식도 없는 젊은 남자로, 사회에 대한 불만 때문이었다고.

"선생님……."

굳게 닫혀 있던 눈꺼풀이 힘겹게 열렸다. 온 힘을 다 해 눈을 뜨고 나나를 올려다본 선생님은 힘들여 입술을 움직이며 미소 짓더니 어눌한 발음으로 말했다.

"아이고, 이게…… 누구야…….."

"선생님, 저 알아보시겠어요?"

"그러엄. 대한고 2학년 3반 신나나. 맞지?"

"네, 맞아요."

"수업 시간에 만날 로맨스소설 숨어서 읽다 걸리곤 했던."

"헤헤, 네."

"그리고 남학생들한테 인기도 많았었지? 선물 같은 것 많이 받아서 늘 가방이 미어터지려고 했던 걸로 기억하는데."

"쿨럭. 그건 제가 아니에요. 절대로."

"아아, 아니었던가……? 하도 오래전이라 가물가물하네……. 저 사람은 누구니? 남편?"

선생님과 눈을 마주친 아론은 가볍게 머리를 숙여 묵례했을 뿐, 평소처럼 황당한 돌발행동을 하거나 하진 않았다.

"아, 아니에요! 그런 거 아니에요."

"그래? 그럼 지금 만나는 사람인가 보구나……, 사람 좋아 보이네, 정말 잘생겼고……."

힘겹게 말을 이어가던 그녀는 숨이 찬지 잠시 말을 멈추었다.

"죄송해요, 선생님. 좀 더 빨리 찾아뵀어야 했는데……, 이렇게 누워 계신지는…… 정말로 몰랐어요."

나나가 몹시 참담한 어조로 사과하자 선생님은 부드럽게 웃으며 대꾸했다.

"괜찮아. 오랜만에 보니까 좋은걸. 그동안 잘 살았지, 우리 나나?"

한동안 말을 잇지 못하던 나나는 고개를 숙이고 자신 없는 어조로 대답했다.

"저는 뭐 그냥저냥……."

"그냥저냥이라니, 무슨 대답이 그래?"

"모르겠어요……. 열심히 한다고 발버둥치긴 했는데, 그다지 잘 지냈던 것 같진 않아요."

한동안 가만히 나나의 얼굴을 올려다보고만 있던 선생님은 이내 다 안다는 듯 담담하게 말했다.

"지친 모양이구나."

병실 안엔 한동안 시계 초침 소리만이 공허하게 울렸다.

"그래. 산다는 건, 특히 젊은 시절엔 다 내 맘 같지는 않은 법이지. 그래도 말이야, 찾아보면 행복하고 소중한 일들이 정말 많단다. 두 다리로 거리를 걷고 손가락으로 하늘을 가리킬 수 있다는 것만으로도 얼마나 감사한 일이니? 사고가 생기기 전엔 너무도 당연하게 여겼던 그런 것들이 지금은 얼마나 그리운지 몰라."

"선생님……."

"그러니까 나나야."

잠시 말을 멈춘 선생님은 나나의 손을 곁눈질했다. 눈치챈 나나는 스스로는 움직이지 못하는 선생님의 손을 다시 힘주어 잡고서 그녀의 말을 경청했다.

"움직일 수 있는 한은, 숨이 붙어 있는 한은, 매일을 하루같이 소중하게 여기고 열심히 살아야 해. 조금 안 풀린다고 해서 금세 포기하고 주저앉으면 언젠가는 의미 없이 흘려보낸 시간을 후회하게 될지도 모르거든."

"선생님……."

나나는 고개를 푹 숙인 채 한동안 아무 말도 하지 못하고 우두커니 서 있기만 했다.

아론은 마치 석상처럼 굳은 채 미동도 없는 나나의 작은 등을 오래도록 지켜보았지만, 그녀가 지금 어떤 감정을 느끼고 있는지 알아낼 수는 없었다. 슬픈 건지, 아픈 건지 후회하고 있는 건지, 아니면 전부 다인지.

선생님과 헤어져 병원을 나와 커피숍 로또로 다시 돌아올 때까지, 나나는 아무 말도 하지 않았다. 웃지도, 그렇다고 울지도 않은 채, 얼굴마저도 마치 가면을 쓴 것처럼 무표정했다.

아론 역시 그런 그녀에게 굳이 말을 걸지 않았다. 기분을 묻거나 달래주려 하지도 않은 채 그냥 내버려뒀을 뿐이었다.

해가 진 후 도착한 커피숍의 풍경은 그들이 떠났던 때와 똑같지 않았다.

잘 보고 있으라고 가게를 맡기고 간 시배리우스는 어느새 사라지고 없었고 빈 커피숍 내부는 완전히 아수라장이었다.

도둑이 들었다 가져갈 것이 없어 해코지를 했던지, 테이블과 의자들, 집기들이 박살난 채 사방에 널브러져 있었다. 예쁜 액자들이 걸려 있던 벽면에는 괴한들이 남기고 간 흉측한 형광라커 낙서들이 빼곡하게 들어차 있었다.

어깨를 축 늘어뜨린 채 아론을 등지고 커피숍 내부를 천천히 둘러본 나나는 감정이라곤 전혀 담기지 않은 목소리로 중얼거렸다.

"내일 날이 밝거든 페인트를 사다가 벽을 칠해야겠어요. 좀 도와주시겠어요?"

아론은 팔짱을 낀 채 뒤에 서서 물끄러미 나나를 바라보기만 할 뿐, 여전히 아무 말도 없었다.

"있잖아요. 선생님을 그렇게 만든 놈 말이에요, 정신에 이상 있는 게 인정돼서 교도소에도 안 갔대요. 웃기지 않아요?"

그 소리를 들은 아론의 매끈했던 미간이 살짝 일그러졌다.

"뭔가……, 뭔가 잘못되지 않았어요? 저만 그렇게 느끼는 거예요? 매일매일 손끝 지문이 닳도록 열심히 살았는데 계속해서 당하고 잃기만 했던 나도, 저렇게 착하게만 살았는데도 이제 죽을 때까지 손가락 하나 까딱도 못하게 된 선생님도……, 뭔가, 이건 분명 뭔가가 잘못 되지 않았냐고요."

"이해할 수 없는 일들이 천지에서 벌어지는 우주니까."

"전하의 행성도 여기랑 비슷해요?"

"글쎄. 부조리함이 없는 사회가 어디 있겠냐마는, 짐이 다스리는 나라는 최소한 여기처럼 엉망은 아니지."

"그거 정말 다행이네요."

여전히 아론이 서있는 쪽을 돌아보지 않은 채 커피숍 한가운데로 걸음을 옮긴 나나는 부서진 테이블과 의자들을 한쪽으로 치우며 담담하게 말했다.

"선생님이 시키신 대로, 저, 하루하루 충실하게 살 거예요. 최후의 순간이 오는 그때까지 최선을 다해서. 그리고 마지막 순간에는……, 부탁이니 이딴 지구 따위, 먼지 하나 안 남도록 다 사라지게 해주세요. 제발.”

나나는 이내 넋이 나간 사람처럼 허공 어딘가를 뚫어져라 응시하며 덧붙였다.

“나는 이런 세상이……, 사람들이…… 너무 싫어요.”

뚜벅뚜벅 걸어 홀을 가로지른 아론은 나나의 바로 등 뒤에서 걸음을 멈추고서 그녀를 내려다봤다. 작은 두 어깨는 비 맞은 새처럼 가늘게 떨리고 있었다.

“나나야.”

얼마 전 지구인들이 극한 상황에서 손을 잡고 있던 것과 조금 전 병원에서 나나가 은사의 손을 꼭 잡았던 것을 떠올린 아론은 손을 내밀어 나나의 손을 잡아 보았다.

차디차게 식은 나나의 손을 부드럽게 어루만져 데워준 아론은 이내 잡은 손을 그대로 올려 그녀의 눈을 가리게 했다.

품안에 쏙 들어온 나나의 몸은 그 어느 때보다도 더 작고 가엾게 느껴졌다. 문득 그의 가슴 한 구석이 감전이라도 된 듯 찌릿했다. 이전엔 단 한 번도 겪어본 적 없는 종류의 통증이었다.

“거짓말이 서투르구나. 그렇게 사람이 싫어서 다 없어져버리기를 바란다면 울지 말고 웃어야지.”

“흑, 흐흑!”

칠흑 같은 어둠 속, 겹쳐진 두 사람의 손 아래로 긴 눈물 한 줄기가 흘러내려 턱에 매달렸다가 이내 후드득 후드득 떨어지기 시작했다.

한편, 같은 시각.

[이번 역은 우리 열차의 종착역인 오이도, 오이도 역입니다. 내리실 때에는 차 안에 두고 내리는 물건이 없는지 다시 한 번 살펴보시기 바랍니다. 오늘도 철도를 이용해주셔서 고맙습니다. 안녕히 가십시오. 디쓰탑 이즈 오위도, 오위도, 더 라슷 스테이쏜…….]

문제가 없을 줄 알았던 휴대용 순간이동기에 무슨 심각한 문제가 발생했었던 건지, 우주 최강 미남 시배리우스가 워프한 곳은 모선(母船)도, 머리 위로 지나가던 세라프의 정찰선도 아닌 오이도 행 전철 안, 그것도 딱 골라 노약자 석이었다.

"하여튼 요즘 젊은 것들은 개념이 통 없어서……. 에잉, 쯧쯧."

한심한 듯 눈을 흘기는 노인들 사이에서 시배리우스는 망연자실 천장만 올려다볼 뿐이었다.

07
살며시

"부사령관님! 잠깐 제 의견을 좀 들어봐주……."

"양자포 재정비는 아직인가! 왜 이리 오래 걸려? 좀 더 확실히 속도를 내보란 말이다!"

"부사령관님!"

함교에 앙칼진 목소리가 쨍쨍 울리자 바쁘게 움직이던 벤포르테를 포함한 승조원들의 시선이 일점 집중되었다.

어색해진 아이나-B는 쭈뼛거리다 다시 부사령관에게 의견을 전달하기 시작했다. 또박또박 정확한 발음과 힘 있는 발성은 과연 선내 내비게이션 내레이터 계의 최고 실력자다웠다.

"아무리 봐도 이상하지 않습니까? 이건 중간에 분명 뭔가가 잘못된 게……."

"아이나."

"넵, 부사령관님!"

벤포르테는 쭈글쭈글한 미간을 문지르며 한숨을 내쉬더니 진지하게 말했다.

"시배리우스는 내 명령을 무시하고 모선을 무단이탈했어. 아무리 전하의 위치를 추적한 공이 있다 해도 군법으로 다스리지 않을 수 없다. 더 이상은 나를 자극하지 마라. 시배리우스 놈을 잡거든 기필코 악성 치질 환자로 만들어줄 것이다."

"아니, 부사령관님, 그러니까 제 얘기를 좀……!"

"이보게. 나는 말이지, 한가한 노인이 아니야. 나는 지금 이 배의 총사령관이시자 팔콤의 위대한 왕이신 전하의 행방을 추적하느라 아주 바쁜 사람이란 말일세. 그러니 할 말이 있거든 확실하게 말하라고!"

"지금 계속 말씀드리고 있잖습니까! 시배리우스 일등항해사의 목적지가 터키였다면 애초에 비행정을 그렇게 먼 곳에 대놓고 갔을 리가 없습니다. 게다가 그가 남기고 간 예측 좌표도 분명 대한민국이었잖습니까. 전하는 터키가 아니라 대한민국이란 나라에 계시는 것이 확실합니다! 뱃머리를 돌려 다시 그쪽으로 가야 합니다, 부사령관님!"

"그렇게 단언하는 근거는?"

"감입니다! 오랫동안 시배리우스 님을 스토킹……, 아, 아니, 지켜본 바로서 확신할 수 있습니다. 시배리우스 님은 혼자서도 이렇게 작전 개념 없이 움직이시는 분이 아닌……."

벤포르테는 무척이나 자상하고 너그러운 표정으로 아이나의 어깨 위에다 손을 척 올리고서 못 박았다.

"너 나이가 몇 살? 네가 감히 나를 가르치겠다고? 자토 전쟁 당시 하늘에 뒤덮인 피바람을 본 적이 있나? 내가 그 지옥 같은 전장을 누비던 시절 아예 태어나지도 않았던 주제에, 새파란 내레이터가 어딜 감히 입질이야, 입질이! 건방지게! 그러므로 자네의 의견은 깡그리 무시!"

"부사령관님!"

"시끄러워! 사설은 그만두고 햇병아리는 당장 자리로 돌아가!"

아아, 이럴 줄 알았다. 무슨 말만 하면 나이 앞세우고 직위 앞세워서 무시하는 패턴, 이제 아주 지긋지긋했다.

함선을 완벽히 지배하고 있던 왕이 습관처럼 사라지자 또 한 번 모든 것이 엉망이었다.

고향 행성에서 최정예라 일컬어지긴 했어도, 브레인을 잃으면 이 군대는 실상 오합지졸이었다. 총사령관인 앙골무아 3세가 있을 때 눈 감고도 일사천리로 진행되었던 일들은 벌써 며칠째 다 제자리였다. 매번 그랬다.

지도자의 능력이 얼마나 중요한 것인지 새삼 다시 깨달을 수 있었던 아이나는 입술을 깨물며 함교를 벗어났다.

"아아, 내 사랑 시배리우스 님, 도대체 무슨 일을 당하신 거예요, 어디에 계신 거냐고요."

창밖으로 펼쳐진 지구의 지평선을 바라보던 아이나는 두 주먹을 부르쥐고 마음을 다잡았다.

'좋아! 이렇게 된 이상 가만히 앉아서 구경만 할 순 없지! 직접 찾으러 가는 거다! 고리타분한 부사령관 영감쟁이는 엿이나 먹어라!'

이윽고 당나라 군대의 모선에서 또 한 대의 소형 비행정이 무단이탈했다.

그동안 쌓인 게 얼마나 많았던지, 한 번 터진 나나의 울음은 쉽사리 그칠 줄을 몰랐다.

순수하게 노력만으로 모든 것을 이룰 수 있다면 세상은 이렇게 불공평하고 부조리하게 돌아가지 않을 것이다.

그러나 분명 노력만으로 다다르지 못하는 어떤 영역도 있는 법. 그걸 스스로 받아들이지 못하면 언제까지나 남 탓만 하고 주변의 모든 것을 거부한 채 그 자리에서 한 발짝도 벗어날 수 없는 거다. 지금의 나나처럼.

그 마음을, 그 뿌리 깊은 절망과 온갖 원망으로 점철된 그녀의 아픔을 아론은 너무도 잘 알고 있었다. 아주 오래전, 이 끔찍한 외모 탓에 같은 방식으로 좌절해본 적이 있기 때문이었다.

"나나야. 왜 그렇게 우느냐."

"모르겠어요. 억울해요. 흑흑. 왜 이렇게 억울한지도 모르겠어요. 아무것도 안 보여요. 나…… 진짜로 모르겠어요. 흑."

나나의 눈에선 닭똥 같은 눈물이 쉴 새 없이 뚝뚝 떨어져 내리고 있었다.

아론은 침낭을 깔아둔 곳으로 그녀를 데려가며 담담하게 조언했다.

"그래. 울고 싶거든 참지 말고 울거라. 그렇게 울면서 끊임없이 스스로에게 묻다 보면 언젠가는 답이 나올 테니까."

"흑흑. 정말요?"

아론이 이끄는 대로 자리에 앉은 나나는 눈물콧물로 범벅이 된 얼굴을 들어 그를 올려다보며 되물었고, 그는 무릎을 굽히고 있어 그녀와 눈높이를 맞추며 답했다.

"그래. 체념이란 것은 때로 삶의 유용한 방편이 되곤 하지."

"그렇게 위대하시다는 전하가 내린 답이…… 고작 체념이었어요?"

"왕의 면전에다 대놓고 스스럼없이 디스하다니. 명을 재촉하는구나."

아론의 짓궂은 장난에도 나나는 웃지 않았다.

"그건……, 그런 건 너무하잖아요, 흑. 억울해요, 속상하다고요. 흐흑!"

나나가 또 한 번 크게 울음을 터뜨리자 아론은 그녀의 머리를 부드럽게 쓰다듬으며 조용히 말을 이었다.

"억울하고 속이 상해도 어쩔 수 없다. 이번 문제의 답이 없다는 것을 인정하지 않는다면 다음 문제는 영원히 못 풀게 돼. 인생은 시험의 연속이다. 다 망치지 않으려면 일정 부분은 포기해야 하는 법."

사람이 싫어서 다 없어져 버렸으면 좋겠다는 나나의 말은 아마도 반은 진심이고 나머지 반은 거짓일 터였다.

본인 스스로는 전혀 깨닫지 못하고 있지만, 그녀는 사람이 싫은 동시에 그리운 것이다. 내가 준만큼도 보답 받지 못하는 세상이 그저 야속한 거다. 그 마음을 왜 모르겠는가.

"너는 놀라우리만치 짐과 닮아 있어. 그러니 너 역시 언젠가 짐과 같은 답을 내리게 될 거다."

아론은 어린애처럼 주먹을 쥐고 눈물을 훔치는 나나의 머리를 가만히 끌어당겨 가슴에 안고서 조용히 그녀를 달래주었다.

"오늘은 그냥 다 잊고 자거라."

가만히 등을 쓸어주다 토닥토닥 두드려주니 나나는 속에 쌓인 것을 토해내듯 더 크게 오열했다.

그러기를 얼마 간, 울음소리는 점점 잦아들고 격하게 들썩이던 어깨도 서서히 제자리를 찾았다.

아론은 가엾고 안쓰러운 나나의 몸을 한 번 으스러져라 끌어안아 본 후 천천히 몸을 기울여 바닥에 드러누웠다.

"자거라. 자고 일어나면 한결 나을 테니까."

한참이나 훌쩍거리며 울음을 추스르던 나나는 누운 채 아론의 허리를 꼭 끌어안고서 그의 가슴팍에다 대고 웅얼거렸다.

"고마워요……. 정말 고마워요, 전하."

아론은 문득 심장 언저리가 간지러웠다. 그녀의 입김 때문인지, 아니면 다른 어떤 이유에서인지 알 수는 없었다.

이후로도 두 사람은 꼭 끌어안은 채 꽤 오랫동안 도란도란 시답잖은 이야기를 이어갔다.

그러다 저도 모르게 잠든 지 얼마쯤 지났을까.

문득 이상한 느낌에 잠에서 깬 아론은 상체를 일으켰다. 그의 옷은 마치 비를 맞고 돌아오기라도 한 것처럼 흥건해져 있었다. 그리고 곧장 덮쳐온 불길한 예감.

"나나……?"

쌕쌕거리는 호흡이 예사롭지 않아 짚어 보니 온몸이 불덩이였다.

"나나야!"

심상치 않은 고열이었다.

드물게 당황한 아론은 어쩔 줄을 몰라 하다 뭔가를 떠올리고 커피숍 카운터로 가 서랍을 열어젖혔다.

며칠 전 치킨을 먹고 잠자리에 들었던 나나가 소화가 안 된다며 일어나 약을 먹는 것을 본 적이 있었다. 약이 들어 있던 서랍은 분명 카운터의 서랍 중 하나였다. 어쩌면 그 안에 해열제도 있을 거란 생각이 들었다.

"이거로군."

예상했던 대로, 한 서랍 안에 구급함이 들어 있었다. 붕대나 밴디지 따위와 뒤섞여 있던 약들을 집어 든 아론은 일일이 겉포장을 확인했지만, 안타깝게도 그 안에 해열제는 없었다.

"제기랄."

인상을 찌푸리며 나직이 욕설을 내뱉은 그는 수납장에서 깨끗한 수건을 하나 꺼내 찬물에 적셨다.

나나가 누워 있는 곳으로 다시 간 그는 조심스럽게 수건을 접어 그녀의 뺨에다 살짝 대주었다.

"으음……!"

차가운 느낌에 흠칫 놀라던 나나는 고열에 들뜬 몸을 바싹 웅크리며 끙끙 앓기 시작했다.

그 모습을 내려다본 아론의 얼굴에 당혹감이 어렸다.

전장에서 사선을 누비던 때조차 느껴본 적 없는, 생소한 불안감이 엄습했다. 언제나 냉철했던 판단력조차 흐릿해졌다. 당장 뭘 어떻게 해야 할지 알 수가 없었다. 그도 그럴 것이, 그간 왕으로서 떠받들어지기만 했을 뿐 누군가를 챙기거나 돌봐준 적이 전혀 없었으니까.

물수건으로 나나의 얼굴을 살며시 닦아준 아론은 그녀의 손을 한 번 꼭 잡아본 후 자리에서 일어나 시배리우스에게서 접수한 지갑을 챙겨 커피숍을 나섰다.

후둑후둑, 가느란 빗방울이 긋기 시작하는 거리를 한번 둘러본 그는 모자를 깊이 눌러쓰고 희미한 가로등 불빛 사이를 달려 나갔다.

약을 구하기 위해 비를 맞으며 어두운 거리를 얼마나 질주했을까.

기적적으로 찾은 약국은 안타깝게도 문이 굳게 닫힌 채 불도 꺼져 있었다. 약국뿐이 아니었다. 아직 그리 늦은 시각도 아닌데, 오는 동안 지나친 모든 상점들이 다 그랬다.

하긴. 세계적으로 대혼란에 빠져 있는데 마음 편하게 장사할 곳이 있을 리 만무했다.

얼마나 다급했던지, 아론은 여기 온 목적조차 잊고 마침내 스스로가 야기한 혼란을 후회하는 지경에까지 이르고 말았다.

그때, 등 뒤에서 웬 여자 목소리가 들려왔다.

"혹시, 약국 찾아오신 거예요?"

돌아보자 작달막한 키, 부스스한 머리, 두꺼운 안경까지, 미인의 매력 요소를 제법 잘 갖춘 웬 어인이 그를 올려다보고 있었다.

"어디가 아프신가요? 도매상 수급도 안 좋고 사람들이 사재기를 하는 바람에 어차피 약국 안은 텅텅 비었어요. 여기뿐 아니라 다른 곳도 마찬가지예요."

약국의 주인 약사인 듯, 여자는 열쇠꾸러미를 흔들어 보였다. 아론은 습관적으로 모자를 더욱더 깊이 눌러쓰며 사정을 설명했다.

"아아……, 기르는 애완……, 아니, 사람이 열이 심하게 나서…….."

"아유우, 큰일 났네, 해열진통제는 제일 먼저 품절됐죠. 구급약품 같은 건 일 터지기 전에 진작 좀 사놓지 그랬어요? 흐음. 이를 어쩌나…….."

약사가 제 일인 듯 안타까워해도 전혀 위로가 되지 않았다. 아론은 다급한 마음에 다시 물었다.

"근처에 약을 구할 곳이 없나?"

"아니, 젊은 총각 양반이 평생 좁쌀밥만 드시고 살았나, 어디서 반말이야, 반말이."

눈을 쭉 찢고서 투덜거리던 여약사는 한숨을 푹 내쉬더니 길가에 대놓은 차로 가 트렁크를 열고 박스를 뒤져 뭔가를 가지고 돌아왔다.

"전에 주문을 잘못 넣는 바람에 과잉재고로 짊어지고 있던 거예요. 급하니까 이거라도 써요. 아픈 분이 어른이세요? 네 알 넣으시면 돼요."

"아아."

어두운 거리에서도 흰색 박스 포장에 파란 글씨로 해열진통제라고 쓰인 것이 선명하게 보였다. 마치 고립무원의 전장에서 아군의 지원부대를 만난 듯 벅찬 기분이었다.

"사례를……."

"놔두세요. 내가 이 난리 통에 약값 따위 받아서 무슨 부귀영화를 누리겠어요? 피난 떠나기 전에 마지막으로 문단속하려고 들른 건데, 환자분 오늘 운 좋은 줄 아세요. 이건 서비스."

해열제 한 통을 더 건네준 여약사는 손을 흔들며 차를 몰고 가버렸다.

미개한 줄만 알았던 지구인들인데, 친절하기도 하지.

도로 한가운데 우두커니 서 있던 아론은 드물게 감동한 표정으로 돌아서서 다시 나나에게로 달려갔다.

정처 없이 그저 달리기만 하던 때와는 달리, 해결책이 생기자 뛰는 발걸음이 무척 가벼워졌다. 이게 있으면 더 이상 그녀가 아프지 않을 거란 생각에 마음도 한결 더 가벼웠다.

빗줄기는 더욱더 굵어졌지만 아론은 전혀 아랑곳 않은 채 그 멀었던 거리를 한달음에 좁혔다.

나나는 여전히 열에 들뜬 숨을 몰아쉬며 홀로 웅크리고 누워 있었다.

아론이 자리를 뜬 사이 이 너른 우주에 나나와 함께 있어주는 이라고는 키우는 달팽이 한 마리가 전부였다.

문득 가슴 한구석이 뻐근해진 그는 조심스럽게 그녀의 곁으로 가 앉았다. 검은 머리카락을 타고 뚝뚝 떨어져 바닥에 고이는 빗물이 꼭 스스로의 마음속을 들여다보는 듯 느껴졌다.

손을 내밀어 나나의 이마를 짚어본 아론은 그대로 손가락을 벌려 그녀의 젖은 머리를 쓸어 넘겨주었다.

정성스러운 마음으로 누군가를 보살펴주는 것은 꽤나 애틋한 기분이었다.

깊이 잠든 나나를 차마 깨울 수 없었던 그는 잠시 고민하다 머리맡에 있던 생수병을 따 한 모금 머금고 그녀의 입술을 찾아들었다.

열 때문인지 다른 어떤 이유에서인지 알 수는 없었지만, 작고 보드라운 나나의 입술은 놀라우리만치 뜨겁고 달콤했다.

"으음……?"

눈을 비비며 자리에서 일어난 나나는 몸도 마음도 가뿐하다는 것을 깨닫고 이상한 느낌에 주위를 둘러봤다.

아수라장인 커피숍에서 잠들기 직전까지 아론에게 안겨 눈물바람을 했던 것과 이후로 몸살기운에 시달렸던 것까지는 비교적 선명한데 그다음이 흐릿했다.

꿈이라도 꾼 걸까. 몸이 아프고 힘들었던 와중에도 굉장히 기분 좋은 느낌이 들었다는 게 희미하게 기억에 남아 있었다. 뭐라 딱 집어서 설명할 수는 없지만, 되새겨보는 것만으로도 얼굴이 붉어지고 가슴이 제멋대로 뛰기 시작했다.

아론은 이불도 덮지 않은 채 차디찬 맨 바닥에 누워 자고 있었다. 우주정복을 코앞에 둔 대마왕이 노숙자 코스프레라니.

그런데 뭔가가 이상했다. 자세히 보니 그는 자기 전과 다른 옷차림이었다. 할 일없이 자다 말고 옷은 왜 갈아입는단 말인가.

창밖을 내다보니 밤새 비가 왔었는지 처마에서 빗물이 똑똑 떨어지고 있었다.

그가 뜬금없이 옷을 갈아입은 것, 밤새 내린 비, 그리고 앓았던 것에 비해 가뿐한 몸. 그것들을 차근차근 조합해보니 뭔가 짚이는 곳이 있었다.

아니나 다를까, 머리맡의 생수병 근처에 약 포장이 어지러이 흩어져 있었다.

"세상에. 설마, 내가 아파서 약을 구하러 나갔던 거야?"

나나는 잔뜩 감동 먹은 나머지 눈물까지 글썽이며 아론을 내려다봤다.

원래도 멋진 남자였는데 로맨틱 옵션까지 추가되니 잠든 모습이 그렇게 아름다울 수가 없었다.

"전하……."

말갛게 빛나며 흔들리던 나나의 눈동자가 갑자기 딱 멈추었다.

"아니……? 잠깐."

고개를 홱 돌려 바닥의 약 포장을 내려다본 그녀는 벌떡 일어나 머리맡으로 기어가더니 박스를 이리저리 돌려보았다.

"이, 이거?"

위로 보고 아래로 보고 뒤집어 보고 흔들어도 보았지만 잔인한 사실은 변함없었다.

"이, 이, 이, 이, 이거! 좌, 좌, 좌, 좌약이잖아!"

혼비백산해 커피숍 한구석으로 도망친 나나는 미친 듯이 자기 온몸을 더듬은 후 머리를 마구 쥐어뜯었다.

"크아앙! 아악! 아아아아악! 이건 꿈이야, 꿈! 정신 차려, 눈을 떠! 레드 썬! 현실로 돌아와라, 신나나! 시집도 안 갔는데! 아직 시집도 안 갔는데! 왜 때문에 나한테 이런 일이이이이이이이이이이!"

야단법석에 잠에서 깬 아론은 삐친 머리카락을 쑤석거리며 눈을 깜박이다 몸을 일으키더니 이내 매력적인 미소를 지어 보였다.

"이제 괜찮은 모양이구나. 다행……!"

퍽!

정통으로 날아온 쿠션을 피하지 못한 아론은 얼얼한 코를 문지르며 버럭 화를 냈다.

"이게 무슨 짓이냐!"

"저, 전하야 말로 자고 있는 처녀한테 무슨 짓을 하신 거예요! 으흐흑! 어떻게! 어떻게 저한테 이러실 수가 있어요, 네에?"

나나가 얼굴을 잔뜩 붉힌 채 오열하자 아론은 눈을 크게 뜨고서 전혀 이해할 수 없다는 반응을 보였다.

"무슨 헛소리인지 모르겠구나. 약 먹은 게 잘못 됐나?"

그 소리에 나나의 팔뚝에 소름이 좌악 돋아났다.

"바, 방금 약 '먹은' 게……라고 하셨어요? 저한테 좌약을 '먹이신' 거예요?"

무슨 일인지 살짝 얼굴을 붉힌 아론은 헛기침을 하며 고개를 끄덕였다.

"하아, 그렇다면 차라리 다행……은 개뿔! 하지만 다행은 다행인……건 개뿌울!"

최악의 상황은 모면했지만 결과적으론 별다를 바 없는 상황에 나나는 오랫동안 이러지도 저러지도 못한 채 머리만 쥐어뜯다 하늘을 보고 짐승처럼 울부짖고 말았다.

"아아악! 내 인생은 도대체 왜 이 모양이냐고오오오오오!"

체념이 때로 삶의 유용한 방편이라 했던 아론의 말은 거부할 수 없는 진리였다.

"아유우우, 총각 참말로 잘생겼구먼. 넙대대한 것이 아무리 봐도 우리 듬직한 막내랑 똑같이 생겼어."

종점인 오이도역에 도착해 지하철에서 내리는 길, 연방 감탄을 하는 노파를 물끄러미 바라보며 시배리우스는 잘생긴 자신의 얼굴을 탓했다.

'아아, 이놈의 인기는 어떻게 지구에서도 사그라지지를 않나.'

"이봐, 총각. 우리 막내가 얼마나 효자인지 알아? 아, 글쎄……."

다리가 불편한지 절뚝거리는 노파의 수다는 벌써 몇 번째 구간반복 중이었다.

플랫폼으로 내려설 때까지 말없이 그녀의 말을 들어주고만 있던 시배리우스는 진절머리가 난 나머지 슬슬 딴생각에 빠지기 시작했다.

'어차피 모선으로 돌아갈 수 없다면 전하와 함께 있는 것이 안전하겠지. 여기서 전하께서 계신 곳으로 돌아가려면 지구인들의 이동수단을 사용해야 하는데…….'

꽤 두툼했던 지갑은 과음으로 필름이 끊겼던 그날 잠든 사이 왕에게 뺏기고 말았다. 비상금조차 주지 않다니, 매정하신 분.

하지만 이런 상황을 대비하지 않은 시배리우스가 아니었다.

모선에서 팬티 속과 신발 밑창에 미리 챙겨 넣어둔 비상금이 있었다. 이 정도라면 여기서 신나나의 카페까지 가는 차비와 한 끼 정도의 식사 비용으로는 부족하지 않을 터.

노파는 지치지도 않는지 절뚝거리며 계속 따라붙었다.

"총각, 어디까지 가? 여긴 뭐 하러 왔어?"

"죄송하지만, 갈 길 가시죠."

정중하게 말했건만 노파는 막무가내였다.

"혹시 택시 타고 가? 가는 길이 비슷하면 우리 같이 갈까?"

황당한 제안에 시배리우스가 놀란 눈으로 돌아보자 노파는 눈물을 글썽거리며 말을 이었다.

"실은……, 실은 내가 우리 막내아들 집에 가는 길인데……, 오는 길에 지갑을 잃어버렸지 뭐야."

"아드님이 모시러 나오면 되겠네요."

"아니, 그 앤 못 와."

"왜요?"

"실은……, 오늘이 우리 막내 기일이거든."

가슴이 먹먹해지는 말에 시배리우스가 어쩔 줄을 몰라 하자, 노파는 기어이 눈물을 쏟으며 덧붙였다.

"며느리하고 손주가 기다리고 있는데, 관절이 이렇게 안 좋아서 걸어가지는 못하겠고……. 그래서 혹시 총각이 비슷한 방향으로 가면 나를 좀 데려가 달라고 부탁하고 싶었어."

"아아……."

고향에 계신 노모 생각에 일순 눈앞이 흐릿해진 시배리우스는 잠시 주저하다 바지춤에 조심스럽게 손을 넣고서 휘적거렸다.

지나가던 지구인들의 시선이 따갑게 와 닿자 그는 또 한 번 '이놈의 인기!' 하고 스스로의 운명을 저주하며 팬티 깊숙한 곳에서 꼬깃꼬깃하고 따끈따끈한 만 원짜리 두 장을 꺼내 노파의 손에 쥐여주었다.

"이걸 쓰세요, 어머님."

"아니, 그럴 수는 없지!"

"아니에요, 괜찮아요. 저는 또 있으니까 이걸로 택시 타고 가세요."

"아유, 총각……, 고마워, 고마워."

노파는 눈물을 닦아내며 돈을 받아들고서 몇 번이고 감사 인사를 했다. 시배리우스는 훈훈한 미소를 지으며 그녀가 눈앞에서 사라질 때까지 몇 번이고 몇 번이고 손을 흔들어 주었다.

"역시, 나란 남자 이런 남자."

이윽고 그는 구두 굽에다 숨겨둔 다른 비상금을 찾기 위해 왼쪽 다리를 올렸다.

구두 발바닥을 본 시배리우스의 얼굴에서 단박에 웃음기가 가셨다.

"어, 어? 어어어어? 이게 언제 떨어져 나갔지?"

한편, 그때 30미터 쯤 떨어진 곳에서 절뚝거리며 걷고 있던 노파가 걸음을 멈추고 손아귀 안의 돈을 내려다봤다.

"쳇. 막내 기일 같은 신박한 드립까지 쳤는데 겨우 이거라니."

천천히 돈을 세어본 노파는 이내 그것을 주머니에 쑤셔 넣고서 다시 발걸음을 내디뎠다.

절뚝거리지 않는, 지극히 정상적인 걸음으로.

"비가 또 오다니, 게다가 온종일 내리는 게 꼭 하늘에 구멍이라도 난 것 같네요."

"지구엔 원래 이렇게 비가 많이 내리나?"

"아니요. 어쩌면 이것도 환경오염 때문인지도 모르겠어요."

무슨 일인지 잠이 오지 않는 밤이었다.

나나와 아론은 깨진 유리 대신 비닐을 쳐둔 창가에 나란히 앉아 비 내리는 밤거리를 내다보고 있었다.

"지구의 주인은 인간만이 아니잖아요? 그런데도 제멋대로 망치고 다니다니. 인간들이란 참 이기적인 존재예요. 언제나 자신밖에 몰라요. 아마 우주에서 제일 나쁠 거예요."

은사를 뵙고 와 몸살을 심하게 앓은 이후, 나나는 어딘지 모르게 전보다 예민하고 냉소적으로 변했다.

"걱정 마라, 나나야. 곧 마음에 안 드는 이런 곳 따위 다 잊고 떠나 새로운 삶을 살게 될 테니."

아론이 짓궂은 어조로 내놓는 말에 나나는 아무 대꾸도 하지 않은 채 묵묵히 창밖만 바라볼 뿐이었다.

굵었던 빗줄기가 슬며시 잦아들었다.

그러나 추적추적 내리는 비는 오히려 소나기가 세차게 퍼부을 때보다 더 음울하게 느껴졌다.

"기분이 별로인가 보구나."

"제가요? 아닌데요."

"그래? 아니면 말고."

아론이 느긋하게 의자에 기대며 아무렇지도 않은 듯 내뱉자 나나는 한동안 침묵을 지키다 이내 힘없이 말했다.

"실은……, 네. 기분이 우울해요. 왜 그런지는 몰라도."

"비 때문이겠지."

"그럴까요?"

"나나야. 혹시 비 오는 날 신나서 밖으로 뛰쳐나가 춤추는 이를 본 적이 있느냐?"

"에이, 설마 그런 사람이 있을……, 어라? 잠깐. 그러고 보니 대학 동기 중에 술만 취하면 그러는 애가 한 명 있긴 했어요."

"그 녀석과는 아직도 연락 하나?"

"아뇨."

"다행이구나. 그놈 미친놈이다. 만나더라도 절대 알은 체 하지 말거라."

"아……, 넵."

떨떠름한 표정으로 고개를 끄덕인 나나가 문득 호기심 어린 표정으로 아론을 돌아봤다.

"전하의 행성에도 여기처럼 비가 와요?"

"백치미 쩌는 나나야. 강도 있고 바다도 있는데 비가 안 올 리가 있겠니."

"쿨럭, 그렇군요."

"그럼 그곳의 비도 여기의 것과 비슷해요?"

"음. 이곳처럼 자주 오진 않지만 꽤 비슷하단다."

고향을 떠올리고 있는지, 창밖을 바라보는 아론의 눈동자가 아련해졌다.

나나는 그의 옆얼굴을 가만히 바라보다 조심스럽게 물었다.

"어떤 곳이에요? 세라프……, 그 중에서도 전하의 나라인 팔콤이라는 곳 말이에요."

나나가 처음으로 자신의 나라에 관심을 보이자 아론은 부드럽게 미소지으며 성의껏 대답해주었다.

"세라프는 전체적으로 척박한 행성이지. 하지만 짐이 다스리는 팔콤은 다른 나라들과는 달리 물이 풍부해 곳곳에 초목이 우거져 있단다. 기후 역시 큰 편차 없이 지금 이곳과 비슷하고, 살기 편한 환경이라 그런지 미인들이 유독 많이 사는 곳이기도 하다."

"아아, 저 같은 사람들이 득실득실한가 보네요."

나나가 황당한 듯 웃으며 말하자 아론은 정색을 하고서 대꾸했다.

"아니. 단언컨대 너 정도의 미녀는 극히 드물지."

"킁."

미의 기준이 아주 반대도 아닌 것 같고, 도대체 뭔지 이쯤 되면 혼란스럽지 않을 수 없었다.

복잡한 생각은 산뜻하게 거둔 채 나나는 아까부터 정말 묻고 싶었던 질문을 내놓았다.

"혹시 전하도 비가 오면 우울해지세요?"

한동안 아무 말 없이 허공을 응시하고 있던 아론이 고개를 돌려 나나의 얼굴을 바라봤다. 진한 눈빛은 마치 찌르는 듯 따갑게 느껴졌다.

"너는 참 이상하구나."

"뭐가요?"

"짐은 전능하고 위대한 지배자, 통치하고 군림하는 왕이다."

그 소리에 나나의 입이 만발이나 튀어나왔다. 대놓고 자랑이야 한두 번도 아니었지만 오늘은 어째 좀 태도가 강경하다.

"그거야 잘 알고 있죠. 그런데 제가 왜 이상하다는 말씀이세요?"

아론은 정말로 이해할 수 없다는 듯한 어조로 내뱉었다.

"전부터 아무도 궁금해하지 않는 걸 자꾸 묻지 않느냐."

"네에? 전하의 기분이라든지 개인적인 일에 대해서 아무도 궁금해하지 않았다고요? 정말이에요?"

"당연하지. 짐은 추앙받는 존재지 어린애처럼 보살핌을 받는 존재가 아니니까."

뭔가에 얻어맞기라도 한 듯 한참이나 멍하니 아론을 마주보고 있던 나나는 이내 긴 한숨을 내쉬며 고개를 저었다.

"아아, 제가 전하였다면 비 올 때만 우울하진 않았겠네요. 상시 할인 창고형 아울렛으로 일 년 내내 쭈욱 우울 터졌겠어요. 정말 대단하십니다. 짱드십시오."

"무슨 이유인지는 모르겠다만 대단히 불쾌한 느낌이 드는구나."

"비 때문이겠지요."

나나가 볼멘소리를 하자 아론은 어울리지 않게 떨떠름한 표정으로 그녀를 건너다봤다.

그때 나나가 뭔가를 떠올렸던지 손뼉을 딱 치더니 명랑하게 물었다.

"아, 우천 특식 하실래요?"

"우천 특식?"

"이런 날은 이상하게 밀가루 음식이 당긴다니까요. 먹고 나면 우울함이 다 사라질 거예요."

"짐은 우울하지 않은데."

"아아, 네, 네, 암요. 전하가 아니라 제가 우울해서 그럽니다."

볼멘소리로 대꾸하는 나나를 가만히 바라보던 아론이 흥미로운 듯 덧붙였다.

"흐음, 그래? 그런데 가만히 보면 너는 모든 스트레스를 음식으로 푸는 것 같……."

"어머, 아니에요! 무슨 말씀이세요!"

나나가 얼굴을 확 붉히고 버럭 성을 내자 아론은 우스워 죽겠다는 듯 키득거리다 물었다.

"그래, 이번엔 또 뭐지?"

"비 오는 날엔 당연히 그거 아니겠어요?"

"짜잔."

냉장고 안에서 시들어가고 있던 부추와 양파를 가지런히 썰어 소박한 부침개 재료 준비를 마친 나나는 조리대 앞에 우두커니 서 있는 아론에게 손짓하며 도와달라는 신호를 보냈다.

"거기 부침가루 좀 주실래요?"

아론이 제법 묵직한 봉지를 건네주자 나나는 가위로 봉지의 입구를 자르며 재잘거렸다.

"부모님 돌아가시기 전엔 비가 오면 항상 부침개를 해먹었어요. 저 부침개 되게 좋아하거든요. 엄마가 해주신 건 정말 맛있었는데, 손재주가 발재주라 그런지 전 아무리 연습해도 그렇게 까지는 잘 안 되더라고요."

재료가 담긴 보울에다 부침가루와 물을 부어 넣던 나나가 문득 고개를 돌리고 물었다.

"전하는 어떤 음식을 좋아하세요?"

또다.

또다시 아무도 궁금해하지 않는 것을 궁금해하는 나나를 물끄러미 건너다보며 아론은 어깨를 으쓱해 보이며 담담하게 대꾸했다.

"라면? 치맥? 아, 꿀물도 꽤나 괜찮았지."

"아니, 여기 음식 말고 전하의 고향 음식 말이에요."

"고향 음식……?"

질문을 되뇌던 아론은 일순 입맛이 씁쓸해졌다.

첨단 과학만큼이나 식문화도 발달한 세라프였건만, 아무리 떠올려 봐도 술 빼곤 기억이 나질 않았다. 살아온 동안 내내 먹어 왔던 그 음식들이 무슨 맛이었는지 가물가물했다.

이렇게 겨우 며칠 만에 기억이 희미해질 수도 있는 걸까? 무슨 이유로?

"보통 집 떠나면 집 밥이 제일 그립잖아요? 아, 참고로 저는 외국 여행이라곤 단 한 번도 해본 적이 없습니다만."

크윽 하고 눈물을 닦는 시늉을 하는 나나의 짓궂은 얼굴이 꽤나 새삼스러웠다.

"여행을 좋아하는 모양이군. 곧 실컷 하게 될 테니 그리 속상해 할 것 없다."

"아⋯⋯."

"게다가 아예 돌아오지 않을 긴 여행이 되겠구나."

다른 때 같으면 달랑달랑 말대답을 했을 나나는 무슨 일인지 아무 대꾸도 하지 않은 채 묵묵히 부침 반죽을 만들고만 있었다.

조용한 카페 주방 안에 한동안 조리기구 부딪치는 소리만이 울렸다.

"저기, 전하."

"응?"

"정말⋯⋯, 정말로 지구를⋯⋯."

뭔가 말을 꺼내려던 나나는 말끝을 흐리더니 이내 눈을 질끈 감고서 고개를 도리도리 저었다.

"아, 아무것도 아니에요."

별 싱거운 녀석 다 보겠다는 듯 피식 웃은 아론은 또 한 번 나나의 머리카락을 마구 헝클어뜨리다 돌연 몸을 숙여 그녀와 눈높이를 맞추었다.

"왜, 왜요?"

아론이 검지를 내밀어 나나의 뺨을 쓱 문지르자 그녀의 일굴이 즉각 새빨갛게 달아올랐다. 그의 손끝에는 그녀의 뺨에서 옮겨왔을 걸쭉한 밀가루반죽이 묻어 있었다.

"칠칠치 못하게 뭘 묻히고 다니는 거냐."

무슨 일인지, 나나는 지나치게 가까운 아론과의 거리가 슬슬 불편해
지기 시작했다.

"아, 이게 언제……."

나나는 한 발 뒤로 물러나려 했지만 아론과 조리대 사이에 갇힌 꼴이
되어 그럴 수도 없었다.

그러는 사이 둘 사이의 거리는 서로의 숨결이 생생하게 느껴질 정도
로 좁혀져 있었다.

몹시 불편한 상황을 빠져나가기 위해 나나는 쓸데없는 소리를 장황하
게 늘어놓기 시작했다.

"사실 비 오는 날엔 파전에 동동주가 진리지만 지금은 쪽파도 동동주
도 구할 데가 없으니까 일단 부추전으로 참아주……?"

말하던 중 아론의 눈빛이 심상치가 않아졌다. 전과는 달리 묘하게 짙
어졌다고나 할까. 그는 눈을 크게 뜨고서 그녀를 내려다보며 뜬금없는
소릴 했다.

"그렇게 안 봤는데 꽤나 적극적인 아이로구나."

"네? 무슨 말씀이신지?"

"그렇게 부끄러운 말을 아무렇지도 않게 하다니, 놀랐다."

"어……, 예? 파전에 동동주의 어느 부분이 그렇게나 적극적이고 부
끄러운 말인가요?"

황당한 나머지 나나가 그대로 되묻자 아론은 짐짓 놀란 표정을 지으
며 더욱더 황당한 소리를 내놓았다.

"앙큼한 것."

"네에?"

"그렇게 진한 걸 벌써 시도하기에 아직은 좀 이르지 않느냐. 스킨십이란 건 너무 서두르면 오히려 독이 되는 법이란다."

"네에에에? 뭐, 뭐라고요? 스킨십?"

밑도 끝도 없이 황당한 말이 계속되자 나나는 눈을 동그랗게 뜨고 되물었다.

"파전에 동동주가 왜……? 아니, 도대체 어디가 왜? 걔들이 무슨 죄가 있어서……?"

"낯 뜨거운 소리로 계속 그렇게 보채지 말거라. 모든 것에는 단계가 있는 법이지 않느냐."

눈을 지그시 내리깐 아론의 얼굴이 불쑥 가까워졌다. 코끝이 맞닿아 간질거리고 있었다.

"자, 자, 자, 잠깐만요, 전하! 제가 해명할게요! 그쪽이랑 쓰는 말이 달라서 무슨 오해가 있는 모양인데, 이건 그런 뜻이 아니고요!"

"쉬잇. 큰소리 내지 마라. 분위기 깨진다."

아론이 나나의 턱을 단단히 붙잡고서 의미심장하게 씩 웃자 그녀는 경악해 온몸을 뻣뻣하게 굳히고 마침내 비명을 질러댔다.

"자, 잠깐! 이건 말도 안 돼! 일단 제 말씀 좀 들어보시라니까요오오오!"

허허벌판의 커피숍에서 시작된 우스꽝스러운 비명은 밤거리를 내달려 경쾌한 빗소리 사이로 사라졌다.

모두들 잠든 깊은 밤, 비를 맞은 나무들은 연두색 어린잎을 살며시 밀어내며 바야흐로 여름의 초입을 알리고 있었다.

그리고 여기, 한 왕의 가슴 한구석에도 간질간질한 무언가가 돋아나고 있었다.

떡밥을 드리우면 드리우는 대로 아무 의심도 없이 덥석덥석 무는 여자는 깨물어주고 싶을 만큼 귀여워, '이제 불쌍하니 좀 그만둬야지.' 생각하면서도 도무지 멈출 수가 없었다.

08
미지와의 조우

빗줄기가 점점 더 굵어지고 있었다.

딸랑.

자정이 가까운 시각, 24시간 편의점 출입문에 달린 종이 맑은 소리를 내자 계산대 안쪽에서 졸고 있던 점원이 화들짝 놀라 자리에서 일어났다.

"어, 어서 오세요."

무슨 일인지 외계 병력이 터키 쪽으로 이동 집결했다.

그간 한국 사람들의 반응은 반으로 나뉘어 있었다. 안전할 거라 생각되는 지역으로 피난을 가거나 또는 어쩔 수 없이 제자리에서 무기력하게 일상을 이어가거나.

대학교 휴학생인 이 점원의 경우 후자였다.

그에게 있어서 언제가 될지도 모르는 지구 멸망 따위는 문제가 아니었다.

당장 학비를 마련하지 못하면 다음 학기에 복학할 수 없었다. 취업 스펙 쌓으려면 어학연수도 다녀와야 하고 이런저런 할 일이 많은데 빌어

먹을 사회 분위기와 집안사정은 어째 늘 팍팍하기만 했다. 따지고 보면 여긴 외계인 침공과는 상관없이 이미 멸망으로 가고 있는 거 아닌가 하는 생각마저 들었다.

"지도 있나요?"

요즘 같은 첨단 세상에 누가 지도를 보나 하겠지만, 생전 안 나가는 지도를 찾는 사람들이 분명 있긴 있다. 얼마 전 막내가 먹다 버린 콤비네이션피자 같이 생긴 젊은 남자에 이어 이번이 벌써 두 번째였다.

"창가 잡지 판매대 아래쪽에서 찾아보세요."

"고맙습니다."

뒷모습이 20대 중반으로 보이는 여자의 발음은 매우 정확했으며 편안하고 부드러운 음색이었다. 점원은 무슨 일인지 그 목소리를 듣자마자 아버지 차에 매립된 사제 내비게이션을 떠올렸다.

잡지 판매대 앞을 서성거리던 여자는 한참만에야 지도를 찾았다. 이윽고 독특한 디자인의 흰색 차이나칼라 재킷 주머니에서 무슨 기계 하나를 꺼내 든 그녀는 지도의 페이지를 팔락팔락 넘겨보며 오랫동안 생각에 잠겼다.

이 야심한 밤에 여자 혼자서 지도를 찾다니, 무슨 일일까.

손님이 없으니 할 일은 없고 호기심이 깊어진 점원은 가만히 그녀의 뒷모습을 관찰했다.

뚫어져라 쳐다보는 눈길을 느꼈던지, 여자가 일순 움찔하더니 뒤를 돌아봤다.

순간 그녀와 눈이 마주친 점원은 숨이 멎는 듯한 느낌에 저도 모르게 전율하고 말았다.

여자는 딱 붙은 일자 눈썹, 강렬한 안광을 뿜어내는 눈동자와 시원스레 뚫린 콧구멍, 그리고 붕어처럼 툭 불거진 입술을 모두 동원해 기묘한 미소를 지어 보이고 있었다. 그리고 유혹의 분위기가 노골적으로 느껴지는 그녀의 얼굴은 마치 막내가 먹다 버린 콤비네이션피자를 애완견 뽀삐가 주워 먹다 다시 뱉은 것을 보는 듯했다.

"으헉."

점원이 저도 모르게 숨을 들이마시자 여자는 다 안다는 듯 깔보는 표정으로 도도하게 코웃음을 치더니 또박또박 걸어 계산대로 다가왔다.

"아무리 미인이라 해도 그렇게 대놓고 반하다니, 실례예요."

여자의 발음도 정확한 말에 점원의 눈동자가 빠르게 진동했다. 도무지 어떻게 반응해야 할지 몰랐다. 정신은 이미 저 멀리 아득하게 멀어져 있었다.

"여기까지 가려면 어떻게 해야 하죠?"

여자의 물음에 점원은 알 수 없는 공포에 질려 지도를 내려다봤다. 그녀가 짚은 위치는 여기서 얼마 떨어지지 않은 근린생활시설지구였다.

"요, 요즘은 밤에 택시가 잘 안 다녀요. 걸어서 한 십 분 정도 걸리니 나가서서 오른쪽으로 쭉 가시다가 주유소 보이면 왼쪽으로 길 건너서 쭉 직진하세요. 주변이 갑자기 휑해진다 싶으면 그 근처일 거예요."

"친절하시군요. 좀 더 많은 얘기를 나눠주고 싶지만, 지금은 좀 바빠서. 인연이 닿으면 또 보죠. 훗."

여자는 웃는 건지 우는 건지 알 수 없는 눈웃음을 짓더니 우산 하나를 산 후 손 키스를 날리며 자리를 떴다.

외모로 사람을 평가해선 안 되는 걸 알지만, 이 여자는 꼭 다른 차원의 존재를 보고 있는 것만 같았다.

"으어어."

여자가 나간 후 점원은 팔뚝에 돋은 소름을 불이 나도록 문질렀다. 그러던 중, 그의 표정이 묘해졌다.

그녀는 그가 알려준 방향이 아니라 정반대 방향으로 뛰어가고 있었다.

"어라, 그쪽이 아닌데……."

뛰어나가 다시 알려줄까 하던 그는 이내 한숨을 내쉬며 고개를 젓고 말았다.

"에이, 알 게 뭐냐."

대 세라프 황국 소속 전투형 은하간 이동 요새 '여신의 은총' 함교의 내비게이터 보고 전담 하사관 아이나−B는 함 내 여자 사병들 중에서도 특히나 빼어난 미모와 두뇌의 소유자로 명성이 자자한 여성이었다. 그런 그녀에게 유일한 약점이 하나 있었으니.

"흐음. 여긴 어디지? 아까 분명 가라는 대로 왔는데, 이상하네……."

바로 구제불능의 심각한 방향치라는 것이었다.

"자, 잠깐만요, 전하! 오해라니까요!"

나나는 조리대 쪽으로 몸을 바짝 붙이며 어떻게든 멀어지려 했지만 아론은 느긋하게 웃으며 오히려 한 걸음 더 앞으로 다가섰다.

"그런 식으로 짐을 유혹해 놓고서 오해라니."

"히익!"

나나는 얼굴이 새파래져선 가슴 앞에다 팔을 엑스자로 교차시키고서 비 맞은 개 온몸 털 듯 고개를 세차게 저었다.

"그러니까요, 문화 차이랄까요, 언어 차이랄까요, 이 파전에 동동주는 전하께서 생각하시는 그런 야한 파전에 동동주가 아니라……."

"으음. 이 이상 짐을 자극하지 말거라. 지금도 충분히 인내력에 한계를 느끼고 있으니까."

아론이 신음소리까지 내자 나나는 합죽이처럼 입을 있는 힘껏 오므리더니 "크으응!" 하고 짐승이 울부짖는 소리를 삼켰다. 하고 싶은 말이 잔뜩 있는, 몹시 억울한 표정으로.

그걸 내려다보고 있자니 아론은 터져 나오려는 웃음을 도무지 참을 수가 없었다.

어쩜 이렇게 잘 속아 넘어갈까? 아니, 어떻게 단 한 번도 의심을 안 하고 이걸 다 믿어줄 수가 있지?

나나를 놀려 먹을 때마다 아론은 매번 웃고 싶어 목구멍이 다 간질간질했다. 할 수만 있다면 어디 시원하게 뚫린 곳에 가서 크게 소리 내어 웃어젖히고 싶었다.

비단 그녀의 속는 모습이 우스꽝스러워서 그런 것만은 아니었다.

「전하도 보기보다는 힘들게 사셨네요.」

언젠가 나나가 했던 말을 떠올리자, 머릿속에 반사적으로 다른 목소리들이 울렸다.

「주변의 모든 이는 잠재적인 적이다. 어느 누구도 가까이 하거나 믿어선 안 된다. 절대로 틈을 보이지 마라.」

살벌한 규칙들은 마치 보이지 않는 벽처럼 그의 주위를 둘러싸고 있었다. 그리고 누구에게도 마음을 열지 않고서 의심하고 증오하며 살아온 결과, 그는 결국 혼자였다.

고고함과 외로움은 종이 한 장 차이라 했던가.

물론 왕으로서, 더 나아가 제국의 최고 자리에 오르려 하는 이에게 있어서 외로움 같은 나약한 감정들이 아무 짝에 쓸모없는 것이란 사실은 그 역시도 잘 알고 있었다. 그리고 그동안은 아무 불편할 것도 서운할 것도 없었다.

여기서 나나를 만나기 전까진 말이다.

저렇게 의심할 줄도 모르고 세상을 향해 외로운 해바라기를 하며 착하게 살아왔건만, 어느 누구에게서도 보답 받지 못한 채 홀로 웅크리고 있던 나나.

그래서 사람이 싫어진, 아예 다 없어져버렸으면 좋겠다고 까지 생각한, 한없이 어리석고 여리기만 한 나나.

가엾고도 예쁘지 않은가.

아론은 부드럽게 미소 지으며 애틋한 목소리로 그녀의 이름을 불러보았다.

"나나야."

입만 열면 아직도 '파전에 동동주가 왜!' 하고 소리칠 것 같은지 앞니로 아랫입술을 꽉 깨물고 있던 나나는 아론이 나직이 부르는 소리에 대답 대신 기묘한 신음소리를 흘렸다.

"느으으으읍."

"나나야."

들릴 듯 말 듯 낮고 조용한 목소리로 또 한 번 이름을 부른 아론은 그녀의 얼굴을 가만히 내려다보았다.

동그란 턱선, 보드라운 입술, 혈색 짙은 통통한 뺨과 아담한 코를 산책하듯 느릿느릿 훑고 올라온 그의 시선은 마침내 진하고 깊은 갈색 눈동자에서 멈추었다.

"아무래도 네 말이 맞는 것 같다. 이것도 다 비 때문일까."

"비 때문이라니요?"

아론은 그 즉시 대답을 내놓는 대신 묘한 웃음을 지어 보였다. 쓸쓸한 것 같기도 하고 만족스러운 것 같기도 하고, 꽤나 복잡해 보이는 표정이었다.

입술만 꼭꼭 깨물고 있던 나나는 그의 얼굴을 가만히 올려다보며 진지하게 물었다.

"왜요? 우울하세요?"

"아니. 지금은……."

말을 끊은 아론은 나나의 뺨을 부드럽게 감싸 쥐었다. 몸집이 작은 그녀의 얼굴은 그의 커다란 두 손에 거의 다 가려져, 코와 입술만이 온전히 드러나 있었다.

"아……."

아론이 지금 무엇을 하려는 지 나나는 굳이 묻지 않아도 알 수 있었다.

물론 그가 그간 일방적으로 가볍게 입을 맞춰 온 적이 몇 차례 있었긴 했지만, 그건 말 그대로 집에서 키우는 강아지 예쁘다고 뽀뽀하는 것과 비슷한 것이었다.

그러나 오늘만큼은 왠지 느낌이 달랐다. 본능이 그렇게 말해주고 있었다.

이 입맞춤이 지금까지처럼 가벼운 것이 아닐 거라는 것을 분명 눈치챘으면서도 나나는 그를 밀어내거나 거부하고 싶지 않았다.

왜였을까.

줄곧 오만하고 곧 죽어도 당당하기만 했던 남자가 새삼 쓸쓸해 보여서 위로해주고 싶었던 걸까.

아니, 사실은 그 반대일지도 몰랐다.

그는 멸망 직전인 이 세상에, 이 빌어먹게도 외로운 세상에 유일하게 곁에 있어주는 이였다. 지금의 그녀에게 있어서 이보다 더 큰 위안이 없을 정도의 존재.

"나나야."

아론의 나직한 한숨을 타고 흘러나온 그녀의 이름은 두 사람의 입술 사이로 잦아들었다.

따스하고 부드러운 입술이 슬쩍슬쩍 맞닿았다 이내 조금의 틈도 없이 맞물렸다.

깊고 진한 키스가 이어지는 동안 어느새 두 체온과 숨결은 완벽히 하나가 되어 있었다.

길었던 입맞춤을 멈추고 숨을 고르기 위해 살며시 뒤로 물러난 아론은 말랑말랑한 나나의 볼을 부드럽게 어루만졌다.

나나는 눈을 감고 매혹적인 감촉을 깊이 음미하다 그의 손을 자기 손으로 가만히 덮고서 속삭여 물었다.

"그쪽의 파전에 동동주란 건……, 물론 이것보다 더 대단하겠지요?"

속았다는 것을 아직도 눈치채지 못한 나나를 가만히 내려다보고 있던 아론의 입술 사이로 웃음이 새어나오기 시작했다.

"큭!"

키득키득 한참이나 웃음을 억누르고 있던 그가 이내 박장대소했다. 눈물까지 찔끔 흘려 가면서 한참이나 크게 소리 내어 웃었다.

그 모습은 정말 우스워서 웃는 거라기보다 마치, 꽉 막힌 무언가를 토해내는 것처럼 보이기도 했다.

"왜, 왜요?"

"하하하! 너는 정말이지……!"

"예? 왜 웃으시는데요? 네에?"

한참이나 숨도 쉬지 못한 채 배를 붙잡고 웃던 아론이 숨을 몰아쉬며 물었다.

"아까 짐에게 우울한지를 물었었지?"

"어, 네. 그런데 그게 왜요?"

"지금은……."

웃느라 웅크렸던 어깨와 등을 쭉 펴고 몸을 바로 세운 아론은 나나의 앞으로 성큼 다가서며 덧붙였다.

"지금은 그저 즐겁구나."

아론은 이번엔 서로의 가슴이 맞닿을 정도로 바짝 다가왔다.

"헉……."

지나치게 가까운 거리가 불편해진 나나는 본능적으로 뒤로 물러났고,

그렇게 정확히 세 걸음을 뒷걸음질 친 후 벽에 등을 부딪쳤다.

콘크리트 벽의 냉기가 등을 타고 나나의 몸으로 흐르기 전, 아론의 뜨거운 체온이 먼저 덮쳐 왔다.

"이곳에 내려오지 않았다면, 그리고 네 가게 안으로 떨어지지 않았다면 과연 어땠을까."

두 팔로 나나의 어깨 위를 짚고서 그녀를 온전히 품 안에 가둬 버린 아론은 고개를 숙여 그녀의 얼굴에다 자기 얼굴을 바싹 들이대고 말을 이었다.

"솔직히 전혀 기대하지 않았는데 놀라울 정도야. 그런데……."

"그런데……?"

싱글싱글 웃는 아론의 눈매가 왠지 짓궂고 의미심장하게 느껴져, 나나는 그의 가슴팍을 살며시 밀어냈다.

하지만 싸움에는 일가견이 있을 건달들을 어린애 장난감 가지고 놀듯 했던 그가 쉽게 밀려날 리가 없었다. 오히려 달궈진 돌덩이처럼 뜨겁고 딱딱한 가슴근육을 확인하고 놀라기만 했을 뿐이었다.

이윽고 아론은 고개를 숙이고 나나의 귓가에다 입술을 맞대더니 들릴 듯 말 듯 은밀하게 속삭였다.

"이제 그런 즐거움 말고도 다른 즐거움도 찾을 수 있지 않을까, 하는 생각이 든단 말이지."

그 소리에 나나의 눈앞이 돌연 정전이라도 된 듯 캄캄해졌다.

고막을 거치지 않은 채 바로 뇌로 전달된 것 같은 기묘한 흥분은 나나의 온몸 구석구석을 내달려 곧장 발끝으로 향했다. 장난일 거란 생각은 들었지만, 생전 처음 느껴보는 유혹에 다리는 후들거리다 못해 무릎이

꺾일 것만 같았다.

"걱정 말거라. 어여쁜 너라면 충분히 짐을 만족시키고도 남을 테니까."

"자, 잠깐, 갑자기 왜 이렇게 변태돋! 흡!"

곧장 다시 덮쳐온 아론의 입술은 좀 전의 것과는 또 달랐다.

애틋함이나 부드러움과는 거리가 먼, 몹시 야만적이고도 본능적인 키스였다.

갑작스러운 일에 놀랄 만도 했지만, 나나는 놀랄 겨를도 없었다.

태어나서 처음으로 맛보는 황홀함에 여기가 어딘지 나는 누구인지조차 잊고 말았던 것이다.

"으음…….."

아론의 단단한 가슴팍에서 헤매던 나나의 손이 티셔츠자락을 움켜쥐던 바로 그 순간.

쿠당탕탕!

출입구 쪽에서 갑자기 굉음이 울렸다.

깨진 유리를 가리기 위해 세워 놓은 판자가 쓰러지며 낸 소리였다.

놀란 두 사람은 즉각 고개를 돌려 소리가 난 쪽을 바라보았다.

아무것도 보이지 않는 어둠 속에서 인기척이 느껴졌다.

"누, 누구세요!"

나나가 떨리는 목소리로 소리쳤지만 대답은 돌아오지 않았다.

덜컥 겁을 집어먹은 그녀는 아론의 티셔츠자락을 꼭 움켜쥐고서 벌벌 떨기 시작했고, 그는 그런 그녀의 허리를 한 팔로 단단히 끌어안고서 몸을 자신의 쪽으로 바짝 끌어당겼다. 마치 내가 있으니 전혀 겁낼 것 없다는 것처럼 느껴지는 행동이었다.

더없이 믿음직스러운 아론의 태도에 나나가 안도의 한숨을 길게 내쉬던 바로 그 때.

번쩍!

별안간 번개가 치며 사방이 하얗게 밝아졌다.

"꺄악!"

나나의 찢어지는 비명이 울리는 동시에 문 앞에 서 있던 이의 음영 대비 강한 모습이 만천하에 드러났다.

쭉 찢어진 눈매와 호흡능 탁월하게 펑펑 뚫린 콧구멍, 통주먹 코, 툭 까진 입술에다 이목구비가 각각 하나 씩 더 들어가고도 남을 듯 널찍한 얼굴 크기. 거기다, 내리는 비를 다 맞고 왔던지 몸에서 물을 철철 흘리며 서 있는 남자의 머리는 물에 불린 지 족히 한 시간은 돼 보이는 미역을 뒤집어쓴 것만 같았다.

번갯불 아래 드러난 그 기괴한 모습에 아론마저도 오랜만에 오싹해지고 말았다.

"시배리우스! 잘 지키고 있으라고 명령했거늘, 어딜 쏘다니다 이제 기어들어온단 말이냐!"

"저……, 저……, 전하."

비척비척 걸어서 다가올 때마다 시배리우스의 발밑에선 철퍽철퍽 물웅덩이 밟는 소리가 났다.

"돈이 없어서 오이도에서 여기까지 걸어서 왔습니다."

"뭐?"

아론과 나나가 서 있는 카운터 바깥쪽에 무릎을 꿇고 털썩 주저앉은 시배리우스는 고개를 푹 숙이고서 서럽게 흐느꼈다.

"흐흑. 전하, 밥이……, 밥이 먹고 싶어요……."

안 선생님 돋게 돌아온 탕아를 따뜻하게 맞아준다거나 하는 훈훈한 이벤트는 결코 발생하지 않았다.

아론은 즉각 코웃음을 치며 나나를 돌아보았다.

"나나야, 저 녀석 내일까지 절대 아무것도 주지 말거……."

그런데, 조금 전까지만 해도 멀쩡했던 그녀의 상태가 어딘지 좀 이상했다.

"나나야?"

"크으어으으."

우스꽝스러운 신음을 흘리며 나나의 몸이 천천히 한쪽으로 쏠렸다.

번갯불 아래 드러난 시배리우스의 무시무시한 모습에 그만 정신줄을 놓치고 만 것이었다. 몸에서 힘이 쭉 빠져나갔는지 그녀는 흐늘흐늘하고 있었다.

"나나야!"

아론이 미처 잡지 못한 사이 나나의 몸은 중심을 잃고 한쪽으로 쓰러졌다. 그러다 그녀는 뒤통수를 벽면의 가스 배관에다 정통으로 박고 말았다.

"악!"

콩!

맑은 소리, 고운 소리와 함께 바닥으로 곤두박질 친 그녀는 곧장 기절해버렸다.

그리고…….

"으, 으, 안 돼! 나나 씨! 일어나요, 제발!"

지하철 4호선을 타고서 종점인 오이도까지 흘러갔다 전속력으로 걸어오느라 쫄쫄 굶었던 시배리우스의 공복 시간은 그만큼 더 길어지고 말았다.

「나나야.」

오래전 나나의 아버지는 무슨 지방 행사를 뛰고서 수고비 대신에 동남아 2인 여행상품권을 받아온 적이 있었다. 당시 오붓하게 부부여행을 떠난 부모님은 딸을 위한 선물로 비싼 초콜릿을 사왔는데, 나나는 도대체 무슨 초콜릿이 그렇게 비싸냐며 투덜거리면서 한 알을 입에 넣었다가 난생 처음 미각의 신세계를 맛보았었다.

아론의 목소리는 그날의 그 초콜릿보다도 딱 천 배 더 달콤하고 부드러웠다.

「나나야.」

평소의 카랑카랑하고 위엄 있던 목소리와는 달랐다.

들릴 듯 말 듯, 한숨 섞여 허스키한 보이스는 그의 섹시한 입술 사이로 빠져나와 나나의 귓바퀴를 간질이다 곧장 뇌로 파고들었다. 그리고 신경을 타고서 온몸 구석구석으로 퍼져나갔다. 마치 잉크 한 방울이 물에 퍼지듯 순식간에 일어난 일이었다.

고작 이름을 부르는 목소리에 다리가 후들거리고 눈앞이 캄캄해지다니, 믿을 수가 없었다.

「어여쁜 너라면 충분히 짐을 만족시키고도 남을 테니까.」

또다시 길고도 깊은 키스가 이어졌다.

눈을 감고서 아론에게 몸을 맡기는 순간, 머리카락을 만지작거리던 그의 손이 서서히 방향을 바꾸었다.

입술을 떼지 않은 채 귓불과 목덜미를 쓸어내리는 손길이 더없이 뜨겁고 진했다. 그대로 녹아내리고 싶을 정도로 황홀했다. 한여름 뙤약볕 아래에서나 느낄 수 있었던 갈증에 금방이라도 호흡이 멎을 것만 같았다.

이대로 숨이 막혀 죽는 게 아닐까 생각했던 바로 그때, 정말로 숨이 멎을 만한 일이 벌어졌다.

「나나야. 와서 인사하거라.」
「네?」
「네 동료들이란다.」
「동료라니, 무슨…….」

젖은 입술을 닦아내며 몽롱한 눈으로 뒤를 돌아본 나나는 붕어빵 기계로 찍어낸 듯 똑같이 생긴 수백, 수천 명의 자신들을 발견했다.

「짐이 그간 여러 행성을 돌며 수집해왔던 아이들이다. 너와 같은 처지의 어여쁜 애완동물들이니 싸우지 말고 사이좋게 지내도록..」

갑자기 발밑이 꺼진 것처럼 아득해졌다. 말할 수 없는 자괴감과 정체를 알 수 없는 불안감이 엄습했다.

당황한 나나가 어쩔 줄을 몰라 하던 순간, 눈앞에 떼를 지어 서 있던 같은 모습의 그녀들이 썰물 빠지듯 순식간에 사라져 버렸다. 그리고 그자리엔 전쟁이라도 휩쓸고 간 듯 황량한 폐허가 펼쳐졌다.

「이게 무슨……?」

나나가 다시 뒤를 돌아봤을 때, 조금 전까지만 해도 그 자리에서 그녀를 어루만지고 뜨겁게 키스해주었던 아론은 흔적 없이 사라져 있었다. 마치 처음부터 존재하지 않았던 사람처럼 말이다.

매캐한 먼지바람이 부는 사방을 둘러보던 나나의 눈에 익숙한 무언가가 들어왔다.

폐허가 된 건물 속, 반쯤 깨져 너덜너덜해진 유리창에 남아 있는 한 글자 '또'를 보는 순간 그녀는 그것이 자신의 커피숍이라는 것을 알아차렸다.

아아, 정말로 지구가 멸망해버렸구나. 정말로.

오랫동안 바라던 바였지만, 아무것도 남지 않은 곳에 홀로 버려진 그녀는 스스로가 어떤 기분인지 전혀 알 수가 없었다.

"나나야."

"헉!"

익숙한 목소리에 꿈에서 깨어난 나나는 눈을 번쩍 뜨고서 불안하게 주변을 둘러봤다.

도둑이 든 후 고치지 못해 심란한 모습 그대로 방치된 커피숍의 벽면, 다닥다닥 붙은 채 한쪽으로 밀려나 있는 테이블과 의자들, 그 한 구석에서 불쌍하게 웅크려 자고 있는, 아마도 시배리우스의 것일 사람 그림자 하나.

지구 멸망의 날은 아직 오지 않았고, 모든 것은 여전히 그대로였다.

"나쁜 꿈을 꾸는 것 같아서 깨웠다."

잠에서 깬 지 얼마 되지 않았는지 반쯤 잠긴 아론의 목소리는 꿈에서 들었던 것보다 훨씬 더 감미로웠다. 새삼스럽게 가슴이 두근거리는 건 역시 잠들기 전 나누었던 키스 때문이었을까.

그러고 보니 뭔가 좀 이상했다.

잠들기 전이라고? 언제 잠들었는데? 나, 혹시 기절했었나?

생각이 거기까지 닿자 갑자기 뒤통수가 욱신거렸다.

"으으, 아야야."

기묘한 꼬라지의 시배리우스를 보고 기겁한 나머지 뒤로 넘어가다 머리를 부딪친 기억이 그제야 났다. 역시나, 뒤통수에는 볼록하게 혹이 튀어나와 있었다.

"못 볼꼴을 보였네요. 죄송해요."

"용케 죄송한 줄은 아는구나."

그저 빈말일 뿐인 사과에 무섭도록 진지 먹는 대꾸를 들으니 나나는 약이 올라 입을 만발이나 내밀고 항의하려 했다. 아니, 아픈 건 난데 내가 뭘 잘못했다고?

그러나 이어지는 아론의 말에 그녀의 말문이 턱 막히고 말았다.

"죄송한 줄 알거든 다시는 걱정하게 만들지 마라."

한쪽 팔로 머리를 받치고 모로 드러누운 그는 가만히 손을 내밀어 그녀의 뒤통수를 쓰다듬어주었다.

"걱정……하셨다고요? 저를요?"

혹이 난 부분이 잘못된 건지 아니면 다른 곳에 문제라도 생긴 건지, 또 한 번 나나의 눈앞이 아득해지고 가슴이 뛰었다.

아론에게선 끝내 대답이 돌아오지 않았다.

파르란 새벽빛 속에서 말없이 마주보고 누워 있던 중, 나나는 새삼스러운 사실을 하나 깨달았다.

지구가 멸망을 하든 안 하든, 이제 이 남자가 없으면 그녀는 정말로 우주 차원의 외톨이라는 것을.

"으음. 살짝 모자라네요."

줄곧 비가 오는 바람에 그대로 방치해두었던 낙서투성이 노출콘크리트 벽면은 산뜻하게 흰색으로 덧칠돼 있었다. 페인트가 떨어지는 바람에 약 일 평방미터 정도는 미완성이었지만.

나나는 송골송골 땀이 밴 이마를 목장갑을 낀 손등으로 훔쳐내며 사다리에서 내려왔다.

"페인트를 더 사와야겠어요."

"굳이 그럴 필요 있겠느냐. 얼마 후면 깡그리 다 뭉개질 텐데."

"네. 굳이 그럴 필요가 좀 있네요."

그 소리에 창가에 앉아 턱을 괸 채 책을 보고 있던 아론이 눈을 들어 벽을 힐끗 쳐다봤다.

칠하지 못한 부분에 하필이면 딱 한 문장이 남아 있었다.

그때까지 아론의 명령으로 사다리를 받치고 있던 시배리우스가 더없이 진지하게 물었다.

"전하. 저의 뇌 내 언어 사전에는 여러 복합적 이유로 접근 불가 단어로 뜨는데, 에프 유 씨 케이가 무슨 뜻이옵니까?"

세라프의 왕국 중 특히 팔콤은 언어생활이 상당히 순화된 곳으로, 무삭제판 언어사전에 접근 권한이 없는 평민들 중에서는 비어나 욕설을 알거나 쓰는 이가 거의 없었다.

"푸웃!"

저도 모르게 뿜은 나나가 황급히 입을 가리며 웃음을 참자 아론은 무표정하게 시배리우스를 건너다보며 설명했다. 평소답지 않게, 의심스럽도록 친절한 모습이었다.

"말하자면 지구인들의 독특한 암호라고나 할까."

"호오. 그거 흥미롭군요. 어떤 상황에 쓰는 암호인가요?"

"지금으로부터 오래전, 고대 지구인들이 주로 전시(戰時)에 적을 교란시키기 위해 썼던 암호란다. 액면은 '나는 당신에게 충성하겠다.'라는 말이지만 실제로는 그 반대의 뜻을 내포하고 있지."

실로 미친 듯한 설득력에 본토 지구인인 나나까지 눈을 동그랗게 뜨고서 아론을 바라봤다. 어머머, 진짜?

"그렇군요! 전하의 높으신 가르침에 무릎을 탁 치고 갑니다."

"짐은 그대의 배우려는 자세에 감복했다."

"황공하옵니다!"

"결코 아무 때나 써서는 안 되는 중요한 암호니 잘 기억해두도록 해라."

"네, 전하!"

시배리우스가 순박한 미소를 보이자 아론은 무척 만족스러운 표정으로 다시 시선을 책으로 옮겼다.

바로 그때, 섬세하고 섹시한 선을 그리고 있던 그의 한쪽 입술 끝이 살짝 치켜 올라갔다.

그걸 보는 순간 나나는 뒤늦게 뭔가를 눈치채고서 속으로 울부짖었다.

'으악! 작작 좀 해라, 이 사기꾼아!'

순진하게도 아론의 말을 철석같이 믿은 시배리우스는 차마 입에 담기도 힘든 저급한 욕설을 몇 번이나 되뇌며 열심히 머릿속에다 새겨 넣고 있었다.

가만히 보고만 있자니 그가 안쓰러워진 나나는 얼른 화제를 돌렸다.

"근처 마트가 정상영업 중이라고 하니 가서 페인트랑 필요한 물건들 좀 사올게요."

"같이 가도록 할까?"

아론이 책을 탁 덮고서 몸을 일으키려 하자 나나는 손을 들고 다급하게 그를 제지했다.

"안 돼요. 우리나라가 어떤 나라인지 아세요? SNS에 얼굴이라도 한 번 뜨면 신상 다 털리는 데까지 반나절도 안 걸린다고요. 아무리 모습을 바꾸었대도 마트처럼 사람들이 집중적으로 모이는 곳은 되도록 피하는 게 좋을 것 같아요.”

아론은 다소 놀란 눈으로 나나를 건너다보며 안타까운 어조로 말했
다.

“흐음. 나나야, 웬일로 똑똑한 소릴 하는구나. 매력 떨어지니까 그러
지 마라.”

“쿨럭.”

억울한 마음을 애써 달래며 돌아서는 순간, 아론이 명령을 내렸다.

“시배리우스. 짐꾼이 필요할 테니 그대가 동행하도록.”

“네, 전하.”

외계인과의 대치 상태로 비상 체제에 들어갔던 관공서와 여러 기관들
이 정상화되었고 대형 마트도 평소처럼 다시 영업에 들어갔지만, 그 풍
경은 이전과는 달랐다.

사재기 인파가 없어도 물건 사기가 쉽지 않았다. 껑충 뛴 물가 때문이
었다.

일이 터지기 전보다 다섯 배는 더 뛴 가격표를 바라보던 나나의 표정
이 나라 잃은 상에 버금갔다.

“아아, 너무 비싸. 안 그래도 가난한데.”

한숨을 내쉬며 손톱을 깨물던 그녀는 곁에서 뭔가를 들고 알짱거리는
시배리우스에게 까칠한 어조로 말했다.

“돈 없어서 그거 못 사요. 내려놔요.”

시배리우스는 바로 코앞에서 사료를 뺏긴 강아지의 눈을 하고서 즉석
북엇국 박스를 다시 선반 위로 돌려놓았다.

"큰일이네. 페인트는 언감생심이고 이래서야 식비도 모자라겠어."

얄팍한 지갑을 내려다보며 한숨을 쉬던 나나는 무언가에 정신이 팔려 있는 시배리우스를 발견하고 물었다.

"뭘 그렇게 열심히 보세요?"

"아아, 뭐랄까, 좀 이상해서요."

"뭐가요?"

시배리우스가 보고 있는 것은 물품 선반 하단에 달린 제품 홍보용 디스플레이 모니터였다.

화면 안에선 매력적인 남자 연예인이 앞치마를 두르고 요리를 하며 손발이 오그라들 정도로 로맨틱한 대사들을 쏟아내고 있었다.

"어째서 이런 추남들이 광고를 하고 있는 거죠? 이 제품뿐 아니라 다른 것들도 다 마찬가지더군요. 온통 대왕오징어 사내들뿐인가, 이 미개한 지구엔?"

몹시도 거들먹거리는 어조에 나나의 속이 뒤틀렸다.

'미안한데 거울 좀 보세요, 이 썩은 외모지상주의자야.' 소리가 목구멍까지 치밀었지만 그녀는 모든 인내심을 끌어 모아 충동을 참아내고 설명했다.

"미(美)라는 가치에 온 우주를 통틀어 절대적인 기준이 있는 건 아니잖아요. 그쪽이랑은 달리 지구에선 이런 외모가 먹어주는 외모예요. 그 중에서도 전하는 최상급 수준의 미남들을 다 통째로 씹어 먹고도 남는 미남이고요."

"뭐, 뭐라고……? 세상에, 그럴 리가! 거짓말!"

시배리우스는 눈알을 통째로 비우고 부들부들 떨었다.

"죄송하지만 사실이에요. 그리고 이쪽 기준으로 대왕오징어의 훌륭한 표본이 바로 그쪽이시고요."

아이고, 후련해. 나나는 '임금님 귀는 당나귀 귀!'라고 임금님 핫라인 통해 직통으로 선언한 두건장이의 기분이 되었다.

"그, 그럴 리가 없어!"

하긴. 지금껏 그쪽에선 최고 미남으로 살아왔으니 이쪽 현실을 쉽게 받아들이기 힘들겠지. 그리고 어차피 다시 돌아갈 테니까 받아들일 이유도 없을 테고.

"뭐, 어쨌든 힘내 보시든지요. 파이팅."

정신붕괴에 온몸으로 맞서 싸우고 있던 시배리우스는 나나의 영혼 없는 파이팅에 몹시 실망한 표정으로 고개를 떨어뜨렸다.

지구에 온 이후로 계속해서 굴욕의 연속이었다. 통신기를 잃어버리지 않나, 술에 취해 즉결처형 감의 불경죄를 저지르지를 않나, 기합 빠 주고 워프했다가 비상금마저 털리고 원치 않은 도보 무전여행을 하게 되지를 않나, 그것으로도 모자라 이젠 희대의 추남 취급까지 받다니.

평생 모자람 없이 살아왔다가 완전히 바닥에 패대기쳐진 시배리우스는 자신감을 잃고 어깨를 축 늘어뜨린 채 흐느적거리며 나나의 뒤를 따랐다.

"으음……."

비상식량으로 삼을 식재료들 중에서도 제일 싼 걸 고르고 골라 카트를 채워 넣고 있던 나나는 슬며시 뒤를 돌아보고 문득 죄책감을 느꼈다.

나랑 아무 상관도 없는 사람인데 너무 심했나. 안 그래도 요즘 계속해서 운이 없는 것 같던데 아픈 데다 소금까지 뿌린 게 아닌가 싶은 기분에 몹시도 불편해졌다. 그리고 북엇국은 아론도 좋아했으니까 먹을 것 가지고 이렇게 매몰차게 굴지 말자는 생각도 들었다.

"저기……, 이번 딱 한 번만 봐줄게요."

"네?"

"아까 그 즉석 북엇국 말이에요. 이리 줘요."

손을 내미는 나나의 모습 뒤로 후광이 비치는 것이 마치 여신의 재림을 보고 있는 것만 같았다. 시배리우스는 부신 눈을 쓱쓱 비비며 즉석 북엇국 박스를 그녀에게 건넸고, 그녀는 이내 새침한 얼굴로 한 마디를 덧붙였다.

"절대 그쪽이 예뻐서 사는 거 아니니까 착각하지 말고요."

홱 돌아서 가버리는 나나의 뒷모습을 보며 시배리우스는 생각했다.

'큰일 났다. 저 여자 아무래도 나 좋아하는 것 같아. 이를 어쩌나. 애지중지하던 애완동물이 내게 반했다는 사실을 전하가 아시면 나는 이미 죽은 목숨인데. 아아, 이 죽일 놈의 인기!'

대형마트의 야외주차장에 세워둔 차의 트렁크에 짐을 싣던 중 어디선가 시끄러운 소리가 들려왔다.

"여러분, 멸망은 바로 우리의 앞에 있습니다. 지구는 곧 불바다가 되고 인간은 멸종되어 우주 역사의 뒤안길로 사라질 것입니다."

여남은 명의 사람들이 중세시대 수도사 복장을 연상케 하는 시커먼 로브를 둘러쓰고서 행인들을 향해 소리치고 있었다.

"안드로메다가 여러분을 구원할 것입니다. 안드로메다은하로 가는 문은 활짝 열려 있습니다. 어서 그곳을 나와 우리의 손을 잡으세요. 테오도르 님이 여러분을 기꺼이 당신의 품 안으로 인도하실 겁니다.”

시배리우스가 의심스러운 눈으로 그들을 바라보고 서 있자 나나는 어깨를 으쓱하며 말했다.

“궁지에 몰리면 사람들은 보통 기댈 곳을 찾죠. 사이비 종교들이야 원래부터 사방에 널려 있었지만 이젠 하다하다 외계인 신봉하는 종교까지 등장했네요.”

“테오도르……라니, 어디선가 많이 들어본 이름인데요.”

시배리우스가 고개를 갸웃거리자 나나는 코웃음을 치며 대꾸했다.

“독일 사람인가 보죠. 거기선 흔한 이름인 걸요. 거기서 ‘테오도르!’ 하고 부르면 아마 여기저기서 ‘네!’ 하면서 나타날 거예요.”

“그런가요?”

“가죠. 늦으면 또 전하가 호통 치실지도 몰라요.”

나나가 재촉하자 시배리우스는 뭔가 석연치 않은 눈길로 외계인 신봉자들을 살핀 후 차에 올라탔다.

기다리고 있을 왕을 떠올리고 황급하게 자리를 뜨는 바람에 두 사람은 피켓에 조그맣게 적힌 의심스러운 문구까지는 미처 확인하지 못하고 말았다.

[타도 세라프 황국! 원수 잉골무아 3세를 교수대로!]

생각보다 시간이 많이 지체되어 분명 잔소리를 들을 줄 알았지만 웬걸, 아론은 암체어에 몸을 파묻고 긴 다리를 꼬아 테이블 위에다 턱 걸쳐놓고서 느긋하게 텔레비전을 시청하고 있었다.

「그런데 말입니다. 불법 다단계 업체를 잠입 취재하는 동안 우리는 한 가지 이상한 점을 발견할 수 있었습니다. 그것은 바로…….」

스피커에서 새어나오는 소리로 미루어 '그것이 알고 싶다'의 외계침공 특별편성 방송을 보고 있는 것 같았다.

화창한 대낮부터 하필 불법 다단계 심층취재 방송이라니 다소 악취미처럼 느껴졌지만, 턱을 괴고서 화면을 물끄러미 바라보고 있는 그의 모습은 얼굴이며 자태며 할 것 없이 그림처럼 아름답기만 했다.

"늦어서 죄송해요."

"신경 쓰지 말거라. 그런데, 시배리우스."

"네, 전하."

"저 여자 말이야. 전에 어디서 많이 본 것 같은 얼굴인데, 혹시 기억하나?"

아론이 텔레비전 화면을 가리키자 시배리우스는 눈을 가늘게 뜨며 화면 앞으로 다가갔다.

"누구 말씀이십니까?"

"놓쳤구나. 잠깐 기다리거라."

호기심에 텔레비전 앞으로 다가가 본 나나의 눈이 휘둥그레졌다.

불법 다단계 업체의 합숙소에서 인터뷰를 하고 있는 중간관리자, 본인의 강력한 요청으로 모자이크 처리를 하지 않았다는 여자의 훌렁 다 드러난 얼굴은 잊으려야 도무지 잊을 수 없는 얼굴이었다.

"아아! 저 지지배……!"

"아는 여자인가?"

아론이 의아한 듯 올려다보자 나나는 부들부들 떨며 사자후를 토해냈다.

"알다마다요! 박윤미라고 제 중학교 동창인데 제가 쟤한테 털린 돈이 지금 얼마인 줄 아세요? 저뿐만이 아니라고요. 다른 동창들도 몇 당하고, 얼마 전에 들으셨잖아요. 경희도 당했대요!"

"오, 그래?"

재밌는 장난감이라도 발견한 듯 아론이 눈을 빛내던 바로 그 순간이었다.

화면의 윤미 곁에 비주얼이 가히 충격인 여자 한 명의 모습이 비쳤다.

그 여자가 등장하자마자 아론과 나나의 등 뒤에서 우렁찬 고함이 터져 나왔다.

"크헉! 아니, 저 여자가 왜 저기에……!"

아론과 나나가 눈을 크게 뜨고 돌아보자 시배리우스는 돼지 멱따는 소리로 한 마디를 덧붙이며 뒷목을 붙잡았다.

"아이나!"

07
폭풍전야

"아는 사람이에요?"

나나의 물음에 아론은 전혀 모르겠다는 듯 어깨를 으쓱했다.

그러자 시배리우스가 야속한 표정으로 아론을 바라보며 물었다.

"전하, 아이나-B를 기억하지 못하십니까? 함 내 최고의 지성과 미모를 겸비한 여인으로서 함교 내비게이터의 내레이션 담당 하사관이었습니다."

"으음, 기억이 안 나는데."

"어? 자, 잠깐만요."

중간에 끼어든 나나가 안구를 심하게 떨며 물었다.

"방금 함 내 최고의 미모라고 하셨어요? 그게 정말이에요?"

시배리우스는 어딘지 모르게 자랑스러워 보이는 얼굴로 고개를 끄덕이며 대꾸했다.

"여성승조원들의 질투가 하늘을 찌를 정도였지요."

"아……."

"그런 그녀가 저한테 대쉬하는 걸 거절하느라 얼마나 고생했는지 모

214

른다능, 후훗."

"그런 건 전혀 알고 싶지 않고요."

나나의 머릿속이 갑자기 복잡해졌다.

저 동네 미남의 기준은 정확히 알 것 같았다. 시배리우스와 아론의 외모로 미루어 지구와 정반대의 기준이겠지.

그런데 도대체 미녀의 기준은 뭐지?

조금 전 보았던 여자의 얼굴을 떠올린 나나는 휴대전화를 꺼내 셀카 모드로 자기 얼굴을 비춰 보았다.

평범하다. 객관적인 자로 재고 또 재어 본다 해도 어느 한 군데 튀는 부분 없이 그냥 평범하다. 몇 번을 보고 또 봐도 저 여자하고 겹치는 부분이 없었단 말이다.

황당해서 눈을 깜박이는 나나를 올려다본 아론은 다 안다는 듯 느긋하게 웃으며 말했다.

"나나야. 저 여자가 누군지 기억은 안 나지만, 너는 우주 최고의 미모를 가졌지 않느냐. 질투할 이유가 전혀 없다."

"전하. 착각이십니다요. 질투 안 했고요, 저분이 극강의 미모시라면 저는 그냥 우주의 먼지이옵니다."

"겸손이 지나치면 독이 되는 법이란다."

"저런 분이 미녀이신 곳에서 감히 저따위가 미녀일 리가 없을 것 같은데요. 아니, 물론 얼굴 생김새야 아무래도 그만이지만, 그래도 그런 미녀라면 안 하고 싶은데요."

알 수 없는 소리를 늘어놓는 나나를 도무지 이해할 수 없다는 눈으로 올려다본 아론이 시배리우스에게 명령했다.

“이해를 못하는 것 같으니 네가 알아듣게 설명해줘라.”

“엡, 전하!”

군기 충만해서 한 발 앞으로 나선 시배리우스는 텔레비전 화면을 손으로 가리키고 “미녀!”라 소리친 후 나나의 얼굴을 향해 두 손을 받치며 “초미녀!”라고 덧붙였다.

한동안 얼음물이라도 뒤집어쓴 듯 딱딱하게 굳어 아무 말도 하지 못하던 나나는 이내 손뼉을 짝 치고 활짝 웃으며 호들갑을 떨었다.

“아이고오, 지인짜 와안전 장난 아니게 쉽게 이해가 되네요! 아아, 그게 그렇게 되는 거였구나!”

훈훈하게 미소 짓는 아론과 시배리우스를 돌아본 나나는 해맑게 웃으며 속으로 절규했다.

‘제기랄, 원래도 몰랐지만 이젠 뭐가 뭔지 하나도 모르겠다!’

“그런데, 내 함선의 하사관이 저기에서 뭘 하고 있는 거지?”

아론이 돌연 싸늘한 눈을 하고 올려다보자 시배리우스의 가슴이 덜커덕 내려앉았다.

“왕이 부재중인 이 비상사태에 자리를 이탈한 자가 내가 아는 놈만 해도 벌써 두 명이군. 벤포르테가 대체 군 통솔을 어떻게 하고 있기에.”

시배리우스는 본의 아니게 이곳에서 지구인과 함께 지내는 바람에 잠시 잊고 있었던 사실을 새삼 깨달았다.

그가 누구인가. 세라프 행성제국의 황위 계승 서열 2위, 숱한 행성을 차례차례 짓밟고 여기까지 온 피도 눈물도 없는 전사, 위대한 앙골무아 3세가 아니던가.

“아무리 마지막 여정이라곤 해도 이 정도로 기강이 해이해지다니. 올라가는 대로 전 대원을 상대로 정신무장을 다시 시켜야겠군."

아론의 흔들림 없는 갈색 눈동자가 똑바로 고정되는 순간, 보이지 않는 힘이 시배리우스의 온몸을 움켜쥐고서 짓누르는 것만 같았다. 숨통이 막혀 제대로 숨을 쉴 수조차 없었다. 단지 눈빛만으로도 이 정도의 위압감을 줄 수 있다니, 실로 대단한 존재감이었다.

생각이 거기까지 이르자 시배리우스는 그제야 뭔가 이상하다는 것을 깨달을 수 있었다.

그간 전장을 누비며 전 우주에 악명과 위용을 동시에 떨쳤던 공포의 대왕이 어쩜 그렇게 격의 없이 느껴졌던 걸까.

비단 지금의 시배리우스에게 있어서만이 아니었다.

시배리우스는 사관학교 훈련생 시절 왕족들과 함께 훈련을 받았었다. 그가 만난 왕족들은 한 명의 예외도 없이 모두 선민사상과 권위의식에 젖어 있는 종족들이었다.

그러나 앙골무아 3세에게선 그런 느낌을 받아본 적이 전혀 없었다.

그는 자신이 남과 다른 혐오스러운 생김새로 인해 정도를 벗어난 풍자와 비웃음의 대상이 되고 있다는 것을 분명 알고 있었다. 그럼에도 그는 그 일로 화풀이를 하거나 겉으로 히스테리를 드러낸 적이 없었다. 다소 괴짜로 통하긴 했어도 그는 '여신의 은총' 내에서 부하들에게 모질거나 비상식적으로 구는 왕이 전혀 아니었다.

시배리우스는 같은 상황이라면 자신도 과연 그렇게 할 수 있었을까 입장을 바꾸어 생각해보았다.

답은 깊이 생각해볼 것도 없이 금세 도출되었다. 평범한 인물에게는 절대로 무리였다.

"저만큼이나 하급 인력 관리가 안 될 정도면 총사령관이 옷 벗어야겠네요."

나나가 순진하게도 눈을 깜박이며 중얼거리는 말에 시배리우스의 등골이 오싹해졌다.

"시, 신나나 양! 그런 말씀은……!"

새파랗게 질린 시배리우스가 대놓고 눈치를 줬지만 나나는 전혀 알아차리지 못한 채 해선 안 될 말을 계속해 댔다.

"보통 이런 경우엔 총 책임자가 밥숟갈 내려놔야 하는 거 아니에요? 밥값도 못하고 있는데?"

나나가 제법 심각하게 내놓는 말에 아론은 눈을 가늘게 뜨며 물끄러미 그녀를 건너다봤다.

"제일 높은 자리에 앉는다는 건 그만큼의 책임을 져야 한다는 뜻이잖아요. 무슨 일이 생기면 최고 책임자부터 문책당하는 게 맞지, 아무 힘도 없이 명령만 받아서 움직이던 아랫사람들은 이런 일 터지면 서럽고 억울하다고요."

"지금 무슨 말을 하고 싶은 거냐."

"불쌍한 군인들 군기부터 잡지 말고 일단 총사령관부터 잡으란 얘기죠."

꼰 다리를 쭉 뻗은 채 느긋하게 앉아 있던 아론은 이내 테이블 위에서 발을 내리고 깍지 낀 손으로 턱을 받친 후 싱글싱글 웃으며 내뱉었다.

"우리 나나는 어쩜 이렇게 예쁜 얼굴만큼이나 예쁜 소리만 골라서 하는지 모르겠다."

"헤헷."

"백치미 쩌는 줄만 알았는데 제법 입바르고 똑똑한 소리도 할 줄 알고 말이지. 너 참 볼수록 매력 있구나."

"아이, 전하도 참."

그것도 칭찬이라고 나나가 좋아서 입을 헤 벌리며 웃던 순간, 아론이 예상하지 못했던 질문을 던졌다.

"그런데 똑똑한 나나야. 내 함선의 최고 책임자가 누구일 거라고 생각하지?"

"어……? 아……! 으음."

나나는 뒤늦게 얼굴이 창백해진 채 우물쭈물하다 어색하게 시선을 피하며 손톱을 잘근잘근 깨물었다.

"하지만, 듣고 보니 네 말에도 일 리가 있구나. 결국은 모두 짐의 불찰이다."

"아니, 제가 뭐 꼭 그런 뜻으로 한 말은 아니고요……, 저기, 혹시 이 정도 일로 화나신 건 아니죠?"

"네가 앙탈부리는 게 어디 한두 번의 일이더냐. 짐이 이런 일로 화를 내는 인물이라면 너는 아마 그간 열세 번도 더 죽었을 거다."

"어……, 열세 번이나요? 그렇게나 많았어요?"

"예쁘니까 봐주마."

"쿨럭. 고, 고맙습니다."

두 사람이 도란도란 다정하게 주고받는 대화를 가만히 듣고 있던 시배리우스는 생각했다.

어린 시절부터 발군의 실력으로 수많은 경쟁자들을 물리치며 황위 계승의 가장 핵심 위치까지 다가간 앙골무아 3세는 범인(凡人)들이 감히 가늠할 수 없을 정도의 큰 그릇을 지닌 왕인지도 몰랐다.

"정말 대단하세요. 이렇게 빨리 우리의 조직 구조와 목적을 완벽히 이해하고 적극적으로 교육을 이수해 최단기간에 마스터 하다니. 당신의 열정에 정말이지 놀라움을 금치 못하겠군요."

"이렇게 진보한 시스템을 접하게 된다면 누구라도 마찬가지의 반응을 보일 겁니다."

"테오도르 님의 은총이 그대와 함께하실 겁니다, 아이나 양."

"영광입니다."

"그간의 교육을 훌륭히 이수해준 것에 대한 테오도르 님의 포상입니다. 24시간 안드로메다 원적외선이 방출되는 아주 귀한 상품이에요."

뒷면에 '메이드 인 차이나'가 선명히 찍혀 있는 대나무 효자손을 내려다보는 아이나의 눈길이 애잔함으로 젖어들었다.

시배리우스와 왕을 찾아 편의점에서 15분 거리라던 좌표로 이동하던 중, 아이나-B는 시공간이 비정상적인 간섭을 일으켰다는 것을 깨달았다. 15분은커녕 150분을 걸어도 목적지는 나타나지 않았다.

결국 그녀는 임무를 잠시 포기하고 출발점인 편의점 앞으로 다시 돌아갈 수밖에 없었다.

그리고 다시 원점을 찾아 길을 떠난 지 300분 쯤 됐을 무렵, 지평선이 환하게 밝아지기 시작했다.

찬란하게 떠오르는 태양을 바라보던 그녀는 그제야 확실히 깨달을 수 있었다. 이 빌어먹을 지구의 극심한 시공간 간섭 때문에 길을 잃고 말았다는 것을.

시공간의 간섭은 개뿔. 실은 아이나가 심각한 방향치라 그런 것이었지만, 그녀는 그때까지도 스스로가 심각한 문제를 지녔다는 것을 인정하지 못했다. 그런 사실 자체를 전혀 자각하지 못하고 있었으니 어찌 보면 당연한 일이었다.

'여긴 어디, 난 누구?' 상태로 정신 붕괴와 재구축을 거듭하고 있을 때, 한 쌍의 지구인 남녀가 다가와 말을 걸었다.

아이나가 출발점의 좌표를 보여주며 혹시 가는 길을 알려줄 수 있는지 묻자 남녀는 의미심장한 눈빛을 교환하더니 흔쾌히 그러겠다고 했다. 그리고 이동한 지 얼마 지나지 않아 배가 고플 테니 식사라도 하고 가자며 그녀를 이끌고 근처의 한 건물로 들어갔다.

허름한 건물 2층으로 인도된 아이나는 밥과 반찬 다섯 가지로 이루어진 근사한 현지 식사를 즐기며 특별하고도 놀라운 사업 아이템에 대한 설명을 들을 수 있었다.

남녀가 입에 침이 마르도록 자랑하는 회사가 단숨에 아이나의 눈길을 사로잡은 것은 바닥에 깔린 회원들이 맨 꼭대기의 한 사람을 먹여 살리는 더럽게 불합리한 구조도, 특별히 알려주는 것인 양 티를 내며 은근슬쩍 권유하는 그 시커먼 속내가 노골적으로 보여서도 아니었다.

그들이 걸치고 있는 검은 로브, 들고 있는 펜이나 메모지 따위의 물건들, 그리고 식당 테이블에 올라 있는 물품들 중 심지어 젓가락 하나에까지 새겨져 있는 엠블럼과 한 인물의 옆얼굴이 너무도 익숙했기 때문이었다.

그걸 보는 순간 아이나는 이 저급 사료를 먹고 자란 개의 똥 같은 구조의 다단계 회사 소유주가 지구인이 아니라는 것을 확신할 수 있었다.

지구의 이 미친 듯한 시공간 간섭 때문에 처음 출발점을 찾아가는 건 꽤나 힘든 일로 보였다. 그렇다면 차라리 이곳에서 시배리우스와 왕을 기다리는 것이 더 나을 것 같았다. 그들이 이것을 본다면 이쪽으로 즉시 접촉해 올 것이 확실했기 때문에.

그렇게 아이나는 '주식회사 파라오'의 일원이 되어 피라미드 최하층에 위치한 지구인들과 합숙을 시작하게 되었던 것이다.

"저, 테오도르 님은 언제 쯤 뵐 수 있을까요?"

아이나의 조심스러운 질문에 그녀의 중간관리자인 박윤미가 정색을 하고서 나무랐다.

"성질이 무척 급하시군요, 이나비 씨. 회장님은 그렇게 쉽게 영접할 수 있는 분이 아니세요."

"아, 그런가요?"

"당연하지요. 테오도르 회장님은 맨손으로 이 회사를 일으키고 모두에게 공평한 이득을 나누어주고자 노력하시는 분으로, 회사에서 유일한 안드로메다프리미엄스페셜 등급이세요. 최측근이 아니고서야 아무나 얼굴을 볼 수 있을 정도로 한가한 분이 아니시라고요."

"그럼 그분을 직접 뵌 사람이 아무도 없단 말인가요?"

"그렇진 않아요. 단 세 명밖에 없는 안드로메다비즈니스퍼스트 등급의 선배님들은 직접 그분을 알현하고 그 자리에서 황홀한 은총을 받았다는 얘기를 들었어요."

"은총……?"

회장님이라고 지칭하고 있었지만 실상은 교주가 확실했다. 지금까지 아이나가 지켜본 바, 주식회사 파라오는 종교와 다단계 판매의 경계가 몹시도 불분명한 집단이었다.

"그러니 테오도르 님의 은총을 받고 싶거든 단계를 올리세요. 최대한 많은 사람들에게 미친 듯이 팔아재껴서. 그리고 어렵지 않을까 하는 생각은 버리세요. 안드로메다비즈니스퍼스트 등급 선배님 세 분은 모두 우리처럼 연약한 여자 분들이시랍니다."

"아, 그렇군요……."

"그런데, 이나비 씨."

"네?"

"처음 여기 들어왔을 때 이나비 씨가 낸 출자금으론 단계를 올리기가 턱없이 부족해요. 일단 처음에 단계를 많이 올려 두어야 다음 단계로의 진출이 쉽거든요. 그러니 자금을 조달할 필요가 있겠군요."

"으음?"

"신분증 있지요? 신원조회만으로 간단히 자금을 지원받을 수 있는……, 잠깐만요, 전화 좀 받고 우리 다시 얘기하죠."

테이블 위, 벨이 울리는 휴대전화를 집어든 박윤미는 액정화면을 내려다보며 반색을 하고 전화를 받았다.

"어머, 나나야! 이 지지배, 너 진짜 오랜만이다! 잘 살고 있었어?"

문제의 윤미에게 오랜만에 안부를 묻는 척 전화를 걸자 그녀는 즉각 나나의 커피숍으로 찾아오겠다고 했다. 이유야 묻지 않아도 이미 알고 있었고, 그것은 나나가 의도했던 일이기도 했다.

"일단 전하는 얼굴을 들키면 안 되니까 손님인 척 저쪽에 앉아 계시고 절대로, 절대로 중간에 끼어들지 마세요. 아셨죠?"

나나가 신신당부하자 아론은 나른한 표정으로 소파에 길게 드러누워 툭 내뱉었다.

"짐은 그런 귀찮은 일에 나설 정도로 한가하지 않다."

"아아, 네. 아닌 게 아니라 무지하게 바빠 보이시네요."

말이 끝나기가 무섭게 아론은 늘어지게 하품을 하더니 보고 있던 책을 얼굴에 덮고서 잠을 청했다.

"그건 시배리우스 씨도 마찬가지예요. 님은 아이나라는 그 하사관님의 정보 캐내는 데 필요할지도 모르니까 제 곁에 앉아계시되, 절대 대화에 끼어들어선 안 돼요. 오케이?"

"그게 무슨 말씀이십니까? 정보를 캐려면 대화에 끼어야……."

"아니, 안 된다면 안 되는 줄 아세요! 걔한테 말 붙이는 순간 님은 곧장 이집트로 강제 소환될 거라고요."

"네?"

"피라미드 저 밑바닥 한 번 구경해보실래요? 돈이 없으니 털릴 것도 없을 거란 생각은 오산입니다. 없는 돈도 만들어내는 기적을 목도하실 거예요."

나나의 험악한 으름장에 시배리우스는 등골이 다 오싹해졌다.

"다시 한 번 말씀드리지만, 오늘 이 일은 박윤미한테 복수하는 것도 아니고 걔를 거기서 빼오려는 것도 아니에요. 그런 건 이미 불가능한 단계에 접어들었고, 목적은 그쪽 하사관님이 지금 어디 있는지, 어떻게 빼올 건지에 대한 정보를 얻는 거라고요. 알겠죠?"

말은 아론과 시배리우스에게 하는 말인데 어딘지 모르게 나나 본인이 스스로 다짐하는 것 같은 느낌이었다. 아무래도 예전에 당했던 게 말도 못하게 혹독했던 모양이었다.

　같은 시각, '주식회사 파라오'의 본사 빌딩 최상층.
　검은색 로브를 입고 얼굴을 반 쯤 가린 한 남자가 전면 유리벽을 통해 지상을 내려다보고 있었다.
　빌딩 전광판 곳곳에 앙골무아 3세의 전신 스캔 영상이 떠 있었다.
　건드리면 금방 현악기 소리라도 낼 것처럼 탄력 있고 긴 금발, 두꺼운 전신 판금 갑옷으로도 가릴 수 없을 정도로 시원스레 쭉쭉 뻗은 사지와 늘씬한 허리, 어느 한 군데 빼놓고 말할 수 없을 정도로 아름다운 이목구비.
　꿈에서조차 단 한 번도 잊어본 적이 없는, 미치도록 증오스러운 그자가 지금 이곳에, 이 지구에 있다!
　"아론……, 아론……! 어디 있는 거냐. 이번에야말로! 기필코 이번에야말로!"
　부르쥔 주먹을 허공에다 대고 격하게 휘두르는 바람에 남자의 얼굴을 가리고 있던 로브의 모자가 벗겨져 어깨로 떨어져 내렸다.
　유리창을 통과한 강렬한 태양빛에 드러난 남자의 얼굴은 지구 기준으로 무척이나 아름다웠다. 이목구비만 따지자면 결코 아론에 뒤지지 않는 인상적인 외모였다. 날카롭지만 큰 눈, 날렵한 콧날에 이어지는 얇은 입술. 그리고 갸름한 턱선까지.
　그러나 최고급 여우 털을 연상케 하는 길고 결 좋은 은발이 공중에 나부끼며 머리카락에 가려져 있던 얼굴이 드러나자 그 아름다움은 곧장 묻히고 말았다.

그의 얼굴 반쪽은 마치 약품에 의해 화상을 입은 것처럼 녹아내려 있어 끔찍하기 짝이 없었다.

"나 장 앙투앙 테오도르 드 귀동 투르칸의 이름을 걸고 반드시 우리 조국, 우리 행성 투르칸의 원수 네놈을 기필코 처단하고 말 테다!"

부들부들 떨던 남자는 손에 쥐고 있던 로켓 목걸이를 열고 그 안의 사진을 내려다봤다.

"그대의 원한은 꼭 갚아주마. 내 사랑 탈리아."

로켓 안의 사진 속엔 나나를 꼭 닮은 한 갈색 머리 여자가 환한 미소를 짓고 있었다.

"어서 와, 오랜만에 보니까 정말 반갑네."

반갑기는 개뿔이 반가워?

박윤미의 **뺀질뺀질**한 상판을 딱 마주하는 그 순간, 나나는 겉장에 웃는 허수아비가 그려진 통장을 문득 떠올렸다. 철모르던 대학생 시절, 아버지가 행사 뛰어 번 돈으로 어렵게 만들어주신 이백만 원짜리 통장이었다. 넉넉지 않은 형편에 눈치보지만 말고 다른 친구들처럼 사고 싶은 옷도 사고 화장품도 사서 마음껏 꾸미고 다니라며 아버지가 주신 통장이었다.

그런 귀한 돈을, 도대체 뭐에 홀렸던 건지 미쳐서 그랬던 건지. 눈앞의 이 계집애의 말에 속아 고스란히 손에 쥐여 주고서 무슨 만병통치 건강보조식품을 이백만 원 어치나 샀더랬다.

그걸 파는 것을 시작으로 점점 사업을 확장해 나가면 정말로 몇 배나 수익을 남길 수 있을 거라고, 큰 돈 들여 대학 따위 나오지 않아도 평생 부모님 호강시켜드리며 살 수 있을 거라고 생각했다.

계속해서 뭔가 이상하다 느끼면서도 아닐 거라고, 다른 사람은 몰라도 나만은 절대 아닐 거라고 생각했었다.

다단계 판매 업체에 속았다는 사실을 나나가 결국 인정했던 건, 아무도 사지 않아 자취방 한구석에 쟁여놓은 그 건강보조식품이 짐승 사료로도 못 쓸 허접한 전분덩어리라는 것을 깨달았던 때도, 수익을 높이려면 많은 돈을 더 투자해야 하니 주변 사람들을 다 동원하든지 대출을 받으라는 이야기를 들었던 때도 아니었다.

자취방에 찾아온 아버지의 얼굴을 딱 보는 순간. 누군가에겐 얼마 안 될 돈이겠지만 그 돈을 벌기 위해 추위를 참아가며 조악한 야외무대에 올랐을 아버지, 아무도 알아주지 않는 소위 뽕짝 노래를 혼신을 다해 열창했을 그 아버지가 아무 말도 하지 않은 채 꺼칠해진 뺨 위로 눈물을 주르르 흘렸던 바로 그 순간이었다.

아버지의 눈물을 보는 순간 그녀는 자신이 무슨 대형 삽질을 했는지 그제야 깨달을 수 있었고, 아버지가 보는 앞에서 그간 사들였던 건강보조식품들을 뜯어 쓰레기통에다 전부 처박아 버리고 함께 오열했다.

이백만 원 어치 인생 공부인 셈이었다.

그러나 그렇게 비싼 인생 공부를 했음에도 나나의 삶은 결코 더 나이지지 않았다. 계속해서 그 자리였다.

수업료가 그걸로 턱없이 모자랐던 건지 아니면 세상이 잘못 된 건지, 그것도 아니면 스스로가 잘못 살아왔던 건지, 그녀는 아직도 알 수가 없었다.

알 수 없기로는 바로 몇 년 전 그런 일이 있었음에도 아무렇지도 않게 웃으며 건너다보고 있는 이 뻔뻔한 년의 속도 마찬가지였다.

"잘 지냈어, 나나야?"

"나야 늘 그렇지, 뭐. 들어와."

깨진 문 대신 걸쳐놓은 판자를 옆으로 쓱 밀며 자리를 만들어주자 윤미는 허리를 숙여 안으로 들어오더니 대뜸 찌르는 소릴 했다.

"어머, 여기 왜 이래? 도둑 들었니?"

"아아, 사정이 좀 있어서……."

나나의 미간에 깊은 세로줄이 새겨지는 것을 보고도 얄미운 윤미는 거침없이 덧붙여 물었다.

"장사는 잘 되고?"

"쿨럭."

눈치도 없나.

앤 도대체 무슨 생각으로 사는 걸까. 아니 저 단단해 보이는 머리통 안에 생각이란 게 과연 들어 있기는 한 걸까. 나나는 부글부글 끓어오르는 속을 가라앉히기 위해 필사적이었다.

그런 그녀의 노력을 아는지 모르는지, 윤미는 한쪽 테이블로 가 앉더니 절대로 해선 안 될 소리까지 덧붙였다.

"결혼은 언제 해?"

"뭐? 뭘 언제 해?"

"너 졸업하고 사귀는 사람 있다고 들었는데, 아니었어?"

"그, 그 색퀴랑은 진작 헤어졌지. 그때가 언제인데."

"아아, 그렇구나. 그럼 지금은? 솔로?"

측은한 듯 위아래로 훑어보는 윤미의 눈길에 새살이 솔솔 돋았던 상처가 도로 픽 벌어지며 사정없이 쓰라렸다.

욱한 나머지 이마에 핏대를 세우던 나나는 구석 테이블에서 얼굴에 책을 덮은 채 깊은 잠에 빠져 있는 아론을 슬쩍 곁눈질했다.

"소, 솔로는 무슨! 똥차 빠진 자리에 완전 최고급 리무진 들어왔거든!"

뭐, 그런 짓까진 하지 않았더라도 최소 이런 짓 저런 짓까진 하지 않았나. 타이틀이 애인이 아니라 애완동물인 것은 부수적인 일이고, 그래, 당장 중요한 것은 눈에 보이는 것이다!

"최고급 리무진이라고? 오오, 그렇게까지 말하는 거 보니 남친 괜찮은가 보네?"

"아암! 괜찮다마다! 키도 크고 늘씬하고 완전 잘생겼거든! 게다가……."

"게다가?"

윤미가 눈을 동그랗게 뜨고 물어보자 나나는 잔뜩 고무된 나머지 턱을 치켜들고서 도도하게 대꾸했다.

"아직은 비밀 연애라서 다 말할 순 없는데, 아무튼 되게 유명한 사람이야!"

"유명하다니? 혹시, 연예인?"

"아, 아니……, 연예인은 아니고……, 그러니까, 뭐랄까, 후, 후계자야."

"뭐어? 후계자? 혹시 재벌? 어딘데? 어느 그룹인데?"

"아, 아니, 뭐. 얘기해줘도 잘 모를 거야. 외계……, 아니, 외국인이라서."

"우와. 국제연애라니 신기하다, 얘! 그런데 그렇게 대단한 사람을 평범한 네가 어떻게 만난 건데?"

"아, 그러니까, 뭐랄까……, 하, 하늘이 허락한 운명적인 만남?"

하늘에서 뚝 떨어졌으니 아주 없는 얘기까지는 아니지만, 어째 대화가 계속되면 계속될수록 얼굴은 점점 더 화끈 달아오르고 손발은 한없이 오그라들었다.

"나도 소개시켜줘, 소개시켜줘!"

"아아, 우리 그이가 늘 바빠서 자주는 못 만나거든. 게다가 자유로운 영혼이라 한 번씩 잠수도 타고 그래. 안 그래도 요즘 오지 여행 중이라……. 물론 나한텐 꼬박꼬박 연락하지만, 보좌관들은 연락이 안 닿아서 발을 동동 구른다나? 나중에 기회 되면 같이 식사나 하자."

슬슬 의심 짙어지는 눈으로 바라보는 윤미와 언제 끼어들어야 하는지 초조하게 지켜보고 있는 시배리우스, 그리고 확실히 자고 있는 건지 어째 낌새가 영 수상한 아론을 차례차례 돌아본 나나는 눈을 질끈 감고 애써 화제를 돌렸다.

"음료는 어떤 걸로 할래? 커피? 홍차? 메뉴 보고 천천히 골라 봐. 우리 가게에 먹을 만한 거 꽤 많거든. 그렇죠, 시배리우스 씨?"

나나가 내놓은 기묘한 이름에 고개를 돌린 윤미는 요즘 같은 세상에 참 보기 드문 외모를 가진 한 남자를 발견하고서 문득 며칠 전 새로 들어온 파워 엘리트 신참을 떠올렸다. 이유까지는 잘 모르겠지만.

"네, 그렇습니다! 그 중 특히 북엇국이 맛있었다능!"

시배리우스의 황당한 대답에 나나는 몹시 어색하게 웃으며 다급하게 해명했다.

"아아, 저 분 우리 가게 단골손님이신데 교포 2세라 이쪽 생활에 아직 익숙지가 않으셔."

윤미가 나나를 올려다보는 사이 시배리우스는 종종 걸음으로 다가와 물었다.

"외로워 보이는 아가씨들, 제가 여기 합석해도 될까요?"

교포 2세라 이쪽 생활에 아직 익숙하지 않다고 하지 않았나? 많이 익숙한데? 이쪽 생활보다는 뭔가 다른 쪽으로 익숙한 것 같지만?

윤미의 표정이 일그러지든 말든 막무가내로 자리에 앉은 시배리우스는 그녀를 향해 매력치 최대로 올린 윙크를 날렸다.

"킥! 왜, 왜인지는 몰라도 갑자기 숨이 막히네. 나나야, 커피는 됐고 얼음물 있으면 좀."

나나가 얼음물을 가지러 간 사이 윤미와 시배리우스는 제각기 다른 목적을 가지고서 날카로운 눈으로 서로를 스캔했다.

"초면에 실례지만 무슨 일을 하시는지?"

윤미의 질문에 시배리우스는 자랑스럽게 가슴팍을 쭉 내밀었다.

고향 행성에서의 우주 항해사는 미혼 여성이 남편감으로 선호하는 직업 리스트에 꼭 상위권 랭크되는, 소위 꿈의 직업이었다. 얼굴이 못생겨도 반은 먹고 들어가는 조건인데 극강의 비주얼을 자랑하는 시배리우스는 어땠겠는가.

"흐흠. 저로 말할 것 같으면 저 유명한 '여신의 은총'의 일등항해사입니다."

시배리우스가 거들먹거리며 답하자, 아닌 게 아니라 윤미는 믿을 수 없다는 듯한 표정으로 되물었다.

"일등항해사……요?"

쟁반에 얼음물을 받쳐가지고 돌아온 나나가 미묘한 분위기를 눈치채고서 잽싸게 끼어들었다.

"아, 이분 얼마 전까지 엄청 큰 워, 원양어선 타셨어."

제기랄, 역시 사람이 다급하니까 막 던져지는구나!

"어머나! 그럼 시베리아 씨 부자시겠네?"

"시배리우스입니다. 하하, 참전 수당으로 이미 넓은 집도 마련해두었고 나라에서 연금 꼬박꼬박 나오니, 뭐. 큰 부자는 아니더라도 어느 정도는 산답니다."

시배리우스는 철딱서니 없이 헤벌레 웃으며 대꾸했지만 나나는 윤미의 속이 빤히 보여 도무지 웃음이 나오질 않았다.

그러면 그렇지. 역시 윤미가 바로 본색을 드러냈다.

"그런데……, 왠지는 모르겠지만 얼굴에서 좋지 않은 기운이 느껴지네요."

얼씨구? 이 계집애가 또 약을 팔아? 나나의 표정이 일그러지든 말든, 윤미는 시배리우스에게 집중하며 말을 이었다.

"최근에 혹시 안 좋은 일 있지 않으셨어요?"

"아……."

시배리우스가 미적거리자 윤미는 몹시 걱정스러운 어조로 말을 이었다.

"일이 생각대로 풀리질 않는다든지, 기분이 우울해진다든지, 아니면 걱정거리가 있다든지, 주변 사람에게 불만이 있다든지……."

"그, 그걸 어떻게……!"

이것도 어찌 보면 참 희한한 능력이었다. 지나가는 사람 중 열 명을 붙잡고 물어봐도 똑같이 예스 할 말에도 시배리우스의 눈은 벌써 반 쯤 맛이 가 있었다.

"역시 그랬군요. 아아, 그게 어디 있더라?"

윤미는 들고 왔던 검은색 가방을 열고 안을 휘휘 저으며 무언가를 찾기 시작했다. 모서리가 닳고 닳은 가방의 입구 사이로 언뜻 보이는 무료 시식 쿠폰들이라든지 반쯤 먹고 다시 꼼꼼하게 싸놓은 빵 봉지 같은 것들이 지금 그녀의 상황이 어떤지 여실히 보여주고 있었다.

"자, 이걸 드릴게요."

윤미가 시배리우스에게 건넨 것은 초등학생들이 길가에서 쳐대는 딱지와 비슷한 모양의 조잡한 고무 덩어리였다.

"안드로메다 원적외선이 대량 방출되는 펜던트예요. 이걸 몸에 지니고 다니면 모든 액운들이 다 거짓말처럼 물러가죠. 원래는 파라오 그룹이나 안드로메다교의 가족들에게만 지급되는 거지만 이것도 인연이니 특별히 드릴게요."

"아, 감사합니다."

"시배리우스 씨. 회원제 프리미엄 방판사 파라오 아시죠? 혹시 저희 제품 써보신 적 있으세요?"

워밍업도 없이 바로 선방 시도하는 윤미의 과감함에 나나는 혀를 내두르며 그녀의 말을 잘랐다.

"그, 그건 됐고 오늘 보자고 한 건 윤미 너한테 물어볼 게 좀 있어서였어."

"어……? 물어볼 게 뭔데?"

"너 방송국 인터뷰 하는 걸 우연히 봤었는데, 네 뒤에 내가 아는 사람이 서 있었던 것 같아서 말이야."

"그래? 누구 말인데? 들어오는 사람들이 워낙 많아서 알 수 있을지 모르겠네."

"들어오는 사람이 많다고?"

"응. 하루에 열 명도 더 들어와."

하마터면 저도 모르게 '말세로구만.' 하고 내뱉을 뻔했던 나나는 애써 마른침을 삼키며 다시 물었다.

"실은 여기 계신 시배리우스 씨가 잃어버린 동생을 찾고 계시거든. 거기 들어간 지 아마 얼마 안 됐을 텐데, 혹시 너 '아이나-B'라는 분 알아?"

윤미의 눈동자가 일순 흔들리는가 싶더니, 그녀는 이내 나나의 눈길을 피하며 손을 내저었다.

"그, 글쎄. 그런 이상한 이름, 나, 나는 처음 듣는데……?"

다급해진 시배리우스는 윤미에게 아이나의 인상착의를 상세히 설명했지만 그녀는 끝까지 고개를 저을 뿐이었다.

그런 윤미를 가만히 건너다보는 나나의 눈길에 확신의 빛이 어렸다.

"아아, 아무래도 내가 잘못 본 걸까요?"

윤미가 가자마자 시배리우스는 한숨을 길게 내쉬며 찌뿌드드한 어깨를 툭툭 쳐 댔다.

"아니요."

윤미의 다단계 회사 소개는 거의 한 시간 가까이 계속되었다. 그 사이

나나는 필사적으로 그녀의 말을 돌리며 어떻게든 정보를 캐내려 시도했지만 그때마다 요리조리 빠져나가는 스킬에 도무지 속수무책이었다.

그러나 수확이 아주 없는 것도 아니었다.

윤미에게서 연락은 절대 오지 않을 것이다. 그녀는 분명 아이나를 알고 있었으니까.

"거기 있어요. 분명해요. 저 계집애, 자기네 호갱님 빼갈 것 같으니까 숨기고 있는 것뿐이에요. 아이나 씨가 거기 있다는 데 내 왼쪽 불알을 걸겠어요."

나나가 주먹을 꽉 쥐고서 흔들어 보이자 시배리우스는 얼굴을 붉히고 헛기침을 하더니 되물었다.

"그걸 어떻게 아시죠?"

"감이죠. 지금까지 살아오면서 터득한 지혜랄까요."

그 말을 듣자마자 시배리우스의 눈매가 가늘어졌다. 나나의 지금 사는 꼴을 보아, 어째 확실한 듯 불확실한 대답이었다.

"아아, 감이라⋯⋯."

"그, 그렇게 의심스러운 눈으로 보지 말고, 할 일 없으면 가서 쓰레기나 버리고 오든지요!"

발끈한 나나가 커피숍 한쪽에 꾹꾹 눌러 담아 묶어둔 쓰레기봉투를 가리키자 시배리우스는 마지못해 고개를 끄덕이더니 윤미에게서 받은 명함을 흔들어 보이며 물었다.

"이건 어떻게 할까요?"

"연락처는 나한테 있으니 그런 불길한 건 갖다 버리세요. 아까 받은 펜던트도 같이요. 그거 분명히 액운의 엑기스일 거예요."

시배리우스가 쓰레기봉지를 들고 나가자 나나는 한숨을 길게 내쉬며 머릿속과 테이블을 동시에 정리하기 시작했다.

"흐음. 이제 어떻게 한다……?"

나나의 심장이 발목 언저리까지 쿵 떨어진 것은 얼음이 반 쯤 녹은 유리컵을 막 치우려던 때였다.

"감히 '여신의 은총'을 일개 고깃배로 전락시키다니."

"히이익! 죄, 죄, 죄송합니다!"

자고 있는 줄로만 알았던 아론이 어느새 나나의 뒤로 바짝 다가와 있었다.

"원양어선이나 똥차 빠진 자리에 들어온 리무진 같은 건 애교로 넘어가주겠지만, 그 소리만큼은 그냥 넘겨들을 수가 없구나."

"어, 어, 언제부터 깨어 계셨어요?"

"처음부터."

나나는 창피함을 견디지 못하고 소리 없이 절규했다.

윤미에게 했던 허풍 특선 뷔페 같은 자랑들을 전부 되짚어 본 그녀는 지구 멸망 이전에 성질 급하게 먼저 깡그리 멸망해버린 자신의 자존심을 향해 조용히 묵념을 올렸다.

"네가 짐의 눈에 들어 애완동물의 자리에 오른 것은 짐의 허락 하에서였지, 하늘 따위가 감히 허락할 일이 아니다."

아아, 넘겨들을 수가 없다는 건 다른 게 아니라 그런 이야기였나? 아니, 그런데 보통 애완동물 자리는 오르는 게 아니라 인간으로서 떨어질 만큼 떨어진 거 아닌가?

"죄송합니다. 죽을죄를 지었습니다. 드릴 말씀이 없으니 매우 쳐주시어요."

나나가 사과했지만 아론은 거기서 멈추지 않은 채 거리를 더 좁혀 그녀의 등에다 자신의 가슴을 밀착시키더니 양 팔로 테이블을 짚고서 그녀의 상체를 내리 눌렀다.

"아……!"

떠밀리는 바람에 엉겁결에 몸을 숙인 나나는 열이 올라 터지기 직전의 뺨을 손으로 가리고서 조용히 호흡을 골랐다.

등 뒤로 한 치의 틈도 없이 맞물린 아론의 체온이 꽤나 새삼스러웠다.

맑은 유리컵 안의 얼음이 녹아내리며 짤그랑 소리를 내자 컵 표면에 맺혀 있던 물방울이 주르륵 흘러내렸다.

몸으로 느껴지는 열기와 눈에 보이는 냉기가 나나의 머릿속에서 격렬히 부딪치며 어지러운 소용돌이를 자아내고 있었다.

"그럼 이제……."

안긴 채 얼굴만 붉히고 있던 나나는 이어진 아론의 말에 정신이 확 들었다.

"'헤어진 남자'에 대해 해명해보거라."

"네?"

"들은 그대로다."

아론의 목소리는 왠지 예민하게 들렸다. 드물게 화가 난 것처럼 들리기도 했다.

그러나 그렇다고 해서 사과를 하거나 달래줘야겠다는 생각이 들지는 않았다. 그건 나나에게 있어서도 분명 가장 예민하고 화가 나는 일이었으니까.

"죄송해요. 그 건에 대해선…… 당장은 말하고 싶지 않아요."

말하고 싶지 않다는 게 사실인 듯 나나가 몸서리를 쳤다.

아론은 불현듯 이상한 느낌에 사로잡혔다.

작은 떨림조차 그대로 전해질 정도로 나나의 몸은 그의 몸에 완전히 맞물려 있었지만, 마음만큼은 그렇지 않았다. 분명 눈에 보이고 손에 닿는데 감촉이 전혀 없는 것을 보고 있는 기분이었다.

무어라 형용할 수 없는 느낌. 굳이 정의하자면 불안감에 가까운 어떤 것이 엄습했다.

"죄송해요. 아, 뭐, 그치만 절대 이상한 건 아니에요. 이상하게 오해하진 마세요. 그 인간이랑은 얼마 사귀지도 않았었고 그다지 깊은 관계였던 것도 아니었는데, 다만 뭐랄까……, 그러니까……."

그 잠깐의 떠올림조차 싫었던 모양이다. 아론의 손 옆에서 나란히 테이블을 짚고 있던 나나의 자그마한 손이 야무진 주먹으로 움츠러들었다.

여리고 하얀 나나의 손등에 핏줄이 불거지는 것을 가만히 내려다보던 아론은 그녀의 귓불에다 가볍게 입 맞추고서 말을 막아 버렸다.

"좋다. 그건 다음에 듣도록 하지."

아론은 간지러움에 어깨를 움츠리며 몸을 피하는 나나의 팔을 꽉 붙잡아 자기 쪽으로 몸을 돌리게 했다.

"아얏!"

나나는 아론의 가공할 악력에 얼굴을 찡그렸지만, 그는 그것조차 귀여워 견딜 수가 없었다.

그대로 테이블 위에다 나나를 밀어 넘어뜨린 아론은 천천히 그녀의 위로 몸을 숙여 가볍게 입을 맞추었다.

"너는 영혼 한 조각까지도 짐의 소유물이라는 것을 잊지 마라."

싫지는 않은 모양인지 나나는 얼굴을 붉힌 채 얌전히 눈을 감았고, 아론은 부드럽게 그녀의 입술을 찾아들었다.

"나나야."

"전하……."

감미롭고 따스하기만 했던 키스가 점점 더 농밀해지며 깊어지던 순간.

와장창!

기다렸다는 듯 또 한 번 출입구 쪽에서 굉음이 들려오더니 시배리우스가 온갖 호들갑을 다 떨며 난입했다.

"전하! 전하! 이것을 좀 보십시오! 여기 투르칸 행성의 황자이자 반역자였던 테오도르의 얼굴이!"

쨍그랑.

테이블 모서리에 아슬아슬 걸쳐져 있던 얼음물 컵이 바닥으로 떨어지며 산산조각 난 동시에 아론과 나나의 사이에 깃들어 있던 로맨틱 무드역시 산산조각 났다.

"나나야."

"네, 전하."

"올라가거든 곧바로 저 녀석을 부펜 밥으로 삼아 우리 안에 던져줄 생각인데, 절대 말리지 말거라."

온통 붉어진 얼굴을 손으로 꼭꼭 가린 채 어쩔 줄을 몰라 하던 나나가 중얼거렸다.

"말리긴요. 던져주세요. 두 번 던져주세요."

239

10
꽃

돔형의 실내정원 안엔 천장을 통과한 강렬한 햇빛이 가득했다. 공기는 후끈한 열기에 습기까지 더해 숨을 쉴 수가 없을 정도로 불쾌했지만, 테오도르의 만면에는 미소가 가득했다.

"테오."

부드러운 목소리에 고개를 돌린 테오도르는 나긋나긋한 걸음걸이로 실내 정원을 가로질러 오는 탈리아를 바라보았다.

총리대신의 외동딸인 탈리아는 투르칸 행성의 왕자이자 곧 왕위에 오를 예정인 테오도르의 정혼자이기도 했다.

어린 시절부터 함께 자란 소꿉친구라면 서로가 이성으로 보이지 않는 것이 보통이겠지만 테오도르는 달랐다. 그에게 있어서 그녀는 평범한 여자친구 이상이었다. 그의 마음속엔 언제나 아름다운 탈리아뿐이었다. 그녀의 길고 검은 머리카락, 사랑스러운 이목구비와 복스럽고 풍만한 몸집, 그리고 눈가에 배어 있는 기묘한 색기는 예나 지금이나 그를 미치게 했다.

"테오, 혼자서 뭘 그렇게 보고 있어?"

"아아. 세라프 제국에서 우호국의 징표로 보내준 화초들."

"뭐야, 또 화초라니. 따분하기도 하지."

탈리아가 하품을 하며 테오도르의 곁에 자리를 잡고 앉자 주변으로 진한 향기가 풀풀 풍겼다. 오직 그녀에게서만 맡을 수 있는 독특한 체향. 그의 눈과 마음을 멀게 하는 치명적인 매력이었다.

"따분하다니 무슨 소리야. 이걸 봐, 탈리아. 널 닮은 꽃이야."

테오도르가 자잘한 흰색 방울 모양 꽃들이 매달린 화초의 가지를 들어 보이자 탈리아는 탐탁지 않은 듯 입술을 쭉 내밀고서 두리번거리더니 이내 커다랗고 탐스러운 꽃송이 하나를 가리켰다.

"굳이 꽃을 닮는다면 그런 밋밋한 꽃보다 저기 저 새빨간 꽃이 마음에 들어."

"그래……?"

"어머, 표정이 왜 그래?"

며칠 전 테오도르가 선물 받았던 화초의 꽃잎은 마치 핏빛을 연상할 정도로 선명하게 붉었고 꽃송이가 비정상적으로 컸다. 분명 아름답긴 했지만, 큰 꽃송이는 소박한 꽃대와 꽃받침에 전혀 어울리지 않았으며 풀포기 혼자서는 감당할 수 없는 것처럼 보이기도 했다. 화려한 꽃을 감당할 수 없는 풀이 억지로 욕심껏 피워낸 꽃송이를 보고 있는 것만 같아서 몹시 싫었다.

그러나 그 꽃이 마음에 든다는 탈리아 앞에서 차마 그런 소릴 할 순 없었던 테오도르는 그녀가 상처받지 않을 대답을 골라 말을 얼버무렸다.

"저 꽃은 며칠 못 가 금방 시든대. 제아무리 화려해도 금방 지면 좀 그렇잖아?"

"흐음. 난 그렇게 생각 안 하는데. 단 하루라도 화려하게 꽃피워야지, 그렇지 않으면 그냥 평범한 풀밭에 더 돼?"

탈리아는 즉각 손을 뻗어 꽃송이를 꺾으려 했다.

"탈리아! 만지면 안 돼!"

"왜?"

"맹독을 품고 있다고 들었거든."

"들었다고? 누구한테서?"

"아론."

테오도르의 입술 사이로 그 이름이 흘러나오자 탈리아의 눈동자가 미세하게 흔들렸다.

"아론이라면…… 세라프의 황자 말이야?"

"그래. 저건 세라프에서도 딱 한 군데, 팔콤의 평원에서만 드물게 피는 아주 귀한 꽃이라고 하더군."

"흐음. 그렇구나."

"꽃말이 '우정'이라나."

고개를 끄덕이던 탈리아의 눈빛이 미묘하게 달라졌다. 색기가 한층 더 짙어진 눈길로 붉은 꽃잎을 훑은 그녀는 테오도르의 시선을 애써 피하며 물었다.

"조만간 그 앙골무아 3세가 극비리에 우리 행성에 온다던데, 사실이야?"

잠시 주저하던 테오도르가 되물었다.

"누가 그런 말을 해?"

"아빠한테서 들었지. 그게 정말이야?"

"음. 계획은 그랬는데……, 실은 이미 여기 와 있어. 이 꽃, 아론이 직접 가지고 온 거야."

탈리아가 믿을 수 없다는 눈으로 돌아보자 테오도르는 어깨를 으쓱하며 말했다.

"전에도 얘기했었잖아. 심심하면 제멋대로 훌쩍 아무 데나 떠나 유랑하곤 하는 녀석이라고. 나도 전혀 몰랐는데 일주일 전 세라프의 트릴라듐 광산 시찰단에 묻어서 몰래 들어왔더라고. 불쑥 나타나서 얼마나 놀랐는지."

몇 년 전, 테오도르는 세라프 행성 방문 길에 우연히 아론과 만나 친구가 되었다고 했다. 둘 다 각자의 나라 역사상 다시없을 희대의 추남 타이틀을 짊어진 것이 계기가 되었다고.

"그런데 그런 얘길 나한텐 왜 안 했어?"

뺨을 붉게 물들이고서 눈을 흘기는 탈리아의 얼굴은 눈이 멀어버릴 정도로 매혹적이었다. 당장 그녀를 송두리째 가지고 싶어 안달이 날 정도로, 너무도 아름다웠다.

테오도르는 잔뜩 붉어진 얼굴을 돌리고 애써 마음을 가라앉히며 말을 이었다.

"시끄러워지는 건 싫으니 아무에게도 말하지 말라고 부탁받았거든."

"아니, 그렇다고 어떻게 나한테까지 말을 안 해? 이번엔 꼭 소개시켜준다고 했잖아!"

"미안, 탈리아."

"몰라, 흥!"

정말 삐친 듯 입술을 삐죽거리던 탈리아가 돌연 호기심 어린 어조로 물었다.

"그런데 말이야. 그 앙골무아 3세의 계승 서열은 지금 어느 정도래?"

"응······? 지금은 3위이긴 한데, 곧 떠날 트릴라듐 원정이 성공하면 아마도 황위 계승이 유력한 모양이야. 못생긴 얼굴만 배제한다면 사실 지금도 대적할 자가 전혀 없다고 하니까."

오오, 하고 입술을 동그랗게 모으며 감탄하던 탈리아가 덧붙여 물었다.

"그래서 지금 그 사람 어디 있는데?"

"서쪽의 별궁을 내주었어. 우리 어렸을 때 자주 놀았던 아지트 있잖아."

"아아, 기억나. 그런데, 거기 들락거리는 시종들 많지 않아?"

"내가 절대 아무도 들어가지 못하도록 했거든."

"식사 같은 건 어떻게 하고?"

"페넬로페에게 살짝 부탁했지."

"아아, 하긴. 유모라면 믿을 수 있으니까. 관절도 안 좋다면서 어쩐지 요 며칠 바빠 보이더라니."

페넬로페는 어린 시절 탈리아를 키워주었던 유모이자 시녀였다. 대대로 스파이 명문가 출신인 그녀의 장점은 일단 '비밀'이라는 조건만 달아주면 목에 칼이 들어와도 절대 발설하지 않는다는 것이었다.

"그리고 실은······, 여기서 아론을 만나기로 했어."

그 소리에 탈리아의 눈동자가 참을 수 없는 호기심으로 반짝였다.

"어머, 언제?"

바로 그 때였다.

실내 정원의 서쪽 입구에서 인기척이 나 돌아보니 웬 남자 한 명이 서 있었다.

긴 금발, 호리호리한 체구, 테오도르와 결코 우열을 가릴 수 없을 외모의 소유자인 남자는 뜨거운 온실의 열기조차 눌러 버릴 정도로 서늘한 존재감을 발산하고 있었다. 그가 세라프 행성제국의 제 18 황자 아론 세라프 리그누시스 앙골무아 3세라는 것은 의심할 여지가 없었다.

실물로 직접 마주하는 것은 또 다른 느낌이었기에 탈리아는 흠칫 놀랐다.

테오도르 옆에 웬 여자가 있는 것을 본 아론 역시 다소 놀랐던지 굳은 표정으로 말했다.

"바쁜 모양이니 다음에 다시 들르지."

아론이 싸늘하게 내뱉고서 돌아서려 했지만 테오도르는 반가운 목소리로 그를 붙잡았다.

"아니야, 아론. 소개할게. 이쪽은 탈리아. 전에 슬쩍 얘기했었던 내 정혼자야."

탈리아는 드레스 자락을 들어 올리고 깊이 허리 숙여 아론을 향해 예를 표했다.

"탈리아 타우린느 롯테입니다."

아론은 아무 관심도 없다는 듯 도도한 눈길로 그녀를 힐끗 살피더니 대꾸조차 하지 않은 채 가볍게 고개만 끄덕였다.

아론이 탈리아를 무시하자 갑자기 머쓱해진 테오도르는 중간에 끼어들어 분위기를 전환시켰다.

"탈리아, 세라프 행성의 실세 앙골무아 3세는 익히 들어서 잘 알고 있지?"

"그럼요. 알다마다요."

고개를 살짝 숙인 채 똑바로 아론을 바라보는 탈리아의 눈길에선 노골적인 색기와 욕망이 날카로운 이빨을 드러내고 있었다.

"전하."

시커멓고 두꺼운 로브를 두른 대신은 테오도르에게서 아무런 대답이 돌아오지 않자 다시 한 번 그를 불렀다.

"테오도르 님."

턱을 괸 채 앉아 선잠이 들었던 테오도르는 게슴츠레 눈을 뜨고서 삭막한 방 안을 둘러보았다.

눈을 몇 번이나 비벼 보아도 마찬가지였다. 아름다운 정원도, 화려한 투르칸 전통 문양이 음각된 천장도, 고풍스러운 장식들이 들어찬 사면의 벽도, 선대왕들의 초상화가 걸린 회랑도 전혀 보이지 않았다. 아무것도 없었다.

투르칸은 세라프 제국의 대공습으로 단번에 멸망해 불모지가 되고 말았고 남은 것은 얼마 되지 않는 신하들과 군데군데 불에 탄 투박하고 초라한 왕좌 하나, 그리고 다른 행성으로 도망친 왕자뿐이었다. 왕이 서거하는 바람에 자동으로 왕위를 계승했으나 정작 통치할 나라는 없어진, 허울뿐인 왕.

"전하. 피곤하시면 침실로 모시겠습니다."

"아니. 잠깐 졸았을 뿐이다."

"안색이 좋지 않으신데요."

"꾸고 싶지 않은 꿈을 꾸었거든."

긴 한숨을 내쉰 테오도르는 생각했다.

딱 한 번. 딱 한 번만 시간을 돌릴 수 있는 능력이 주어진다면, 테오도르는 그 때 그 날 그 곳으로 가고 싶었다. 그러면 절대 그 둘을 마주하지 못하도록 할 텐데.

"전하. 최근 매출과 거수자에 대한 특별 보고입니다."

대신의 말에 테오도르는 깊은 상념에서 벗어나 물었다.

"매출이야 뭐 늘 그렇듯 연일 상승곡선일 테고. 그런데 갑자기 거동수상자라니?"

"이번 신입 중에 놀라울 정도로 적응이 빠른 이가 한 명 있는데, 그 여자가 아무래도……."

보고서 파일을 건네받은 테오도르는 아이나−B의 프로필사진을 보고 중얼거렸다.

"예쁘장하긴 하다만, 이 여인이 왜?"

"신입이 합숙소에서 도주하지 못하도록 따로 모아둔 짐들을 검사해 보았는데, 이 여자의 가방 안에서 이런 것이 나왔습니다."

대신이 불쑥 내민 것은 언뜻 보기에도 지구상의 물건이 아니었다.

"이건 휴대용 순간이동기 같은데?"

"네. 투르칸의 것과는 구조가 다르지만, 휴대용 순간이동기가 확실히 맞습니다."

"대체 어디에서……?"

붉은 코어가 달린 타원형의 휴대기기를 뒤집어 보던 테오도르의 말문이 딱 막혔다.

왕관을 쓴 두 마리의 사자가 서로를 마주보고 위협하는 왕가의 문장. 잠들 때조차 단 한 번도 잊어본 적이 없는 문양이었다.

"세라프에서 건너온 자로군."

"네, 그렇습니다, 전하. 문장 아래 새겨진 군번을 분석했는데, '여신의 은총' 소속 하사관인 것으로 판명되었습니다."

"그 녀석의 부하인가."

이 여자가 단순히 모선에서 낙오된 인원인지 아니면 잠적한 아론을 찾기 위해 투입된 요원인지 현재로선 알 수 없는 일이었다. 그러나 이용 가치는 충분했다.

"이쪽에서 눈치챘다는 내색은 절대 하지 말고 단단히 감시하도록."

"네, 전하!"

명함의 뒷면에 인쇄된 세 개의 별 문양과 은발 남성의 옆모습을 가만히 내려다보는 아론의 눈동자에 복잡한 심경이 스쳤다.

"전하, 아무래도 투르칸의 왕이 지구에 잠입해 있는 것 같습니다."

시배리우스의 말이 맞았다. 세 개의 별 문양은 투르칸 왕조의 문장이었고 은발 남성은 테오도르 드 귀동 투르칸의 얼굴이 확실했다.

"어떻게 할까요?"

잠시 생각에 잠겨 있던 아론은 이내 미간을 확 찌푸리고 명함을 날려버린 후 차갑게 내뱉었다.

"멸망한 행성의 초라한 왕 따위, 알 바 아니지."

자리를 떠 밖으로 나가버리는 아론의 뒷모습에 왠지 모를 예민함과 불쾌함이 배어 있었다.

쭈그리고 앉아 바닥의 깨진 유리를 치우던 나나는 시배리우스에게 물었다.

"왠지 뭔가 사연이 있는 것 같은데……, 무슨 일 있었어요?"

"쓰레기를 버리려고 나갔는데 명함을 뒤집어 보니 아는 얼굴이 보였죠."

"아니, 댁의 일 말고 전하 말이에요. 예전에 거기 그 테오도르라는 남자랑 개인적으로 무슨 일 있었냐고요."

"아. 얘기하자면 꽤 깁니다만, 에에, 들어가기 전에 대 세라프 행성 제국과 변방의 투르칸 행성의 관계에 대한 이야기부터 시작해야겠군요. 유구한 역사를 자랑하는 세라프 행성제국은 일찍이 변방의 미개한 행성이었던 투르칸에서 핵융합 에너지원인 트릴라듐을 채굴해 가는 대신 선진 문물을 전파해주고 외적들의 침입으로부터 보호해주며 우호적인 관계를 유지하고 있었습니다. 이는 선대 황제이신 티메 4세 폐하께서 투르칸 행성의 여인을 어여삐 여기셔서 백일이나 식음을 전폐한 채 잠자리에 몰두하……."

"저기, 죄송한데요."

바닥을 다 치울 때까지 아직 서론조차 시작되지 않은 시배리우스의 역사 강의에 나나는 우거지상을 하고서 그의 말을 잘라 버렸다.

"전하와 테오도르라는 그 남자 사이에서 있었던 일만 얘기해줄 순 없을까요? 다시 한 번만 더 쓸데없는 소리가 끼어들면 오늘 저녁 북엇국은 없을 줄 알아욧!"

나나가 무섭게 으름장을 놓자 시배리우스는 얼음처럼 차가운 그녀의 매력에 몸서리를 치며 고개를 주억거렸다.

"투르칸 행성은 우리 대 세라프 제국군에 의해 멸망했습니다. 당시 투르칸 토벌군을 이끄셨던 장본인이 바로 전하셨지요."

"음. 관계가 좋았다면서, 뭔가 앞뒤가 안 맞는데요?"

"제국에서 우호관계를 끊고 바로 공격을 감행할 만큼 큰 사건이 있었거든요."

"어떤……?"

"테오도르가 당시 투르칸 행성에 체류 중이었던 세라프 황위 계승 후보자이자 황국 산하 자치국의 왕을 암살하려 했습니다."

"저런."

"그 당시 암살당할 뻔했던 당사자께서 바로 앙골무아 3세 전하셨지요."

그 소리에 나나는 놀란 나머지 동작을 멈추고서 탄식을 내뱉었다.

"세상에나!"

"황제께서는 진노하셔서 즉각 거대 병력을 파견하셨고, 우리 전하의 손으로 직접 투르칸을 쓸어버리도록 하셨습니다."

"어머, 그런 일이 있었구나."

뭔가 스케일이 다른 느낌에 나나는 멍하니 고개만 끄덕이다 다시 물었다.

"그 테오도르라는 사람이 갑자기 전하를 해치려고 했던 이유는 뭐였대요?"

"글쎄요. 깊은 사정까지는 잘 모르겠습니다만. 들리는 소문으로는 여자 문제였다는 얘기도 있고……."

"여자 문제요?"

"참고로, 테오도르 역시 전하에 버금가는 못…… 외모의 소유자였지요."

'못……' 하고 얼버무리는 말이 실은 '못생긴'이었겠지만, 업신여기는 표정으로 그런 말을 하고 있는 시배리우스의 얼굴을 마주보고 있자니 나나는 애잔함에 눈물이 앞을 가렸다.

"아무튼 자세한 건 전하께서만 아시는 일입니다."

"뭐, 그거야 당연히 그렇겠죠."

"아, 한 가지 더."

"뭔데요?"

"이건 벤포르테 부사령관님께 들은 이야기인데요. 그 사건이 있기 이전, 전하와 테오도르는 둘도 없이 가까운 친구였다고 하더군요."

"네에?"

둘도 없는 친구 사이였는데 한 쪽은 암살을 시도하고 다른 한 쪽은 행성을 멸망시켜버렸다고? 뭔가에 뒤통수를 얻어맞은 듯한 기분이었다.

나나는 테이블을 닦던 행주를 내려놓고 창을 통해 바깥을 내다봤다.

아론은 가게 건너편의 잡풀이 무성한 공터에 홀로 서서 하늘을 올려다보고 있었다.

무슨 생각을 하고 있는지 알 수는 없었지만, 오후 햇살 아래 홀로 서 있는 그의 어깨가 왠지 쓸쓸해 보였다.

잠시 고민하다 앞치마를 벗은 나나는 시배리우스에게 앞치마와 행주를 건네주며 말했다.

"테이블 좀 닦아주세요. 그 정도는 할 수 있죠?"

"미안하지만 나는 대 세라프 행성제국 소속 행성간 이동 전투요새 '여신의 은총'의 일등항해사지 이런 잡일을 하는 이가 아니……."

"뭐요? 잡일? 이 사람이 지금 뭐래?"

"말이야 바른 말이지, 사실 잡일이죠."

"아아, 여름이 가기도 전에 벌써 가을이 오려나, 어디서 벌레 우는 소리가 들려오네? 잡일도 못하면서 밥만 축내는 밥벌레 소리가?"

"으음, 쿨럭."

"하는 김에 개수대의 설거지도 부탁해요. 깨.끗.하.게."

나나가 섬뜩하게 웃으며 내놓는 말에 시배리우스는 금세 울상을 하고서 행주를 건네받았다.

푸른 하늘은 스모그 때문에 칙칙한 색을 머금고 있었다.

그런 걸 올려다보면서 떠올리기 싫은 기억을 반추하고 있자니 제 아무리 담대하고 긍정적인 아론이라 해도 기분이 좋을 리가 없었다.

문득 등 뒤에서 살금살금 발소리를 죽이고 다가서는 기척이 느껴졌다. 가벼운 리듬악기를 조용히 두드리는 듯 명랑한 느낌. 돌아보지 않아도 나나인 것을 알 수 있었다.

뭔가 짓궂은 장난이라도 치려는지 나나의 걸음은 주춤거리다 점점 박자가 느려지고 있었다. 금세 장난기가 발동한 아론은 그녀가 간격 안으로 들어오기를 기다렸다가 홱 돌아서 "왁!" 하고 놀래며 선수를 쳤다.

"꾸웨!"

나나는 역시 예상했던 것에서 단 한 치도 벗어나지 않고서 우스꽝스러운 비명을 지르더니 풀썩 자리에 주저앉았다.

"어우! 뭐예, 뭐예요, 진짜! 엉? 사람이, 사람이 웨에그래애애? 진짜로 이쌍한 사람이네, 으응?"

놀라고 흥분해서 마구 화를 내는 모습을 봐도 어린 강아지가 손을 깨무는 것처럼 그저 귀엽기만 했지 미안한 마음은 정말 요만큼도 들지 않았다. 미안한 마음이 들지 않는 게 오히려 미안해진 아론은 손을 내밀며 말했다.

"상대가 누구든 등 뒤를 노리는 것은 비겁한 짓이지."

"뒤 같은 거 노리지 않았어요! 아무리 떨어질 만큼 떨어진 인생이라지만, 그런 짓은 안 한다고요!"

"거짓말이 여전히 서투르구나. 살금살금 다가오는 게 다 보였단다."

"살금살금 다가간 건 맞아요. 맞긴 한데, 그게 놀리려고 한 게 아니라……, 그게 그러니까……."

"그럼 뭐란 말이냐."

우물쭈물하던 나나가 머쓱한 표정으로 어깨를 으쓱하더니 중얼거렸다.

"왠지 위로가 필요한 것처럼 보이셔서요. 그런데 무슨 일인지를 알 수가 없으니 어떻게 위로해야 할지도 몰라서 망설이다가……."

나나가 얼굴을 붉히며 말끝을 흐려 버리자 그녀를 내려다보고 있던 아론의 눈매가 부드럽게 휘었다.

한동안 둘 사이엔 아무 대화도 오가지 않았다.

말없이 서로를 바라보고 있기를 얼마쯤.

무릎을 굽히고 앉아 나나와 눈높이를 맞춘 아론은 그녀의 머리카락을 부드럽게 헝클어뜨린 후 말했다.

"근처에 바람 쐴 곳이 있다면 안내해라."

"답답하세요?"

"아니. 잠시 너와 둘만 있고 싶어서."

고개를 돌려 커피숍 유리창을 바라본 나나는 열과 성을 다 해 테이블을 박박 닦고 있던 시베리우스와 눈이 마주쳤다. 그는 눈치 없이 엄지손가락을 딱 치켜세우며 따봉을 시전해 보였다. 어째 좀 한심해 보이기도 했다.

아론의 마음을 이해할 수 있을 것 같았던 나나는 잠시 눈을 굴리며 골똘히 생각에 잠겼다가 그의 손을 잡고 일어섰다.

"머리 식힐 곳이라면 가까운 데에 적당한 곳이 있죠."

야트막한 산 중턱에 피크닉매트 두 개 정도를 깔 수 있을 정도의 자리가 훤하게 나 있었다. 우거진 숲 사이에 숨겨져 있는 풀밭이었는데, 멀리 시내 전경이 한눈에 들어오는 명당이었다.

"마음에 드세요?"

옆구리에 손을 올리고서 탁 트인 경치를 감상하고 있던 아론은 뒤를 돌아보고 웃어 보였다.

늦은 오후의 햇살보다 더 눈부신 미소는 아까보다 한결 나아 보였다. 뭔지는 몰라도 고민이 있긴 했던 모양이었다.

풀밭에 은박 매트를 깔고 자리를 잡은 나나는 낑낑거리며 들고 올라왔던 보냉가방 안에서 뭔가를 주섬주섬 꺼내 늘어놓기 시작했다.

"먹을 걸 좀 싸왔거든요."

작은 꽃무늬 천을 깔고 그 위에 보온병과 테이크아웃용 플라스틱 컵두 개, 예쁜 리본으로 입구를 묶은 쿠키 봉지를 차리자 금세 훌륭한 노천카페가 생겼다.

"오오! 뭔가 피크닉 분위기도 나고, 좋은데요."

나나가 혼자서 좋아 죽으며 보온병을 흔들어 보이자 그 안에서 달그락달그락 얼음 부딪치는 소리가 났다.

"얼마 전에 레몬을 많이 사다가 레몬청을 만들었어요. 일일이 다 소금으로 씻고 썰어서 설탕에 절이느라 진심 손목 나가는 줄 알았는데, 정작다 만들고 보니 조금밖에 안 돼서 얼마나 억울했는지 몰라요. 이걸 가게에서 작은 거 한 병에 오천 원을 받고 팔았는데 손님이 안 깎아준다고 얼마나 투덜거리던지!"

끝도 없이 재잘거리며 투명 플라스틱 컵에다 음료를 따른 후 뚜껑을덮고 빨대를 꽂은 나나는 그것을 아론에게 내밀며 덧붙였다.

"짜잔. 제가 직접 만든 특제 레모네이드예요. 엄청 맛있을 걸요!"

천천히 걸음을 옮겨 다가온 아론은 나나의 바로 곁에 털썩 앉아 컵을건네받았다.

특제라고 자랑하는 나나의 레모네이드 한 모금을 입 안에 머금자 새콤달콤하고 시원한 맛에 눈이 밝아졌다. 그리고 곧장 목울대 너머로 넘어간 레모네이드는 가슴속 해묵은 앙금마저 말끔하게 씻어주었다.

찜찜한 기분이란 건 원래 이렇게 쉽게 사라지기도 하는 걸까.

그는 처음으로 맞닥뜨린 이 신기한 현상을 도무지 이해할 수 없었다. 하지만 그걸 이해하는 데 그리 오랜 시간이 걸리진 않았다. 이어진 그녀의 말에서 금세 답을 찾았기 때문이었다.

"커피를 싸올까 했는데, 커피보다는 아무래도 이렇게 상큼한 게 스트레스 해소에 좋을 것 같아서……. 기분은 좀 어떠세요?"

누군가가 보이지 않게 걱정해주고 진심으로 위해준다는 것. 늘 혼자였던 아론에게 있어서 그것은 생각했던 것보다 훨씬 더 애틋하고 감동적인 일이었다.

가만히 나나를 건너다보던 아론은 바닥에 컵을 내려두고서 뒤로 벌렁 드러누웠다.

짧은 치마를 입은 나나의 허벅지를 베개 삼아 눕자 그녀의 근심 가득한 얼굴이 아론의 눈에 들어왔다.

뿌연 스모그에 가려져 있긴 했어도 저 밖엔 끝없는 우주가 펼쳐져 있다는 것을 알고 있었다. 그러나 이 광활한 우주 안에서 지금 그의 눈에 보이는 것은 오직 나나의 얼굴뿐이었다. 제 스스로 누굴 걱정할 처지가 아니란 걸 알면서도 이토록 걱정스러운 눈으로 내려다보고 있는 신나나.

아래를 내려다보느라 귀 옆으로 쏟아진 나나의 단발머리를 만지작거리던 아론의 손이 그녀의 뒷목으로 향했다.

아론이 지그시 목을 눌러 고개를 숙이게 하자 나나는 고분고분 몸을 낮추고 그가 원하는 대로 움직여 주었다.

차가운 레모네이드가 밴 서로의 아랫입술과 윗입술이 맞물리며 색다른 느낌을 자아냈다.

산새들만 가끔 날아다닐 뿐 아무도 찾지 않는 산중의 새콤달콤한 키스는 이후로도 꽤나 오랫동안 지속되었다.

산들바람이 불자 허벅지의 맨 살 위에 흩어져 있던 아론의 머리카락이 바람에 나부꼈다. 간지러움에 으으으, 하고 몸을 부르르 떨던 나나가 주저하다 물었다.

"혹시, 물어보면 대답해주실 거예요?"

눈을 감은 채 미동도 하지 않고 있던 아론이 되물었다.

"뭘 말이냐."

"지금 기분 안 좋으신 거……, 그 수상한 다단계 업체 회장인지 사이비 교주인지 모를 테오도르인가 하는 사람 때문 아니에요?"

아론에게선 대답이 돌아오지 않았지만 나나는 느낌으로 알 수 있었다. 지금 아론의 마음속이 정말 그 때문에 복잡한 거라면, 그 사람이 마음에 들지 않는다든지 하는 단순한 이유는 절대 아닐 거란 사실을.

"대답하지 않으면 너는 계속 궁금해하겠지?"

아론의 말에 나나는 잠시 고민하다 산뜻하게 답했다.

"네. 솔직히 궁금하긴 하겠지만, 대답 안 하시면 다시는 안 물어볼 거예요."

아론이 눈을 지그시 뜨고서 의아한 표정으로 올려다보자 나나는 진지하게 말을 이었다.

"누구한테나 떠올리기 싫은 일 한두 개쯤은 있는 거잖아요. 그걸 굳이 끄집어내서 다시 고통스럽게 만들 필요는 없는 거죠."

"그렇군."

납득한 듯 고개를 끄덕인 아론이 아무렇지도 않게 찌르는 소릴 했다.

"요컨대 네 '헤어진 남자'와 같은 맥락이라 그건가."

"쿨럭! 그 얘긴 좀……."

머쓱한지 나나는 컵을 집어 들고 장난삼아 빨대를 불었다. 레모네이드에 보글보글 공기를 불어넣는 그녀의 볼이 불룩해졌다. 그 모습을 보자 아론의 눈매가 날카로워졌다.

"흐음. 그러고 보니 꽤 닮았군."

"닮다니, 누구를요?"

컵 표면을 타고 흐른 물방울이 아론의 이마에 톡 떨어지자 냉기가 단숨에 그의 전신으로 뻗어나갔다.

"앗, 죄송해요!"

갑자기 찬물을 뒤집어쓴 불쾌한 기분.

그날 그 느낌이 딱 그랬다. 오래전, 테오도르의 곁에 서서 이쪽을 똑바로 보고 있던 여자와 눈이 딱 마주쳤던 그 순간, 처음부터 예감이 좋지 않았었다.

그리고 좋지 않은 예감은 언제나 틀리는 법이 없었다. 처음 마주친 때로부터 얼마 지나지 않아, 그 예감은 그대로 현실이 되었다.

「왕이시여. 저 같은 여인에게 어울리는 사내는 테오도르처럼 유약한 이가 아니라 야망도 그릇도 한없이 큰 자랍니다. 바로 지금 제 눈앞에서 계시는 전하 같은. 그리고 그런 큰 사내만이…….」

들릴 듯 말 듯 소곤거리는 탈리아의 목소리는 더없이 달콤했지만 몹시 축축하고도 끈적거렸다.

「저처럼 아름다운 여인을 쟁취하고 품에 안을 수 있는 게 아니겠습니까?」

탈리아의 손길을 떠올리자 아론은 문득 심경이 몹시 복잡해졌다.

그때, 그의 눈썹 사이로 차가운 손가락이 와 닿았다. 흠칫 놀라 눈을 뜨자 나나는 안타까운 눈으로 내려다보며 그의 미간을 꾹꾹 눌러주었다.

"싫으면 생각하지 마세요. 그럼 그렇게 인상 쓸 필요도 없어요."

피식 웃은 아론은 손을 들어 나나의 뺨을 가만히 쓸어 보았다.

홍조 띤 보드라운 피부의 온기가 몹시도 새삼스러웠다.

"나나야."

"네."

"너는……, 너만은 나를 배신하지 마라."

도무지 뜻을 짐작할 수조차 없을 정도로 밑도 끝도 없는 말이었다.

하지만 무척이나 고통스럽게 들리는 그 말로 미루어 알 수 있는 것은 있었다. 만약 과거 아론과 테오도르 사이에 있었던 일이 시배리우스에게서 들었던 대로 여자 문제였다면, 어떤 일이었을지 대충은 짐작이 갔다.

그리고 다른 건 몰라도 적어도 한 가지만큼은 확실했다. 누구에게도 말하지 않았을 그 일은 아론에게 있어서 여전히 아물지 않은 상처고, 그 고통 역시 아직도 현재진행형이라는 것 말이다.

별안간 나나의 코끝이 찡해지고 가슴이 죄어들었다.

마치 그의 아픔에 공명이라도 하듯 그녀 역시 마음이 아팠다. 할 수만 있다면 그의 가슴을 열고서 그 안에서 피 흘리고 있을 마음을 직접 어루만져주고 싶은 심정이었다.

"있잖아요. 경험을 통해 저 나름대로 깨달은 건데, 믿음이란 건 지금 당장은 눈에 보이질 않더라고요. 시간이 한참이나 지나서야 알게 되죠."

물끄러미 올려다보는 아론의 맑은 갈색 눈동자를 똑바로 응시하며, 나나는 담담하게 말을 이었다.

"이 인연이 언제까지 갈지는 몰라도, 우리 서로 먼 훗날 돌아봤을 때 '아, 그 사람만큼은 그래도 믿을 수 있었지.' 하고 생각할 사이로 남았으면 좋겠어요."

"흐음. 짐이 원했던 대답이 전혀 아닌데."

"알아요. 무슨 말이 듣고 싶으셨는지."

"그래?"

"네. '저만 믿으세요! 저는 절대 배신 안 해요!' 그런 걸 원하셨던 거잖아요."

말을 이어가는 중, 나나의 눈빛에 짙은 그늘이 드리워졌다.

"'헤어진 남자'에 대해 계속 궁금해하시는 것 같아서 간단히 말씀드리는 건데요, 그 자식 입버릇이 툭하면 '나만 믿어, 나나야.'였어요."

그 소리를 듣는 순간 문득, 아론의 귓가에 오래전의 목소리가 울렸다.

「아론, 나를 믿어라. 나는 무슨 일이 있어도 너와의 우정을 저버리지 않을 거다. 절대로.」

"나만 믿으라는 말이 실상은 가장 믿을 수 없는 말이더라고요. 저는 그런 불확실한 말, 지금 전하에게 빈말로라도 하고 싶지 않아요."

아론의 가슴 속에서 뭔가가 뭉클하더니 울컥 치밀었다. 하고 싶은 말이 있는 것 같은데, 목구멍 아래에서 금방이라도 한 마디가 튀어나올 것만 같은데, 그게 뭔지 도무지 알 수가 없었다.

"나나야."

"네."

"살아오는 동안 짐은 스스로가 참 행운아라고 생각했었는데, 이제 보니 그것도 아니었던 것 같다."

나나가 무슨 말인지를 몰라 눈을 동그랗게 뜨자 아론은 몸을 일으키고 그녀의 뺨에 가볍게 키스한 후 속삭였다.

"너를 만나서야 비로소 행운아가 된 거지."

나나는 얼굴을 잔뜩 붉힌 채 아무 대답도 하지 못했지만, 아론을 바라보는 곧은 눈길만은 끝까지 거두지 않았다.

그때 산 아래에서 제법 강한 바람이 불어왔다.

시원한 바람은 눈부시게 푸른 초목을 훑고 와 나나의 미니스커트 자락을 흔들었다.

"엄마야!"

필사적으로 스커트 자락을 움켜쥐고 속바지를 사수하는 나나를 건너다보며 편안하게 웃음을 터뜨리는 아론도 마찬가지였다. 바람결에 들춰진 그의 셔츠자락 아래, 왼쪽 옆구리에는 오래전 뭔가에 찔린 듯 길고 흉측한 흉터가 하나 남아 있었다.

푸르르르.

"어?"

푸르르르르.

"어어? 이게 왜 이래?"

산 아래에 세워두었던 차에 올라 시동을 걸던 나나의 얼굴이 돌연 핼

쑥해졌다.

"무슨 일이지?"

아론이 물었지만 나나는 당황한 나머지 대답하지 않은 채 계속해서 차 키를 돌려대다 급기야는 대시보드를 탕탕 두드리기까지 했다. 아무의미도 없는 짓이었지만.

"고장인가?"

"이상하다 주유등 들어와도 한참은 더 갈 수 있는데…….."

오는 길에 주유소의 위치가 애매했던 게 문제였다. 주유표시등이 들어왔지만 집으로 돌아가는 길에 넣어도 충분할 거라 생각했는데, 경사로라 그런지 도무지 시동이 걸리지를 않았다.

"보험사에 전화해볼게요."

차에서 내려 심각한 표정으로 차 주위를 맴돌며 어딘가로 전화를 걸던 나나는 잠시 후 마구 머리를 쥐어뜯으며 화를 냈다.

조수석 문을 열고 밖으로 나가자 나나의 울분에 찬 목소리가 산 아래에 쩌렁쩌렁 울렸다.

"아악! 하필이면 지금 딱 전화가 끊길 게 뭐야아아아! 다들 나한테 왜 이러는 건데에에에에에!"

"나나야, 진정하거라."

"하아. 어쩔 수 없죠. 피 같은 돈으로 택시라도……? 으음?"

몸 여기저기를 마구 툭툭 때리던 나나가 번개같이 차로 가 문을 열고 이곳저곳을 뒤지기 시작했다.

"이, 이상하다! 지갑이 어디 갔지? 내 지갑!"

"고양이 얼굴 모양의 지갑을 말하는 거라면……."

반색을 하며 돌아본 나나는 이어진 아론의 말에 돌덩이처럼 굳고 말았다.

"아까 커피숍 카운터에 올라가 있더군."

"아아아아아악! 악?"

미친 듯이 소리를 질러대며 벌판을 달리던 나나는 설상가상, 갑자기 돌부리에 걸려 꽥 하더니 앞으로 크게 자빠졌다.

깨진 무릎을 부여안고 호호 불며 울상을 짓는 나나 앞으로 다가간 아론이 한심한 듯 내려다보며 물었다.

"대체 혼자서 무슨 쇼를 하는 거냐."

"그러게 말입니다요. 흑흑."

"일단 진정하고 방법을 강구하자."

"방법이야 있죠. 20킬로미터 거리를 걸어가면 되니까요."

"그럼 방법이 아예 없는 것도 아닌데, 뭐가 문제지?"

아론이 씩 웃으며 내놓은 말에 잠시 멍하니 눈만 끔벅이던 나나도 이내 피식 헛웃음을 흘리고 말았다.

"하긴, 그러네요."

그래. 주저앉아 운다고 해서 모든 일이 해결되는 건 아니니까.

씩씩하게 일어선 나나는 절뚝거리며 차로 가 문을 잠그고 돌아왔다.

"그럼 파워워킹 한 번 해보실까요?"

말이 파워워킹이었지, 넘어진 무릎이 꽤나 아픈 모양이었다.

비척비척 위태롭게 걷기 시작하는 나나를 가만히 건너다보던 아론은 그녀를 앞질러 가더니 돌연 등을 보이고 앉았다.

"가, 갑자기 왜요?"

"업혀라."

"네에에에?"

"그 속도로 걷다 보면 오늘 밤 안에 도착하기는 무리일 테니까."

"아……, 하지만."

"어서."

아론의 종용에 나나는 얼굴이 새빨개져서 한참이나 주저하다 그의 등에 살며시 몸을 기대 보았다.

뜨겁고 단단한 등이 그녀의 가슴 안으로 들어오는 순간, 세상이 크게 흔들리는가 싶더니 몸이 둥실 떠올랐다.

"보기보다는 몸이 가볍구나. 올라가거든 잘 먹여서 포동포동 살찌워야겠다."

"죄송한데, 방금 엄청 실례되는 말씀하셨거든요."

"어느 부분이?"

"전반적으로요."

"왜?"

"사람한테, 특히 여자 사람한텐 해선 안 될 플으그등여."

"어째서?"

이를 악물고 웅얼거리는 나나와 계속해서 이해가 안 돼 되묻는 아론 사이에서 가벼운 실랑이가 벌어지기 시작했다.

해가 뉘엿뉘엿 지며 사방이 잘 익은 오렌지 빛으로 물들었다.

지평선을 향해 걸어가는 두 사람의 합쳐진 그림자는 흘러가는 시간을 붙잡기라도 하려는 듯 길게 늘어났다.

11
자각

강제 도보여행의 여파였을까.

오는 길의 거의 대부분을 나나를 등에 업고서 걸었을 정도로 가공할 체력을 과시했던 아론이었지만 그래도 역시 피곤하긴 했던 모양이다. 그는 씻자마자 식사도 거른 채 이제는 외계 왕 전용좌석이 된 창가의 카우치로 곧장 가 그 위에 길게 드러누워 휴식을 취했다.

밤늦은 시각이었건만 시배리우스는 그때까지도 밥도 먹지 않은 채 둘을 기다리고 있었다.

말로는 신하가 어찌 왕보다 먼저 숟가락을 드는 불경을 저지르겠냐고 했지만, 이건 백 퍼센트 귀찮아서 안 챙겨 먹은 게 확실했다.

아니, 밥도 있고 냉장고에 반찬도 있는데 왜 먹지를 못하니, 왜! 꺼내서 차리기만 하면 되는데 님 손은 황금손이고 내 손은 무쇠손이니?

장가도 안 가고 얹혀사는 시동생마냥 얄밉기 짝이 없던 시배리우스에게 속으로 마구 욕설을 퍼부은 나나는 간단하게 상을 차리기 위해 냉장고로 향했다.

이전엔 단 한 번도 들어본 적 없는 알람음이 울린 것은 바로 그때였다.

삑삑.

"이게······ 무슨 소리지?"

냉장고 문이 열려 있었는지 살펴보고 오븐의 타이머가 돌아가 있지는 않은지도 확인해봤지만 둘 다 아니었다.

"으음, 이상하네?"

그 사이 생소한 기계 알람음은 또 한 번 울렸다.

나나가 눈을 동그랗게 뜨고 소리의 근원지를 찾아 헤매자 시배리우스가 근처로 다가왔다.

카운터 옆의 장식장을 열고 짧은 팔을 뻗어 선반 위에서 뭔가를 꺼낸 그는 손에 든 물건을 나나의 눈앞에다 흔들어 보이며 자랑스럽게 말했다.

"전하의 순간이동기입니다. 이야, 럭셔리한 디자인이 역시 남다르군요."

눈부시게 푸른빛을 뿜어내고 있는 타원형 물체가 또 한 번 시끄럽게 삑삑 소리를 냈다.

창가로 가 하늘을 올려다본 시배리우스는 편안한 어조로 말을 이었다.

"이건 3-오메가선 게이지가 차오르고 있다는 걸 알리는 신호음이랍니다."

"아, 달빛으로 충전한다던 그거요?"

"모든 순간이동기가 다 충전이 가능한 건 아닙니다. 이 순간이동기에도 등급이 있거든요. 하사관이나 병사들에게 지급되는 보급품은 조잡한 일회용으로 한 번 왕복 사용 후엔 폐기할 수밖에 없지요. 그리고 저를 비롯한 고위층에게 지급되는 것은 충전을 통해 약 10회 정도 이동이 가능합니다. 그리고 지금 보고 계신 전하의 순간이동기는 황족들만이 사용하는 최고급으로, 3-오메가선 조사량만 충분하다면 어느 곳에서나 영구적으로 사용이 가능하죠."

"오오오, 신기하네요!"

"그렇죠?"

"예에. 전 우주적으로 만연한 계급사회의 추잡한 이면을 보는 것 같고 아주 좋은 공부가 되는 것만 같아요. 오늘도 많이 배우고 갑니다, 호호호."

나나가 떨떠름한 표정으로 비꼬았지만 시배리우스는 아무렇지도 않은 듯 진지하게 덧붙였다.

"아무튼 이 알람은 3-오메가선의 충전이 80프로 정도 이루어졌다는 걸 알려주는 거죠."

그 소리에 나나의 표정이 딱 굳었다.

"그렇다는 건……."

"전하께서 '여신의 은총'으로 귀환하실 때가 다가오고 있군요."

나나는 갑자기 말문이 막혔다. 뭐라고 말을 하고는 싶은데 딱히 할 말이 떠오르질 않았다.

"물론 순간이동기의 충전 게이지보다 전하의 돌아길 마음 게이지 쪽이 더 관건이긴 합니다만."

"그야 그렇겠죠."

"그리고……."

뭔가를 말하려다 말고 시배리우스는 심각한 표정으로 말끝을 흐려 버렸다.

지금 그가 무슨 생각을 하는지 나나는 알 것도 같았다.

일전에 시배리우스는 아이나-비가 함선에서 귀찮도록 자신을 따라다니며 스토킹 했었다고 몸서리를 쳤었지만, 그렇다고 해서 그가 이 상황을 고소하게 생각할 것 같지는 않았다.

"걱정되는 거죠?"

"뭐가요?"

"아이나라는 분 말이에요."

"아…….."

곁에서 지켜본 바, 눈치가 없고 외모로 사람을 평가하는 나쁜 버릇을 가지고 있긴 해도 기본적으로 시배리우스는 왕에게는 충성하고 부하들에게도 신의 있는 이였다.

"그런데 아이나 씨는 대체 거길 왜 들어간 걸까요?"

"아마도……, 저를 따라 내려왔다가 뭔가 문제가 생긴 모양입니다. 그러다 우연히 테오도르의 존재를 발견했고, 아마도 우리가 테오도르를 치러 갈 것을 예상하고 거기 머무르지 않았을까 하는 생각이 들어요."

일리가 있는 말이었다.

나나는 잠시 고민하다 진지하게 말했다.

"윤미한테서는 아마 계속 연락 없을 거예요. 거기 있더라도, 그쪽 생리 상 절대 먼저 연락해서 위치를 알려줄 리가 없어요."

"그렇군요."

"문제는 전하에게 지금 테오도르를 칠 생각이 전혀 없어 보이는 거죠."

사람이 워낙 많으니 그럴 수도 있겠지만, 아론은 함교에서 거의 매일 부딪쳤던 부하의 얼굴도 못 알아볼 정도로 주변인들에 대해 아무 관심이 없어 보였다. 이대로 두면 분명 지구 멸망과 동시에 아이나도 팀킬이었다.

"아무래도 그런 것 같네요."

상심한 듯한 시배리우스의 얼굴을 힐끗 곁눈질한 나나는 고민 끝에 결정을 내리고 단호하게 말했다.

"우리가 찾으러 가죠."

"우, 우리가요?"

"네. 윤미한테는 시배리우스 씨가 아이나 씨 오빠라고 해뒀으니까, 불시에 쳐들어가서 내놓으라고 고함치고 경찰 부르겠다고 난동부리면 아마 빼올 가능성도 있을 거예요. 물론 쉽진 않겠지만 이대로 뒀다가 잃는 것보다는 낫잖아요."

"고맙습니다! 아아! 신나나 씨는 역시 아름다운 얼굴만큼이나 마음씨도 예쁘시군요!"

시배리우스는 잔뜩 감동 먹은 눈으로 나나를 바라보며 감탄했다.

하지만 그렇게 훈훈한 분위기에도 나나의 얼굴은 그리 밝아 보이지 않았다. 잠이 들었는지 길게 드러누운 채 미동도 없는 아론을 물끄러미 바라보던 나나는 이내 앞치마를 벗고서 커피숍 밖으로 나가버렸다.

공터에 쭈그리고 앉아 위를 올려다보니 남색 밤하늘에 하얀 별이 점점이 박혀 있었다. 나나는 긴 한숨을 내쉬며 중얼거렸다.

"와아, 이렇게 보니 신나나라는 존재는 정말 우주의 먼지로구나."

그러고 보니 별을 올려다보는 것도 아주 오랜만의 일이었다.

"우주가 넓으니 어딘가에는 외계인이 살고 있을 거라고 생각은 했었지만, 정말로 있었을 줄이야……."

날씬했던 달은 어느새 통통하게 살이 올라 있었고, 그간 잊고 있었던 지구 멸망의 시간도 어느덧 한 걸음 앞으로 성큼 다가와 있었다.

"망해라, 망해라, 했더니 결국 망하긴 하는구나. 후우……. 그런데……, 그런데 왜 이렇게 심란하지?"

한낮에는 제법 더운 날씨가 계속되고 있었다.

나나가 어제 산 밑에 버려둔 차를 가지러 가겠다고 하자 시배리우스가 웬일로 자기가 가겠다며 앞으로 나섰다. 아이나를 구출하려는 나나에게 보은이라도 하고 싶은 모양이었다.

말릴 이유가 없었던 나나는 기름을 살 돈이 든 지갑과 지도를 건넸고 아론도 인정한 항해술의 달인인 시배리우스는 화석원료 차량의 기본 매뉴얼을 단 10분 만에 숙지하고서 즉각 차량 회수 길에 올랐다.

도보여행에 재미라도 붙인 건지, 아론까지 따라 나가버리자 커피숍 안은 드물게 조용해졌다. 나나에게 있어선 오랜만에 주어진, 꿀처럼 달콤한 혼자만의 시간이었다.

그러나 그 꿀 같은 휴식도 그리 오래 지속되지는 못했다. 사내 둘이 식객으로 늘어난 티가 여기저기 눈에 보였던 것이다.

참지 못한 나나는 테이블과 의자를 한쪽으로 밀어내고 모처럼 구석구석 꼼꼼하게 대청소를 시작했다.

긴 청소에 슬슬 허리가 아파올 무렵, 가뭄의 단비처럼 반가운 손님이 나타났다.

"혹시 지금 커피 마실 수 있나요?"

혼자서 온 젊은 여자, 이번만큼은 불청객이 아닌 진짜 커피숍 손님이었다.

"그럼요! 어서 오세요!"

얼른 자리를 정돈한 후 손님을 테이블로 모신 나나는 라임 슬라이스와 얼음을 띄운 크리스털 물주전자와 컵을 세팅하고서 가죽 표지의 메뉴북을 내밀었다.

"저희 가게엔 처음이시죠?"

"아……, 네."

"커피도 맛있지만 홍차도 좋아요. 종류는 여러 가지니까 편안하게 고르고 주문해주세요. 날씨가 더우니까 아이스도 좋겠네요."

나나가 상냥하게 웃으며 말했지만 여자는 어딘지 모르게 불편해 보이는 태도로 쭈뼛거리다 대충 메뉴를 훑어본 후 툭 내뱉었다.

"뜨거운 녹차 주세요."

나나보다 서너 살 정도 어려 보이는 여자는 제법 큰 키에 안쓰러울 정도로 마른 몸매의 소유자였다. 얼굴 역시 예쁘장했는데, 다시 보니 뭔가 불만이 가득한 것처럼 보이기도 했다.

추천하는 커피와 홍차 대신 녹차를 주문하는 것이 왠지 대놓고 무시하려는 것처럼 느껴져 나나는 어깨를 으쓱하고 주방으로 갔다.

도자기 컵에다 펄펄 끓인 물을 채우고서 녹차티백을 담가 서빙 하려던 때였다. 테이블 앞에서 입술을 꼭꼭 깨물고 있던 여자가 비장한 어조로 말을 걸었다.

"신나나 씨, 맞죠?"

여자의 입술 사이로 흘러나온 자기 이름을 듣는 순간, 나나는 그녀에게서 노골적인 적의를 감지했다.

오랜만에 찾아온 손님이 실은 커피숍 손님이 아니라 결국 불청객이었다는 것을 깨닫자 곧바로 밀려든 감정은 실망이 아니라 불안감이었다. 이 여자가 그녀에게 적의를 가진 이유에 대해 여러 추측을 해봤지만 도무지 알 수 없다는 게 가장 불안했다.

"저를 어떻게 아세요?"

나나가 긴장한 표정으로 묻자, 여자는 밑도 끝도 없는 한 마디를 내뱉었다.

"신나나 씨. 이제 그만 우리 오빠의 추억에서 물러나주세요."

"네에?"

오그리 토그리 온몸이 버터구이 오징어가 될 것 같은 대사는 둘째 치고, 더욱더 불편한 일이 벌어졌다.

"김지현! 너 진짜 왜 이러니!"

아아, 어디서 많이 들어본 목소리. 죽어서도 절대 못 잊을 것 같은, 지독하게도 익숙한 남자 목소리였다. 천천히 뒤로 돌아 목소리의 주인공을 바라본 나나의 얼굴이 즉시 우거지상으로 변했다.

"나나야……"

나나의 눈동자에서 시퍼런 불꽃이 탁 튀는가 싶더니 이내 힘없이 사그라졌다. 그녀는 지친 표정으로 그의 시선을 피한 후 담담하게 인사를 건넸다.

"오랜만이네, 병진 오빠."

몇 년 만에 만나는 조병진은 바로 엊그제 헤어진 사람처럼 변함이 없었다. 평범한 키에 평범한 외모, 하지만 결코 평범하지 않았던 그 자상함에 이끌려 사귀었다가 6개월 만에 헤어졌던 전 애인.

한동안 쭈뼛거리며 서 있기만 하던 병진은 뚜벅뚜벅 걸어와 나나를 마주보고 물었다.

"그동안 잘 지냈니? 좋아 보인다."

"그래? 오빠는 어쩌 별로 안 좋아 보이네."

여전히 시선을 피하며 대꾸하는 나나의 말에 노골적인 가시가 돋쳐 있었다.

"그때 일은 정말 미안하다."

"아, 그래? 정확히 어떤 부분이 미안한데?"

"나나야……."

두 사람이 대화를 주고받는 동안 물끄러미 둘을 올려다보던 여자가 끼어들었다.

"오빠. 지금 애인 놔두고 거기서 뭐 하는 거야? 이리 와서 나랑 얘기 좀 해."

여자의 목소리에는 자기 영역을 지키려는 짐승 같은 허세가 깃들어 있었다.

"저기, 저 여자가 지금 사귀는 사람인가 본데, 남의 영업징에서 사랑 싸움 같은 건 좀 피해주라. 상식이자 매너 아니야?"

나나가 싸늘하게 내뱉은 말에 병진은 한숨을 내쉬고 여자에게로 다가갔다.

"김지현, 빨리 일어나! 나가서 얘기하게!"

"싫어! 여기서 오빠가 오빠 입으로 말해! 지금 누가 오빠 애인이야?"

"너 추하게 정말 이럴래?"

둘 사이에서 실랑이가 벌어지는 것을 물끄러미 건너다보던 나나가 한심한 듯 중얼거렸다.

"참 좋은 구경 시켜주는구나."

그 소리에 지현이라는 여자가 벌떡 일어나더니 나나를 향해 손가락질하며 핵직구를 날렸다.

"오빤 이런 아줌마가 뭐가 좋다고 아직까지 못 잊는 거야? 하도 못 잊기에 도대체 얼마나 잘난 여자인가 내가 직접 보려고 왔더니 이건 뭐, 볼품없고 거지같기 짝이 없잖아! 이 여자보다 내가 어디가 못하냐고!"

둘이서 싸우는 거야 둘의 문제고, 왜 멀쩡한 사람 데려다 바보를 만드는지 알 수가 없었다.

대놓고 디스당하니 가만히 있을 수만은 없었던 나나는 조소 어린 목소리로 병진에게 물었다.

"박은애는 어쩌고 이러고 있어? 그땐 둘이서 서로가 아니면 죽을 것처럼 굴었었잖아?"

"나나야, 그 얘긴 그만두자. 이미 충분히 사과했잖아."

그 소리를 듣는 순간 나나는 간신히 붙잡고 있던 이성의 끈을 놓치고 말았다.

"뭐? 충분히 사과? 이보세요, 사람 죽여 놓고서 미안합니다, 사과하면 그걸로 끝이세요?"

"나나야."

"아니, 죽인 것보다 더 심했지! 죽으면 그걸로 끝이지만 나는 남은 인생 내내 그때 그 일 때문에 고통 받을 거라고!"

"그건 정말 실수였어, 나나야, 내 말 좀 들……."

병진이 나나에게 친근한 척 손을 내밀자 나나는 벌레라도 닿은 듯 소스라치게 놀라며 그의 손을 탁 쳐낸 후 악을 썼다.

"만지지 마! 더러워! 바람을 피워도 어떻게 그딴 식으로 피울 수가 있어! 왜 하필 은애였는데? 그랬으면 차라리 들키지나 말든지! 너희들 불장난에 절친이랑 애인이랑 멀쩡한 멘탈까지 다 뺏긴 나는 뭐가 되냐고!"

그때, 조용히 앉아서 구경만 하고 있던 지현이 얼떨떨한 표정을 하고서 끼어들었다.

"잠깐만, 아까부터 뭐……라고? 이게 무슨 소리야, 오빠? 여기서 왜 자꾸 은애 언니 얘기가 나와? 오빠, 은애 언니랑도 사귀었었어?"

"얼씨구, 점입가경이네. 그 얘기 얘한테 아직 안 했어?"

기가 막힌 나나가 피식 웃자 병진의 얼굴이 붉으락푸르락해졌다.

"신나나, 너……."

"아니, 오빠! 이게 무슨 얘기냐고! 얼른 설명해 봐!"

여자가 앙칼지게 소리치자 나나는 싸늘한 눈으로 그녀를 돌아보며 내뱉었다.

"그렇게 궁금하시다니 제가 대신 알려드리죠. 여기 계신 님 애인 분께서 저랑 사귀던 시절에 제 베프랑 바람피우다가 딱 걸리셨답니다."

"그 베프가…… 혹시 은애 언니……?"

"눈치 없음이 아주 어디 사는 일등항해사님 급이시네요. 아직도 모르겠어요? 그쪽도 여기 와서 이럴 시간에 뒤통수 맞지 말고 베프 잘 챙기세요. 안 그러면 나처럼……, 아앗!"

나나는 악에 받친 말을 끝까지 맺을 수 없었다.

열이 잔뜩 받은 병진이 그녀의 어깨를 세게 떠미는 바람에 힘에 밀려 주저앉고 말았기 때문이었다.

"이게 보자보자 하니까 진짜!"

넘어진 충격에 나나는 엉덩이가 몹시 아팠지만, 사실 진짜 아픈 건 따로 있었다.

"나한테 왜 이래? 한 번 상처 줬으면 그걸로 됐잖아! 왜 이제 와서 또! 도대체 나한테 왜 이러는 건데!"

눈물을 그렁그렁 담은 눈으로 병진을 노려보며, 나나는 누구에게 하는 것인지도 모를 말을 마구 쏟아냈다.

"내가 뭘 잘못했는데! 내가 뭘 잘못했냐고! 다들 나한테 왜 이래? 왜 나한테만, 왜 하필 나한테만 이런 일들이 생기는 건데, 왜……! 흑흑! 진짜 이런 건 너무 가혹하잖아! 흐어엉! 너 같이 더럽고 나쁜 놈, 어디 가서 콱 벼락이나 맞아 죽어 버렸으면 좋겠어!"

"이게 정말, 말이면 다인 줄 아나! 너……!"

나나의 팔을 잡아 일으켜 세우고 해코지를 하려 했지만, 병진의 생각은 실행에까지 옮겨지진 못했다. 갑작스럽게 뒷덜미를 낚아챈 누군가의 손에 의해 몸이 뒤로 확 젖혀졌기 때문이었다.

잡아당긴 손아귀 힘이 얼마나 강했던지 셔츠의 단추 두 개가 우두둑 하고 뜯겨져 튕겨나갔다. 잡아당겨진 셔츠의 칼라 부분에 목이 잘려나 가는 줄 알았을 정도였다.

"허익! 우웩! 캑! 캑!"

말 한 마디도 잇지 못한 채 숨을 쉬기 위해 필사적이었던 병진은 이윽고 뼛속까지 시린 얼음물 세례도 받았다.

"크악! 차가워!"

"죽기 전 마지막으로 느끼는 감각일 테니 원 없이 만끽하도록."

귓가에 감기는 남자의 낮은 음성은 얼음물보다도 더 차갑게 느껴졌다. 단언컨대, 살아오면서 단 한 번도 맞닥뜨려본 적 없는 공포였다.

미처 몸서리를 치기도 전, 병진의 몸이 중력에 반해 공중으로 뜨기 시작했다. 버둥거리던 두 발 끝이 마침내 바닥에 닿지 않게 되자 호흡곤란과 공포는 한층 더 짙어졌다.

"으, 으헉!"

가까스로 눈을 돌려 자신을 들어 올린 남자를 바라본 병진은 또 한 번 몸서리를 쳤다.

아무리 덩치가 아담하다 해도 병진은 성인 남성이었다. 그런 그의 멱살을 잡아 한 팔로 가뿐하게 들어 올린 이는 곰처럼 우람한 체구의 소유자가 아니라 다소 호리호리한 몸의 사내였다. 명화에서 갓 튀어나온 듯, 그림으로 그린 듯한 아름다움을 지닌 남자.

도무지 이해가 가지 않는 이 상황을 병진이 곧바로 납득한 것은 사내의 다갈색 눈동자를 들여다본 바로 그 순간이었다.

그것은 명백히 이 세상 사람의 것이 아닌 눈동자였다. 다른 어떠한 불순물조차 섞여 있지 않은, 그저 순수한 공포였다.

죽음이 바로 눈앞에 다가왔다는 것을 직감한 병진은 자기도 모르게 바지를 적시고 말았다.

"끼야아아아아아아악!"

지현의 비명에 카페 안에 있던 모든 이의 눈살이 동시에 찌푸려졌다. 과연 나이 덜 먹은 티가 이런 데서 나는구나 싶을 정도로 찢어지는 비명이었다.

"끼야아아악, 오빠, 오빠……!"

파랗게 질려서 벌벌 떨던 지현은 남자로서 최악의 굴욕을 당한 병진을 바라보며 믿을 수 없다는 듯 소리쳤다.

"병진 오빠……의 오리지날 디스퀘어드진이!"

아, 걱정되는 쪽은 오빠가 아니라 오빠의 비싼 청바지?

"컥! 크으윽……!"

아론의 시선이 천천히 나나에게로 향했다.

조금 전 녀석에게 떠밀린 나나는 바닥에 주저앉아 고개를 숙인 채 계속 흐느끼고 있었다. 그녀의 어깨가 들썩거릴 때마다 눈물이 툭툭 떨어져 마룻바닥에 고였다.

조금 전 차량을 회수해 커피숍으로 돌아오던 길, 거의 다 도착했을 때즈음 무슨 일인지 아론의 머릿속에 불길한 예감이 스쳤다.

시배리우스에게 속도를 내도록 지시한 후 차에서 내리자 나나의 고함이 가게 밖까지 쨍쨍 울렸다. 고통과 원망, 슬픔으로 가득한 그녀의 목소리엔 울음이 잔뜩 묻어 있었다.

일상이든 전장에서든 아론은 중대한 일 앞에서도 평상심을 꽤 잘 유지하는 편이었다. 그는 단 한 번도 분노로 이성을 잃은 적이 없었다. 오히려 위급한 상황에선 더욱더 침착하고 냉정해졌던 그였다.

그런데 이번만큼은 달랐다. 자제력이 단숨에 위험수위로까지 떨어졌다. 정확한 이유는 알 수 없었지만, 나나의 울음소리 너머로 언뜻 남자 목소리를 듣자마자 생긴 일이었다.

그 순간 아론의 머릿속에 가장 먼저 떠오른 것은 왜 이런 일이 생겼는지, 무슨 일인지, 나나가 지금 어떤 상태인지 따위가 아니었다. 그녀를 울린 놈이 누구든 상관없었다. 이유 불문하고 그 자리에서 바로 없애버릴 생각이었다.

병진을 올려다본 아론은 찬찬히 그의 얼굴을 훑어보았다. 시배리우스만큼은 아니었어도 꽤나 쓸 만한 외모의 소유자였다.

아론은 틀어쥔 셔츠자락을 더욱 더 세게 움켜쥐고서 나직이 나나를 불렀다.

"신나나."

"네……."

반응을 보이지 않을 줄 알았지만 나나는 얌전히 고개를 들고 아론을 바라봤다.

"이 녀석이 일전의 그 '헤어진 남자'인가?"

눈물콧물 범벅이 된 얼굴을 손등으로 쓱쓱 문지른 후 그녀는 힘없이 고개를 끄덕였다.

"이런 상황에서도 네가 해명하지 않겠다면 나도 다시 묻지 않겠다."

아론의 말에 나나는 한참이나 멍하니 허공 어딘가를 바라보다 의외로 순순히 말문을 열었다. 그러나 그녀의 입술을 떠나 나온 말은 아론에게 하는 것은 아니었다.

"사람이랑 짐승이 다른 점은, 사람한테는…… 그래도 의리라는 게 있다는 거라고 생각해. 오빠는 그렇게 생각 안 해?"

병진의 대답을 기다리지 않은 채 나나는 담담하게 말을 이어갔다.

"오빠가 늘 나한테 오빠만 믿으라고 했잖아. 그래서 믿었어. 솔직히 믿음 가는 구석 같은 거 하나도 없었지만, 그래도 좋아하니까 믿었다고. 그런데……, 그날 처음으로 오빠 자취방 찾아갔을 때 오빠는…… 박은애랑…….."

얼음물 세례를 받아 쫄딱 젖은 데다 추잡하게 바지까지 적신 꼴로도 아직 자존심이 남았던 모양이다. 병진은 지현 쪽을 곁눈질하며 버둥대다 소리쳤다.

"지현아, 아니야! 사실이 아니야! 신나나! 커억, 이제 그만해! 그때 일은…… 크윽, 그만하면 됐으니 좀 잊자!"

병진을 깡그리 무시한 나나는 그때의 기억을 다시 떠올리며 몸서리를 치더니 말을 이었다.

"어렸을 때 우리 집 근처에 아주 잘생긴 진도 백구가 한 마리 살았어. 어느 날 아침 등굣길에 친구들이 꾸역꾸역 몰려서 뭘 구경하고 있더라. 호기심에 가서 봤더니 세상에, 백구가 웬 암캐랑 그것도 대로변에서……! 나, 그날 그 장면을 보고 얼마나 놀랐는지 몰라. 그렇게 잘생기고 똑똑했던 백구가 갑자기 너무 이상하고 더러워 보여서…….."

"야야, 이제 좀 그만……!"

"너희 둘이서 홀딱 벗고 엉켜서 누워 있는 거 봤을 때 내가 딱 그 기분이었거든. 말 좀 해 봐. 내가 왜 그런 기분을 느껴야 했어? 내가 뭘 잘못했는데?"

"나나야……, 끄윽."

"내가 그날 오빠 방 찾아간 이유 알아? 모르지? 오빠가 만날 하던 그 손만 잡고 잔다는 말 믿고서 간 거 아니야. 그런, 오빠한테는 사랑도 뭐도 아닐, 그냥 살 부대끼는 것밖에 안 되는 더러운 불장난하러 간 거 아니었다고. 나한테 그날이 어떤 날이었는지 알아? 우리 부모님 기일이었어. 납골당 가서 인사하고 혼자 집에 돌아오는데……, 나, 갑자기 너무 춥고 외로워서……, 누군가가 정말로 내 곁에 있다는 거 확인하고 싶어서……, 그래서 갔단 말이야.”

나나의 코끝이 빨개지더니 이내 눈망울이 크게 부풀어 올랐다. 그렁그렁 고인 눈물이 뺨을 타고 주르륵 흘러내리는 동시에 그녀가 소리쳤다.

“근데 오빠가 나한테 그러면 안 되지! 나한테 그렇게 하면 안 되지! 최소한……, 사랑이 아니었더라도 최소한, 인간아! 가까운 사람이 제일 힘들어 할 때 대놓고 뒤통수 후려까진 말았어야지! 그런 게 사람의 의리잖아! 흐흑!”

한참이나 흐느끼던 나나는 울먹이며 덧붙였다.

“나, 힘들게 살았어도, 재수라고는 개똥만큼도 없었어도, 그래도 그 일 이전엔 세상이 다 망했으면 좋겠다는 생각 같은 거 안 했었어. 근데, 그날……, 내가 유일하게 믿었던 오빠한테서 배신당한 그날부터 진짜 이 거지같은 세상 다 망해버렸으면 좋겠다고 빌었어. 그때부터 나쁜 맘을 먹고 살기 시작했다고! 왜 날 이렇게 만들어? 왜 멀쩡한 사람을 나쁜 년으로 만들어? 나는 정말로…… 오빠가 사람도 아니라고 생각해!”

나나가 소리친 후 입을 다물자 커피숍 안은 마침내 물을 끼얹은 듯 조용해졌다.

병진이 다시 공중에서 버둥거리기 시작하자 아론은 인상을 찌푸리며 나나에게 물었다.

"이 녀석에게 할 말은 그게 다인가? 더 남은 말이 있거든 늦게 전에 지금 하거라."

"예에……?"

아론은 병진의 멱살을 쥐고 있는 왼손을 떼지 않은 채 천천히 오른손을 들어 그의 목덜미를 꽉 움켜쥐었다.

"지금이 아니면 영영 못 들을 테니까."

"흐읍!"

섬세한 아론의 손등 위로 힘줄이 툭 불거지는 순간, 병진은 더는 아무 소리도 내지 못했다. 이윽고 그의 얼굴이 터질 듯 새빨갛게 달아올랐다.

병진이 공중에서 격하게 발버둥을 치자 젖은 바지가 철썩철썩 소리를 내며 불길한 기운을 뿜어내기 시작했다.

아론은 오물이 몸에 묻지는 않을까 걱정하는 듯 불쾌한 표정을 지으면서도 여전히 느긋하게 병진의 목을 졸라댔다. 그 모습이 소름끼칠 정도로 자연스러웠고 더없이 잔인해 보였다.

마치 지금까지의 그와는 완전히 다른 사람인 것 같아, 나나는 한동안 멍하니 아론을 바라보고만 있었다.

"아아아아악! 병진 오빠! 살려주세요! 제발 살려주세요!"

마찬가지로 놀라서 하염없이 넋 놓고 있던 지현이 뒤늦게 정신을 차리고서 비명을 질러댔다. 그 소리에 정신을 차린 나나는 즉각 일어서서 아론을 말리려 했다.

"전하! 이러다 큰일 나겠어요! 놔주세요!"

아론은 고개를 돌리지 않은 채 눈동자만 돌려 나나를 곁눈질했다. 단 한 번도 본 적 없는, 너무도 차갑고 냉정한 눈이었다.

"감히 짐에게 명령을 내려? 귀엽다고 봐주니 머리 꼭대기에서 놀려고 하는구나."

그 뼛속까지 얼어붙을 것 같은 눈빛을 보는 순간 나나는 지금 이 상황이 장난이 아니라는 것을 깨달았다. 지금의 아론의 모습에선 자비라고는 요만큼도 엿보이지 않았다. 그는 진심이었다.

그러는 사이 병진은 얼굴이 새파래지고 눈이 뒤집힌 채 입에 거품까지 물며 바들바들 떨기 시작했다.

공포로 등골이 오싹해진 나나는 아론의 팔을 붙잡고 매달리며 간절히 애원했다.

"이러다 사람 죽어요! 살려주세요! 이 사람은 제가 알아서 할 테니까 놔주세요, 제발요!"

"놔라."

"전하! 제발 부탁이에요! 지금 저 때문에 이러시는 거잖아요! 그렇다면 하더라도 꼭 제가 보는 지금 말고……!"

아론은 그제야 고개를 돌리고 그녀의 눈을 똑바로 내려다봤다.

"즈그 은 브그 있을 뜨!(제가 안 보고 있을 때!)"

나나는 핏발이 설 정도로 눈을 홱 부릅뜨고서 이를 악물었다. 눈이라면 죽을 때까지 단 한 번도 깜박이지 않겠다는 의지가 강하게 엿보였지만, 그 모습이 안타깝게도 너무 우스꽝스러웠다.

깜찍한 나나의 얼굴을 보고 긴장감이 탁 풀리는 바람에 아론은 작은 틈을 내비치고 말았다. 그 순간을 놓치지 않고 발버둥 친 병진은 간신히 아론의 손아귀에서 벗어나 바닥에 나동그라질 수 있었다.

"허억, 쿨럭! 쿠웨엑!"

고통에 몸부림치며 바닥을 빨빨 기던 병진은 지현에게로 가 몸을 잔뜩 웅크린 채 소리쳤다.

"신나나, 너 이 기집애, 가만 안 둬! 너 도대체 뭐야!"

어머머머, 이 오빠가 물에 빠진 사람 건져 놓으니 티머니 카드까지 내놓으라고 하네?

기가 찬 나나가 뭔가 항의의 말을 하려던 순간, 아론이 정색을 하고 대꾸했다.

"똑똑히 알아두거라. 나나는 짐의 애……."

"애, 애인이다! 내가 이 분의 애인이다, 왜!"

아론의 말을 중간에 잘라먹고서 무리수를 띄운 나나는 이내 자괴감에 몸을 떨며 버럭버럭 화를 냈다.

"죽기 싫으면 당장 꺼져, 찌질아! 이 썩은 오징어 자식아!"

말이야 바른 말이지, 아론을 본 눈으로 병진의 얼굴을 보니 이건 뭐 명백한 자갈치시장이었다. 일어나 슬금슬금 뒷걸음질 치는 병진과 달리 지현은 여전히 그 자리에 선 채 나나를 쏘아보고 있었다.

"뭘 멍청하게 보고 있어? 너도 꺼져, 이 매너 없는 계집애야! 남은 평생 그 자식 젖은 바짓가랑이 붙잡고 잘 살아라!"

찌질이 커플이 서로를 부축하며 쏜살같이 도망치는 것을 뒤에서 지켜보던 나나는 한참이나 감정을 추스른 후 긴 한숨을 내쉬었다.

그동안 마음속에 켜켜이 쌓인 앙금이 모두 해소된 기분이었다. 비록 스스로 복수한 건 아니었지만 아론이 그 정도로 호되게 영혼까지 탈탈 털어줬으니 더 이상 여한은 없었다.

이로써 과거의 짐을 모두 털어버린 나나는 홀가분한 마음으로 고개를 들어 아론을 올려다봤다.

"전하."

도도하게 턱을 치켜들고 눈만 아래로 내리깐 아론은 굳게 입을 닫은 채 나나를 노려봤다.

"왜…… 그렇게 보세요?"

이해할 수 없던 나나가 의아한 표정으로 물었지만 아론은 끝까지 아무 말도 하지 않은 채 그녀의 시선을 외면했다.

"전하……?"

이내 찬바람이 불 정도로 싸늘하게 뒤로 휙 돌아선 그는 뚜벅뚜벅 걸어서 출입문을 통해 밖으로 나가버렸다. 창문을 통해 내다보니 어디 바람이라도 쐬러 가려는 모양인지 그는 계속해서 걸어가 곧장 시야에서 사라져버리고 말았다.

망연자실 그의 뒷모습만 바라보고 있던 나나의 가슴이 문득 불안하게 뛰기 시작했다.

짓다 만 아파트들이 흉물스럽게 서 있는 곳을 지난 아론이 상업 지구로 들어섰을 때는 해가 완전히 지고 난 후였다.

상업 지구 입구에선 한 남자가 좌판을 벌리고 뭔가를 팔고 있었다. 거무죽죽한 피부와 선 굵은 생김새로 보아 한국 사람은 아닌 것 같았다. 어쩐지 발음도 어눌했다.

"흥, 흥, 여친 선물 사. 예뻐."

도금이 벌써 벗겨지기 시작하는 조잡한 금속 반지나 팔찌들 사이에는 예쁘장한 헤어핀 종류들도 있었다.

"머리핀 삼촌 원. 예뻐, 예뻐."

남자가 권하는 핑크색 꽃모양 머리핀은 아론의 눈에도 제법 귀여워 보였다. 나나의 짧은 단발에 잘 어울릴 것 같았다.

하지만 싸구려 머리핀 하나 사주려 해도 수중에 돈이 없었다. 고국 행성에선 무소불위의 권력을 휘두르고 헤아릴 수 없는 부를 소유한 왕이었건만, 당장 계집애 머리핀 하나 사줄 돈이 없다니.

그러나 이 정도로 난감해할 아론이 아니었다. 전 우주를 아울러 통용되는 경제활동, 바로 물물교환이 아니던가.

아론은 셔츠 포켓에 걸쳐둔 선글라스를 집어 들고서 남자에게로 쑥 내밀었다.

남자는 선글라스를 이리저리 살피며 당황해하더니 아론의 얼굴을 뚫어져라 쳐다보고 물었다.

"비싼 거다, 흥. 한 개 더 줄까?"

"그거 하나면 족하다."

"헉! 생큐, 호갱님! 복 많이 받으세요!"

값비싼 선글라스와 등가 교환한 꽃모양 플라스틱 머리핀을 손에 쥔 아론은 다시 길을 따라 걷기 시작했다.

왕복 사차선 도로를 기점으로 한쪽은 나나의 커피숍 앞과 비슷한 풍경의 잡초 밭, 다른 한쪽은 네온사인이 번쩍거리는 환락가였다. 자극적인 음식 냄새, 희미하게 풍겨 오는 알코올과 담배 냄새, 그리고 번쩍거리는 구닥다리 LED 간판들이 아론의 정신을 온통 어지럽히고 있었다.

아니, 솔직히 그런 것들만으로 정신이 흐트러진 건 아니었다.

「믿음 가는 구석 같은 거 하나도 없었지만, 그래도 좋아하니까 믿었다고.」

나나의 그 말을 떠올리자 갑자기 이유 없이 불쾌해졌다. 이 멍청하고 아무 영양가 없는 유랑 따위 당장 때려치우고 모선으로 올라가 여길 불바다로 만든 후 목적만 달성하고 돌아가고 싶었다.

"좋아하니까? 그런 자식을 좋아했다고?"

아니, 대체 왜? 아무리 철이 없다고 해도 눈이 발에 달리지 않고서야 어떻게 그런 자식을 좋아할 수가 있지? 아닌 척하긴 해도 결국 나나 역시 외모만 밝히는 속물이었단 말인가!

도무지 이해할 수가 없었다.

계속해서 나나를 이해해 보려고 노력했지만, 그 노력이 길어질수록 의문은 더 풀리지 않았고 대신 새로운 의문이 하나 더 생겼다.

'내가 도대체 왜 이러지?'

나나가 왜 그랬는지에 대한 것과는 달리 그 의문에 대한 답은 비교적 금방 알 수 있었다.

"질투인가?"

질투라니? 천하의 앙골무아 3세가 하등한 지구인, 그것도 멱살 살짝 잡혔다고 바지에 오줌까지 지리는 사내자식을 질투했다고?

지금 자기 우스운 꼴을 확인한 아론은 태어난 이래 처음으로 스스로가 한심하게 느껴졌다. 그리고 오래전 테오도르의 마음을 이제야 이해할 수 있을 것 같았다.

그 시절 테오도르에게 있어서 탈리아는 '고작 계집애' 정도가 아니었겠지. 그걸 이제 알았다.

눈을 감고 마음을 비우려 했지만, 그러려고 할수록 아론의 심경은 더욱더 복잡해졌다. 까만 어둠속을 응시하고 있으면 거기서 나나의 얼굴 구석구석이 선명하게 떠올라 차곡차곡 겹쳐졌다.

꽃보다 더 환한 미소를 머금은 입술이라든지, 키스 후 부끄러워 어쩔 줄을 몰라 하다 붉어진 뺨이라든지, 진심 어린 걱정을 담고 바라보는 눈이라든지…… 그런 것들이 한데 모여 그녀의 얼굴을 이루었다.

나나의 예쁜 얼굴을 가만히 응시하고 있자니 얼어붙은 그의 심장에 천천히 피가 돌기 시작했다. 두근두근 심장 고동이 귓가에 울렸다.

"나나야……."

그런데 무슨 일이었을까.

어둠속에서 조용히 아론을 바라보고 있던 나나의 얼굴이 서서히 일그러지더니 그녀의 눈에서 비 오듯 눈물이 쏟아지기 시작했다.

"아……!"

놔두고 와버렸다. 울고 있을 나나를 거기다 혼자 버려두고 왔다.

정신을 차려 보니 아론은 어느새 어두운 밤길을 전력으로 내달리고 있었다.

12
사라지다

한산한 상업지구의 뒷골목에서 작은 실랑이가 벌어지고 있었다.

"나나 씨!"

몹시 당황한 얼굴로 주변을 둘러보며 무언가를 찾고 있던 나나는 울상을 하고서 다시 한 번 골목을 내달리기 시작했다.

"신나나 씨! 잠깐만 거기 서 봐요!"

계속해서 부르고 있는 시배리우스의 목소리는 아예 들리지도 않는 모양이었다.

"피가 난다고요! 피!"

시배리우스가 꽥 소리를 지르자 나나는 그제야 뒤를 돌아봤다.

"어디 다쳤어요?"

"네! 나 말고 신나나 씨가 말이에요! 다리에서 피 나잖아요!"

"뭐라고요?"

아래를 내려다보니 어제 다친 무릎의 드레싱이 어느새 벗겨져 덜렁거리고 있었고 그 안의 상처가 벌어져서 피가 줄줄 흐르고 있었다.

"아······!"

전혀 아픈 줄도 몰랐다. 하지만 상처를 발견해도 아픔에 집중할 겨를이 없기는 마찬가지였다.

나나는 숨이 차서 터질 것 같은 가슴을 손으로 꾹 누르며 고개를 저었다.

"하아, 이러고 있을 시간 없어요. 하아, 하아, 분명 이쪽 방향으로 갔을 테니까 빨리 찾아야……!"

"일단 좀 쉬었다가 숨 좀 돌리고 찾읍시다. 그러다 전하를 찾기도 전에 호흡곤란으로 죽겠다능."

"안 돼……, 안 돼요."

고개를 도리도리 저으며 어쩔 줄을 몰라 하는 나나는 왠지 뭔가에 쫓기는 사람처럼 보이기도 했다.

시배리우스는 그런 나나가 이해가 되지 않았지만 다급해 보이니 어쨌든 도울 생각에 물었다.

"그럼, 여기서 갈라져서 따로따로 찾아볼까요?"

나나는 마치 절벽에 매달린 사람처럼 절박하게 시배리우스의 소맷자락을 꽉 붙잡고서 소리쳤다.

"안 돼요! 그것도 안 돼! 절대로 안 돼요!"

"잉?"

점점 알 수가 없어지자 시배리우스는 무슨 일인지 묻는 눈으로 나나를 건너다봤고, 그녀는 아무 말도 덧붙이지 않은 채 입술을 꾹 깨물고 고개를 숙여 버렸다.

"걱정하지 마세요, 나나 씨. 전하는 다시 돌아오실 겁니다. 원래도 기분 내키면 아무 말 없이 훌쩍 사라졌다 나타나곤 하는 분이시니……."

"안 오면!"

"아……."

"안 돌아오면 어떡해요!"

"나나 씨."

"이대로 전하가 안 돌아오면……! 다시는 안 보고 그냥 집으로 돌아가 버리면 나는……!"

나나가 몹시 격한 반응을 보이며 앙칼지게 소리치자 시배리우스는 그제야 알 것 같았다.

시배리우스는 세라프 행성인이자 아론의 부하였다. 싫어도 모선으로 돌아가 그를 보필해야 하는 숙명이지만 나나는 달랐다.

여기에 나나와 아론을 잇고 있는 끈이라곤 정말 아무것도 없었으니까, 시배리우스마저 놓친다면 그녀의 입장에서는 영영 아론을 만날 방도가 없는 것이다.

"알았어요. 아무 데도 안 갈 테니까 우리 둘이서 천천히 함께……?"

그윽한 눈으로 바라보며 부드럽게 달래려던 시배리우스는 조금 전까지만 해도 자기 소맷자락을 꼭 붙들고 서 있던 나나가 오간 데 없다는 것을 깨닫고 주변을 두리번거렸다.

그리고 열 발짝 쯤 떨어진 곳에서 어딘가를 뚫어져라 바라보고 서 있는 그녀의 뒷모습을 발견했다.

"나……."

그녀의 이름을 부르려던 순간, 골목 저쪽의 어둠속에서 익숙한 실루엣이 모습을 드러냈다.

나나가 그 짧은 부재 시간 동안 그렇게 간절히 찾아마지않던 남자, 아론이었다.

한참이나 말을 잇지 못한 채 우물쭈물하던 나나는 고개를 푹 숙이고 사과했다.

"죄송해요."

가로등 불빛이 닿는 곳까지 뚜벅뚜벅 걸어 나온 아론은 한동안 물끄러미 나나를 내려다보다 나직이 물었다.

"왜 사과하는 거지?"

"다시는 그렇게 안 할게요."

"뭘 말이냐."

"남들 앞에서 애인이라고 사기 치는 거요."

"아……, 그 얘기였나."

"그것 말고 다른 게 또 있었어요?"

아론이 굳은 표정으로 입을 다물어 버리자 나나는 금세 뭔가를 눈치채고서 덧붙였다.

"맹세코, 그런 미친 오징어 따위에 미련 같은 거 하나도 없어요."

"당연한 말을."

"네. 그러니까……, 그렇게 아무 말도 없이 사라지지 마세요."

말없이 떠나버린 줄 알고 크게 놀랐던지 나나의 눈에 금세 눈물이 고였다.

나나에게로 돌아가기 위해 다급하게 뛴 보람이 있었다.

홀로 버려두고 왔다고만 생각했지, 나나가 이토록 애타게 자신을 찾아 헤매고 있었을 줄은 전혀 모르고 있었다. 예상이 완전히 틀렸지만 왠지 기분은 좋아진 아론의 얼굴에 희미한 미소가 번졌다.

"너는 어째 눈물이 점점 더 많아지는 것 같구나."

부드럽게 눈가를 닦아준 아론은 습관적으로 나나의 머리를 헝클어뜨리고서 마침내 가지런한 치아를 드러내고 씩 웃어 보였다.

나나 역시 마음을 놓았던지 환하게 마주 웃었다. 아론의 손이 그녀의 눈앞에 불쑥 나타난 건 바로 그 때였다.

"이게…… 뭐예요?"

그가 내민 게 핑크색 꽃 모양 머리핀이라는 건 보는 순간 알 수 있었지만, 그게 무슨 의미인지를 알 수가 없었다.

"너한테 잘 어울릴 것 같아서."

나나의 부드러운 머리카락을 약간 집어올리고 핀을 꽂아준 아론은 한 걸음 뒤로 물러서서 그녀를 내려다봤다.

얼굴을 잔뜩 붉히고 수줍게 웃는 나나는 그 어느 때보다도 아름다웠다.

"아……. 이런 선물은 처음 받아보네요. 고맙습니다."

"별말씀을."

고개를 숙여 그녀의 이마에 가볍게 키스한 아론은 어울리지 않게 살짝 얼굴을 붉히고서 툭 내뱉었다.

"가사."

"어디로요?"

"당연한 걸 묻는구나."

성큼성큼 먼저 걸어가버리는 아론의 뒷모습을 가만히 바라보던 나나는 쪼르르 뛰어가 그의 손을 낚아챘다.

아론은 피식 웃더니 잡힌 손을 풀어내고서 오히려 나나의 손을 자기 손아귀로 꽉 쥐어 주었다.

아플 정도로 꽉 붙잡고 있는 아론의 손은 나나의 손보다 훨씬 더 크고 몇 배는 더 뜨거웠다.

다정하게 손을 잡고서 거리를 걷는 아론과 나나 커플을 뒤에서 바라보고 있던 시배리우스의 입술 사이로 긴 한숨이 새어나왔다.

"후아아, 외롭다……."

그런데 바로 그때, 어디선가 희미하게 찰칵 하는 소리가 들려 왔다.

고개를 돌린 시배리우스는 골목 한쪽에서 비틀비틀 걷고 있는 여자 한 명을 발견했다. 초저녁부터 술을 얼마나 마셨는지, 여자는 제대로 서 있지도 못하고 자리에 풀썩 주저앉았다.

"어딜 가나 지나친 음주는 문제의 근원이라능. 적당히 마실 것이지, 쯧쯧."

그가 배를 출렁이며 아론의 뒤를 따라 뛰어가버리자 취객 여인은 들고 있던 스마트폰의 액정화면을 내려다보며 사악한 미소를 흘렸다.

"커플지옥이다, 이것드라!"

이미 만취한 머리에 사생활침해라든지 하는 개념은 떠오르지 않았다. 여자는 아론과 나나의 이마 키스 장면을 정면에서 촬영한 사진에다 '길거리 진상 남녀, 방을 잡아라, 그지들아!'란 설명을 덧붙여 페이스북에 다 올렸다.

"길거리 진상남녀, 방을 잡아라, 그지들아……?"

"아니, 그거 말고 사진을 유심히 보십시오."

"흐음."

"틀림없습니다, 전하."

화면을 확대해 유심히 살피던 총리대신이 뒤로 물러나자 테오도르는 다시 모니터의 사진을 뚫어져라 바라봤다.

틀림없다고는 하는데, 한 번에 알아볼 수가 없었다. 사진 해상도도 낮았고 무엇보다 사진 속 남자의 머리카락은 짧은 흑발이었으니까.

"저게…… 그 녀석이라고?"

"네, 전하. 저희 안면인식 프로그램이 식별한 결과 사진 속의 남자는 조국의 원수, 앙골무아 3세가 확실합니다. 아마도 변장을 한 듯합니다."

테오도르는 시력을 잃지 않은 한쪽 눈을 가늘게 뜨고서 화면을 바라봤다. 사진 속 아론은 웬 여자의 이마에다 더 없이 소중한 태도로 입을 맞추고 있었다.

경멸 어린 눈으로 한동안 화면을 노려보고만 있던 테오도르가 명령했다.

"저자가 정말 아론이 확실하다면 그 녀석이 지금 어디 있는지, 그리고 이 계집은 누구인지 추적해라!"

"네, 전하!"

총리대신이 우렁차게 대답하던 순간, 모니터의 스피커에서 시끄러운 호출음이 울렸다. 회사 쪽 전용 통신 회선이었다.

"무슨 일인가!"

"신입회원의 탈퇴 요청이 들어왔습니다."

"어디 하루 이틀 장사하나? 적당히 처리해야지. 전하께서 지금 심기가 불편하시니 어서 끊게!"

총리대신이 나무라는데도 화면 너머의 보고자는 여전히 미적거리고
있었다.

"그게……, 그러니까, 확인하셔야 할 게 있는데요, 저번의 그 요주의
인물 관련한 일입니다. 가족이라는 사람들이 돌려보내달라고 요청하고
있습니다."

"요주의 인물이라면……?"

아이나−B라던 세라프 출신 하사관이었다. 놀란 총리대신은 화면 앞
에 바싹 붙어서 소리쳐 물었다.

"그 계집을 데리러 온 자가 누구지?"

"친오빠라고 하는데요."

"영상이 있거든 확대해 띄워 보게!"

"네!"

잠시 후 화면 한가득 회사 로비의 폐쇄회로카메라에 잡힌 영상이 떠
올랐다.

지구에서 도통 보기 힘든 미남의 바로 곁에 어딘지 익숙해 보이는 초
우주급 미녀 한 명이 서 있었다.

"아니? 이 여자는!"

이 여자가 왜 이렇게 익숙한가 했더니.

급하게 안면인식 프로그램을 적용시켜 보자 결과가 금세 도출되었다.
조금 전 보았던 사진 속, 앙골무아 3세가 이마에다 키스하고 있던 바로
그 여자였다.

"테오도르 님!"

왕좌에 앉아 화면을 뚫어져라 바라보고 있던 테오도르의 얼굴 한가득, 소름끼치는 미소가 번졌다.

"드디어 때가 도래했도다."

"전하께서 괜한 문제를 일으키지 말라고 하셨는데, 괜찮을까요?"

주식회사 파라오의 본사 로비로 접어들며 시배리우스는 걱정스러운 표정으로 물었지만 나나는 당당하게 답했다.

"문제를 안 일으키고서는 절대 이런 데서 빼올 수가 없다니까요. 그리고 테오도르라는 사람은 저를 전혀 모르잖아요. 그러니까 괜찮아요."

"하지만 전하께서……."

"아, 이분 참 소신 있게도 답답하시네. 전하가 아무리 무섭다고 해도, 그분 말씀대로라면 아이나 씨는 영영 여기 놔두고 가야 한다고요! 그래도 괜찮아요?"

"사실 그 여자, 절 스토킹하던 여자라……."

"쿨럭. 어쨌든 당신 부하인데 이대로 내버려둘 순 없잖아요!"

시배리우스는 문득 감동 어린 얼굴로 나나를 바라보며 중얼거렸다.

"신나나 씨는 정말, 그렇게 안 봤는데 굉장히 의리 있고 착한 분이시군요."

"아니, 이 사람이 지금 뭐래? '그렇게 안 봤는데'가 품고 있는 뜻에 대해 400자 내외로 설명해 보세요."

두 사람은 계속해서 투덕거리며 로비 깊숙한 곳까지 진입했다.

로비를 걸어오는 동안 나나는 주변을 둘러보며 다소 이상한 느낌을 받았다.

평생 짊어지고 온 짐이라 그런지, 아론은 지구에 내려와서도 도무지 외모 콤플렉스를 극복하지 못하는 듯 보였다. 그러나 테오도르 쪽은 다른 모양이었다. 낡은 건물의 넓은 로비에는 테오도르의 옆얼굴이 아주 도배가 되다시피 해 있었다. 시배리우스의 말에 따르면 테오도르나 아론이나 그쪽에선 희대의 추남이라고 하던데 말이다.

"호오. 이쪽 왕님은 지구에 레알 완벽하게 적응하셨네."

테오도르는 그쪽에서 인간 취급도 못 당하는 외모라던 만큼 무척이나 아름다운 얼굴의 소유자였다. 자세히 뜯어보니 아론과 이미지가 약간 닮은 듯도 했지만, 그의 얼굴에선 아론과는 달리 어딘지 모를 부자연스러움이 풍기고 있었다.

자세히 보니 눈빛 때문인 것 같았다. 다갈색 눈동자에서는 왠지 모를 깊은 우수가 엿보였다.

"이야아아, 이런 게 진짜 안구 테러로군요. 이런 면상을 어떻게 이리도 당당하게 전시를 해놓는 건지, 이야아아아. 이 팔콤 미인대회 삼관왕 정도의 얼굴로도 이런 짓은 못하겠던데 정말이지 대단……."

옆에서 시배리우스가 계속해서 감탄사를 남발하며 제 자랑까지 이어가자 나나는 울상을 지으며 속으로 소리쳤다. 님아, 제발 일 절만!

바로 그때, 정장 차림의 남녀 한 쌍이 그들의 눈앞에 나타났다.

풍기는 포스부터 남달랐다. 눈만 마주쳐도 삼대 곳간을 다 털릴 것 같다는 느낌이 들게 하는, 베테랑 냄새 물씬 풍기는 이들이었다.

나나는 경험으로 이미 알고 있었다. 정문에서는 일단 허락을 받고 들어왔지만, 이후로는 쉽지 않을 것이란 것을. 이 사람들은 지금부터 별별 희한한 이유를 다 들고 같은 소리를 계속 반복하며 사람 정신을 혼란스럽게 한 뒤 아이나가 돌아갈 수 없는 이유를 늘어놓을 터였다.

"이나 씨를 찾아오셨다고요?"

사람 좋게 웃어 보이는 남녀를 번갈아보며 마른침을 꿀꺽 삼킨 나나는 비장한 표정으로 답했다.

"네. 이나 씨 아버님이 지금 몸이 안 좋으셔서 병원에 입원 중이세요. 이제나 저제나 우리 딸 올까 하고 기다리시느라 건강이 더 악화되고 있다고 하니, 잠깐만이라도 병원에 다녀올 수 있도록 내보내주세요."

의외로 당당하고 침착하게 말하는 나나를 보며 시배리우스는 다소 놀랐다. 처음 나나를 봤던 때, 다소 무르고 맹하게 보였던 그녀는 어느새 작은 돌멩이처럼 단단해져 있었다. 어쩌면 그새 왕의 영향을 받았는지도 모를 일이었다.

"이나 씨의 아버님이 편찮으세요? 아니, 저런! 어디가 안 좋으십니까?"

그것까진 미처 생각하지 못했던지, 나나는 급 컨디션 난조를 보이며 당황해하다 가까스로 대답했다.

"그, 급성 장염이래요. 하루에도 폭풍 설사를 수차례나 하셔서 다리에 힘이 풀려 병실을 기어다니신다고……."

아이나의 부친은 팔콤에서 제법 큰 규모의 소화기내과를 운영하는 의사였다. 그건 그렇고, 이거 혹시 경험담?

"아이고 저런, 세상에."

"잠깐이라도 좋으니 외출할 수 있도록 해주세요."

남녀 커플은 서로를 마주보며 귓속말로 뭔가를 주고받았다.

옳지, 지금부터 본격 시작이로구나. 나나는 그들이 말도 안 되는 소릴 할 때 흘려들을 수 있도록 머릿속에 애국가를 장전했다. 첫 고비는 나라 사랑하는 마음으로 이겨낼 작정이었다.

그런데…….

"좋습니다. 잠깐의 여유를 줄 테니 데리고 다녀오도록 해요."

전혀 예상치 못했던 갑작스러운 말에 나나가 눈을 동그랗게 뜨고 되물었다.

"동해물과 백두산이……, 으응? 뭐가 어쨌다고요?"

"다녀오시라고요. 아, 마침 저기 오고 있네요."

모기 우는 소리가 점점 가까워지는가 싶더니 복도 끝에서 웬 비주얼 충격의 여인 한 명이 이쪽으로 맹렬히 달려왔다.

"드디어 와주셨군요오오오! 내 사랑 시밸……!"

놀란 나나가 시배리우스의 옆구리를 쿡 지르자, 그는 연극을 들키지 않기 위해 아이나에게로 달려가 그녀를 꼭 안고서 물컹한 지방형 가슴으로 그 입을 틀어막아 버렸다.

"그래! 이나야! 오빠가 왔다! 오빠가 왔어! 어서 함께 아버지께 가서 건강을 빌어드리자꾸나!"

나나의 표정이 확 일그러졌다. 아아, 망했다. 삼류 연극배우의 어색한 발연기를 보고 있는 것 같아 견딜 수가 없었다. 이건 누가 봐도 백 프로 재능이 없구나 할 수준이었다.

그런데, 뭔가가 좀 이상했다.

어느새 주변으로 몰려든 남녀 직원들이 모두 하나같이 눈물을 글썽거리며 박수를 치는 것이다. 그 중엔 저 얄미운 박윤미도 포함되어 있었다.

"이나 씨, 아버님의 쾌유를 빌어요."

"어서 나으시길 바랄게요."

"이나 씨, 힘내요! 파이팅!"

어느 누구도 아이나의 외출을 막는 이가 없었다. 마치 처음부터 순순히 보내주려고 기다렸던 것처럼 말이다.

"으음?"

뭔가 께름칙한 느낌이 들었지만 일단은 여기 온 목적이 우선이기에, 나나는 시배리우스와 아이나를 이끌고 서둘러 빌딩을 빠져나갔다.

그들이 시야에서 사라지자 훈훈하게 웃고 있던 직원들의 눈빛이 달라졌다. 처음 나나의 앞에 나타난 커플 중 남자 쪽이 주머니에서 휴대전화를 꺼내 어딘가로 전화를 걸었다.

"목표가 이동하기 시작합니다."

"분명 절 구하러 오실 줄 알고 있었답니다."

"저기, 실은 나는 별로 안 가고 싶었는데, 여기 계신 나나 씨가……."

"훗. 시배리우스 님, 여전하시군요."

"그게 무슨 뜻이지?"

"아아, 시배리우스 님. 무섭도록 차가운, 마치 만년설의 아름다움처럼 냉정한 분! 그러나 그 안의 마음만큼은 이른 봄 수줍게 벌어진 꽃망울처럼 한없이 부드러운 분!"

한 손을 가슴에 얹고 한 손은 허공에 내민 아이나는 비극 주인공의 독백 같은 대사를 계속 이어갔다.

"저는 알아요. 시배리우스 님이 저를 밀어내시는 게 자신의 의지가, 진심이 아니라는 것을!"

"아니, 나는 진짜로 진심인데……."

"시배리우스 님도 사실은 제게 끌리고 있는 거예요. 영혼의 이끌림은 어느 누구도 거스를 수 없답니다. 자, 저를 보세요, 제 눈을 들여다보시라고요! 이 눈동자 안에서 조용히 불타고 있는 이 마음을, 당신을 향한 마음을 확인하세요! 저주 받은 미모 때문에 오히려 외롭고 힘들었을 시배리우스 님의 아픔을 이해하고 어루만져줄 수 있는 것은 저 같은 미녀지, 암컷 오징어들이 아니라고요!"

"그래, 아이나. 사실 자네 말이 맞아."

"아아, 시배리우스 님!"

"하지만 난 그럴 수 없다! 고향에 있는 약혼녀가……!"

"약혼녀 따위 비겁한 변명은 그만두세효!"

"아니아니! 난 그럴 수 없어!"

"저를 가지세요! 이토록 위험한 아름다움을 소유한 저를, 저의 모든 것을 다 내드릴 테니 어서 가지시라고요! 당신도 끌리고 있잖아요! 내 위험한 매력에 이미 빠져 있잖아요!"

"그래! 나도 사람이니 그대처럼 아름다운 여자에게 끌리는 건 당연한 일이지! 하지만 내 영혼 밑바닥에 숨겨둔 순수함만큼은 세상이 끝나는 날까지 더럽히지 않으리라!"

시배리우스가 목청 돋워 선언하자 아담한 커피숍 주차장에 마침내 정적이 내려앉았다.

긴장감 서린 정적을 단숨에 깬 것은 안으로 들어가려는 자세 그대로 멍하니 두 사람을 구경하고 있었던 나나였다.

"와아악! 우와아아아아아아악! 크으으응으응!"

아니, 이렇게까지 지독한 폭력충동을 불러일으키는 장면은 또 처음이었다. 도무지 어떤 반응을 보여야 할지 몰라, 나나는 눈을 감고 귀를 막은 채 끝도 없이 고함을 질러댔다. 그렇게라도 안 하면 온몸이 오그라들어 하나의 점이 되어 버릴 것만 같았다.

그때 뒤에서부터 커다란 손이 덮쳐와 그녀의 머리카락을 마구 헝클어뜨렸다.

"시끄럽다, 나나야. 큰 소리 내지 마라."

창가의 카우치에서 잠을 자고 있다 바깥의 소란에 깼던지, 아론은 피곤한 인상을 하고 입구에 기대서서 시배리우스와 아이나를 노려봤다.

"도무지 잠을 잘 수가 없군. 도대체 뭐하는 놈들이냐, 너희들은?"

"전하!"

시배리우스와 아이나는 동시에 한쪽 무릎을 꿇고 앉아 절도 있게 예를 표했다. 군기 바짝 든 그 모습이 왠지 낯설었던 나나는 힐끗 아론을 곁눈질했다.

기품 있고 아름다운 그의 모습에는 평소 보지 못했던 근엄함이 서려있었다.

그동안 하도 가까워져서 그가 거대 외계 행성의 왕이라는 사실을 잠시 잊어버리고 있었는데 몹시 새삼스러웠다.

"왜 남의 영업장 앞에서 진상을 부리고 있지? 개매너로구나."

흐음. 그리고 보니 단어구사력만은 현지인 패치.

"죄송합니다! 죽여주시옵소서!"

아이나가 머리를 조아리며 간절히 사죄하자 나나는 어쩐지 불편한 기분이 되어 아론의 옆구리를 팔꿈치로 슬쩍 건드리며 소곤거렸다.

"극적으로 만나는 바람에 들떠서 그러는 거니 이해해주세요."

"흐음. 어려울 거라고 엄살을 떨더니 용케도 거기서 꺼내 왔군."

아이나를 두고 하는 말에 나나는 환하게 미소 지으며 자랑스럽게 말했다.

"그럼요. 제가 누군가요."

"다른 특별한 일은 없었나?"

"특별한 일이라니요?"

말하려다 말고 입을 다물어 버리는 아론의 눈에서 뭔가를 발견한 나나는 조심스럽게 덧붙였다.

"가기 전에 미리 말씀드렸잖아요. 테오도르라는 사람은 지금 그쪽 단체에서의 지위가 지위인지라 아무나 마주치기 힘들 거라고요. 당연히 코빼기도 못 봤어요."

"그래?"

시배리우스와 아이나를 탐탁지 못한 눈으로 훑어본 아론은 이내 어깨를 으쓱하고서 돌아서 버렸다.

입구를 통해 안으로 들어가려던 순간, 돌연 그가 멈칫하더니 뒤를 돌아봤다.

마치 영역을 지키려는 맹수 같은 눈빛이었다.

"왜요?"

나나의 질문에 아론은 한동안 아무 대답도 하지 않았다.

날카롭게 벼려진 날붙이를 품은 눈길로 사방을 꼼꼼히 둘러본 그는 이내 고개를 갸웃거리다 답했다.

"아무것도 아니다."

식객 한 명이 더 늘자 안 그래도 좁은 커피숍 안이 더 답답해졌다.

그뿐만이 아니었다. 아이나가 왕의 눈을 피해서 줄기차게 쏘아대는 러브러브 광선과 시배리우스의 거들먹거리는 꼴 때문에 말도 못하게 괴로웠다. 그 동네 왕인 아론은 정작 둘에게 아무런 관심도 없어 보였지만, 나는 아니었다. 숨이 막혀 견딜 수가 없는 지경이었다.

결국 저녁 먹은 것이 소화가 안 돼서 답답해진 나나는 바람을 쐬기 위해 밖으로 나섰고, 그 길을 아론이 동행했다.

"힘든 일은 없었나?"

"음. 별로요. 뭐, 거짓말 둘러대느라 고생했던 거 빼곤 수월했어요."

"짐의 부하들 때문에 네가 하지 않아도 될 고생을 했구나. 고맙게 여기고 있다."

계속해서 걸음을 옮기며 가만히 아론을 건너다본 나나는 왠지 어색한 기분에 코밑을 쓱 문질렀다.

"전하 말이에요, 처음 여기 내려오셨을 때랑은 좀 달라지신 것 같아요."

"뭐가?"

"음. 뭐릴까……."

무슨 생각을 한 건지, 나나는 얼굴을 확 붉힌 채 쩔쩔매다 덧붙였다.

"아무것도 아니에요. 그냥 잊어주세요."

"싱겁기는."

조성되다 만 택지의 길은 가로등이 드물어 몹시 어두웠지만, 정처 없이 걷기엔 나쁘지 않았다. 길가에 무성하게 자란 잡초들과 인적 드문 도로가 소박한 정취를 품고 있었다.

"공기가 참 좋네요."

말없이 걸음만 떼고 있는 두 사람 사이에 이유 없는 어색함이 감돌았다.

한참이나 서로 할 말만 찾던 중, 나나가 먼저 입을 뗐다.

"저더러 운이 좋다고 하셨잖아요? 그 말씀이 맞는 것 같아요."

아론은 그 다음에 이어질 말에 대한 기대감이 밴 눈으로 나나를 마주봤지만, 그녀의 입술을 떠난 말은 그가 기대했던 것이 전혀 아니었다.

"무려 사이비종교랑 다단계회사의 조합인데 어쩜 이렇게 쉽나 싶었다니까요. 정말, 기다렸다는 듯 풀어줘서 놀랐어요."

자신들의 사진이 웹에 게시됐고 그 덕에 아론의 존재가 노출됐다는 사실을 꿈에도 모르고 있던 나나는 명랑하게 재잘거렸다.

"그간 막혔던 게 뚫리기라도 한 걸까요? 그 미친 자식한테 후련하게 복수도 했고, 계속 이런 식으로 운이 좋다면 어쩌면 그간 꿈꿔왔던 로또 일등 당첨도 꿈은 아닐지도!"

"평생 숙원이 복권 당첨이라니, 나나야, 패기나 열정이라고는 조금도 찾아볼 수가 없구나."

아론이 몹시 한심한 듯 쳐다보자 나나는 발끈하며 항의했다.

"그, 그런 거 아니에요! 원래는 다른 거였단 말이에요!"

"어떤?"

"지구 멸……."

말을 잇다 말고 나나는 스스로가 한심해진 나머지 머리를 쥐어뜯었다.

"됐어요. 그만두죠."

입술을 삐죽거리며 걸음만 옮기던 나나는 한참의 시간이 흐른 후에 들리지 않을 정도로 조그만 목소리로 덧붙였다.

"물론, 재수라곤 요만큼도 없었던 제 인생에 가장 운이 좋았던 건……전하를 만난 게 아닐까 하는 생각은 들어요."

듣지 못한 건지 아니면 듣고도 못 들은 척하는 건지, 아론은 희미한 미소만 짓고 있을 뿐 아무런 반응도 보이지 않았다.

왠지 김이 빠진 나나는 주변을 둘러보다 어딘가를 가리켰다.

"슬슬 다리가 아픈데, 놀이터에 가서 좀 앉을까요?"

"너는 체력도 참 많이 모자라는구나."

"에헤헤. 으음? 잠깐……. 체력'도'라고 하셨어요, 방금? '도'는 왜 붙었어요? 체력 말고 다른 것도 부족하다는 말씀? 그거 혹시 머리 얘기하는 거 아니죠? 지금 저 바보라고 디스하신 거 아니죠?"

나나가 발끈하며 마구 항의했지만, 아론은 여전히 아무 반응도 보이지 않은 채 크게 웃으며 놀이터를 향해 걸어갈 뿐이었다.

건설이 중단된 아파트촌 사이, 택지 조성 단계에서 미리 완공해둔 놀이터는 몹시도 황량했다.

어린아이들의 손길이 선혀 닿은 적 없는 새 놀이기구들은 비바람에 노출된 채 빛을 잃고 버려져 있었다.

"저 어렸을 때요, 동네 놀이터에서 봉천동 그네킹으로 유명했어요."

킹이 아니라 퀸 아닌가? 그네가 멀어지자 나나의 목소리 역시 조그맣게 잦아들었다.

저 멀리까지 갔던 그네가 빠른 속도로 다시 돌아오는가 싶더니, 거기서 나나가 용감하게 몸을 던졌다.

"이얍!"

다소 모양 빠지는 기합과 함께 하늘을 가른 그녀는 '웃차!' 하며 모래밭에 안착한 후 돌아서서 손가락으로 브이 자를 그려 보였다.

"짠!"

그 시절 나나가 왜 퀸이 아니라 킹으로 불렸는지 대충 이해가 갔다.

"그러고 있으니 꼭 개구쟁이 선머슴아 같다."

"어릴 땐 그런 소리도 많이 들었어요. 그때 찍은 사진 보면 밖에 나와서 노느라 얼굴이 새카맸었죠."

아론이 키득키득 웃음을 흘리자 나나는 몸에 묻은 흙을 털어내며 물었다.

"거기도 이런 애들 놀이터 있죠?"

"당연하지. 물론, 이렇게 놀이기구 시설이 조악하지도 않고."

"그 중에 뭐가 제일 재밌으셨어요?"

나나의 물음에 아론은 그저 웃기만 할 뿐 어떤 대답도 내놓지 않았다.

대답을 기다리던 나나는 그가 말을 안 하는 게 아니라 못 하는 거란 사실을 깨달았다. 그녀는 안타까운 눈을 하고 되물었다.

"아니, 그 좋다는 놀이터에서 한 번도 놀아보신 적이 없어요?"

"계승자 발탁 시험에 놀이터 유희 따위는 들어가지 않으니까."

당연하다는 듯 단호하게 대답하는 아론을 보니 왠지 숨이 막혔다.

"어딘가 익숙한 얘기다 싶었더니, 그 끔찍한 입시지옥을 어린 시절부터 겪으셨네요."

다소 충격을 받은 듯 멍하니 서 있던 나나는 스니커즈의 흙을 툭툭 턴 후 아론의 곁으로 가 그의 손을 잡고 이끌었다.

"애들한테서 그네킹으로 불렸지만 저는 사실 미끄럼틀이 더 좋았어요."

아론을 이끌고 미끄럼틀 계단을 천천히 오르며 나나는 자기 어린 시절의 추억을 설명했다. 마치, 그때의 즐거움을 그에게 이해시키려는 듯 자세하게 말이다.

"한 계단 한 계단 올라가면 어느새 꼭대기에 도달해 있죠. 주위를 둘러보면 놀이터 전경이 한눈에 들어왔어요. 너무 높아서 다리가 후들거릴 정도로 무서웠지만, 그래도 스릴 있었어요. 그때는 그게 스릴인지 모르고 그저 똥꼬가 바짝 조여지는 느낌이 재밌었지만요. 뒤에서 친구가 빨리 내려가라고 툭툭 떠밀면 이렇게 앉는 거예요. 그리고 안 무서운 척 침 한 번 삼키고 이렇게……, 출발!"

미끄럼틀을 타고 주욱 아래로 미끄러져 내려간 나나는 일어서서 엉덩이를 털더니 아론을 향해 소리쳤다.

"완전 재밌어요, 해보세요!"

미끄럼틀의 높이는 겨우 아론의 신장을 조금 더 웃도는 정도였다. 이런 게 재미있을 리가 없지 않나.

"빨리, 빨리요!"

나나가 종용하자 한심한 기분이 더해 대꾸할 생각도 들지 않았다.

"아니, 지구를 멸망시킬 대마왕님이 겨우 이 정도에 쫄면 되겠습니까!"

"쫄다니, 누가!"

나나의 성화에 못이긴 아론이 출발점에 걸터앉았다. 짧고 경사가 완만한 어린이용 미끄럼틀의 빗면은 과장을 좀 보태자면 그의 긴 다리에 반은 가려질 정도였다.

당연히 지면에 도착하는 것도 눈 깜짝할 새였다. 이런 게 재미있을 리가 없었다.

"어때요?"

"한심하다."

"어? 으음. 그래요? 이상하네. 난 재밌었는데."

나나는 실망한 듯 미간을 좁히다 다시 한 번 그의 손을 이끌고 고집스럽게 미끄럼틀로 향했다. 이번은 함께 탈 작정인 것 같았다.

출발점에 다시 앉은 나나는 등 뒤에 우두커니 서 있는 아론을 향해 손짓하며 말했다.

"제가 재밌게 타는 법을 가르쳐드릴게요. 여기 이렇게 앉아서 일단……."

앉으라는 대로 앉긴 했지만, 아론은 미끄럼틀을 탈 생각은 없는 것처럼 보였다. 등 뒤로 밀착한 그 의미심장한 감촉과 체온이 그걸 말해주고 있었다.

"네 어린 시절의 추억에 동참시켜주려는 마음만은 고맙지만."

잠시 말을 끊은 아론은 나나의 어깨를 껴안고서 그녀의 목덜미에다 얼굴을 묻고 중얼거렸다.

"억지로 무리할 필요는 없다. 애초 거기에 짐은 없었으니까."

특별히 서운하거나 슬픈 목소리는 아니었다. 지극히 평소와 같은, 담담한 목소리였다.

나나는 그의 팔뚝을 두 손으로 어루만져주며 말없이 위로해주었다.

"그리고 어차피 바꿀 수 없는 과거 따윈 상관없지. 현재가 충분히 즐거우면 되는 일."

"지금…… 즐거우세요?"

나나의 물음에 아론은 천천히 고개를 들고 그녀의 목덜미를 따라 자잘하게 입 맞춰 올라온 후 귓바퀴에다 입술을 바싹 대고 속삭였다.

"그래. 다른 어느 때보다도 더."

뜨거운 숨결과 야릇한 흥분이 나나의 온몸을 타고 내달렸다.

별이 점점이 박힌 남색 하늘에다 더운 숨을 뿜어낸 나나는 천천히 고개를 돌리고 아론의 입술을 찾아 깊고 길게 키스했다.

"나나야."

나나는 입술을 뗀 후로도 한참이나 쉽사리 눈을 뜨지 못했다. 여운을 음미하고 있는 그녀의 얼굴은 보면 볼수록 예뻐, 아론 역시도 쉽게 시선을 돌릴 수가 없었다.

꽤 긴 시간이 흐른 후 나나는 살며시 눈을 뜨고서 아론을 올려다봤다.

"저는……."

뭔가를 말하려다 말고 나나의 눈이 서쪽 하늘 어딘가로 향했다.

"어? 저거……?"

이상한 기분에 고개를 돌려 나나가 보고 있는 방향을 살핀 아론은 하늘을 가로지르는 유성을 발견했다.

"우왓, 럭키! 별똥별이에요!"

"팔콤에선 유성에 소원을 빌면 이루어진다는 말이 있지."

"어머, 그거 여기도 있는 말이에요!"

"그래?"

시선을 마주친 두 사람은 별똥별이 다시 떨어지길 기다렸다.

또 한 번 하늘에 하얀 선이 그어졌다. 그걸 바라보며 아론과 나나는 조용히 맘속으로 소원을 빌었다.

"무슨 소원을 빌었지?"

"음. 오랫동안 전하와 함께 할 수 있도록 해달라고요. 전하는요?"

나나의 물음에 아론은 짓궂은 표정으로 툭 내뱉었다.

"빌었던 소원을 발설하면 효력이 없다고 하니, 짐은 비밀로 하겠다."

"네에에에? 뭐요? 아니, 그걸 왜 이제 얘기하는데요? 저 방금 빈 소원, 발설하는 바람에 효력 없어진 거?"

나나가 격렬하게 항의하자 아론은 얕은 수에 또 한 번 넘어간 나나가 너무 우스운 나머지 크게 웃음을 터뜨리고 말았다.

숨넘어가게 웃는 아론을 보고 있자니 슬슬 딥빡의 기운이 몰려온 나나는 입술을 깨물고서 그를 흘겨봤다.

"미안, 미안. 그럴 생각은 아니었는데……, 하하하!"

"와, 진짜 너무하시네요!"

아론이 어깨를 붙잡고 다시 키스하려 했지만 나나는 토라진 표정으로 돌아앉아 혼자서 쪼르르 미끄럼틀을 타고 내려가버렸다.

"나나야!"

"몰라요! 거기 혼자 앉아서 원 없이 소원 비십시오!"

골이 잔뜩 난 나나의 목소리가 점점 더 멀어졌다.

필시 저렇게 도망가는 척하면서 어디선가 숨어 있다가 놀랠 작정이겠지. 잘 속아 넘어가는 것만큼이나 속마음이 훤히 드러나 보이는 건 나나의 장점이었다.

팔을 뒤로 짚고서 다시 하늘을 올려다본 아론은 세 개째 떨어지는 별똥별을 바라보며 조용히 소원을 빌었다.

"나나가 원하는 건 뭐든지 다 이루어지길."

다시 까맣게 돌아간 하늘 한쪽이 희미하게 밝아진 것은 바로 그때였다.

"으음, 저건……?"

느낌만으로도 알 수 있었다. 여신의 은총이 거느린 함대가 이쪽을 향해 다가오고 있었다.

"쳇."

어떻게 들킨 건지 이유는 알 수 없었지만 결국 일을 마치고 돌아가야 한다는 생각에 아론은 입맛이 씁쓸해졌다.

하지만, 여기서 나나를 만났으니 지구에서의 유랑은 그 어떤 것보다도 더 의미 있는 일이었다.

"나나야, 곧 잔소리꾼 부관이 들이닥칠 거다. 돌아가자."

자리에서 일어나 미끄럼틀 빗면을 성큼성큼 걸어 내려온 아론은 놀이터를 한 바퀴 둘러보며 다시 한 번 그녀의 이름을 불렀다.

"나나야."

여전히 묵묵부답.

"신나나! 셋 셀 때까지 튀어나오지 않으면 후회할 일이 생길……?"

말하던 중, 아론은 수상한 기색을 감지하고서 전광석화 같은 몸놀림으로 바닥의 돌멩이를 집어 수풀에다 던졌다. 눈에 보이지 않을 정도의 속도로 허공을 가른 돌멩이가 시야에서 사라지는 순간, 저 멀리서 사사삭 하며 인기척이 났다가 순식간에 사라졌다.

아까 커피숍 앞에서 이미 한 번 맞닥뜨렸던 적이 있던 기척이었다. 착각일 거라 치부하고 넘어갔던.

그제야 불길한 예감이 엄습했다.

벤포르테가 터키에서 이쪽으로 기수를 다시 돌렸다는 것은 아론의 위치가 이미 노출됐다는 뜻. 그리고 만약 그를 노리고 있는 것이 벤포르테만이 아니었다면 문제가 커졌다.

"나나야! 어서 대답해! 나나야!"

나나에게선 여전히 아무 대답도 없었다. 순식간에 눈앞에서 사라져버린 것이다.

"신나나!"

놀이터 안에 쩌렁쩌렁 메아리치던 목소리가 잦아들 무렵, 아론은 동쪽 입구 쪽에서 뭔가를 발견했다.

핑크색 꽃 모양 머리핀. 그가 나나에게 선물했던 것이었다.

그리고 그녀의 머리핀 옆에는 보란 듯이 뭔가가 놓여 있었다. 날 길이가 아론의 손바닥보다 조금 더 긴, 무척이나 눈에 익은 단검이었다.

단검 손잡이에 새겨진 세 개의 별 문양에는 검게 말라붙은 핏자국이 아직도 남아 있었다. 이 핏자국이 누구의 것인지 모를 리가 없었다.

아론은 반사적으로 욱신거리는 옆구리를 세게 부여잡고서 어둠속을 노려봤다.

"테오도르……!"

그의 입술 사이로 으드득, 섬뜩한 어금니 가는 소리가 새어나왔다.

13
각자의 싸움

「나나야…….」

　머릿속에서 울리는 아론의 목소리에 눈을 뜬 나나는 흐릿한 시야를 바로잡기 위해 애를 썼다.

　몸은 마치 물 먹은 솜처럼 축축 늘어졌고 머리는 밤새워 술을 마신 것처럼 지끈거렸다. 돌바닥에서 올라온 냉기에 온몸의 관절은 뻣뻣하게 굳어 있었다.

　"내가…… 왜 이러고 있지?"

　분명 아론과 함께 놀이터에서 데이트 아닌 데이트를 즐기고 있었는데 말이다.

　토라져서 가버리는 척하며 놀이터 입구를 향하다 뒤를 돌아봤을 때, 아론은 그녀를 쫓아오는 대신 하늘을 올려다보며 나른 별똥별에 소원을 빌고 있었다.

　달빛 아래 그 모습이 왠지 너무도 애틋해 보여 문득 무슨 소원인지 궁금해졌다. 놀림 당해 화가 났던 것도 줏대 없이 금세 사르르 풀려 버렸

315

다.

다시 돌아가 그의 곁에 앉아 살살 물어보려 했었다. 언제나 못이기는 척 원하는 것을 내주었던 그였으니까.

그러나 아론에게서 멀어졌던 게 화근이었나 보다.

돌아서서 한 걸음을 떼려던 순간 뒤에서 누군가의 손이 덮쳐 왔다. 코와 입을 틀어막은 수건에서 몹시 불길한 화학약품 냄새가 났다. 있는 힘껏 발버둥 치며 소리를 지르려 했지만 그녀를 결박하고 있는 괴력을 도무지 이겨낼 수가 없었다.

약품 때문인지 어느새 몸에서 힘이 빠져나가며 정신이 흐릿해졌다. 아론이 있는 쪽을 향해 기를 쓰고 손을 내밀며 그의 이름을 불러봤지만 목소리는 입술에 가로막힌 채 목구멍 안으로 다시 들어가버리고 말았다.

정신을 잃고 짐짝처럼 끌려가기 전 나나가 마지막으로 본 것은 그녀가 없어진 것을 알아차리고 애타게 이름을 불러대는 아론의 얼굴이었다.

요사이 그는 전엔 보여주지 않았던 표정들을 문득문득 내비치곤 했다. 그때 그 얼굴이 딱 그랬다. 지금껏 단 한 번도 본 적 없던, 무척이나 놀라고 당황한 얼굴이었다.

"걱정 끼치지 말라고 했는데……, 또 혼나겠네."

바싹 마른 입술을 달싹이자 아직 가시지 않은 약품 냄새가 입 안에 감돌았다. 불쾌한 나머지 눈살을 찌푸렸더니 흐릿했던 시야가 제법 또렷해졌다.

"여기가 어디지?"

몸을 일으키자 머리가 띵했다. 일순 눈앞이 캄캄해진 나나는 한참이나 심호흡을 한 후 다시 고개를 돌려 사방을 둘러봤다.

가장 먼저 눈에 들어온 것은 생전 처음 보는 벽이었다.

두 평 정도로밖에 되어 보이지 않는 어두컴컴한 방은 복도 쪽의 쇠창살만 빼고는 모두 노출콘크리트로 이루어져 있었다. 손바닥만 한 창문조차 없었다. 전면 쇠창살의 문이 열리지 않는다면 탈출할 길이라고는 어디에도 없어 보였다.

머릿속이 도무지 정리가 되질 않았다.

여긴 어딘지, 왜 끌려온 건지, 도대체 누구에게 잡혀온 건지.

답을 찾지 못하는 지금 이 상황이 너무나 무서웠다. 이제 어떻게 되는 건지, 앞으로 무슨 짓을 당하게 될지 알 수가 없었으니까.

"이, 이보세요……, 거기 누구 없어요?"

크게 소리를 지르거나 난동을 피울 수도 없었다. 혹시나 그녀를 끌고 온 사람의 심기를 거스르면 끔찍한 일을 당할 수도 있다는 생각이 들었다.

"저기요, 누구 없어요? 아무도…… 없어요? 보내주세요, 제발 나 좀 내보내주세요, 흐으……."

나나는 쇠창살을 부여 쥐고서 오싹한 냉기에 덜덜 떨며 흐느끼기 시작했지만, 사람이 극한에 다다르니 눈물샘조차 말라 버렸는지 전혀 눈물이 나오지 않았다.

"전하……, 저 여기 있어요, 여기……."

그때, 복도를 사이에 두고 마주보고 있던 쇠창살 방에서 인기척이 느껴졌다.

소스라치게 놀란 나나는 몸을 잔뜩 웅크리고서 방어태세를 취했다.

"쉿."

쇠창살 안의 어둠속에서 슬며시 나타나 이쪽을 건너다보며 조용히 하라는 눈치를 준 사람은 나나와 비슷한 또래의 여자였다.

"조용히 해요. 여기는 신성한 성지입니다."

"성지……라니요?"

건너편의 여자는 쇠창살 사이로 얼굴을 반 쯤 내밀고서 나나를 마주봤다.

여자의 얼굴을 확인한 순간 나나는 몹시 이상한 기분이 들었다. 얼굴이 어딘지 모르게 익숙하다 싶은 생각이 들었다.

"성전의 지하 성지예요. 신성한 여인들만이 기거할 수 있는 곳이죠."

"아니, 그럼 내가 왜 끌려왔지? 전 하나도 안 신성한데요? 저는 그냥 커피숍 사장인데요? 아니, 그냥 커피숍이 아니고 진심 똥망한 커피숍 사장인데요? 그쪽은 뭐 하시던 분이시기에?"

너무 황당한 나머지 어쩔 줄을 몰라 하는 나나를 물끄러미 건너다보던 여자가 담담하게 대답했다.

"저는 주식회사 파라오에서 마케팅을 담당하던 중 테오도르 님의 성녀가 되는 영광을 거머쥐었죠."

"헉! 테오도르……?"

그 이름을 듣자 그제야 뭐가 어떻게 돌아가는지 대충 이해할 것 같았다.

아이나를 빼오는 일이 너무도 쉬웠던 건 결코 나나가 운이 좋아서도, 그들이 너그러워서도 아니었다.

그 모든 것이 처음부터 함정이었던 것이다.

자세한 경위는 모르겠지만, 아이나가 아론의 부하인 것을 알고 있었던 테오도르가 그의 위치를 파악하기 위해 일부러 그들을 놓아줬을 것이다. 그것도 모른 채 나나는 독이 묻은 먹이를 물어 나르는 개미처럼 착실하게 아론이 있는 곳으로 가 그의 위치를 알려준 거다.

"아아! 난 바보야! 내가 왜 그랬을까!"

그 과정에서 왜 자신이 납치된 건지는 전혀 알 수 없었다. 그러나 이 일의 궁극적 목표가 누구인지만큼은 확실하게 알 것 같았다.

지금 아론은 어디에 있는지, 무사한지, 그의 안위에 대한 걱정으로 나나는 딱 미칠 것만 같았다.

"감히 성스러운 테오도르 님의 존함을 함부로 부르다니! 있을 수 없는 일입니다!"

안 그래도 심란한데 완전히 맛이 가 마구 흥분하는 여자를 쳐다보고 있자니 한숨이 절로 나왔다.

괴짜 왕, 남자 오징어 부하 1, 여자 오징어 부하 2, 그리고 다단계 사기꾼 겸업 미친 사이비교주까지……. 남들은 그 존재 여부를 두고 격하게 논쟁하던 외계인들을 나나는 벌써 몇 명이나 보고 있는데, 어쩐지 그 중에 정상이라곤 하나도 없는 기분이었다.

"그런데, 성녀란 게 뭐죠?"

"특별한 존재예요."

대답을 들은 나나는 영락없는 감옥을 둘러보며 어이없는 어조로 되물었다.

"방금 특별한 존재라고 하지 않았어요? 어느 동네에서 특별한 존재를 이렇게 죄인처럼 가둬놓는답니까?"

"그건 우리가 원죄를 짊어진 여인들이기 때문입니다. 우리가 여기서 탈리아 님의 업을 대신 갚고 있는 거지요. 그렇게 함으로써 본래의 순수한 탈리아 님이 곧 테오도르 님 앞에 재림하시어……."

괜히 물었다. 말도 안 되는 사이비종교의 교리 따위 더 이상 알 바 아니었다. 게다가 계속되는 '우리'라는 말로 미루어, 여기 이런 식으로 갇혀 있는 여자들이 한두 명이 아닌 모양이었다.

아니나 다를까, 고개를 살짝 내밀어 복도를 살피자 여기저기서 비슷한 모양새로 얼굴들이 나타났다. 하나같이 고만고만한 모습들이었다. 볼 살 통통하고 평범한 외모.

"여기 성녀가 되는 기준은 뭐예요?"

"정기적으로 선발제가 열려요. 수많은 지원자들 중 여러 면밀한 테스트를 거쳐 최종 통과한 사람만이 성녀로 선정되죠. 나는 제7회 성녀 선발제 우승자예요."

"쿨럭."

가지가지로 미쳐 돌아가는 세상이구나, 하고 생각하던 순간 나나의 귀에 의미심장한 말이 이어서 들려왔다.

"그런데……, 좀 전에 보니까 그쪽은 뭔가 다르더군요."

"다르다니, 그게 무슨 소리예요?"

"자발적으로 지원해 테스트를 통과했던 우리와는 달리, 그쪽은 테오도르 님의 직접 지시로 선발되었다고 했어요."

"뭐……라고요?"

노골적인 질투와 견제가 어린 여자의 눈을 마주하던 때, 복도에서 구

뒷발 소리들이 시끄럽게 들려오더니 이내 귀가 따가울 정도의 환호성이 울려 퍼졌다.

무슨 일인지 주변을 두리번거리던 나나는 돌연 등골이 오싹해졌다.

여남은 명의 사람을 거느린 한 남자가 이쪽으로 다가오더니 그녀가 갇혀 있는 방 창살 앞에 우뚝 멈추어 섰다.

좁은 지하 계단에 뚜벅뚜벅 발소리들이 어지럽게 메아리쳤다.

그 메아리만큼이나 시끄러운 머릿속을 애써 외면하며 테오도르는 눈살을 찌푸렸다. 그러자 흉터가 자리한 얼굴 피부가 몹시 땅기고 아팠다.

"여깁니다, 전하."

계단에서 내려 지하 성지로 들어서자 창살 안 여기저기에서 손들이 일제히 튀어나와 그를 맞았다.

복도에는 어느새 아이돌 사생팬의 환호는 저리가라 할 정도로 시끄러운 아우성이 울려 퍼졌다.

"테오도르 님, 제게 은총을!"

"한 번만 저를 봐주세요, 테오도르 님!"

"저를 가지세요!"

그걸 보고 있는 테오도르의 얼굴에 씁쓸한 미소가 번졌다.

미련하고 가엾은 여자들.

저 여자들이 이 닭장처럼 좁고 더러운 감옥에 스스로 갇히겠다고 줄을 서게 만든 것은 말도 안 되는 교리 세뇌가 아니라 바로 탐욕이었다.

그 대상이 얼굴이든 권력이든, 모든 악의 근원은 언제나 계집들의 욕심이었다.

"탈리아……."

이제 와서 이런 짓을 해본들 변하는 건 없다는 것을 알고 있었다. 진짜 탈리아는 그의 곁에 없었으니까. 하지만 이렇게라도 하지 않으면 그녀에 대한 애증을 달랠 도리가 없었다.

"이쪽에 가둬두었습니다, 전하."

총리대신의 안내를 따른 테오도르는 한 방의 쇠창살 앞에 서서 그 안을 들여다보지 않으려 애쓰며 차갑게 물었다.

"네가 아론의 여자인가?"

복도는 성녀들의 아우성으로 온통 아수라장이었다.

여자의 대답을 기다리는 동안 테오도르는 입안이 바싹 마르는 긴장, 정신적 고통, 그리고 극심한 혼란에 시달렸다.

긴 기다림의 끝, 어둠속에 홀로 앉아 있던 여인이 마침내 말문을 열었다.

"예에에? 뭐라고요오? 시끄러워서 뭔 소린지 하나도 못 들었는데요, 한 번만 더 크게 얘기해주시겠어요오?"

긴장감 확 깨는 목소리로 되묻는 말에 테오도르의 눈썹이 씰룩거렸다.

"조용히!"

눈치 빠른 총리대신이 성녀들을 조용히 시키자 비로소 사방에 정적이 내려앉았다.

"다시 묻지. 네가 앙골무아 3세의 여자인가?"

굵고 섹시한 테오도르의 목소리에 여기저기에서 경탄의 한숨이 흘러나왔지만 그의 눈앞에 웅크리고 앉은 여자는 전혀 아무런 느낌도 없는

지 담담하게 대답했다.

"죄송한데, 그런 이유로 데려오셨다면 번지수 틀리셨어요. 저 그렇게 거창한 거 아니고요……, 그냥 그분이 여기 내려오신 후에 숙식 챙겨드리고 따라다닌 것뿐이에요. 말하자면 해수욕장 앞 민박 주인집 개 같은 거요."

"뭐라고?"

테오도르가 예민한 태도로 총리대신을 돌아보자, 대신은 침착하게 품에서 뭔가를 꺼내 그에게 보여주었다.

놀이터의 미끄럼틀 위에서 아론이 이 여자와 한가로운 한 때를 즐기고 있는 사진들이었다. 그 중 테오도르의 눈길을 잡아끈 것이 있었다.

키스를 나눈 직후 아론이 여자의 눈을 들여다보는 장면이 클로즈업되어 찍혀 있었다.

광원이라고는 가로등불과 달빛뿐이었건만, 똑바로 그녀에게 고정된 눈동자는 더없이 부드럽고 감미로웠다. 이건 사진 안의 아론이 테오도르가 알던 그 아론이라면 절대로 있을 수 없는 일이었으며, 현재 이 여자가 그에게 어떤 의미인지를 알려주는 단적인 증거이기도 했다.

"너……, 정체가 뭐지?"

"네?"

"고개를 들라."

"제, 제가 실은 얼굴에 도통 자신이 없어서……."

"그 조그만 머리통을 몸통에서 깔끔하게 분리해서 들어 올리게 하는 방법도 있다. 고개를 들어라."

소름끼치는 협박에 그녀는 고분고분 얼굴을 들어 테오도르를 올려다봤다.

일순, 천장의 작은 창 위로 달빛이 드리워지며 그의 주변이 환해졌다.

희미한 달빛을 받은 여자의 얼굴을 눈으로 확인한 테오도르는 소스라치게 놀라며 중얼거렸다.

"탈리아……!"

이윽고 테오도르의 얼굴에 숨길 수 없는 고통과 분노가 내비쳤다.

"아론! 그렇게 부인하더니, 결국은 그 모든 게 다 거짓이었군! 절대로 가만두지 않겠다!"

분노를 이기지 못해 부들부들 떨던 테오도르는 싸늘한 눈으로 그녀를 내려다보며 말을 이었다.

"이름이 뭐지?"

"신……나나인데요."

한 걸음 앞으로 다가와 쇠창살에 이마를 기댄 테오도르는 잔인한 시선을 똑바로 그녀에게로 내리꽂은 채 물었다.

"내가 무서운가?"

그녀에게선 아무 대답도 돌아오지 않았지만, 어둠속에서 덜덜 떨며 치아를 부딪치는 소리가 선명하게 전해져왔다.

"어여쁜 나나야. 네가 지금 그렇게 무서워할 필요는 없단다."

"아…….."

다소 마음을 놓은 듯 나나의 표정이 풀어지는 것을 내려다보고 있던 테오도르는 씩 웃으며 덧붙였다.

"이건 그저 시작일 뿐이니까 말이지."

"무, 무슨……!"

"오래전 네 연인이 내게 저질렀던 저열한 짓과 똑같은 방식으로 망가 뜨려주마. 그 영혼 밑바닥까지 아주 철저히."

공포에 질린 나머지 완전히 굳어 버린 나나를 내려다보며 잔인하게 비웃은 테오도르는 부하들을 돌아보고 소리쳤다.

"이 계집의 옷을 갈아입혀 침실로 대령하라!"

혹시 모를 사태에 대비해 모선에서 최소한의 호위병들만을 대동한 채 셔틀에 오른 벤포르테는 주도면밀한 왕이 자신들의 접근을 피해 벌써 자리를 이동하지 않았을까 노심초사하며 지상으로 내려왔다.

시배리우스가 남긴 좌표를 따라 간 곳은 허허벌판에 생뚱맞게 서 있는 커피숍이었다. 벤포르테는 거기서 허락 없이 모선을 이탈한 시배리우스와 아이나-B를 발견했다.

"아이고! 내 저것들을!"

보자마자 잡아 죽일 듯 달려드는 벤포르테를 본 둘은 얼굴이 새파래 진 채 격렬한 몸짓으로 조용히 하라는 신호를 보냈다.

예사롭지 않은 낌새를 감지한 벤포르테는 호위병들을 돌아보고 멈추라 지시한 후 커피숍 앞까지 조심스레 다가갔다.

벤포르테는 군기 바짝 들어 경례를 올려붙이는 둘을 번갈아 바라보며 물었다.

"무슨 일이지? 진하께신 무사하신가?"

"네. 그 어느 때보다도 무사하십니다. 문제라면 그게 문제랄까……."

"뭐? 문제라니? 그게 무슨 소리야? 전하께 문제가 생겼다고?"

"아, 그게, 설명하자면 워낙 복잡해서요. 문제가 전하께 생긴 건 아니지만 심경은 몹시 불편하신 상태입니다. 그러니까 요지는 지금 전하께서 심기가 많이 불편하시게 된 그 이유가 바로 신나나 양인데, 그 신나나 양이 누구인고 하니……."

지리멸렬한 시배리우스의 설명을 듣고 있던 벤포르테는 그의 잘생긴 얼굴 한복판에다 주먹을 정통으로 꽂아 넣고 싶은 것을 꾹 참고서 말했다.

"내가 안에 들어가서 전하께 직접 확인해 보지. 비키게."

그 말이 끝나기도 전, 시배리우스와 아이나가 벤포르테의 양 팔을 필사적으로 붙들고 늘어졌다.

"왜 이러는가! 이것 놔!"

"쉿! 쉿!"

벤포르테가 발끈해서 화를 내자 아이나가 입술 앞에다 검지를 가져다 대며 펄펄 뛰었다.

시배리우스는 한 술 더 떠, 얼굴이 새파랗게 질린 채 간절하게 애원했다.

"참으십시오. 지금 들어가시면 아무리 부사령관님이라 해도 전하 손에 죽습니다."

"뭐?"

"전하께서 저렇게까지 화가 나신 건 처음 봐서……, 솔직히 너무 두렵습니다."

"뭐라고? 전하께서 화를?"

오래전, 유일한 친구에게서 배신을 당해 목숨을 잃을 뻔했을 때조차 무섭도록 침착했던 왕이었다. 그런 그가 도대체 뭘 어쨌기에.

벤포르테는 조심스럽게 창문 쪽으로 다가가 그 안을 들여다봤다.

칠흑 같은 어둠 속, 제자리에서 제 형태를 지니고 있는 물건이라곤 이미 단 하나도 없었다. 필시 테이블이나 의자였을 가구들은 모두 박살나 쓸모없는 자재더미로 변해 널브러져 있었다. 전부터 이런 풍경이었을 거란 생각은 전혀 들지 않았다. 희미하게 드러난 왕의 실루엣, 그 중에서도 격하게 들썩이고 있는 어깨가 그걸 증명하고 있었다.

그 순간, 광기로 시퍼렇게 번뜩이는 왕의 눈동자가 똑바로 이쪽을 향했다. 벤포르테는 공포에 질린 나머지 저도 모르게 숨이 턱 막히고 말았다.

"저, 전하!"

"벤포르테!"

다리에 힘이 풀린 나머지 걸음을 떼기도 힘들었지만, 낮고 위엄 있는 목소리에 깃든 거부할 수 없는 힘이 그를 움직이게 했다.

커피숍 안으로 들어간 벤포르테는 전장에 버금가는 살풍경에 몸서리를 치다가 이쪽을 등지고 서 있는 아론에게 무릎을 꿇고 예를 표했다.

"전하의 충직한 신(臣), 벤포르테 대령했사옵니다!"

무저갱의 어둠보다 더 짙은 암흑 속에선 아론의 거친 호흡만이 이어지고 있었다.

시간이 얼마나 흘렀을까.

그의 호흡이 서서히 잦아들더니 사방은 마침내 완벽한 정석에 잠겼다.

오랜 침묵을 깨고서 아론이 나직이 말했다.

"모두 짐의 잘못이다."

"네?"

"오래전, 우정의 탈을 쓴 그 싸구려 감정 따위에 휩쓸려선 안 됐는데. 애초에 그 녀석을 그 자리에서 없애버렸더라면. 그랬다면 너를 이런 위험에 빠뜨리지 않았을 텐데."

누구에게 하는 것인지 모를 말을 계속해서 중얼거리던 아론은 천천히 뒤로 돌아 벤포르테를 내려다보며 말했다.

"벤포르테."

"네, 전하!"

"반역자 테오도르를 이번에야말로 축출할 생각이다."

"참으로 현명하신 생각이십니다. 즉시 총공격을 준비하겠습니다."

"아니. 그대들은 짐의 지시가 내려질 때까지 당분간 후방에서 대기하라."

"네?"

"짐이 직접 나설 것이다."

아론은 평소와 같이 평정을 되찾은 모습이었지만, 조용히 불타고 있는 그의 눈빛만은 그렇지 않았다.

"내, 내가 할 테니까 만지지 말아요!"

얼굴을 잔뜩 붉힌 채 목욕가운 차림으로 벌벌 떨며 서 있던 나나가 소리를 지르자 시중을 들어주던 중년 여인이 한 발 뒤로 물러났다.

"허튼 짓 하지 말고 순순히 말 들어."

"계속 순순히 듣고 있잖아요."

"아까도 도망치려고 했으면서."

"아, 아무튼 옷은 내가 갈아입을 테니까 더는 만지지 마세요! 그리고 자리 좀 비켜주세요. 계속 그렇게 보고 있으면 어디 옷을 입을 수나 있겠어요?"

나나의 격한 항의에 한동안 고민하던 중년 여인은 그녀에게 풍성한 드레스를 건넸다. 그리고 뒤에서 기다리고 있던 여자들 두 명에게 물러나도록 지시한 후 파티션을 둘러주었다.

한 시간 쯤 전, 테오도르의 명령이 떨어지자마자 시녀로 보이는 여자 세 명이 나나를 커다란 욕실로 끌고 가 알몸으로 만든 후 강제로 목욕시켰다.

그 사이 당한 굴욕만으로도 죽고 싶을 정도였는데 이젠 옷 고문이라니.

온통 붉은색인 드레스는 어깨가 깊이 파인 디자인이었다. 입어보기도 전에 견적이 딱 나오는 것이, 이 드레스를 입으면 안 그래도 젖소라 콤플렉스인 가슴이 반이나 드러날 게 뻔했다.

나나는 하늘하늘한 레이스가 달린 망사 속옷 세트와 망사 스타킹, 그리고 태어나서 처음으로 보는 가터벨트 따위를 내려다보며 극심한 불안감에 몸을 떨었다.

바보가 아닌 이상 구석구석 몸을 깨끗이 씻기고 이런 걸 걸치게 하는 이유를 모를 리가 없었다.

"어떡하지……, 나 이제 어떡해……."

"아가씨! 옷 제대로 입고 있지?"

손톱을 깨물며 우왕좌왕하던 나나는 파티션 너머에서 들려오는 엄한 목소리에 화들짝 놀라 울상을 지었다.

손바닥만 한 망사 브리프를 집어든 그녀는 가운을 벗지 않은 채 그것을 끌어올려 입고서 자괴감에 몸을 떨었다.

다른 속옷들도 입기 위해 가운의 허리끈을 풀려 하던 나나의 머릿속에 문득 아론의 목소리가 울렸다.

「너는 영혼 한 조각까지도 짐의 소유물이라는 것을 잊지 마라.」

"전하……."

그래. 이대로 아무것도 하지 않고 주저앉은 채 얌전히 테오도르의 먹이가 될 순 없었다. 그러고 싶지도 않았고.

나나는 풀려고 하던 허리끈을 다시 단단히 맨 후 살금살금 뒷걸음질을 쳤다.

그녀가 지금 서 있는 곳은 파티션으로 가려져 바깥의 여자들에게는 보이지 않았다. 마침 등 뒤는 창문이었고.

미닫이 식으로 된 창문을 살며시 밀어 보자 의외로 쉽고 조용히 열렸다.

조심스럽게 밖을 내다보니 대충 그림이 그려졌다. 이곳은 3층이었지만 각 방마다 발코니가 연결된 구조라 잘만 몸을 숨기고 이동하면 충분히 빠져나갈 수 있을 것 같았다.

'아싸! 됐다! 도망치자!'

몸이 겨우 빠져나갈 수 있을 정도로 창문을 연 나나는 인기척을 최대한 숨긴 채 높은 창틀에다 오른쪽 다리를 걸쳤다. 운동부족인 허벅지 뒤쪽이 즉시 고통을 호소했지만, 그녀는 필사의 노력으로 비명을 삼킨 후

창틀로 몸무게를 실었다.

이제 여기서 빠져나가기만 하면 된다고 생각한 순간.

우당탕!

나나를 가리고 서 있던 원목 파티션이 마치 종잇조각처럼 허공을 가르고 저 먼 출입구까지 가 처박혔다.

벌벌 떨고 서 있는 세 명의 여자를 제치고 그녀를 잡아 죽일 듯 노려보고 있는 사람은 테오도르였다.

"이런 쥐새끼 같은 계집이!"

성큼성큼 다가와 나나의 팔뚝을 붙잡은 테오도르는 단숨에 그녀를 땅바닥으로 끌어내려 내동댕이쳤다.

"꺄악!"

"비겁하게 몰래 숨어 일을 꾸미는 꼴이 과연 아론과 똑같군."

"흐윽! 아파!"

대리석 타일 바닥에 세게 부딪친 골반도 문제였지만 테오도르에게 잡힌 팔뚝과 무자비하게 흔들린 어깨의 고통이 더 심했다. 부러지거나 탈골된 게 아닐까 싶을 정도로 고통이 심해 숨조차 쉴 수가 없었다.

같은 남자, 같은 외계인이었지만 아론의 부드럽고 배려 있는 손길과는 완전히 달랐다. 이 남자가 나나에게 품고 있는 건 오직 노골적인 증오와 분노뿐이었다.

생전 처음으로 죽음의 공포를 맞닥뜨린 나나는 아픔을 외면하려 애쓰며 본능적으로 그에게서 멀어지려 했다.

"어딜!"

두꺼운 목욕가운의 앞섶을 한 손으로 꽉 틀어쥔 테오도르는 거칠게 그것을 잡아당겼다. 동시에 나나의 몸은 너무도 가볍게 위로 딸려 올라갔다.

양쪽 무릎을 바닥에 댄 상태로 나나를 일어서게 한 테오도르는 가운 앞섶을 마구 흔들며 그녀가 자신을 똑바로 보게 만들었다.

"과연. 탈리아와 꼭 닮아 아름다운 얼굴이로구나. 탈리아를 아나?"

"타, 탈리아라니요……, 저는 모르는 사람이에요."

"그녀를 모른다고?"

긴 은발에 가려지지 않은 테오도르의 눈에서 또 한 번 불길이 치솟았다.

"아론에게서 전해 듣지 않았나?"

"아……!"

그러고 보니, 함께 산에서 바람을 쐬었던 날 누군가를 닮았다는 그 비슷한 얘길 들었던 적이 있었다.

아론과 테오도르 사이를 멀어지게 만든 장본인인 탈리아라는 여자가 아마도 나나와 닮은 얼굴을 가진 모양이었다.

"저는 잘 모르는 일이고, 저랑은 아무 상관도 없는 일이에요, 놔주세요, 제발."

나나가 간절히 애원했지만 테오도르는 여전히 막무가내였다.

"말로는 결백을 주장했으면서 결국 찾아낸 여자가 탈리아를 닮은 여자였다니. 더러운 위선자 같으니라고!"

"아니에요, 도대체 뭐 때문에 그쪽이 화가 나셨는지는 모르겠는데요, 처음 만났을 때도 전하께 그런 얘긴 들어본 적 없어요! 그분도 탈리아라는 그 여자 분과 제가 닮았다는 걸 최근에서야 깨달으셨다고요!"

"닥쳐라. 너한테서 그딴 변명을 듣고자 하는 게 아니니까."

고개를 든 테오도르는 시녀들을 노려보며 소리쳤다.

"둘만 남겠다! 모두 물러가라!"

시녀들이 밖으로 나가 문을 닫아주자 방 안에는 마침내 테오도르와 나나 둘만 남게 되었다.

나나는 소스라치게 놀라 온몸을 웅크리며 필사적으로 애원했다.

"제발! 제발! 오해예요! 저는 그분의 여자가 아니라고요! 물론 솔직히 그러고 싶은 마음이 없진 않았지만, 저는 애완동물일 뿐이에요! 펫이란 말이에요! 여기서 이렇게 하셔봤자 아무 소용도 없는!"

급한 마음에 되는 대로 내뱉은 말이긴 했지만, 그 소리에 상처를 입은 건 어쩐지 나나 자신 쪽이었다.

그러고 보니 정말이다.

서로 대등하게 사귀는 사이가 아니라, 어쩌다 보니 맺어진 주종관계.

생각이 거기까지 미치자 나나는 무척 비참해졌다. 어차피 이게 운명 이었다면 당당하게 그의 연인이라고 말할 수 있는 상태에서 이런 상황 에 처하는 게 차라리 기분이라도 나았을 텐데.

"거짓말이 서투르구나."

아아, 안 그래도 비참한데 이놈의 외계인들은 단체로 속고만 사셨나.

나나는 지친 나머지 더 이상 아무 대꾸도 하지 않은 채 고개를 돌려 버렸고, 테오도르는 잔인한 미소를 지으며 그녀의 턱을 꽉 붙잡아 다시 그를 보게 만들었다.

실랑이 때문에 흐트러진 은발 사이로 그의 흉 진 한쪽 얼굴이 슬쩍 드러났다. 지금껏 본 그의 모든 초상화가 다 옆모습이었던 건 다 이유가 있었던 모양이다.

"그 녀석이, 친구라 믿었던 그 녀석이 내게 저지른 짓을 봐라. 내 여자를 짓밟고 나와의 우정을 짓밟고 그리고 내 고향을 멸망시켰지. 이래도 너는 그 악마 편을 들 테냐?"

아론을 나쁘게 말하는데 가만히 있을 수만은 없었던 나나가 조심스럽게 반기를 들었다.

"모든 건 양쪽 이야기를 다 들어봐야 하는 법이잖아요. 그쪽이 전하를 암살하려 했다고 들었어요."

"호오."

당돌한 나나의 태도가 다소 의외였던지 테오도르는 호기심 어린 눈으로 그녀를 내려다보다 말했다.

"좋아. 그 녀석이 탈리아와 내게 저지른 짓에 대해 알려주지."

나나가 아무 대답도 하지 않은 채 가만히 올려다보기만 하자, 테오도르는 과거의 기억 어딘가를 헤매는 눈으로 허공을 응시하며 말을 이었다.

"탈리아는 내 정혼자였다. 태어나면서부터 운명으로 점지된 나의 반쪽. 너무도 아름답고 현명하고 매력적인 여자였지. 그런 탈리아는 정이 많아서 아무하고나 잘 친해지는 성격이었어. 그녀의 친화력은 아론을 상대로도 다를 바가 없었다. 방랑벽이 있던 아론이 우리 행성에서 몰래 체류하고 있을 때, 나는 유일한 친구인 그에게 내 별궁을 내어주고 극진히 그를 대접했는데, 그때 탈리아도 열과 성을 다 해 아론을 보필했지. 그러던 어느 날, 그 사건이 벌어졌다."

"사건이라니요?"

"탈리아는 우리 투르칸을 속국으로 거느리고 있던 세라프의 문물과 사회에 관심이 많았어. 그래서 내가 자리를 비운 사이 아론에게 가 이것 저것을 물으며 호기심을 채웠다. 성인남녀 둘만 있는 게 불안할 만도 했지만 나는 그 둘을 믿었지. 아니, 아론을 믿었단 말이다. 그런데……, 그 런데 그 녀석은……."

몹시 고통스러운 표정으로 눈을 감으며 잠시 말을 잇지 못하던 테오 도르가 눈을 번쩍 뜨고서 말을 이어갔다.

"어느 날 밤, 탈리아가 나를 찾아와 어렵게 말하더군. 그 녀석이 자꾸 만 자신을 유혹하는데 도무지 어찌해야 할지 모르겠다고."

가운 앞섶을 틀어쥔 테오도르의 손아귀에 힘이 바짝 들어가자 나나의 목이 죄어들었다.

"탈리아가 아무리 아름다운 여인이라 해도, 어떻게 친구의 여자에게 그럴 수가 있지? 그래도 나는 넓은 아량으로 그 녀석에게 가서 한 번의 기회를 주었다. 탈리아에게 진심으로 사과한다면 더 이상 일을 크게 만 들지 않고 조용히 친구의 연을 끊는 것으로 마무리하겠다고. 그랬더니 정작 그 녀석은 자신은 아무 잘못도 없다고 결백을 주장하더니 뻔뻔스 럽게 내뱉더군."

"콜록, 뭐라고……."

「너는 내 말은 믿지 않고 그 계집의 말만 믿는군. 네가 그간 줄기차게 주장한 우정이란 게 겨우 그 정도의 가치를 지닌 것이라면 나 역시도 더 는 그 연을 이어갈 생각이 없다. 내일 날이 밝는 대로 떠나겠다.」

"그 녀석에게선 결국 끝까지 사과를 받을 수 없었지. 그런데…… 잠이 오지 않아 뜬눈으로 지새우고 있던 그 야심한 밤, 탈리아가 별안간 내 침전으로 뛰어들었어. 탐스러운 붉은 드레스는 온통 찢어져 있었고 얼굴은 눈물로 범벅이 된 채! 그 짐승 같은 놈이 한 순간의 음심으로 내 여자를 범했단 말이다!"

아론이, 다른 누구도 아닌 그가 그런 짓을 했다고?

그럴 리가 없었다. 평소 행실을 보면 답이 나오지 않나. 패왕오징어 같은 전애인의 찌질함을 이미 오래전 겪어본 나나였다. 아론은 거짓말을 칠 사람이 아니었고, 그런 짓을 할 정도로 품위 없고 본능에만 충실한 이도 아니었다.

나나는 테오도르의 그 말을 전혀 신뢰할 수 없었다. 아니, 이건 귀담아들을 가치도 없는 쓰레기 같은 말이었다.

"말도 안 돼요!"

"아니! 믿었던 그 녀석이 탈리아를……, 내 여자를……!"

"그랬을 리가 없어요! 뭔가 오해가 있었겠지요! 그럴 분이 절대 아니라고요! 제대로 알아보신 거 맞나요?"

나나가 아론의 편을 들며 격하게 항의하자 테오도르는 분노를 참지 못해 단번에 이성을 잃고 말았다.

"알량한 의리로 아론의 편을 들겠다, 이건가?"

"아니요! 알량한 의리 같은 게 아니에요! 친구라면서요! 친구가 어떤 사람인지 몰라요? 아무리 생각해도, 제가 아는 전하는 절대로 그럴 분이 아니에요!"

"어떻게 장담하지?"

"그분을 믿으니까요!"

"믿음 따위는 그저 단어에 불과할 뿐이다!"

"그건 당신한테나 해당되는 말이죠! 우린 달라요!"

"헛소리!"

멱살을 쥔 손아귀에 더욱더 힘이 가해지며, 나나는 목이 졸려 숨이 막힐 지경이 되었다.

"으윽! 흑!"

어떻게든 숨을 쉬려고 테오도르의 팔을 마구 때리고 할퀴자 그는 나나를 질질 끌고 가 침대에다 내동댕이치고서 소리쳤다.

"아론도 너도 똑같이 당해봐야 해! 이 고통을! 이 분노를!"

"꺄악!"

테오도르가 사납게 달려들어 나나의 가운을 벗기려 했다.

"안 돼! 하지 마! 싫어어어어!"

언제였을까.

아마도 비가 내렸던 그날, 주방 벽에 기대어 아론과 깊은 키스를 나누었던 그때였을 것이다. 만약 누군가에게 순결을 내준다면 그 상대가 아론이었으면 좋겠다고 막연히 생각했었다.

언젠가 누군가와 처음으로 몸을 나누게 된다면 내가 인정한 남자와 행복한 분위기에서 기쁘고 소중한 순간을 맞이하고 싶었지, 이렇게 끔찍하고 무서운 경험은 사절이었다.

게다가, 뭐가 진짜인지 알아보지도 못하는 녀석에게 순순히 당하고 울고 싶지도 않았다.

무서워 죽을 것 같지만 그래도 포기하지 않고서 재빨리 몸을 굴린 그녀는 온 힘을 다 해 방구석으로 달려가, 콘솔 위의 장식용 앤티크 지구본을 집어 들고 있는 힘껏 그에게로 집어 던졌다.

퍽!

묵직한 지구본에 정통으로 얼굴을 맞은 테오도르는 한동안 멍하니 그 자리에 서 있었다.

둥그런 지구가 데굴데굴 바닥을 구르다 멈췄을 때 즈음, 은발에 가려진 이마에서 한 줄기 피가 주르륵 흘러내려 턱을 타고 바닥에 툭툭 떨어졌다.

"보세요! 물론 사실이 아니었겠지만, 한 순간의 음심에 짐승 같은 짓을 했다고 친구를 비난할 자격이 과연⋯⋯."

나나는 다리를 덜덜 떠느라 제대로 서 있지도 못했다. 그런 주제에 그녀는 제법 올곧은 눈을 하고서 테오도르를 노려봤다.

"과연 지금의 당신에게 있을까요?"

다소 흥분이 가라앉았던지, 테오도르는 한참이나 더 우두커니 서서 나나를 바라보다 이내 피를 닦아내며 돌아섰다.

"페넬로페!"

"네, 전하."

문 밖에서 대기하고 있던 아까의 그 중년 시녀가 나타났다.

"계집을 이 방에다 가두고 허튼짓 못하도록 24시간 감시해라."

"네, 전하."

테오도르가 방을 나가버린 후 넓은 방 안엔 정적이 감돌았다.

벽 모서리에 기대 선 채 한참이나 숨을 고르고 있던 나나는 뒤늦게 새파래진 얼굴로 더듬더듬 가운 앞섶을 모아 쥐었다. 허벅지까지 내려오

338

는 가운을 애써 더 밑으로 끌어내리고 몸을 추스르다 이내 풀썩 자리에 주저앉았다.

"아……, 흐으……, 으흐흑! 흑! 흐어엉! 전하……! 으아앙!"

긴장이 풀리니 이제야 울음이 터지는 모양이었다.

온몸을 잔뜩 웅크리고서 어린애처럼 소리 내어 우는 나나를 물끄러미 바라보던 중년여인은 담요 한 장을 가지고 와 그녀의 위로 덮어주었다. 이윽고 조용히 그녀의 등을 쓸어주던 여인이 의미심장한 어조로 중얼거렸다.

"미안해……. 정말 미안해, 아가씨……."

"전하! 전하 단독으로 적진에 침투하시는 것은 극히 위험합니다! 제발 신의 충언을 들어주시옵소서! 전……!"

다른 때 같았으면 말장난으로 넘기거나 꼬박꼬박 반박했을 아론이었지만, 오늘은 달랐다.

벤포르테는 턱 밑에 바싹 와 닿아 있는 검 날을 내려다보며 마른 침을 삼켰다.

"짐의 지시가 있기 전엔 모선에서 단 한 발짝도 움직이지 마라. 만약 명령을 무시하고 저쪽을 자극해 나나에게 조금이라도 무슨 일이 생기게 한다면, 그대의 시체는 머리카락 한 올도 남지 않을 것이다."

그는 맹수의 그것보다도 더 날카롭고 잔인한 눈동자를 하고 있었다. 이토록 무섭게 부관들을 겁박하는 왕을 보는 것은 처음이었다.

"네, 전하."

벤포르테는 조용히 뒤로 물러나 존명의 뜻을 표했다.

그때, 시배리우스가 한 발 앞으로 나섰다.

"전하, 제가 호위하겠습니다."

"전하! 저 역시 신나나 양에게 은혜를 갚아야 하기 때문에 동참하고 싶습니다."

시배리우스와 아이나를 돌아본 아론은 잠시 생각에 잠겼다가 고개를 끄덕였다.

"그래. 너희는 그쪽 본진에 가 봤으니 내부 구조를 잘 알고 있겠지."

황실 문양이 새겨진 황금갑옷과 검신이 긴 검으로 무장한 아론은 긴 금발을 휘날리고서 돌아섰다.

명목상으로는 반역자를 처단하러 가는 길이었기에 황족의 상징인 긴 금발을 다시 되찾아야 할 필요가 있었다. 소환된 팔콤 왕실 전속 미용사는 아론의 짧은 흑발을 금세 원래 모습으로 되돌려 놓았다.

"이제야 원래 모습으로 돌아오셨군요. 역시 얼굴을 조금 가리시는 게 신비감도 있고 좋아 보입니다."

벤포르테의 영혼 없는 아부에 아론은 인상을 찌푸리며 내뱉었다.

"닥쳐라. 나나가 돌아와서 보고 놀라지 않도록 주변이나 깨끗이 치워 둬라."

"네, 전하!"

모든 준비를 마친 후 마지막으로 장비를 점검한 아론은 크게 한 걸음을 내디디며 출정을 선언했다.

"가자!"

14

사투

어느새 창가가 파랗게 밝아졌다.

다섯 시를 가리키고 있는 시계를 멍하니 바라보고 있던 나나는 지친 몸을 일으켜 앉았다.

테오도르에게 저항하던 중 다친 부위들이 밤새 욱신거렸다. 손목이나 팔뚝처럼 손아귀에 잡혔던 곳은 어김없이 끔찍한 멍 자국이 남았다. 아파서 건드릴 수도 없었다.

하지만 그런 몸의 아픔보다 더한 아픔은 따로 있었다.

침대에서 내려와 비척비척 창가로 걸어간 나나는 자물쇠가 단단히 채워진 문틀을 보고 나지막이 한숨을 내쉬었다.

가슴이 아팠다.

테오도르는 나나를 인질로 생각해 붙잡고 있는 모양이지만, 그녀는 과연 자신에게 인질로 삼을 만한 가치가 있는지 알 수가 없었다.

어쩌면 그때 꾸었던 꿈은 이걸 말하는 건지도 몰랐다.

테오도르의 말마따나 방랑벽이 있는 아론이었다. 분명 우주 여기저기를 돌아다니며 여러 애완동물들을 수집했을 거다. 그 중의 하나에 지나지 않는 나나인데, 그는 과연 귀찮음이나 위험을 무릅쓰고 그녀를 찾으러 올까? 이렇게 됐으니 지구에 더는 흥미를 못 느낀 채 그냥 원래 목적만 달성하고 가버리는 건 아닐까.

그럼 이제 어떻게 되는 거지?

열 받은 테오도르가 '어? 너 이제 필요 없어졌네? 오, 그래, 잘 가.' 하고 방생해줄 리는 절대 없고, 평생 다단계 회사의 노예로 살게 되거나 아니면 쥐도 새도 모르게 살해당해 야산에 묻힐지도 모르는 일이다.

생각이 깊어지면 깊어질수록 두렵고 혼란스럽고 억울했다. 내 인생은 왜 끝까지 이 모양인지, 끝도 없는 돌림노래처럼 한탄만 계속 흘러나왔다.

하지만, 이 절체절명의 순간에도 가장 마음을 무겁게 하는 건 철없게도 아론과의 헤어짐이었다.

"이제…… 다시는 못 보게 되는 걸까…….."

아팠던 가슴이 이제는 찢어질 것만 같았다. 눈앞이 아른아른해지고 코끝은 물에 빠지기라도 한 것처럼 매웠다.

이런 감정이 뭔지, 도대체 언제부터 생겨난 건지 나나는 도무지 알 수가 없었다.

"아가씨, 거기 서 있으면 위험해."

페넬로페라고 하던 이국적인 외모의 중년 시녀는 간이침대에서 몸을 일으키며 말을 이었다.

"근처에 무장한 가드들이 쫙 깔려서 주시하고 있다고."

놀란 나나는 즉시 창가에서 몇 발짝 물러나 뒤를 돌아보았다.

감시를 위해 화장실까지 따라다니는 정성을 보이던 페넬로페는 피곤해서 퀭해진 눈으로 그녀를 바라보고 있었다.

아무리 테오도르의 부하라고는 해도 연세 지긋한 분이 이게 무슨 고생인가 싶었다. 그녀가 자신 때문에 잠도 못 자게 된 것 같아 나나는 몹시 미안해졌다.

"한쪽에 조용히 앉아 있을 테니까 더 주무세요. 죄송해요."

다소 의아한 표정으로 나나를 바라보던 페넬로페는 부드러운 어조로 물었다.

"조금 더 자 두는 게 좋을 텐데. 우유라도 한 잔 데워 줄까?"

간단한 말 속에 깃든 느낌이 무척 익숙하게 느껴졌다. 바로 세상 모든 엄마에게서 느낄 수 있는 그것, 모성애였다.

"괜찮아요. 고맙습니다."

나나는 다시 걸음을 옮겨 침대에 걸터앉으며 물었다.

"아주머님도 외계인이시죠?"

"그래. 투르칸이 멸망할 때 마지막으로 테오도르 님과 함께 탈출했지."

"자제분들은요?"

눈을 동그랗게 뜨고서 나나를 건너다보던 페넬로페는 이내 얼굴을 붉히며 답했다.

"애 같은 건 없어. 결혼도 하지 않았는걸."

"앗, 죄송해요. 실례했네요."

"아니, 괜찮아. 그런데 왜 그런 걸 묻지?"

"왠지 자식을 키워보신 것 같은 느낌이 들어서요."

"엄마는 아니지만……, 오랫동안 유모 생활을 했었지."

"그 미…….."

솔직하게 '그 미친놈'이라고 하면 분명 큰 문제가 생기겠지 싶었던 나나는 황급히 단어를 고쳐 물었다.

"테오도르 님의 유모요?"

"아니. 나는 탈리아 님의 유모였단다."

그 이름을 듣자 나나의 신경이 몹시 예민해졌다.

"도대체 과거에 무슨 일이 있었던 건가요? 그리고 탈리아라는 그 여자는 어떻게 됐어요?"

이름을 입에 담는 것조차 싫었다. 분명 그 여자가 아론에게 누명을 씌운 게 확실한데, 그걸 증언해줄 당사자가 안 보이니 억울해 죽을 지경이었다. 나나가 이럴진대 그 당시 아론은 어땠을지, 그 심경을 감히 짐작할 수도 없었다.

생각이 거기까지 닿으니 문득 의문 하나가 생겼다.

그는 그 억울함을 왜 참았을까. 왜 더 항변하지 않은 채 그냥 뒤로 물러난 걸까, 왜.

"탈리아 님은…… 대공습이 시작되기 바로 전날 홀로 투르칸을 떠났지."

"왜요?"

나나의 질문에 페넬로페는 모르겠다는 듯 아무 대답도 하지 않은 채 고개를 가로저었다.

"어렸을 때부터 돌보셨으면 잘 아시겠네요. 어떤 여자였어요?"

페넬로페는 고개를 들고 찬찬히 나나의 얼굴을 살핀 후 답했다.

"총리대신의 따님이자 왕세자의 정혼자로 남부러울 것 없는 사람이었단다. 아가씨랑 닮은, 아주 아름답고 총명한 분이셨고. 그리고 내게 있어선 세상 누구보다도 더 귀한 존재였지. 하지만……."

추억을 떠올리던 페넬로페의 얼굴색이 문득 어두워졌다.

「유모. 방금 거기서 보고 들은 건 절대 비밀이야. 무덤까지 지니고 가야 해. 나를 위해서, 내 명예를 위해서라도. 알겠지? 나, 이 세상에 믿을 수 있는 이라곤 유모밖에 없단 말이야. 날 사랑한다면 절대 아무한테도 이 얘길 해선 안 돼. 부탁이야.」

나나의 순수한 얼굴을 똑바로 마주볼 수가 없었던 페넬로페는 고개를 돌리고 말을 이었다.

"좀 더 아름답고 좀 더 화려해지길 바라며, 남들보다 훨씬 더 높은 곳을 바라보는 분이었어. 결국 그곳에 도달하지는 못했지만……."

말 한 마디 한 마디에서 탈리아에 대한 페넬로페의 마음이 뚝뚝 묻어났다.

"사실, 테오도르 님이 저렇게 되신 것도 아주 이해가 안 가는 건 아니야. 테오도르 님과 탈리아 님은 아주 어려서부터 짝이었어. 테오도르 님은 특히 탈리아 님에 대한 정이 깊었기에 현실을 절대 받아들일 수가 없었을 거야."

"저는 테오노르가 말하는 그 현실이란 게 정말 사실이 맞는지 궁금해요."

페넬로페는 나나의 의문에 대한 답은 회피한 채 전혀 엉뚱한 말을 내놓았다.

"지하 감옥에 갇힌 지구인들……, 탈리아 님과 비슷한 외모의 그 여자들은 탈리아 님이 테오도르 님의 곁으로 돌아오는 날까지 그분의 죗값을 대신해서 치르는 중이지."

"뭐라고요? 얼굴이 비슷하다는 이유로 죗값을 대신 치러요?"

이건 뭐 상식선에서 하도 벗어나는 바람에 기가 차서 할 말이 없어졌다. 하긴, 사이비종교에서 무슨 상식을 찾겠냐마는.

"미쳤어, 정말 말도 안 돼……!"

그런데, 생각해 보니 뭔가가 좀 이상했다.

'어? 잠깐. 탈리아의 죗값을 대신 치르는 거라고? 말로는 피해자라면서 무슨 죄가 있다는 거지?'

마치 혓바늘이 돋은 것처럼 줄곧 입 안이 까끌까끌했다.

깊은 밤.

대로변에서 조금 안 쪽, 사무용 빌딩 밀집 지역의 뒷골목은 쥐새끼 한 마리도 볼 수 없을 정도로 인적이 없었다. 그런데, 규모가 작은 데다 주변 거대 빌딩에 가려 잘 보이지도 않는 한 건물 앞에 일순 수상한 인영이 드리워졌다.

아론 일행이었다.

알루미늄 셔터로 출입구가 봉쇄된 다단계 업체 본사는 온통 적막에 잠겨 있었고, 빌딩 전면에 세로로 설치되어 있는 LED 간판의 '파라오 주식회사' 문구가 시시각각 색을 달리 하며 눈길을 끌었다.

아론은 각 글자의 색이 순차적으로 바뀌다 원래대로 돌아올 때까지 빌딩을 올려다보기만 할 뿐, 아무런 말이 없었다.

"전하, 이쪽입니다. 보안장치를 해제하고 통로를 확보해뒀습니다."

시배리우스가 소곤소곤 보고하며 길을 안내했다.

건물 뒤편에 사람 한 명이 간신히 지나갈 수 있을 정도로 작은 철제 비상구가 나 있었는데, 시배리우스와 아이나가 잠금장치를 부수어 열어둔 상태였다.

"필시 신나나 양은 이곳에 잡혀 있을 겁니다."

물끄러미 문을 바라보고 있던 아론이 되물었다.

"여기에?"

"네, 그렇습니다, 전하."

"왜 그렇게 생각하지?"

왕의 물음에 시배리우스는 아이나에게 설명을 맡겼다.

내부 사정을 잘 알고 있는 아이나는 꾀꼬리 같은 목소리로 브리핑을 시작했다.

"사업에 갓 뛰어든 교육생들은 이곳 4층에서 합숙을 합니다. 그 중 세뇌가 잘 되지 않는 관심 교육생을 따로 격리시켜 개별교육을 시키는 곳이 있는데, '심화교육실'이라 불리는 그곳은 창문도 없이 사방이 막혀 있고 잠금장치도 바깥쪽에 달려 있다고 하더군요. 사실상 감옥으로 보이니, 분명 그곳에 가두어 놓았을 겁니다."

"그 심화교육실의 위치는?"

"그게……, 그 위치까지는 잘 모르겠습니다."

아론의 눈썹이 살짝 치켜 올라가는 것을 본 시배리우스가 다급하게 덧붙였다.

"각 호실을 샅샅이 수색해 빠른 시간 안에 찾아내겠습니다!"

"흐음."

턱을 어루만지며 경청하고 있던 아론이 고개를 들어 건물을 눈으로 훑더니 툭 내뱉어 물었다.

"지상 18층 건물이로구나. 혹시 이 건물에 지하실도 있나?"

"쿨럭."

의미심장한 눈으로 외벽을 다시 한 번 확인한 아론은 고개를 끄덕이며 건물 내로 진입했다.

복도의 조명이라고는 비상구 표시등의 창백한 불빛만이 전부였다.

조금 전 호언했던 대로, 시배리우스와 아이나는 은밀하고 민첩한 동작으로 각 호실을 수색했다.

2층까지 뒤진 결과 거의 대부분은 빈 사무실이었지만 개중에는 수상한 기도실 같은 곳도 있었다.

"여긴 뭐 하는 곳이지? 왠지 기분이 상당히 나쁜데."

제법 널찍한 방의 벽에는 테오도르의 사진과 그를 향한 찬양의 문구들이 온통 도배되어 있었다. 척 봐도 뭐 하는 곳인지 답이 나왔다.

"안드로메다교의 기도실인 모양입니다."

"안드로메다?"

아론은 시배리우스와 아이나를 황당한 표정으로 돌아보며 되물었다.

"테오도르는 다른 은하 출신인데 왜 안드로메다교라고 명명했지?"

"일말의 양심은 남아 있었나 보죠."

"고향 팔기는 창피했나 보죠."

각각 한 마디씩 내뱉은 일행은 이내 동시에 한심한 표정으로 한숨을 내쉬고 갈 길을 재촉했다.

발소리를 죽이며 3층으로 향하는 계단을 오르던 중, 아론이 나직이 중얼거렸다.

"보안이 엉망이로군. 여기까지 오는 동안 단 한 명도 마주치지 못했다니."

"반역으로 멸망한 행성이니 오죽하겠습니까. 잔당들조차 오합지졸이군요."

시배리우스가 비웃자 아론은 문득 의미심장한 미소를 짓더니 단호하게 명령했다.

"더 이상 시간낭비하고 싶지 않다. 이 건물에서 가장 넓은 곳이 어디지?"

뜬금없는 말에 아이나가 눈을 깜박이며 답했다.

"4층 전체를 차지하고 있는 강당입니다."

"앞장서라."

"하지만 3층이 아직."

아론이 싸늘한 눈으로 노려보자 서슬에 놀란 아이나와 시배리우스는 서둘러 계단을 올라갔다.

그들이 먼저 올라가는 동안 아론은 계단 이곳저곳을 둘러보며 생각에 잠겼다.

나나는 이곳에 없다. 절대로. 경비가 어이없을 정도로 허술한 것이 그 증거였다. 그렇다면 그녀는 어디 있을까.

테오도르가 있는 곳이겠지, 분명.

아론은 천천히 손을 들고 긴 머리카락을 한데 모아 질끈 묶었다.

뚜벅뚜벅 복도를 걸어가면서도 그의 눈은 쉴 새 없이 주변을 탐색하

고 있었다. 장갑을 벗고 갑옷의 어깨에 둘렀던 흰색 망토도 분리해 손에
든 그는 복도의 기둥 뒤, 한쪽 벽면 앞에서 발걸음을 멈추었다.

'소화전'이라고 쓰인 붉은색 함 위엔 비상벨이 자리하고 있었다.

씩 웃는 그의 얼굴 위로 선연한 붉은 빛이 어렸다.

비상문을 열고 복도로 침투한 시배리우스와 아이나는 조심스럽게 강
당 입구로 다가갔다.

거대한 쌍여닫이문의 손잡이는 쇠사슬로 친친 동여매져 굳게 잠겨 있
었다. 쇠사슬 끝 자물통의 열쇠가 없으면 쉽사리 열릴 것 같지 않아 보
였지만, 시배리우스는 침착하게 휴대용 플라즈마 아크 절단기를 꺼내
해체 작업을 시작했다.

"아아, 어쩜. 무얼 해도 이렇게 멋지세요, 시배리우스 님."

아이나가 황홀한 눈으로 바라보는 것을 애써 외면하며 시배리우스는
일에만 열중했다.

"지금 우리는 전장의 한가운데에 있다, 아이나. 사사로운 감정 따윈
버려."

"하앍."

사사로운 감정을 버리기는커녕 거기에 제대로 휘말린 아이나는 아크
불꽃만큼이나 뜨겁게 달아오른 몸을 배배 꼬며 시배리우스를 우러러봤
다.

마침내 쩔그렁 하는 소리와 함께 쇠사슬이 풀렸다. 시배리우스는 단
번에 프리스비를 낚아채고 주인에게 칭찬을 구하는 애견의 눈으로 아론
이 서 있는 곳을 돌아봤다.

"으응?"

전하? 빨리 강당으로 안내하라고 해놓고서, 어째 이쪽에 영 관심이 없어 보이시네요?

소화전 앞에서 이쪽을 바라보고 있던 아론이 별안간 짓궂은 표정으로 찡긋 윙크를 해 보였다.

"어……?"

어째 불안 불안하다 했더니, 씩 웃은 아론이 돌연 맨 주먹으로 비상벨 함을 부숴 버렸다.

"전하? 아니, 왜애애애애애!"

온 건물에 즉각 요란한 경고음이 울렸고, 강당 안쪽에서는 순식간에 난리가 났다. 혼비백산한 교육생들이 열린 문을 통해 일제히 복도로 쏟아져 나왔고, 어디에서 죽치고 있었는지 알 수 없었던 가드들까지 사방에서 개떼처럼 몰려들어 시배리우스와 아이나를 에워쌌다.

마음의 준비를 할 시간도 없이 갑작스럽게 시작된 공격에 둘은 왕을 제쳐둔 채 전투에 몰두해야만 했다.

시배리우스와 아이나는 신체조건이 지구인보다 월등히 높고 오랜 기간의 전투 훈련 끝에 여신의 은총 함대에 배정받은 최정예요원이었다. 무기와 방어구를 소지한 상태에서 지구인 가드 몇 십 명 정도야 거뜬히 제압할 수 있었다.

슬슬 전세가 이쪽으로 유리하게 넘어올 때 즈음.

아수라장의 복도에 한 무리의 수상한 이들이 나타났다.

슬림한 은색 전신 판금 갑옷을 두르고 붉은 갈기가 길게 달린 헬멧으로 얼굴을 가린 무장군. 투르칸 왕실 호위병의 복장이었다.

"쳇!"

투르칸의 호위병은 언뜻 보기에도 여남은 명은 돼 보였다. 이렇게 되면 이쪽이 명백히 열세였다.

"아이나! 서둘러 전하를 모시고 도망쳐라!"

"안 돼요, 시배리우스 님!"

"아니, 난 상관 말고 어서 가!"

"안 된다니까요!"

"고집부리지 말고 빨리!"

"아니, 안 된다고! 모시고 가려고 해도 안 보인다고요!"

"뭐……?"

"아까부터 시야에서 사라지셨어요! 어디 숨어 계신가 봐요!"

둘이서 당황하는 사이 호위병들은 벌써 코앞으로 다가와 있었다.

"너희 정체가 뭐냐!"

시배리우스는 당당하게 그들을 올려다보며 소리쳤다.

"나는 대 세라프 행성제국군 소속 함대, '여신의 은총' 일등항해사 시배리우스 님이시다!"

"여기엔 무슨 볼일인가!"

"반역자 테오도르를 축출하고 그놈이 뺏어간 전하의 물건을 돌려받기 위해서 찾아왔다!"

너무도 솔직하게 다 털어놓는 시배리우스를 보며 아이나는 아무리 겉이 멀쩡하더라도 남자란 결국 단순한 생물이라는 사실을 깨닫고 치를 떨고 말았다.

'시배리우스 님, 여기서 붙잡히면 우리뿐 아니라 전하와 신나나 씨까

지 목숨이 위태로워진다고요, 제발!'

아이나가 옆구리를 쿡쿡 찌르며 눈치를 주자 시배리우스의 머리에 뒤늦게 작전개념이 돌아왔다.

저쪽에서 봤을 때 이 둘은 충분히 이용 가치가 있는 이들일 터. 협조하는 척 해 저쪽에 붙으면 의외로 쉽게 깊은 곳까지 침투할 수 있을 것 같았다. 물론 위험 부담은 컸지만, 충분히 걸어볼 만 했다.

"라는 건 거짓말이고……."

손바닥 뒤집듯 태도를 바꾼 시배리우스가 돌연 아이나를 붙잡고서 털썩 무릎을 꿇었다.

호위병들은 그들을 내려다보며 의아한 듯 물었다.

"벌써 항복하는 건가?"

"그렇다. 승산이 없으니 깔끔하게 투항하겠다."

시배리우스는 굴욕에 몸을 떨며 일전에 왕과 나누었던 대화를 떠올렸다.

「전하. 'Fuck you!'가 무슨 뜻이옵니까?」

「말하자면 지구인들의 독특한 암호라고나 할까.」

「호오. 그거 흥미롭군요. 어떤 상황에 쓰는 암호입니까?」

「지금으로부터 오래전 고대 지구인들이 주로 전시(戰時)에 적을 교란시키기 위해 썼던 암호란다. 액면은 '나는 당신에게 충성하겠다.'라는 말이지만 실제로는 그 반대의 뜻을 내포하고 있지.」

'전하, 저는 아직 그날의 가르침을 잊지 않았습니다! 투항하는 척하고 있지만, 제 마음은 언제나 전하 곁에 있습니다! 적진 깊숙이 침투해 전하께 곧 승리를 안겨드릴 테니 부디 무사히 몸을 숨기고 계십시오!'

아무리 적을 교란시킬 암호라지만 충직한 부하로서 변절의 말을 내뱉어야 한다니, 너무도 고통스러웠던 시배리우스는 눈을 질끈 감고서 아랫배에다 힘을 주고 크게 외쳤다.

"뻑큐우우우!"

"미친놈아!"

퍽! 목소리가 미처 잦아들기도 전에 뒤통수를 세게 얻어맞은 시배리우스는 어이없게도 즉시 기절하고 말았다.

"이 정신 나간 세라프 놈들을 테오도르 님께 끌고 가라!"

그 명령에, 맨 뒷줄에 서 있던 키 큰 호위병 한 명이 성큼 앞으로 나와 시배리우스를 일으켰다.

"너도 따라와라."

시배리우스의 이해할 수 없는 삽질에 어이가 없어 정신줄을 놓고 있었던 아이나는 호위병의 지시를 따라 고분고분 자리에서 일어나 걸음을 옮겼다.

척척 발 맞춰 어딘가로 향하는 호위병들을 따르며 불안에 떨던 아이나의 눈에 문득 의미심장한 빛이 스쳤다.

눈앞에서 시배리우스를 짐짝처럼 질질 끌고 가는 키 큰 호위병의 헬맷, 붉은색 갈기 끝에 무언가가 붙어 반짝거리고 있었다.

언뜻 가느다란 실처럼 보이는 그것은 기다란 금색 머리카락이었다.

「소꿉친구라고 했던가?」

아론의 뜬금없는 물음에 테오도르는 다소 의아한 눈으로 그를 건너다보며 대꾸했다.

「탈리아? 음. 아주 어렸을 때부터 왕궁에서 나랑 같이 자랐지. 그런데 탈리아가 왜?」

미간을 좁힌 아론은 잠시 고민하다 조심스럽게 물었다.

「꼭 그 여자여야만 해?」

「무슨 소리야, 그게?」

「그 여자 말고 다른 여자는 안 되는 건지를 묻는 거다.」

「아론, 왜 갑자기 이상한 소릴 하고 그래? 나한텐 탈리아밖에 없어. 당연히 다른 여자는 안 되지.」

「절대로? 무슨 일이 있더라도?」

「오늘따라 이상하네, 정말? 그래. 절대로 안 돼. 다른 여자는 안 된다고. 도대체 왜 그런 걸 묻는 거지?」

한참이나 물끄러미 테오도르의 눈을 들여다보던 아론은 이내 입술을 깨물더니 고개를 젓고 답했다.

「아무것도 아니다.」

테오도르는 잠을 이룰 수가 없어 꼬박 밤을 지새웠다.

창밖을 내다보며 옛 일을 회상하고 있던 그의 머릿속에 돌연 신나나라는 발칙한 계집애의 목소리가 울렸다.

「알량한 의리 같은 게 아니에요! 친구라면서요! 친구가 어떤 사람인지 몰라요? 제가 아는 전하는 절대로 그럴 분이 아니에요! 저는 그분을 믿어요!」

"믿음이라……."

그 단어를 떠올리자 이번엔 탈리아가 떠올랐다. 아름답고 사랑스러웠던, 그만의 여자가.

문득 그녀가 사무치게 그리워졌다.

자리에서 일어난 테오도르는 그 길로 신나나가 감금되어 있는 방으로 향했다.

문 앞의 가드는 테오도르를 보고 절도 있게 예를 표한 후 잠긴 방문을 열어주었다.

방 안으로 들어갔을 때, 나나는 혼자서 침대에 걸터앉아 멍하니 천장을 올려다보고 있었다.

테오도르를 본 그녀는 벌레라도 본 듯 소스라치게 놀라서 얼른 방구석으로 도망쳤다. 손에는 어느새 예의 그 지구본이 들려 있었다.

"페넬로페는 어디에 있지? 단단히 감시하라고 했는데 자리를 비우다니."

테오도르가 못마땅한 표정으로 중얼거리자, 나나는 그녀를 감싸기라도 하려는 듯 변명했다.

"잠깐 약을 가지러 갔을 뿐이에요. 밖에 가드도 있고, 내가 절대 도망치지 않겠다고 했어요."

"약이라니?"

"너무 아파서 도저히 견딜 수가 없다고 했더니……."

그 소리에 테오도르의 눈이 나나의 팔뚝으로 향했다.

반팔소매 아래 드러난 팔뚝엔 선명한 붉은색 손자국이 나 있었다. 아까 창문으로 도망가려는 것을 붙잡아다 바닥에 내팽개칠 때 생긴 흔적인 것 같았다. 그뿐 아니었다. 스커트 아래 드러난 허벅지 역시 사방이 멍투성이에 찰과상이 나 있었다. 아팠다는 말은 거짓말이 아닌 듯해 보였다.

테오도르가 눈으로 몸을 죽 훑자 나나는 겁에 질려 몸을 바들바들 떨더니 잔뜩 움츠리며 비명을 질렀다.

"가, 가까이 오지 말아요!"

안색이 몹시도 창백한 것이 아까의 일로 공포가 극에 달한 것 같았다.

"오지 마! 또 던져버릴 거야! 오지 마아아아!"

걸음을 옮겨 나나와의 거리를 좁혀갈 때마다 그녀는 저러다 죽진 않을까 싶을 정도로 핏기 가신 얼굴로 고함을 지르다 마침내 앤티크 지구본을 있는 힘껏 투척했다.

"이딴 장난감, 피할 줄 몰라서 못 피한 게 아니었다."

테오도르는 날아온 지구본을 가볍게 붙잡아 멀리 던져 버린 후 싸늘하게 비웃었다.

"한 가지 알려줄까? 손에 쥔 무기가 하나밖에 없을 땐, 절대 적을 향해 던지지 말거라."

"아아……!"

어느새 바싹 눈앞에 다가온 테오도르는 나나의 양쪽 손목을 낚아채고서 그녀의 귓가에다 소곤거렸다.

"봐라. 양손이 완벽하게 비었지 않느냐."

나나가 질색을 하며 손아귀를 빠져나가려 하자 테오도르는 씩 웃고서 그녀의 귓불을 잘근 깨물었다.

"흐……! 흐흑! 싫어! 싫어!"

나나는 거의 패닉 상태였다. 온몸이 사시나무 떨 듯하고 있었고, 더이상은 말도 잇지 못한 채 마른 흐느낌만 내뱉고 있었다.

문득 그는 묘한 의문에 사로잡혔다. 나나는 탈리아와 놀라우리만치 비슷한 얼굴을 하고 있어 탈리아가 장난을 치기 위해 다른 사람 흉내를 내는 게 아닌지 의심스러울 정도였지만, 둘 사이에는 확실히 다른 점이 있었다. 둘 다 비슷한 상황에 처했었건만, 테오도르는 탈리아가 저렇게 겁에 질리거나 당황해하는 걸 본 적이 없었다.

「테오! 아아, 무서워, 테오! 이걸 봐! 그자가 나를 이렇게 만들었어! 나는 끝까지 저항했는데, 그자가 강제로 나를 덮쳤어! 어떻게 친구의 정혼자인 내게 이런 짓을! 무서워! 다시는 보고 싶지 않아! 으흐흑! 어서 본국으로 돌아가버리라고 해줘! 죽을 때까지 마주치지 않게 해줘!」

심지어 그 밤, 그 사건이 생긴 후 그에게로 즉시 달려왔을 때조차 그녀는 또박또박 상황 설명을 하고 제 의견을 내놓았을 정도였다. 그만큼 침착했다.

겨우 조그만 접촉에도 사색을 하는 나나의 지금 모습에다 그날의 탈리아를 겹쳐 보자 테오도르는 문득 이상한 기분에 사로잡혔다.

그런 일을 당한 후 탈리아는 어떻게 그리도 침착할 수 있었을까.

"왜 그렇게까지 무서워하지? 나는 지금까지 네게 아무 해 될 짓도 하지 않았는데, 그 시도만으로도 그렇게 두려워한단 말인가?"

"아아……, 흑! 잘못했어요. 다신 도망치지 않을 테니까……, 제발 부탁이에요. 놔주세요. 제발 건드리지 마세요……. 흑흑."

새파랗게 질린 채 억울한 눈으로 애원하는 나나의 눈동자에 테오도르의 모습이 비쳤다. 이토록 연약한 여자를 붙잡아 정작 그녀가 저지르지도 않은 일에 대한 화풀이를 하고 있는 한심한 그의 모습이.

테오도르가 손을 놓아주자 나나는 건전지가 다 닳은 장난감처럼 그 자리에 풀썩 주저앉았다. 이젠 도망칠 기력조차 없어진 것 같았다.

"조금 전 내뱉은 말을 네가 지키지 않을 거란 건 알고 있다. 여자란 본디 그런 존재지. 배신하고 저버리고 상처 주는 걸 아무렇지도 않게 생각하는."

테오도르가 고통스럽게 중얼거리자 나나는 천천히 고개를 들어 그를 올려다봤다.

잠시 전까지만 해도 벌벌 떠느라 정신도 못 차리던 주제에, 마주한 그녀의 시선은 제법 따가웠다. 마치 깊은 곳에 숨겨둔 무언가를 꿰뚫어보려는 것처럼 보이기도 했다.

그 눈빛이 왠지 불쾌해진 테오도르는 그녀의 시선을 피해버렸다.

대화가 끊기자 한동안 적막이 감돌았다.

한참의 시간이 흐른 후, 눈물 젖은 뺨을 닦아낸 나나는 혼잣말을 하듯 조용히 말을 이었다.

"배신하고 저버리고 상처 주는 걸 아무렇지도 않게 생각하는 거……, 모든 여자가 다 그런 것만은 아니에요. 안 그런 여자들도 많고, 반대로 남자들도 그런 사람들 있어요."

"말은 청산유수구나."

"아뇨, 그거……, 나도 당해봐서 잘 알아요. 이해할 수 있어요."

테오도르가 다시 돌아보자 나나는 팔로 무릎을 끌어안고서 몸을 작게 웅크리고 담담하게 말을 이었다.

"처음엔 저도 너무 이해가 안 되고 화도 나고, 정말 딱 죽을 것 같고……, 그랬는데, 결국은 그게 다 내 마음의 문제더라고요. 언제까지나 거기 얽매여 있으면, 버리지 않은 채 끌어안고만 있으면, 계속해서 거기 갇혀 있을 수밖에 없어요. 모두 남 탓으로 돌리고 아무 잘못도 없는 세상을 원망하고……, 그쯤 되면 눈에 아무것도 안 보여요. 딱 내가 생각하는 것만 보고 그 외의 건 무시하게 되면서, 그렇게 시야가 좁아지는 거라고요."

테오도르가 미간을 좁히자 나나는 조심스럽게 덧붙여 물었다.

"사실 아까 그거……, 탈리아라는 여자 얘기였죠? 배신하고 저버리고 상처 줬다는……."

그 소리에 테오도르의 눈빛이 사납게 날뛰었다. 나나는 또다시 겁먹은 표정으로 어깨를 움츠리면서도 고집스럽게 말을 이었다.

"상처라는 건요. '낫는 걸 계속 보고 있어야지.' 하고 기다리면 절대 안 나아요. 그런데요, 다른 데 눈 돌렸다가 어느 날 갑자기 보면 어느새 나아 있죠. 그런 거라고 생각해요."

테오도르는 한동안 깊은 생각에 잠겨 있다 되물었다.

"네 상처란 건 이미 나았나?"

나나는 창백하긴 해도 아까보다는 한결 편안해진 얼굴로 고개를 끄덕였다. 그녀의 눈동자에는 처음부터 지금까지 한결같은 올곧음이 깃들어 있었다. 아마도 아론을 향한 마음일 터.

그래. 나나의 말이 맞았다. 그건 사실 탈리아의 이야기였다.

「그게 정말이야, 탈리아? 너한테 이런 짓을 한 사람이…… 아론이라
고? 내가 아는 아론은 그런 사람이 아닌데……!」

「내 말을 못 믿는 거야, 테오? 흐흑! 네가 보는 앞에서 죽어 버릴 거야!
너한테까지 의심받다니, 난 더 이상 살 필요도 없어! 이것 놔! 뛰어내릴
거야!」

「탈리아! 그러지 마! 제발 부탁이야!」

「약속해줘! 다시는 그를 만나지 않겠다고, 나로 하여금 그 끔찍한 기
억을 되살리게 하지 마! 그딴 짐승을 친구라고 만나선 안 돼!」

「탈리아…….」

그동안 어딘지 모르게 이상하다는 느낌은 받았었다. 그러나 그런 느
낌은 아주 작은 점처럼 무시하고 지나가도 좋을 수준이었기에 신경 쓰
지 않았을 뿐이었다.

"실례지만……, 그 얼굴은 어쩌다 다치신 거예요?"

"이건…….."

「어딜 가는 거야, 탈리아! 곧 전쟁이 시작될 거야!」

「더 이상 이 위험한 곳에 있고 싶지 않아. 무서워.」

「무슨 소리야! 여긴 네가 나고 자란 곳이야! 그리고 난 너의 명예를 지
키기 위해……!」

「친구 연이나 끊으라고 했지, 누가 너더러 그 자식 죽여달라고 했어?

왜 네 멋대로 사고 쳐 놓고서 나한테 책임 전가하는 건데? 세라프를 적으로 돌리고 살아남을 수 있을 것 같아? 난 다른 행성으로 망명하겠어!」

「탈리아! 너무 놀라서 지금 잠깐 혼란이 온 것 같은데, 진정해! 내가 너만은 기필코 지켜줄 테니까……!」

「흥! 퍽이나! 이것 놔!」

「으윽, 크아악!」

"그때의 탈리아는 너무 놀라고 무서워서 제정신이 아니었어. 호신용으로 지니고 다니던 독액을 내게 끼얹었지."

"세상에나!"

"명백히, 그건 사고였어."

"끼얹었다면서요! 그게 무슨 사고예요?"

"자기 의지가 아니었을 거야. 분명."

나나는 한동안 물끄러미 테오도르를 올려다보다 안타까운 어조로 말했다.

"만약 내가 그 여자였다면……, 난 아무리 놀라고 무서워서 제정신이 아니었대도 사랑하는 남자를 해치진 못했을 거예요. 정말로 사랑했다면."

나나와 계속해서 대화를 하는 동안, 그동안 계속 무시해 왔던 아주 작은 점에서부터 조금씩 금이 가기 시작했다. 매끄러운 유리가 쩍쩍 갈라지는 걸 보는 기분이었다.

"정말 사랑했었죠? 그 탈리아란 여자를."

"나는……."

"혹시, 그동안 탈리아를 의심하긴 했지만 인정하지 못하고 있었던 거 아니에요? 깊이 사랑하는 여자였기 때문에?"

최후까지 숨기고자 꼭꼭 덮어버렸던 상자의 뚜껑이 불시에 열린 기분이었다. 당황한 테오도르는 소리 높여 나나를 위협했다.

"닥쳐! 건방진 계집 같으니라고!"

나나가 또 한 번 놀라서 눈을 감는 순간, 문 쪽에서 다급한 발소리가 들려왔다.

"전하! 파라오 본사 빌딩이 습격당했습니다!"

"뭐라고?"

방 안으로 뛰어든 테오도르의 부하는 몹시 흥분된 목소리로 보고를 이어갔다.

"잠입한 자들은 총 두 명이고, 무기와 전투방식으로 보아 세라프 인인 것으로 확인 됩니다!"

"상황은?"

"현재 교전 중이라고 합니다! 모선이 이쪽으로 이동했는데 병력이 왜 이 정도로 소규모인지, 저희 측에서 면밀히 파악 중입니다. 황국 차원의 소탕작전은 아닐 것 같고, 아마도 개인적인 소행이 아닐까 유추하고 있습니다."

그 소리를 들은 테오도르가 문득 소름끼치는 미소를 짓더니 부하를 향해 되물었다.

"병력이 왜 이 정도로 소규모인지, 정말 모르겠나?"

"네?"

돌아보는 테오도르와 눈이 마주치자, 나나는 뭔가를 깨닫고서 머리털이 쭈뼛 곤두섰다.

세라프 인들에게 있어서 테오도르와 투르칸 인들은 황위계승자를 암살하려 한 반역자 무리였다. 그 반역자 잔당들을 소탕하려는 마음을 먹었다 가정했을 때, 아론이 이끄는 함대에게 있어서 가장 쉽고 경제적인 방법은 파라오 본진에다 화력을 쏟아 붓는 것이었다.

그런데 왜 그렇게 하지 않은 걸까.

"아무래도 아론에게는 이 인질이 꽤나 소중한 모양이구나. 그런데 어쩌나? 그 소중한 인질이 있는 곳은 거기가 아닌데."

빈정거리며 나나를 가만히 내려다보고 있던 테오도르는 휙 돌아서서 부하에게 명령했다.

"나머지 보고는 가서 듣도록 하지! 성전 근처의 경비를 강화해라!"

"네, 전하!"

그들이 방에서 사라진 후 사방에 정적이 내려앉았다.

여전히 웅크린 채였던 나나의 몸이 다시 벌벌 떨리기 시작했다.

파라오 본사 건물에 침입했다던 두 명이 누구인지 알고도 남았다. 한 명은 시배리우스, 그리고 나머지 한 명은 아마도 그 성격 상 가만있지 못하고 직접 뛰어든 아론일 것이다.

"나 때문에⋯⋯, 나 때문에⋯⋯!"

그가 오고 있다.

헌신짝처럼 버리지 않고서, 위험을 무릅쓰고서 이곳까지 직접 그녀를 데리러 오고 있다. 아론이.

탈진해서 움직일 수도 없던 나나의 몸에 기적처럼 힘이 돌아왔다. 차디찬 손발은 그의 얼굴을 떠올리는 것만으로도 열기가 피어났다.

"여기서 이러고 있을 수만은 없어. 나가야 해."

전 우주에 악명 높다는 아론 아니던가. 그는 누군가에게 당할 이가 아니었다. 그가 적들을 모두 물리치고 결국 이곳에 도달할 거란 것만큼은 믿어 의심치 않는 사실이었다.

그러나 그렇기 때문에 더욱더 피할 필요가 있었다.

그가 이곳에 오는 목적이 나나인 이상, 그녀가 여기 계속 있는 것은 최후에 아론의 발목을 잡는 것밖에 안 됐다. 보는 앞에서 나나를 쥐고 흔들면 그는 결국 굴복할 수밖에 없을 테니까.

최소한 아론이 상황을 정리할 때까지 만이라도 여길 떠나 어딘가에서 몸을 숨겨야만 한다는 생각이 들었다. 그게 그를 도와줄 수 있는 유일한 방도이자 그녀에게 주어진 싸움이었다.

몸을 일으킨 나나는 곧장 주변을 둘러본 후 적당한 도구를 찾아보았다. 벽에 붙은 장식용 단검이 눈에 띄었다. 가서 보니 날을 갈아두지 않아 끝이 뭉툭했다. 그리고 페넬로페가 자던 침대 근처엔 여차하면 나나의 입을 막고 손발을 결박할 목적으로 준비된 청테이프가 있었다.

"좋아. 이 정도면 충분해."

둘 다 무기로써의 효용은 없어 보였지만 어차피 그런 쪽으로 사용할 생각은 아니었으니까.

나나는 무딘 단검과 테이프를 들고 창가로 다가갔다. 경비를 강화하라는 지시에 따라, 밖에 늘어서 있던 가드들이 일사불란하게 한 곳으로 이동하고 있었다. 최소한 이 근처엔 눈에 보이는 위협은 없는 듯했다.

하지만 이 상황이 언제까지나 계속되진 않을 테니, 시간이 없었다.

창틀의 격자무늬는 나나가 몸을 웅크리면 간신히 빠져나갈 수 있을 정도의 크기였다.

나나는 테이프를 길게 쭈욱 잡아당겨 유리창에다 발랐다. 격자 하나 안을 꼼꼼하게 채운 그녀는 이내 주위를 둘러본 후 조심스럽게 단검 끝으로 유리창을 내리쳤다.

퍽! 단단한 유리창에 날 끝이 부딪치며 손목까지 충격이 왔다. 몹시 아팠지만, 큰소리가 나지 않는 것을 다행으로 여기며 그녀는 다시 한 번 유리창 깨기를 시도했다.

퍽! 있는 힘껏 친 것이 유효했던지, 유리가 깨진 게 느껴졌다. 깨진 유리는 발라둔 테이프 덕에 산산조각 나 흩어지지 않았다.

몇 번의 시도 끝에 테이프가 너덜너덜해지자 나나는 조심스럽게 창틀 모서리에다 단검을 찔러 넣고서 유격을 만들었다. 네모진 유리창 하나가 힘겹게 틀을 빠져나왔다.

"좋아, 가보자!"

소곤소곤 속으로 중얼거리며 나나는 창밖으로 몸을 내밀었다.

같은 시각, 멀리 서쪽 숲에서 그림자 하나가 어른거렸다.

누군가가 두꺼운 로브로 얼굴을 가린 채 저택을 바라보고 있었다.

이윽고 로브 아래에서 나타난 손은 피골이 상접한 여자의 손이었다. 뼈마디와 힘줄이 다 드러날 정도로 야윈 여자의 양손이 기도라도 하는 듯 하나로 합쳐지더니, 이내 입술 사이로 가느다란 여자 목소리가 새어나왔다.

"테오……."

15
The dawn

'흐, 흐으으……, 파, 팔 팔은 육십사 팔 구 칠십이, 구 일은 구 구
이…….'

눈을 질끈 감고서 속으로 쉴 새 없이 구구단을 외우던 나나가 실눈을
뜨더니 부들부들 떨기 시작했다.

'제기랄, 구 이, 구 이……, 구 이 십팔!'

다시 눈을 질끈 감고서 펄쩍 뛴 나나는 발바닥과 무릎으로 전해진 충
격에 눈을 뜨고서 후다닥 구석으로 몸을 피했다.

'미쳤구나, 신나나! 이 높이에서 또 눈을 감고 뛰어?'

머리를 마구 쥐어뜯으며 스스로를 탓하던 그녀는 다급하게 사방을 확
인했다.

창문을 깨고 나온 후 총 세 개의 연결된 발코니를 넘어 다른 방 앞으로
이동했다. 각 발코니 난간끼리의 거리는 큰 보폭 하나 정도였지만, 4층
높이였기 때문에 공포를 이겨내는 게 쉬운 일은 아니었다.

이 창문 안쪽엔 다행히 커튼이 내려져 있어 바깥쪽의 나나가 보이지
않을 터였다. 남은 것은 여기서 지상까지 연결된 배수관을 타고 내려가

는 것이었다.

'무, 무서워. 으어어어.'

아래를 내려다보니 눈앞이 캄캄했다. 중간에 손을 놓치면 바로 떨어져 죽을 것만 같았다.

그러나 마냥 거기서 떨고만 있을 수도 없었다. 어느새 동이 터 사방이 희미하게 밝아지고 있었다. 조금만 더 지체하면 들키는 건 시간 문제였다.

'내가 여기 있으면 전하한테 약점만 될 뿐이잖아. 그렇게 할 순 없어.'

생각할 시간조차 없었다. 심호흡을 한 번 하고서 배수관을 두 손으로 붙잡은 나나는 그것이 자기 몸무게를 지탱할 수 있을 정도로 튼튼하게 설치되어 있는지 확인하기 위해 살며시 통을 붙잡고 좌우로 흔들어 보았다.

그때, 관을 고정하고 있던 나사 하나가 팅 하고 빠져 4층 아래로 떨어졌다.

"현장에서 세라프 인 두 명을 포획했습니다."

"내가 직접 심문하겠다."

"네! 곧 호송차에 태워 이쪽으로 이동시키겠습니다."

"끈질기고 주도면밀한 놈이지. 혹시 모르니 경비에 만전을 기해."

"전하, 최정예 호위병 아홉 명이 붙어 있으니 걱정은 하지 않으셔도 됩니다."

"그래. 자, 그럼 슬슬 아론의 일그러진 면상을 구경하도록 할까."

테오도르가 느긋하게 웃으며 내놓은 말에 부하들의 표정이 심상치 않아졌다.

"왜 그러지?"

"저……, 그게 실은……, 전하."

호송차량 안, 폐쇄회로카메라가 비춰주고 있는 화면 안엔 전에도 한 번 본 적 있던 세라프 인 남녀 한 쌍과 호위병들뿐, 그가 찾는 아론은 어디에서도 찾아볼 수 없었다.

"하!"

황당한 표정으로 크게 한 번 헛웃음을 흘린 아론은 이내 배를 붙들고 실성한 사람처럼 웃어젖히기 시작했다.

"하하하! 으하하하하하하!"

광기마저 느껴질 정도로 소름끼치는 그 모습에 부하들의 모골이 송연해졌다.

그런데, 한참이나 그렇게 소리 내어 웃던 테오도르의 웃음소리가 마치 칼로 자른 듯 딱 멈추었다.

"모두 나가!"

"네?"

"안 들리나? 다들 나가란 말이다!"

놀란 부하들이 썰물처럼 방을 빠져나갔다.

날카로운 눈으로 창 쪽을 노려본 테오도르는 저벅저벅 걸어가 단숨에 커튼을 걷고서 발코니 문을 열어젖혔다.

"히익!"

"그럼 그렇지. 다시는 도망치지 않겠다던 네 말, 계집의 것이라 애초부터 믿지 않았다."

발코니 배수관통을 붙잡고 서서 새파랗게 질려 있는 나나를 향해 손을 뻗은 테오도르는 짐짝처럼 그녀를 어깨에 들쳐 메고 안으로 들어갔다.

"꺄악! 놔! 이것 놔!"

격렬하게 발버둥치며 벗어나려 하는 나나를 또 한 번 바닥에다 사정없이 내던진 테오도르는 그녀의 짧은 머리채를 꽉 잡고 고개를 들어 모니터를 보게 하더니 잔인한 어조로 내뱉었다.

"이걸 봐라."

흑백 화면 안, 손발이 묶인 채 잡혀 있는 둘은 시배리우스와 아이나였다.

"네 두 눈으로 똑똑히 확인해. 아론은 없다."

"아아⋯⋯."

"결국 오지 않았어. 네가 다칠까봐 대규모 공격은 감행하지 않았지만, 그렇다고 해서 직접 구하러 올 마음은 없었던 거지. 역시 비겁하기 짝이 없는 모습, 그 녀석에게 아주 잘 어울리는 꼴이로구나."

아론을 향한 악담에 나나는 사나운 눈빛을 하고서 테오도르를 노려봤지만, 딱히 반박할 말은 없었다.

"어때? 그간 굳게 믿었던 이에게 배신당하는 기분이?"

테오도르의 다갈색 눈동자를 들여다보던 나나는 문득 그가 가엾다는 생각이 들었다.

"남 탓을 하지 않고서는 견딜 수 없었던 거죠? 사랑하고 믿었던 여자가, 내가 알고 있던 모든 세상이 날 배신했다는 걸 절대 인정할 수 없으니까."

정곡을 찔렸던지 그가 움찔하며 싸늘하게 노려봤지만, 나나는 멈추지 않고 말을 이었다.

"알 것도 같아요. 그 기분."

안타까운 눈으로 그의 눈을 들여다본 그녀는 담담하게 덧붙였다.

"혼자서 그렇게 고통 속에서 사는 동안……, 줄곧 외로웠겠군요."

"훗. 너 따위 계집이 나를 동정하겠다고?"

테오도르는 거칠게 그녀를 붙잡아 강제로 키스했다.

"으읍!"

뒤통수를 꽉 붙잡은 채 놓아주지 않고서 무자비하게 입을 맞추자 나나는 발악을 하며 그에게서 벗어나 있는 힘껏 따귀를 때렸다.

짜악, 소리가 방 안에 울린 후 한참만에야 잦아들었다.

당황한 나머지 피가 나도록 입술을 손등으로 북북 문지르고 있는 나나를 내려다본 테오도르는 그녀의 턱을 잡아 자신을 똑바로 보게 한 후 내뱉었다.

"나를 동정하기엔 어차피 네 신세도 마찬가지 아닌가? 너도 배신당하고 버려지고 결국 외톨이가 되지 않았느냐."

나나는 테오도르의 눈동자를 통해 같은 눈동자 색의 아론을 떠올렸다.

그 따뜻하고 깊은 눈동자를 품고 있는 쌍꺼풀 진 눈, 그림처럼 시원하게 뻗은 콧날, 부드러운 곡선을 그리던 입술까지 연이어 떠올린 나나는 마지막으로 아론과 나누었던 키스를 되새겨보았다. 지금의 이 불쾌한 폭력과는 완전히 다른, 마음과 마음이 맞닿아 있었던 그 입맞춤을 말이다.

"아니, 나는 달라! 나는 그쪽이랑은 다르다고, 난……!"

문득 가슴 안쪽에서 이전까진 접해보지 못했던 기묘한 통증이 느껴졌다. 날카로운 송곳으로 찌르는 것 같은, 아니, 무자비하게 찢어내는 것 같은 격통이었다.

'그래. 전하는 왕이고 언젠가는 황제가 될 사람이잖아. 다스려야 할 나라, 돌봐야 할 이들이 많은데 그저 애완동물로 여길 뿐인 나 때문에 굳이 위험을 무릅쓸 필요는 없겠지. 잘 됐어. 맞아. 이게 맞는 일이야.'

그가 자신을 구하러 오지 않았다는 사실이 한편으로는 다행스럽게 느껴졌지만, 그렇다고 해서 기쁘지는 않았다.

나나는 문득 또 다른 사실 하나를 실감할 수 있었다.

'이제 정말로…… 다시는 못 보는 거구나. 다시는…….'

어젯밤, 마지막으로 그와 함께 있었던 때를 상기한 나나는 갑자기 북받치는 감정을 주체할 수가 없었다.

'그렇게 화내고 토라질 일이 아니었는데. 그게 마지막이 될 줄 알았더라면, 그랬더라면, 차라리 웃으면서 인사해주고 오는 거였는데. 어디서든 건강하고 행복하게 잘 지내라고, 눈에 안 보이더라도 부디 잊지 말아 달라고…….'

불현듯 코끝이 시큰하더니 귀가 먹먹해졌다. 이내 눈앞이 흐릿하며 물감이 뒤섞인 듯 주변 모습이 일그러졌다.

마치 그녀를 둘러싼 세상이 온통 그녀에게로 무너져 내리는 것 같은 느낌이었다.

"난 달라, 나는……, 흑흑!"

뜨거운 눈물 두 줄기가 뺨을 타고 흐르는 순간, 나나는 그제야 뒤늦게 깨달을 수 있었다.

'어떡하지, 나……, 그 사람 사랑하는구나.'

얼굴을 파묻은 두 손 사이로 나나의 억눌린 오열이 새어나오기 시작했다.

"으흑! 흑!"

왠지 가엾어 달래주고 싶은 어깨였다. 품에 안으면 따스한 체온을 발할 것 같은 나나를 향해 테오도르는 가만히 손을 뻗어 보았다.

그러던 중, 그의 손이 허공에 딱 멈췄다.

"보고 싶어……, 흑! 마지막으로. 한 번 만……, 딱 한 번만……!"

테오도르는 오랫동안 씁쓸한 눈으로 그녀를 내려다보기만 했을 뿐, 더 이상 아무 말도 하지 않았다.

"빨리 걸어!"

호위병이 재촉하며 밀치자 아이나가 나지막이 비명을 질렀다. 나란히 걷던 시배리우스의 눈이 사나워졌다.

"연약한 여성을 그런 식으로 대하다니! 네놈들이 그러고도 사내냐!"

말이 연약한 여성이지, 조금 전 파라오 본사에서 저 참하고 아름답게 생긴 여장부가 맨주먹으로 때려눕힌 지구인 가드가 족히 수십 명이었다.

"아이, 시배리우스 님. 너무나 무서워서 오금이 저려요."

"무서워할 것 없다, 아이나. 내 손을 꼭 잡아."

"어, 어머나. 이런 상남자 같으니라구. 멋쩡."

"그런 눈으로 날 보지 마. 이런 극한 상황이라 해도 내 마음은 여전히 철벽이니까."

"어머 이런 차가운 남자의 미친 매력이라니."

호송차에서 내리며 시배리우스의 손을 잡은 아이나의 볼이 빨갛게 물들었다.

그 모습을 지켜보고 있던 투르칸 왕실 호위병 둘은 서로의 귀에 대고 뭔가를 수군거렸다. 헬맷의 미러 실드에 가려 얼굴이 전혀 보이지 않았지만, 표정이 어떨지는 가락가락 오그라든 손가락을 보면 쉽게 유추할 수 있었다.

"헛짓거리 말고 계속 걷기나 해!"

둘은 손발이 단단히 결박된 채 종종걸음으로 건물 입구로 인도되었다.

"너희는 문 앞을 지켜라."

"네!"

아홉 명의 호위병 중 네 명이 떨어져나갔다.

감시를 받으며 걷는 동안 시배리우스와 아이나는 쉴 새 없이 주변을 살폈다. 후에 퇴로를 확보하기 위한 물밑 작업이었지만, 그럴 필요도 없었다. 이들이 말하는 성전이란 건물은 생각보다 아주 단순한 구조로 이루어져 있었으니까.

주차장에서 곧장 이어진 어두운 지하 복도를 따라 얼마나 걸었을까. 어디선가 웅성거리는 소리가 들려왔다.

소리가 점점 가까워지는가 싶더니, 시배리우스와 아이나의 눈에 놀라운 광경이 펼쳐졌다.

복도를 가운데 두고 양쪽으로 빽빽하게 늘어서 있는 감옥 안에 젊은 여자들이 갇혀 있었는데, 여자들의 생김새가 어딘지 모르게 익숙했다. 모두 하나같이 나나와 체격과 인상이 비슷하게 생긴 미녀들이었다.

"헉! 이, 이건?"

"이건 무슨 컬렉션일까요, 시배리우스 님?"

"글쎄 말이다."

놀라움에 걸음을 멈춘 것도 잠시, 둘은 호위병들에게 떠밀려 다시 걷기 시작했다.

쾅, 덜컹, 털썩!

문이 활짝 열리더니 그 사이로 시배리우스와 아이나가 쏟아져 들어왔다. 아까 화면으로 봤을 때 손발만 결박돼 있던 것과는 달리, 지금은 밧줄로 온몸이 꽁꽁 묶인 상태였다.

"나나 씨!"

시배리우스가 외치자 방 한쪽에 얌전히 앉아 있던 나나가 온몸을 흔들며 격하게 반응했다.

어깨가 오픈되고 풍만한 가슴이 반이나 드러난 그녀의 붉은색 드레스 차림은 너무나 아름다워 다른 때 같았으면 황홀해 말도 잇지 못했겠지만, 지금만큼은 그럴 수가 없었다.

"읍! 으읍!"

테이프로 입이 봉해진 나나는 손이 뒤로 묶인 채 목에는 마치 애완견처럼 목줄이 채워져 있었다. 이게 지금 누구를 도발하기 위해 연출한 상황인지 알고도 남을 일이었다.

"우리 두 사람은 이 시간 부로 투르칸에 투항할 테니 그 조건으로 신나나 씨를 놔주십시오!"

휘장이 드리워진 단상 위엔 불에 탄 자국이 역력한 왕좌가 놓여 있었다.

그 왕좌 위에 투르칸 왕가의 붉은 망토를 두르고 턱을 괸 채 앉아 있던 테오도르는 시배리우스를 똑바로 내려다보며 내뱉었다.

"투항을 하시겠다? 좋아. 그럼 묻지. 앙골무아 3세는 지금 모선에 없어. 내 말이 맞지?"

"그, 그렇습니다!"

"그 카페는 이미 뒤를 밟힌 전적이 있으니 거기 있을 리는 없고. 그러니 그 녀석이 현재 은신하고 있는 위치를 불어라. 그럼 이 계집을 풀어주지."

테오도르의 요구에 시배리우스는 아이나와 나나를 한 번씩 번갈아가며 바라본 후 침착하게 답했다.

"우리도 정확한 위치는 모릅니다. 다만, 우리를 풀어준다면 기꺼이 미끼가 되어 드리겠습니다."

"미끼?"

"그동안 앙골무아 3세의 가장 가까운 곳에 있었던 저입니다. 제가 모선으로 가 신호를 보내 그를 유인하겠습니다."

"아아. 오랫동안 하늘처럼 모셨던 왕을 단번에 배신하시겠다?"

흥미로운 표정으로 시배리우스를 내려다보던 테오도르는 이내 소름 끼치는 미소를 짓더니 중얼거렸다.

"좋은 생각이지만, 그렇게 번거로운 짓까지 할 필요가 있나 싶어. 이 계집을 이용하면 간단한데 말이야."

시배리우스가 눈을 크게 뜨고 올려다보자 테오도르는 손에 들고 있던 가죽 스트랩을 세게 잡아당겼다. 그와 동시에 나나가 방구석에서 왕좌 근처로 처참하게 끌려왔다.

"으읍!"

목이 졸린 나머지 숨도 쉬지 못한 채 고통스러운 표정을 하고 있는 그녀를 보고 있자니, 시배리우스의 주먹 안에서 진땀이 배어나왔다. 애초에 이 정도의 얕은 술수로 어찌 해보려 했던 게 잘못이었다는 생각이 들었다.

"이 계집이 다칠까 무서워서 공격도 못 하고 있는 모양인데, 계집을 건물 위에다 거꾸로 매달아놓으면 내 눈앞에 직접 나타나지 않을까? 어떻게 생각하지?"

"으윽."

시배리우스와 아이나가 동시에 이를 악물고 사납게 노려보자 테오도르는 더욱더 환하게 웃으며 덧붙였다.

"안 나타나면 뭐, 이대로 내 애완동물로서 쭉 키우는 것도 좋겠지. 이 계집은 충분히 아름답고 먹음직스러운 향기를 풍기니 말이다."

몸을 낮춰 앉은 테오도르가 음습한 눈길로 건너다보더니 나나의 손을 묶었던 밧줄을 풀어주었다.

"나는 네가 꽤 마음에 드는데……."

나나의 오른손을 잡아 억지로 자기 가슴에다 얹은 테오도르는 그녀의 귓가에다 입술을 바짝 대고서 속삭였다.

"네가 탈리아를 꼭 닮은 그 몸으로 침실에서 나를 위로해준다면, 아마도 더욱더 마음에 들겠지?"

감내하기 힘든 불쾌한 감각에 나나는 눈을 질끈 감고서 몸서리쳤다.

보고만 있던 시배리우스는 결국 참지 못한 채 자리에서 벌떡 일어나 소리쳤다.

"저 여인은 결코 그대의 애완동물 같은 것이 아니다!"

시배리우스의 선언에 나나는 감동 어린 눈으로 그를 바라봤다가 이어지는 말에 바로 격침당하고 말았다.

"그녀는 바로 우리의 위대하신 아론 세라프 리그누시스 앙골무아 3세 전하께서 거두신 애완동물이다!"

부정 포인트가 '애완동물'이 아니라 '그대의'였다니!

나나는 애잔함에 눈물을 흩뿌리며 속으로 절규했다.

'제발 부탁이니 이런 데서 빈말로라도 자존심 좀 세워주면 안 될까. 무슨 유기견 보호센터 풍경도 아니고.'

시배리우스의 그 소리에 테오도르의 만면에 소름끼치는 미소가 번졌다.

"역시, 거짓말하는 것들은 표가 난다니까."

일어서서 손을 든 테오도르는 시배리우스와 아이나의 뒤에 서 있는 키 큰 호위병을 지목하더니 싸늘하게 명령했다.

"아무짝에도 쓸모없는 이 쓰레기들을 끌고 가 없애버려라!"

"아, 안 돼애!"

테오도르의 말이 미처 끝나기도 전, 나나는 입에 붙은 테이프를 단번에 떼어내고서 다급하게 그의 다리를 붙잡으며 애원했다.

"부탁이에요! 제발! 그러지 마세요! 무슨 짓이든 할 테니까 죽이지 마세요! 죽이면 안 돼요!"

실로 처절한 애원이었다. 붉어진 눈시울과 울음 섞인 목소리에 방 안에 있던 모든 이들의 코끝이 다 시큰해질 정도였다.

테오도르는 안타까운 눈으로 나나를 돌아보더니 물었다.

"저들이 죽는 게 싫은가?"

"네! 제발! 시키시는 대로 다 할 테니까! 부탁이에요!"

"좋아. 네가 그렇게까지 말한다면……."

테오도르는 섬뜩한 미소를 짓더니 다시 명령을 내렸다.

"끌고 갈 것도 없다. 바로 이 자리에서 목을 쳐라!"

"아, 안 돼! 안 돼애애애애!"

나나가 벌떡 일어나 그들을 향해 달려들어 막으려 하자 테오도르가 사정없이 목줄을 잡아당겼다. 반동으로 인해 바닥에 나동그라졌지만, 나나는 아픔을 느끼지 못하는 건지 아니면 참고 있는 건지, 다시 일어나 달려들고 넘어지기를 반복했다.

"안 돼! 안 돼!"

금세 온몸이 만신창이가 되었지만 그녀는 여전히 고집스러웠다. 두 사람을 지켜야 한다는 미련하고도 애틋한 일념밖에 엿보이지 않았다.

"눈물겹구나. 내 특별히 네 고뇌를 바로 끊어주지."

테오도르는 인상을 찌푸리며 호위병을 향해 다시 한 번 명령을 내렸다.

"어서 죽여!"

다른 호위병들보다 머리 하나는 더 커 보이는 호위병이 한 발 앞으로 나서자 갑옷에서 철그렁 하고 소름 끼치는 쇳소리가 울렸다. 허리춤의 검집에서 빠져나오는 검신은 유난히도 길고 섬뜩해 보였다.

바로 그때, 누군가의 다급한 발소리가 울렸다.

"전하! 전하!"

"웬 소란이지?"

"파라오 본사의 소화전 안에서 수상한 물건들이 나왔다고 합니다!"

"수상한 물건이라니?"

대신이 들고 있는 사진에는 소화전 안에 숨겨져 있던 금빛 갑옷 한 벌과 장갑, 그리고 흰색 긴 망토가 찍혀 있었다. 망토에 달린 견장에는 사자가 서로 마주보고 위협하고 있는 세라프 황실의 문장이 새겨져 있었다.

"이건……? 그렇다면!"

그 순간, 명령을 받았던 키 큰 호위병이 눈에 보이지도 않는 속도로 검을 휘둘렀다.

"크억!"

두 명이 순식간에 그 자리에서 쓰러졌지만, 바닥에 나뒹군 것은 시배리우스와 아이나가 아니라 다른 호위병 두 명이었다.

거기서 멈추지 않은 채 신속하게 이동한 그는 나머지 두 명도 너무도 간단히 제압한 후 검을 들더니 검 끝을 왕좌 위의 테오도르에게로 겨누었다. 적이지만 실로 감탄이 나올 정도로 신기에 가까운 검 놀림이었다.

"이놈……!"

호위병은 이윽고 부들부들 떠는 테오도르의 앞에서 헬멧을 벗어던졌다.

붉은색 장식 술이 달린 은색 헬멧이 요란한 소리를 내며 바닥에 뒹구는 순간, 눈부시게 밝은 금발이 허공에 휘날렸다.

"뭐든지 하겠다는 말은 아무 때나 쓰는 게 아니란다."

고통에 몸부림치던 나나의 귀에 들려온 목소리는 꿈에서도 그리던 이의 것이었다.

"전하!"

"나나야."

아침햇살 아래 드러난 그의 아름다운 모습은 그 어느 때보다도 믿음직스럽고 근엄했다.

아론은 나나를 바라보고서 잠시 애틋한 표정을 지어 보인 후 테오도르를 향해 느긋하게 소리쳤다.

"맹수는 소유물을 침범당하는 것을 참지 못하는 법!"

감동에 코끝을 빨갛게 물들이던 나나는 문득 불길한 예감에 몸서리를 쳤다.

"으음? 서, 설마?"

아니나 다를까.

"빼앗긴 짐의 애완동물을 찾으러 왔다!"

오늘따라 유독 카랑카랑하고 청아한 목소리가 몇 번이고 메아리치며 울리자 나나는 새빨개진 얼굴을 두 손으로 가리고 고개를 숙여 버렸다.

'제엔자아앙! 마지막까지 트리플로 애완동물 취급이라니, 내 인생은 왜 이 모양인 거냐고오오오오!'

예상치 못했던 아론의 등장에 테오도르는 왕좌의 팔걸이를 쥐고서 부들부들 떨었다. 얼마나 손에다 힘을 줬던지 몸은 거의 공중부양 상태였다.

"아론······!"

"테오도르!"

아론이 차가운 눈으로 똑바로 노려보자 테오도르의 얼굴은 분노로 일그러졌다. 왕좌에서 한참이나 아론을 내려다본 테오도르는 이내 땅속에서 울리는 듯 낮고 소름끼치는 목소리로 말했다.

"설마 했는데 이렇게 직접 행차하셨을 줄이야. 계집이라면 사족을 못 쓰는 저급한 버릇을 여전히 못 버리셨군."

그 소리에 아론은 눈썹 하나 까딱하지 않고서 진지하게 응수했다.

"여러 번 말하는 건 적성에 맞지 않으니 자꾸 같은 소릴 하게 만들지 마라."

"이런 상황에서조차 아직도 부정하는 건가? 너 때문에 나는 사랑하는 여자와 조국을 모두 잃었어!"

"네가 주장하는 일은 너와 그 여자 사이의 일이지 나와는 관계없는 일이다."

"관계가 없다고? 그렇다면 뭔가 후련하게 해명이라도, 아니, 그게 안 되거든 변명이라도 좀 해보시지!"

테오도르가 스트랩을 바짝 틀어쥐자 나나가 또 한 번 끌려가며 비명을 질렀다.

"까악!"

목에 매여진 가죽벨트는 이음새에 자물쇠가 달려 있어 열쇠 없이는 풀 수가 없었다. 저 망할 놈의 히스테리 환자가 잡아당길 때마다 목줄이 죄어들어 그녀는 아파서 도무지 견딜 수가 없었다.

"나나야!"

나나가 고통에 몸부림치며 버둥거리자 아론은 다소 당황했던지, 테오도르를 겨누고 있던 그의 검 끝이 슬쩍 내려갔다.

그걸 본 테오도르는 잔인한 미소를 지으며 나나의 팔을 잡아채 그녀를 반쯤 일으키더니 귀에다 입술을 바싹 들이대고 속삭였다.

"보거라. 입에 발린 변명조차 하지 못하는 저 꼴을. 저게 바로 네가 믿고 따랐던 자의 본모습이다. 기만과 부정으로 얼룩진, 아주 훌륭한 모습이구나."

발끈한 나나가 아론을 향해 소리쳤다.

"전하! 도대체 뭘 숨기고 계시는 거예요? 그때 있었던 일을 시원하게 다 얘기해버리세요!"

단상 위의 나나를 가만히 올려다본 아론은 사실을 해명하는 대신, 이내 굳은 표정으로 입을 다물어 버렸다.

"전하……?"

투르칸 행성을 공전하고 있는 두 개의 달은 만월이 되어 환한 빛을 내뿜고 있었다.

테오도르가 유일한 벗인 아론에게 기꺼이 내준 별궁은 지내기에 꽤 편한 곳이었다. 찾는 이도 없었고 싱그러운 정원도 있어 머리 식히기엔 안성맞춤이었다. 전부터 눈에 거슬리는 단 한 가지만 빼놓는다면 말이다.

"아론 님."

또다.

누군가가 이름을 부르는 데 전혀 익숙지 않았던 아론은 노골적으로 불쾌한 표정으로 뒤를 돌아봤지만 여자는 전혀 개의치 않는 듯 똑바로 그를 올려다봤다.

테오도르의 정혼녀라던 탈리아인가 하는 여자였다.

아론은 그녀가 처음 만났을 때부터 자꾸만 관심을 갖고 접근하는 것이 몹시 불편했다. 게다가 그녀는 알게 모르게 테오도르와 그의 사이를 이간질하기까지 하는 눈치였다. 그렇지만, 테오도르가 그녀가 아니면 안 된다고 할 정도로 푹 빠져 있는 여자였기에 무례하게 딱 자를 수도 없었다.

테오도르와 함께 왔다면 둘 다 그대로 돌려보낼 생각에 아론은 주변을 살폈다. 그러나 입구 쪽에는 여자의 몸종으로 보이는 중년 여인만 장승처럼 지키고 서 있을 뿐, 테오도르는 코빼기도 보이지 않았다.

탈리아는 눈은 전혀 웃지 않은 채 입술로만 웃는 기묘한 미소를 지으며 말했다.

"테오는 오늘 왕실 행사가 있어서 바빠요. 그래서 저 혼자 왔답니다."

쉬고 있는데 누군가가 귀찮게 하는 건 질색이었다. 게다가 장소도 적절하지 못했다.

아무리 외부인의 접근을 차단한 별궁이라 해도 이곳은 남자 혼자 묵고 있는 곳이었다. 게다가 침소이기도 했고.

속국의 왕자비가 될 여자가 어두워진 후 종주국 황자의 침소에 혼자 찾아오다니, 아론의 상식선에서는 있을 수도, 있어서도 안 되는 일이었다.

"꼭 찾아와야 할 용무가 있다면 날이 밝은 후에 그대의 정혼자와 동행하시길."

아론이 정중하게 밀어냈음에도 탈리아는 오히려 당돌하게 한 걸음 앞으로 다가와 형형한 눈으로 그를 올려다보며 말했다.

"왕이시여."

"그대의 왕은 짐이 아닐 텐데."

아론이 차갑게 비웃으며 내뱉은 말에도 탈리아는 꿈쩍도 하지 않았다.

"저는 욕심이 무척 많은 여자인지라, 저 같은 여인에게 어울리는 사내는 테오처럼 유약한 이가 아니라 야망도 그릇도 한없이 큰 자랍니다. 바로 제 눈앞에 서 계시는 전하 같은."

"하고 싶은 말이 뭐지?"

탈리아는 곧장 손을 내밀어 아론의 뺨을 어루만졌다.

"그런 큰 사내만이……."

들릴 듯 말 듯 소곤거리는 탈리아의 목소리는 더없이 축축하고 끈적거리고 있었다.

"이토록 아름다운 꽃을 쟁취하고 품에 안을 수 있는 게 아니겠습니까?"

탈리아가 오른손을 들어 자기 목덜미를 쓰다듬자 슬며시 벌어진 드레스 앞섶 사이로 아담하고 탐스러운 가슴골이 훤히 비쳤다.

"어떠세요?"

이쯤 되니 그녀가 유혹의 손길을 뻗고 있다는 것을 못 알아차리면 바보일 터였다.

"어떠냐고?"

아론이 드디어 관심을 보이자 탈리아는 좀 더 그의 쪽으로 몸을 밀착하며 더운 숨을 뿜어냈다.

그러나 그가 내놓은 말은 그녀가 예상했던 것이 전혀 아니었다.

"안타깝게도, 쓰레기를 줍는 취미는 없어서 말이지."

아론은 자신의 뺨에서 턱을 따라 아래로 내려가고 있던 탈리아의 손을 떼어내 매몰차게 뿌리친 후 나직이 내뱉었다.

"못된 손버릇을 지녔군."

"헉……."

"그대가 이런 짓을 하고 돌아다니는 것을 그대의 정혼자는 알고 있나?"

전혀 기대하지 않았던 반응이었는지, 탈리아가 당황스러운 눈으로 아론을 올려다봤다.

"짐이 불쾌함을 참고서 최대한의 예우를 하고 있는 것은 결코 그대가 예뻐서가 아니라 그대가 짐의 유일한 친구인 테오도르의 여자이기 때문이다. 그러니……."

잠시 말을 끊은 아론은 살기등등한 눈으로 그녀를 내려다보며 덧붙였다.

"험한 꼴 보기 전에 이쯤에서 물러가는 게 좋을 거다."

태어나서 처음 당해보는 굴욕이었던지, 탈리아는 새빨간 입술을 꾹 깨물고서 부들부들 떨었다.

"어, 어떻게 내게 이런……!"

"엉덩이 가벼운 여인이여. 부디 짐의 친구를 배신하지 말기 바란다. 만약 이후로 한 번이라도 이런 일이 다시 생긴다면 그때는."

아론은 더 이상 말을 잇지 않았지만 탈리아는 그와 눈이 마주치는 순간 그 시선을 통해 깨달을 수 있었다.

결코 빈말이나 엄포가 아니었다. 궁에서 온실 속 화초처럼 살아온 그녀였건만 본능적으로 알아차릴 수 있었다. 이 남자는 진짜라는 걸. 그것은 순도 백 퍼센트 살기(殺氣)로만 이루어진 시선이었다. 그것도 아주 잔인하고 끔찍한.

뼛속 깊은 곳까지 스며드는 선연한 공포에 말문이 막힌 것은 물론, 발걸음조차 떨어지질 않았다.

돌아설 수도 없어 뒷걸음질을 치며 비틀비틀 걸어간 탈리아는 유모인 페넬로페의 부축을 받아 간신히 걸음을 옮겼다. 몇 걸음 떼지 않았을 무렵, 등 뒤에서 다시 한 번 그의 목소리가 울렸다.

"테오도르와의 신의를 저버릴 수 없으니, 오늘 있었던 그대의 실수에 대해선 말하지 않겠다. 그러니 그대 역시 영원히 함구하도록 해라."

굴욕도 이런 굴욕이 없었다. 탈리아는 어렸을 때부터 왕자의 정혼자였음에도 아름다운 외모로 인해 숱한 남자들에게 시달림을 받으며 살아왔다. 그런데 저 못생기고 도도한 왕은 어째서!

분한 나머지 눈물까지 고이던 탈리아의 눈빛이 일순 달라졌다.

제아무리 세라프 황국의 실세라지만, 내 자존심을 무참히 짓밟은 대가는 치러야지?

비틀거리던 탈리아는 뒤를 돌아 아론을 쏘아보더니 표독스러운 어조로 내뱉었다.

"왕이시여. 오늘 제게 이런 굴욕을 신사한 것을 인젠가는 후회하게 만들어드리겠습니다. 기필코."

곧장 별궁을 벗어난 탈리아는 아무도 없는 으슥한 정원 한쪽에서 품에 지니고 다니던 단도를 꺼냈다. 왕실 대대로 내려오는 보검으로써 테오도르에게서 선물 받은 것이었다.

날카로운 단도로 옷 이곳저곳을 찢고 사방에 일부러 상처를 내고 흙을 묻힌 탈리아는 그 길로 테오도르의 처소로 달려갔다. 중간에 페넬로페가 필사적으로 말렸지만 아무런 소용도 없었다.

사랑하는 여인의 처참한 꼴을 본 테오도르는 그 즉시 펄쩍 뛰었다.

그가 심약하면서도 탈리아에 관련된 일이라면 이성을 잃는다는 것을 그녀는 누구보다도 잘 알고 있었다. 아니나 다를까, 처음엔 못 믿는 듯하던 테오도르는 탈리아가 자신이 선물한 단도를 꺼내 들고 눈물을 쏟아내자 단번에 눈이 뒤집혔다.

여기서 탈리아가 간과했던 점이 딱 하나 있었으니, 바로 그녀에 대한 테오도르의 마음이 생각했던 것보다 훨씬 더 깊었던 것이었다.

단도를 들고 부들부들 떨던 테오도르는 호위대를 이끌고 그 즉시 아론이 있는 별궁으로 건너갔다.

어떻게 그런 파렴치한 짓을 할 수 있느냐는 테오도르와 자신은 결백하다고 주장하는 아론 사이에서 격한 말다툼이 이어졌고, 그 끝은 결국 깊었던 우정의 파국으로 이어졌다.

격분한 테오도르의 단검이 아론의 옆구리를 관통했을 때, 아론은 고통에 찬 얼굴로 테오도르의 옷자락을 붙잡더니 그의 귀에다 대고 뭔가를 속삭였다.

"전하……, 왜!"

나나가 믿을 수 없다는 듯 바라보며 탄식을 내뱉자 아론은 그녀를 똑바로 바라보며 전혀 뜬금없는 소릴 내놓았다.

"나나야. 짐이 삶에 있어 첫째로 꼽는 가치가 바로 신의란다. 너 역시 그럴 거라고 믿는다."

제법 먼 거리였지만 아론의 따스한 갈색 눈동자에는 굳은 의지가 깃들어 있었다. 불순물 같은 것은 전혀 섞이지 않은, 그간 지켜봐 왔던 그의 맑은 눈동자 그대로였다.

나나는 그 눈을 보는 순간 금세 알 수 있었다. 과거에 무슨 일이 있었던지 간에, 아론이 아니라고 하면 그냥 아닌 거다. 그래. 누가 뭐래도 나나는 그를 믿었다. 의심할 이유 따윈 없었다.

"그 뱀 같은 혀를 잘도 놀리는구나."

테오도르가 싸늘하게 내뱉자 아론은 안타까운 눈으로 그를 바라보며 물었다.

"한때 너를 친구라 믿었던 내가 부끄러워질 지경이다. 도대체 어디까지 바닥을 보일 셈이지?"

"닥쳐! 바닥을 보인 건 너야, 아론! 네가 나를 배신하고 나와의 우정을 저버렸지!"

그 소리에 아론이 뭔가를 꺼내 바닥에다 내던졌다.

철그렁 하는 소리와 함께 세 개의 별이 새겨진 단검이 대리석 바닥 위에서 빙글빙글 돌았다. 오래전 테오도르가 아론을 찌를 때 썼던 것이자, 나나를 납치하고서 보란 듯이 남겨두었던 바로 그 검이었다.

"좋다. 백 번을 양보해 내가 너를 배신했다고 치자. 이렇게 치졸한 방식으로 나나를 잡아다 고통스럽게 만드는 것으로 네 울분이 풀릴 것 같나? 넌 그 정도의 그릇밖에 안 되는 왕인가?"

그 소리에 테오도르의 눈썹이 움찔했다.

"테오도르! 어리광은 이쯤에서 그만둬. 나나를 풀어주고 내려와라. 여기서 나와 결판을 짓자."

아론의 도발에 테오도르는 코웃음을 치더니 왕좌를 천천히 걸어 내려왔다.

"여전히 말은 청산유수로군. 좋아. 언제까지 그렇게 고고한 척 할 수 있을지 두고보겠다."

마지막 계단을 내려오는 순간, 테오도르는 눈에 보이지도 않는 속도로 검집에서 검을 뽑아 아론에게로 곧장 쇄도했다.

재빨리 공격을 회피한 아론은 휘몰아치는 기세로 테오도르의 검을 받아넘겼고, 이후로 두 사람의 팽팽한 힘겨루기가 시작되었다.

"전하……!"

평소 아론의 모습을 연상할 수 없을 정도로 살기등등한 전투에 나나는 공포에 질린 채 왕좌 근처에 바싹 엎드려 있었다.

"아아, 무서워……."

그때, 여전히 포박되어 있는 시배리우스와 아이나의 모습이 나나의 눈에 들어왔다.

무서운 건 무서운 거고, 일단 그들을 풀어주는 게 우선이었다. 이대로 언제까지나 둘이서 싸울 리는 없었다. 나나는 싸움에 도움이 되지 못하는 존재니, 테오도르의 지원 병력이 곧 들이닥치기 전에 이쪽도 전력을 강화해야 할 필요가 있었다.

눈에 띄지 않도록 조심조심 단상을 내려온 나나는 시배리우스와 아이나의 뒤로 돌아 그들에게 접근하려 했다.

바로 그 순간, 나나의 머리 위로 싸늘한 기운이 스쳐지나갔다. 아론과 테오도르의 거칠고 무시무시한 싸움에서 발산되는 살기였다. 지구상의 것이 아닌 금속 날끼리 부딪치는 소리는 어금니가 시릴 정도로 섬뜩했다.

몸을 숙여 바닥을 아예 기기 시작한 나나는 한참만에야 간신히 목표에 도달할 수 있었다.

"나나 씨!"

"쉿."

시배리우스와 아이나가 반색을 하자 나나는 검지를 입술에다 대고서 조용히 하라는 제스처를 취했다.

긴장한 표정의 두 사람은 나일론 밧줄로 꽁꽁 묶여 있었다. 매듭이 너무 강하게 지어져 있어 손으로 푸는 것은 어림도 없어 보였다.

"조금만 기다려요."

주변을 둘러본 나나는 코너 쪽의 아론과 테오도르를 힐끗 쳐다보고서 재빠르게 몸을 움직였다. 두 사람은 싸움에 몰두해 있느라 홀 한가운데에 떨어져 있는 단검을 완전히 잊은 듯 보였다.

"아론! 너 때문에! 너 때문에! 이 모든 게 다 너 때문에……! 너 때문에 탈리아가……!"

이를 악물고 마구잡이로 검을 휘두르는 테오도르는 꼭 실성한 사람처럼 보였다.

아론은 그 모든 공격을 쉽게 받아쳐 넘기고서 한심한 듯 중얼거렸다.

"내가 친구로서 마지막으로 조언했던 것을 너는 결국 이루지 못했던 모양이군."

「테오도르. 모든 걸 다 버릴 정도로 사랑했으니, 부디 그 여자를 끝까지 믿어라.」

맞부딪친 검 날에 비친 테오도르의 눈동자가 일순 크게 흔들렸다.

그와 동시에 아론의 검이 테오도르의 턱 밑으로 곧장 파고들었다.

"어차피 이렇게 될 거였다면 그 날 널 살려두는 게 아니었는데. 잘 가라, 테오도르."

당시 가장 친했던 친구의 단검에 옆구리를 관통당한 채 열두 명의 호위병을 쓰러뜨리고 서른 명이 넘는 호위병을 따돌렸을 정도로 가공할 위력을 과시했던 아론이었지만, 그는 투르칸의 멸망 시점에 테오도르와 탈리아의 행방이 묘연한 것에 대해 크게 관심을 두지 않았다. 어쩌면 그들에게 도망칠 여지를 남겨주었던 건지도 몰랐다.

그마저도 자존심이 상했던 테오도르는 도무지 견딜 수가 없었다.

이젠 모든 게 다 지긋지긋했다. 샌님 같은 아론도 야속한 탈리아도, 그리고 처음부터 지금까지 줄곧 마음에 들지 않는 눈빛을 하고 있는 저 신나나도.

"제길! 이놈이고 저놈이고 다들!"

테오도르는 품에 숨기고 있던 캡슐을 하나 꺼내 아론을 향해 던졌다. 공중에서 분리된 금속 캡슐 안에서 미량의 마비 가스가 살포되어 아론을 덮쳤다.

"크윽!"

반사적으로 눈을 감고 고개를 돌렸지만, 아론의 시야는 이미 뿌옇게 흐려진 후였다.

"잘난 척도 정도껏 해야지!"

테오도르는 홀 한가운데 단검을 주우러 가고 있던 나나에게로 곧장 돌진했다.

"나나야! 도망쳐!"

아론의 다급한 외침에 곧장 반응한 나나는 있는 힘껏 그 자리를 벗어나려 했지만 저질체력의 그녀에겐 역부족이었다.

뒤에서 한 팔로 허리를 꽉 안아 그녀를 움직이지 못하게 한 테오도르는 아론에게 소리쳤다.

"검을 버려!"

"꺄악! 이것 놔!"

나나가 필사적으로 저항하며 바동거리자 테오도르는 검을 들어 날을 바짝 세우더니 나나의 턱 밑에 가져다 댔다.

"죽기 싫거든 얌전히 있거라."

"흐, 흐읍."

공포에 질린 나나가 몸부림을 그만두자 테오도르는 아론을 향해 다시 말했다.

"어서 검을 버리라고!"

"안 돼요, 전하! 안 돼!"

흐릿한 시야를 애써 돌리기 위해 눈살을 찌푸리고 있던 아론은 분노 서린 목소리로 중얼거렸다.

"테오도르……, 네놈이 정녕……!"

"좋아! 그럼 선택의 여지를 주지. 검을 버리면 너를 죽이고 이 여자는 살려줄 생각이다. 반면, 검을 버리지 않으면 이 여자를 죽이고 전력을 다 해 너도 죽이겠다!"

그 짧은 시간, 나나는 생각했다. 테오도르의 말을 믿을 순 없었다. 그는 배신하는 자, 말한 것을 지키지 않는 자였다. 아론이 검을 버리든 버리지 않든, 테오도르의 손아귀 안에 있는 한 나나는 어차피 죽은 목숨이었다. 그러면 차라리 검을 버리지 않고 맞서 싸우는 게 훨씬 더 나은 선택이었다.

아론 역시 같은 결정을 내린 모양이었다.

일순, 두 사람의 시선이 허공에서 맞닿았다.

눈물을 글썽이던 나나가 천천히 고개를 끄덕이자, 아론은 검을 고쳐 쥐고서 한 걸음 앞으로 다가섰다.

테오도르가 나나의 귓가에다 대고서 소름끼치는 웃음소리를 내더니 들릴 듯 말 듯 속삭였다.

"똑똑히 봐라. 이게 너에 대한 아론의 마음이다."

그런데, 그들의 눈앞에 전혀 예상하지 못했던 일이 벌어졌다.

정확히 세 걸음을 걸어 앞으로 나온 아론이 두 사람의 앞에서 주저 없이 검을 내던진 것이다.

바닥에 떨어진 황실 보검이 요란한 소리를 내다 멈추자, 아론은 양 손을 들어 보이더니 담담하게 명령했다.

"이제 됐으니 나나를 놔줘라."

눈을 동그랗게 뜬 나나가 아론을 향해 사납게 소리쳤다.

"아니, 무슨! 전하! 바보세요?"

"왜! 뭐가!"

"아아, 아까 저랑 눈빛 교환 했잖아요!"

"그래! 짐이 검을 버린다고 하지 않았더냐!"

"아니지! 그게 아니지! 그게 아니라⋯⋯!"

"시끄럽다, 방해하지 말고 좀 비켜라!"

"아니, 저야 아까부터 비키고 싶었죠! 근데 이 인간이 안 놔주잖아요!"

"도대체 너는 어떻게 된 애가 네 몸 하나 건사를 못하고 잠깐 사이에 그렇게 덜렁 붙잡히고 그러느냐!"

"네에에에? 어머머머, 이분이 지금 뭐라고 하셔? 제가 여기서 얼마나 고생했는지 알기나 아세요? 따지고 보면 이게 다 전하 때문이잖아요!"

"그게 어째서 짐 때문이란 말이지? 네 얼굴 생김새가 하필이면 그래 서⋯⋯!"

"아니, 그럼 지금 우리 엄빠 탓하시는 거?"

둘이서 갑자기 티격태격하며 말싸움을 하는 동안 테오도르는 몹시도 혼란스러운 표정으로 깊은 생각에 잠겨 있었다.

바로 그때, 거대한 출입문이 살짝 열리더니 그 사이로 시커먼 로브를 걸친 사람이 나타났다.

옮기는 걸음에서 무게감이라곤 전혀 느껴지지 않는, 마치 유령과도 같은 존재였다.

몇 발짝을 옮긴 후 제 자리에 선 사람이 느릿느릿 로브의 후드를 벗었 다.

푸석하고 긴 갈색 머리카락이 어깨 위로 쏟아지더니, 이윽고 가느다 란 여자 목소리가 입술 사이로 새어나왔다.

"테오도르⋯⋯."

16
사랑과 전쟁

"테오……."

로브를 벗은 갈색머리 여자의 얼굴은 차마 눈 뜨고 봐줄 수 없을 정도로 푸석푸석하고 야위어 있었다. 오랫동안 굶었는지 눈두덩은 퀭하고 두 뺨은 광대뼈가 솟은 것처럼 보일 정도로 쑥 들어가 있었으며 입술은 각질이 잔뜩 일어나 있었다. 로브자락을 붙잡은 손등 역시 깡말라 있는 것으로 보아 가려진 몸 역시 비슷한 꼴일 거라는 것을 쉽게 유추할 수 있었다.

나나는 정체 모를 여자의 등장에 놀라 눈을 깜박이던 중 믿을 수 없는 소리를 들었다.

"탈……리아?"

등 뒤에서 나나를 포박한 채 그녀의 턱 밑에다 검날을 바짝 붙이고 있던 테오도르의 입에서 나온 이름이었다.

"탈리아라고? 저 여자가……?"

믿을 수 없는 표정을 한 것은 나나뿐만이 아니었다. 마주보고 서 있던 아론 역시 꽤나 놀란 듯 인상을 찌푸리고 있었다. 등 뒤의 테오도르의 표정이야 안 봐도 이미 뻔했다.

그때 거대한 문 너머에서 병사들의 발소리가 어지럽게 울렸다.

"전하!"

테오도르는 입구를 향해 추상같은 호령을 내렸다.

"들어오지 말고 거기서 대기하라!"

"전하! 하지만!"

"시끄럽다! 아무도, 쥐새끼 한 마리도 들여보내지 마라!"

문밖이 다시 잠잠해지자 테오도르는 탈리아를 바라보았다.

"탈리아 네가…… 어떻게 여기에! 아니, 그보다 도대체 무슨 일이 있었기에……!"

테오도르가 믿을 수 없다는 듯 중얼거리자 탈리아는 휘청거리며 몇 걸음 앞으로 다가오다 풀썩 바닥에 주저앉았다.

"미안해, 테오! 미안해! 그때 널 버리고 그렇게 도망치는 게 아니었는데, 내가 잠시 미쳤었나 봐!"

"탈리아……!"

"잠깐 바람을 쐬고 돌아오고 싶었을 뿐이었어. 그런데……, 우리 행성이 그렇게 쉽게 멸망해버렸을 줄은 난 정말 몰랐어! 정말로! 꿈에도 생각지 않았어!"

그 말을 듣는 순간 나나는 커피숍 로또의 바닥 공사를 해주었던 인테리어 업자의 말을 떠올렸다. '사장님, 이 가격에 이 정도의 고급 마루는 전 우주 어딜 가도 깔 수 없습니다.'라고 했지. 의심은 했지만 속았다는 것을 마침내 깨달은 건 오픈한 지 한참이나 지난, 바로 지난달이었다.

사기란 본디 그런 거다. 당한 사람 본인이 눈 똑바로 뜨고 인정하지 않으면, 알면서도 결국 끝까지 매달리게 되는 달콤한 거짓말.

"아아……, 탈리아."

테오도르가 들고 있는 검날이 부들부들 떨리기 시작하자 나나는 그가 동요하고 있다는 것을 깨달았다.

아론도 마찬가지였는지, 바라보고 있던 눈빛이 일순 날카로워졌다.

"나는……, 테오 네가 죽은 줄로만 알았어. 그래서 이 꼴로 이곳저곳을 떠돌아다니다 여기까지 흘러들어왔는데……, 여기서 널 만나게 될 줄이야! 아아, 테오! 얼마나 널 그리워했는지 몰라! 너는 내가 보고 싶지 않았어?"

"탈리아……, 나는 꿈에서조차…… 단 한 순간도 널 잊어본 적이 없었다."

테오도르가 고통에 차 중얼거리자 탈리아는 눈을 빛내며 말을 이었다.

"그래. 너는 언제나 그랬지. 올곧고 강인하며, 항상 왕의 진면모를 보여 왔어. 비록 우리의 조국은 멸망했지만, 네가 지구에서 이렇게 훌륭하게 터전을 잡고 있는 것을 보니 정말이지 자랑스러워. 테오! 아직도 널 향한 내 마음은 전혀 변함이 없어!"

오랜 시간을 넘어 마주하는 바람에 추억과 현실이 괴리를 일으킨 걸까. 테오도르는 지금의 탈리아가 너무도 낯설고 이상하게 느껴졌다. 그녀의 말 한 마디 한 마디가 왠지 너무도 공허하게 들렸다. 꼭 실체가 없는 안개를 보는 것만 같았다.

"자아, 나와 함께 지구를 손에 넣자. 여기서 다시 한 번 투르칸 왕조의 역사를 일으키는 거야. 위대한 장 앙투앙 테오도르 드 귀동 투르칸의 이름을 걸고!"

탈리아가 말을 끝내자마자 넓은 홀 안에 정적이 감돌았다.

팽팽한 긴장을 깬 것은 나나였다.

테오도르의 본명을 들은 그녀는 눈을 질끈 감고서 머리를 마구 흔들며 오그라들지 않기 위해 사력을 다 하고 있었다.

잠시 나나와 아론을 곁눈질한 탈리아는 이내 뱀처럼 차가운 눈동자를 번들거리며 명령했다.

"뭘 망설이고 있는 거야, 테오? 이 모든 일을 일으킨 우리의 원수를 어서 그 검으로 해치워."

과거에 그녀를 끔찍하게 겁탈했다던 장본인이 바로 여기 있는데도 탈리아는 전혀 두려움 없이 당당해 보였다. 아까부터 그녀의 시선은 오직 테오도르에게만 향해 있었다.

그걸 가만히 관찰하고 있자니 나나는 한 가지 의문에 사로잡혔다.

만약 그녀가 들어왔던 순간, 검을 손에 쥐고 있는 자가 테오도르가 아니라 아론이었다면 그녀는 과연 어떤 반응을 보였을까?

적어도 지금과 같은 반응은 아니었을 거란 확신이 들었다.

"저기요, 장귀동 사장님. 아까 제가 했던 말, 기억하세요?"

나나가 나직이 묻자 테오도르가 고개를 돌려 그녀를 내려다봤다.

"음?"

"나나야, 입 다물고 가만히 있거라."

"아니, 이분도 알 건 아셔야 할 것 같아서요. 아까도 말씀드렸지만, 서라면요…… 사랑하는 사람한테 절대 그렇게 못 해요. 누구나 마찬가지일 거예요."

테오도르는 나나가 과거 탈리아가 그에게 독액을 끼얹고 도망쳤던 일

399

을 상기시키려 한다는 것을 깨닫고 지그시 입술을 깨물었다. 깊은 흉터가 남은 뺨은 오늘따라 유독 땅기고 아팠다.

"누군가를 사랑한다면 자나 깨나 그 사람의 안위만을 바라죠. 그 사람이 안 보이면 궁금하고 어떻게 지내는지 줄곧 걱정하고……."

나나의 눈길은 아론의 잘생긴 얼굴을 따라 올라가 똑바로 그의 눈동자에 가 닿았다.

"차라리 내가 아프고 말지 그 사람이 아픈 걸 보는 건 못 참겠고……, 나는 어떻게 되도 좋으니……, 그 사람만큼은 끝까지 어느 한 군데 상하지 말고 그저 오래오래 건강하고 행복하게 살았으면 하고 바라는 게……, 그게 당연한 거예요."

진심 어린 나나의 말에 아론은 그녀가 자신의 이야기를 하고 있음을 직감했다.

"만약 그 사람을 정말 사랑한다면 말이에요."

"나나야……."

그 소리를 듣는 순간, 아론의 머리부터 발끝까지 전율이 흘렀다. 이 드넓은 우주에 영락없이 혼자였던 지난 시간들은 어느새 까마득한 옛일이 되어 있었다.

"닥쳐!"

나나가 하는 말의 속뜻을 깨달은 탈리아가 앙칼지게 소리쳤다.

소스라치게 놀란 나나가 어깨를 움츠리며 몸을 웅크리자 테오도르는 눈을 돌려 탈리아를 바라봤다.

"저 계집은 뭐지? 저딴 천한 계집의 헛소리 따위 듣지 마, 테오! 그때 내가 제정신이 아니었던 건 너도 잘 알잖아! 난 그때 저 짐승 같은 놈에게 험한 꼴을 당하고 아무런 생각도 없었어! 난 억울하다고, 난……!"

꽤 길었던 침묵을 깨고 테오도르가 말문을 열었다.

"탈리아 너는…… 어째서 그렇게 아무렇지도 않은 거지? 정말 아론에게 그런 짓을 당했다면…… 넌 무섭지도 않아? 그 악랄하고 짐승 같은 아론이 바로 네 눈앞에 있는데도 정말 아무렇지도 않느냐고."

그 소리에 탈리아의 안색이 한층 더 창백해졌다.

"테, 테오, 지금 날 의심하는 거야?"

탈리아의 반응을 본 테오의 얼굴이 고통에 일그러졌다.

"그리고 어째서……, 어째서 넌…… 나에 대한 건 아무것도 묻지 않는 거지? 내가 그동안 어떻게 지내고 어떤 삶을 살아 왔는지 궁금하지도 않아?"

"당연히 궁금하지! 하지만 지금은 그런 게 중요한 게 아니잖아!"

"중요하지 않다고? 그럼 네게 있어서 중요한 건 뭐지? 나는 널 사랑했어! 네 머리부터 발끝까지, 네가 없는 사이 널 그리다 미쳐 버릴 정도로 내 모든 걸 다 바쳐서 사랑했었어! 그런데 넌!"

"테오도르!"

"그때 네가 사랑한다고 했던 건…… 정말 나였나?"

테오도르의 눈앞에 문득 꿈결처럼 옛 일이 떠올랐다.

세상에서 가장 사랑하는 여인인 탈리아와 유일한 벗인 아론과 함께 성의 망루에 올라 끝없는 투르칸의 지평선을 바라보았던 그때.

「나는 세상에서 제일가는 가치는 권력이라고 생각해. 권력은 모든 걸 가능하게 하는 마법이니까.」

탈리아의 당돌한 말에 테오도르는 흐뭇하게 웃고 아론을 돌아보며 물었다.

「아론 너는 어때?」

「뭘 말이냐.」

「세상에서 제일가는 가치가 뭐라고 생각해?」

잠시 고민하던 아론은 지평선 너머를 바라보며 쓸쓸하게 답했다.

「신의.」

「신의……라니, 모든 걸 다 가진 네가 그런 소릴 하다니 다소 의외인데?」

「의외로 끝까지 지키기 어려운 부분이니까.」

테오도르는 아론의 어깨에 손을 얹고서 굳게 선언했다.

「아론. 날 믿어라. 나만은 절대 너와의 우정을 배신하지 않을 테니까.」

그 소리를 들은 아론은 희미하게 웃기만 할 뿐 아무 대꾸도 하지 않았었다.

「그러는 테오도르는 뭐가 제일 중요한 가치라고 생각해?」

탈리아의 호기심 가득한 질문에 테오도르는 자신 있게 답을 내놓았었다.

「내가 세상에서 제일로 꼽는 가치는 바로 사랑이야!」

"탈리아! 그때 네가 사랑한다 고백하고 언약했던 대상은 나였나, 아니면 일국의 왕자였던 내 배경이었나? 대답해!"

탈리아가 아무 대답 없이 노려보기만 하자 테오도르는 그제야 모든 것을 깨달았던지 완전히 절망한 어조로 덧붙였다.

"아아, 이럴 수가!"

부들부들 떨던 테오도르는 나나의 턱 밑에 드리웠던 검을 던져 버리고 순순히 그녀를 풀어주었다.

"가라."

놀란 나나는 힐끔힐끔 뒤를 돌아보고 테오도르의 눈치를 살핀 후 젖 먹던 힘까지 다 짜내 아론에게로 달려갔다.

"전하!"

"나나야."

한 팔로 나나의 허리를 꽉 안아 본 아론은 재빨리 그녀를 자신의 뒤로 숨게 했다. 지독한 혼란에 정신을 못 차리며 고통스러워하던 테오도르가 아론에게 물었다.

"아론! 왜 그때 사실대로 말하지 않았지?"

아론은 아무 대답도 하지 않은 채 물끄러미 테오도르를 바라보기만 할 뿐이었다. 그 시선에서 느껴지는 연민에 테오도르는 문득 부끄러워졌다. 아론이 끝까지 사실을 말하지 않은 것은 아마도 테오도르를 위해서였을 것이다. 어차피 금이 가 다시는 이어 붙지 못할 우정이니, 사랑이라도 지키길 바라는 마음에서였겠지.

그런 아론에게 비수를 박아 넣고 돌이킬 수 없는 죄를 저지르고 말았다니.

"내가 사랑했던 탈리아는 이미 죽었다. 아니, 애초부터 그런 여자는 없었던 건지도."

테오도르가 중얼거리는 말에, 주저앉아 있던 탈리아의 눈빛이 일순 번뜩였다. 예나 지금이나 테오도르는 변한 게 아무것도 없었다. 권력에 대한 열망도 의지도 없는 주제에 일을 망치기만 하는 머저리.

방랑하던 중 지구에서 그가 자리를 잡고 있는 것을 발견하고 이제라도 이용해볼까 하던 중이었건만 하필이면 눈엣가시 같은 아론까지 함께 와 있었을 줄이야.

테오도르 때문에 화려했던 생활도, 부모도, 고향도 다 잃었다는 생각에 탈리아는 분노를 참을 수가 없었다.

치미는 화를 억누를 길이 없던 그녀는 순식간에 눈이 뒤집혀 품속에 감춰두었던 주머니칼을 꺼내들고 멍하니 서 있는 테오도르를 향해 달려갔다.

"테오도르! 나를 이렇게 만든 죗값을 치러……!"

바로 그때였다. 어디서 나타난 건지, 작은 체구의 중년 여인이 달려들어 탈리아의 손을 세게 내리쳤다.

앙상한 뼈대밖에 남지 않은 그녀의 손에서 주머니칼이 힘없이 빠져나와 바닥에 떨어졌다.

땡그랑 하는 소리가 멎었을 때 즈음, 탈리아의 귀에 익숙한 음성이 들려왔다.

"아가씨! 이게 도대체 무슨 흉측한 꼴이랍니까!"

페넬로페였다. 날 때부터 탈리아를 키워주고 가장 가까운 곳에서 지켜보았던, 그녀에게 있어선 엄마와도 같은 존재.

"얼마나……, 내가 얼마나 걱정했는지 알기나 해요?"

"페넬로페……!"

"어떻게 먹고 살았기에! 얼굴이 왜 이래요? 응? 어디서 무슨 고생을 얼마나 한 거예요! 아가씨……! 흐흑!"

페넬로페가 울음을 터뜨리며 다가와 뺨을 어루만져주었지만 탈리아는 코끝을 벌겋게 물들이면서도 독하게 눈물을 삼켰다.

"비켜! 내 몸에 손대지 마! 저 자식 죽이고 나도 죽을 거야!"

탈리아는 흥분한 나머지 더 이상 앞도 뒤도 보이지 않는 것 같았다.

그녀가 바닥의 칼을 주워들고서 다시 테오도르에게로 가려 하자 페넬로페는 엄한 목소리로 그녀를 꾸짖었다.

"그러지 마세요!"

배에다 힘을 꽉 주고서 내뱉는 고함에 사방이 쩌렁쩌렁 울렸다.

"아가씨 때문에 나는 지금까지 밤잠도 못 자요! 어디서 어떻게 지내는지! 밥은 먹고 사는지! 아픈 데는 없는지 걱정하느라 아무것도 못했다고요! 이런 내 맘을 안다면 제발……!"

페넬로페의 오열에 나나는 가슴이 뭉클해졌다. 전에도 그랬듯, 그녀에게선 어쩐지 익숙한 '엄마'의 향기가 풍겼다.

"유모가 나에 대해서 뭘 알아? 비켜! 비키라고!"

"아니! 난 아가씨의 모든 것을 다 알고 있어요! 아가씨가 그날 밤 세라프의 황자를 유혹하려다 실패해 스스로 당한 것처럼 꾸미고 테오도르 님께 달려가 두 분 사이를 이간질한 것도, 사건 수습이 안 되자 테오도르 님을 다치게 한 후 다른 행성으로 간 것이 결국 그곳의 권력자를 유혹해 화려한 생활을 계속하려 했던 거라는 것도 다 안다고요!"

"이…… 배은망덕한!"

페넬로페의 증언에 나나는 경악하고 말았다. 설마 했는데 그 의심이 모두 다 사실이었단 말인가!

사랑, 음모, 배신. 가만? 이거 어디서 많이 본 스토리인데? 여기에 출생의 비밀만 들어가면 완벽한…….

"이런 나를 봐서라도 제발! 으흑흑! 사실……, 사실 아가씨는……!"

어어, 잠깐. 이거 위험한데?

나나의 표정이 묘하게 일그러지던 순간, 우려했던 일이 현실로 다가왔다.

"아가씨는 내 딸이에요!"

역시나! 이로써 완벽한 아침드라마 막장 스토리가 완성되지 않았나.

나나는 어떤 표정을 지어야 할지 몰라 당황한 눈으로 아론을 올려다 봤다. 그 역시도 황당했던지 온갖 인상을 다 찌푸리고 있었다.

"그, 그게 무슨 소리야! 내가 왜 유모의 딸이라는 거지?"

"아가씨는 내가 젊었을 적 총리대신님과의 사이에서 낳은 내 딸이에 요! 아가씨가 엄마라고 믿고 살아왔던 총리대신님의 부인은 아기를 낳을 수 없는 몸이었어요!"

"뭐라고? 그럼……!"

"아가씨는 완벽한 귀족의 피를 타고난 영애가 아니란 말이에요, 그러니 이제 허황된 욕심 같은 건 좀 내려놓아요. 이 엄마의 얼굴을 봐서라도!"

아, 이거 훈훈하긴 한데 영 타이밍이 좋지 않은 거 아닌가 싶은 순간, 아니나 다를까 우려했던 일이 또 한 번 터졌다.

안 그래도 충격 받은 데다 연타로 얻어맞으니 눈에 뵈는 게 있을 리 없던 탈리아가 완전히 미쳐 날뛰기 시작한 것이었다.

"다들 날 속였어? 가만 안 둘 거야!"

탈리아는 여전히 혼이 나가 흐느적거리고 있는 테오도르를 향해 달려

가려 했다. 그 직선거리 안에 테오도르가 내버린 검이 떨어져 있었다.

"같이 죽자, 테오!"

이제는 아무래도 좋았던지, 테오도르는 멍하니 탈리아를 바라보기만 할 뿐 아무런 방어 태세도 취하지 않았다.

"아, 안 돼!"

그때 아론의 뒤에 서 있던 나나가 반사적으로 달려 나가 탈리아를 막았다.

"대체 언제까지 그렇게 어리광 부릴 거예요?"

나나가 대놓고 나무라자 탈리아의 눈빛이 사납게 날뛰었다.

"지금 이 꼴을 보고도 아직도 모르겠어요? 그쪽 행성 멸망한 건 다른 누구도 아닌, 바로 당신 때문이에요. 지금이야 물론 인정이 안 되겠지만, 언제까지나 그렇게 남 탓하면서 과거의 그림자에 얽매여봤자 님 마음만 고통스러울 뿐이라고요. 아직 기회는 있으니 제발 눈을 뜨고 주위를 둘러봐요. 당신 곁엔 좋은 사람들이 있잖아요, 네?"

"아아……."

나나의 간절한 설득에 탈리아는 모든 것을 포기한 허탈한 눈으로 그녀를 바라봤다. 헛소리를 주절거리는 지구인 계집애가 입고 있는 옷은 과거 그녀가 즐겨 입었던 붉은색 드레스였다. 그때 자신이 뽐냈던 아름다움보다 한층 더 고혹적인 매력을 풍기고 있는 나나를 보니 탈리아는 스스로가 비참하고 화가 나 견딜 수가 없었다.

"젠장, 이놈이고 저놈이고 잘난 척은! 닥쳐! 전부 닥치란 말이야!"

말라비틀어진 몸의 어디에서 그런 힘이 났는지 탈리아는 쏜살같이 바닥의 검을 집어 들고서 나나를 향해 휘둘렀다.

"미워! 나는 네가 너무 미워! 모두 다 밉다고!"

쐐액 하고 허공을 가르며 다가오는 검날이 마치 슬로우모션을 보고 있는 듯했다. 공포로 완전히 얼어붙은 나나는 검을 피하지 못한 채 마지막을 직감했다.

"꺄악!"

"나나야!"

찰나에 벌어진 일이었다.

몸에 아무런 상처도 입지 않은 것을 확인한 나나는 자신의 앞을 막아선 아론의 뒷모습을 보고 안도의 한숨을 내쉬었다.

그러나 마음을 놓은 것도 잠시.

"전하……?"

툭, 투둑. 장미꽃보다도 붉은 선혈이 떨어져 내려 바닥에 고이는 것을 본 나나의 동공이 최대치로 벌어졌다.

"전하! 안 돼애애애!"

「다시는 걱정하게 만들지 말거라.」

「살아오는 동안 짐은 스스로가 참 행운아라고 생각했었는데, 이제 보니 그것도 아니었던 것 같다. 너를 만나서야 비로소 행운아가 된 거지.」

「나나야, 너만은 나를 배신하지 마라.」

귓가에 젖어드는 나직한 음성도, 눈을 감고도 금세 그려낼 수 있을 것만 같은 얼굴도, 생생한 촉감마저 되살아오는 그 키스도. 아직 그의 곁에서 계속 누리고 싶은 게 얼마나 많은데.

처음부터 끝까지 다 내 잘못이다. 모두 내 잘못. 내가 괜히 주제넘게 나서서 모든 걸 그르쳤어. 그를 위험에 빠뜨렸어. 내가.

"안 돼……, 안 돼요, 전하, 안 돼……."

아론이 흘린 피가 바닥에 고이는 것을 보고 완전히 정신이 나간 나나가 쉴 새 없이 중얼거리자 아론은 인상을 찌푸리며 소리쳤다.

"나나야! 정신 차려라!"

"전하?"

"짐은 괜찮으니 뒤로 물러나거라!"

"아……!"

피는 아론의 손에서 나고 있었다. 다급한 마음에 장갑도 끼지 않은 채 맨손으로 검날을 붙잡아 막은 것이었다.

아론이 크게 다치지 않은 걸 보고 긴장이 풀린 나나는 비척비척 뒤로 물러나 풀썩 주저앉고 말았다.

그녀를 한 번 곁눈질한 아론은 탈리아를 향해 호통 쳤다.

"어디까지 추해질 수 있는지 보여주고 자랑이라도 하려는 건가!"

등골이 오싹해질 정도로 근엄한 음성에 탈리아는 퀭한 눈두덩 안의 눈을 사납게 부라리며 물었다.

"저 계집은 지구 유명 권력자의 딸 정도 돼?"

"아니. 재수라고는 요만큼도 없는, 망한 커피숍 사장일 뿐이다."

아론이 내놓은 지극히 솔직한 대답에 나나의 창백했던 얼굴이 화끈 달아올랐다.

"평범한 계집이라고? 그렇다면 왜……?"

이해할 수 없는 표정으로 나나를 바라본 탈리아가 한층 더 소리 높여 물었다. 버리지 못한 욕망과 억울함이 잔뜩 밴 목소리였다.

"저 계집은 옛날의 나와 꼭 닮았잖아! 그런데 어째서 나는 거부하고 저 계집에겐 곁을 내준 거지? 도대체 왜!"

"무슨 헛소리를 하는 거냐. 나나는 너처럼 천박하고 못된 계집과 닮은 구석이 전혀 없다."

아론은 대답할 가치도 없다는 듯한 표정으로 코웃음을 치며 덧붙였다.

"나나는 그냥 나나일 뿐."

검날을 두 손바닥으로 단단히 고쳐 잡은 아론은 있는 힘을 다해 그것을 뿌리쳐 버렸다. 동시에 탈리아의 몸 역시 추풍낙엽처럼 힘없이 딸려가 바닥에 내팽개쳐지고 말았다.

"꺄악!"

대리석바닥에 머리를 부딪치고 쓰러진 탈리아는 낮은 신음소리를 내며 그대로 기절해 버렸다.

"전하!"

눈앞에서 벌어진 한 편의 활극에 멍하니 정신을 놓고 있던 나나가 벌떡 일어나 아론에게로 달려갔다.

"괜찮으세요? 아아! 피! 피가! 어떡해! 많이 아파요?"

벌어진 상처를 들여다보고 어쩔 줄을 몰라 하던 나나는 드레스 앞섶에 달린 장식용 프릴을 주욱 뜯어 그의 손바닥을 동여매주며 쉴 새 없이 사과했다.

"미안해요, 미안해요, 전하, 제가 잘못했어요……."

나나는 아론의 손을 꼭 잡아주다 결국 울음을 터뜨리고 말았다.

"으으, 흑! 흐흑!"

아프게 해 미안하고, 구하러 와주어 고맙고, 그리고 다시 만나게 되어 다행이고…… 그런 복잡한 감정들이 한데 모여 있다 둑이 터지듯 일시에 쏟아져 나왔다.

얼굴을 가릴 생각조차 하지 못한 채 어린애처럼 펑펑 우는 나나의 얼굴을 가만히 바라보고 있자니 아론은 그간의 걱정과 긴장이 단번에 풀리는 것만 같았다. 그녀가 무사한 것을 보니 이젠 뭐든 아무래도 좋을 것 같았다.

"미안하긴……."

그녀의 머리카락을 마구 헝클어뜨리는 그의 손은 언제나 그랬듯 다정하고 따스하기만 했다.

"네가 무사하니 그걸로 됐다."

"흐흑, 정말 걱정 많이 했어요."

"누가 할 소릴."

손가락으로 나나의 눈물을 지워낸 아론은 이내 씩 웃으며 덧붙였다.

"감히 짐에게 걱정과 수고를 끼친 데 대한 벌은 나중에 제대로 내리도록 하겠다."

그 소리에 나나의 눈물이 쏙 들어갔다.

"네에?"

"그만 울음을 그치고, 가서 저 미끼로 쓰는 외엔 아무 짝에도 써먹을 데 없는 것들을 풀어줘라."

아직까지도 꽁꽁 묶인 채 꼼짝달싹도 못 하고 있는 시배리우스와 아이나가 울상을 짓자 나나는 그제야 배시시 웃어 보였다.

눈은 붓고 코는 딸기코에 입술은 다 터져 있었지만, 혼자서도 제법 씩

씩하게 잘 버텨준 그녀의 얼굴은 그 어느 때보다 더 예쁘고 사랑스러워
보였다.

　망연자실 서 있기만 하던 테오도르는 어느새 기절한 탈리아의 곁으로
가 있었다.
　"전하, 부디 아가씨를 용서해주세요……."
　참담함에 눈물을 흘리는 페넬로페를 물끄러미 건너다본 그는 뼈마디
만 앙상하게 남은 흉측한 몰골의 탈리아를 내려다보다 몸을 낮춰 그녀
의 곁에 앉았다.
　"탈리아……, 더는 누구를 탓할 것도 없다. 너도 나도 어리석기 짝이
없었구나."
　회한에 몸서리치며 고개를 숙인 테오도르 앞에 긴 그림자가 드리워졌
다. 아론이었다.
　"테오도르."
　부르는 소리를 못 들은 것인지, 아니면 듣고도 고개를 들 수 없었는
지, 테오도르는 미동도 없었다.
　"아직도 그 여자에게 미련이 남았나?"
　죽도록, 죽이고 싶도록 미웠지만, 그렇다고 해서 버릴 수도 없었다.
탈리아는 배신한 여자이기 이전에 투르칸의 멸망에서 살아남은 신민이
기도 했으니까.
　테오도르에게서 답이 돌아오지 않자 아론은 나나를 돌아보았다.
　그녀는 안타까운 눈으로 테오도르 일행을 바라보다 아론과 눈을 맞추
고 고개를 끄덕여 보였다.

"테오도르. 내가 여기 온 이유는 이미 알고 있겠지."

여전히 대답이 없는 테오도르를 무표정하게 내려다보며, 아론은 차가운 어조로 말을 이었다.

"이곳은 곧 멸망한 투르칸과 같은 운명이 될 것이다. 부관에겐 반역자인 너를 처단하겠다고 말해두고 왔지만 한 번의 기회를 더 주겠다. 네남은 신민들을 거두어 여길 떠나라. 친구로서 내가 해줄 수 있는 건 여기까지다."

잠시 말을 끊었던 아론은 참담한 어조로 덧붙였다.

"네게 남겨두었던 일말의 마음마저 여기서 거두겠다."

돌아서서 뚜벅뚜벅 걸어가는 아론의 뒷모습을 올려다본 테오도르가 뒤늦게 나직이 답했다.

"이제야말로 여기서 다 함께 최후를 맞겠다."

걸음을 잠시 멈춘 아론은 뒤를 돌아보지 않은 채 씁쓸하게 내뱉었다.

"좋을 대로."

"고맙다, 아론."

그 말에 끝까지 대꾸하지 않은 채, 아론은 나나에게로 손을 내밀며 말했다.

"돌아가자, 나나야."

후방에서 대기하라는 명령을 어기고 나섰다가 가루가 되어 생을 마감하고 싶지 않았던 벤포르테는 이러지도 저러지도 못한 채 손톱을 씹으며 커피숍 로또의 주차장을 왔다 갔다 하고 있었다.

"아아, 전하……, 도대체 어찌하여 신의 마음을 이렇게 들었다 놨다

하시는 겁니까."

곁에서 지켜보고 있던 부하들조차 안절부절못하고 다리를 떨어대기 시작할 무렵, 해가 뉘엿뉘엇 져 가는 지평선 너머로 긴 그림자 네 개가 드리워졌다.

침침한 눈을 비비고 바라보자 익숙한 실루엣이 다가오는 게 보였다. 왕과 시배리우스, 아이나, 그리고 또 한 명, 아니 한 마리의……?

"전하, 제발 부탁이에요. 이것 좀 놔주시면 안 돼요?"

"줄이 길어서 바닥에 끌리지 않느냐. 네가 밟고 넘어지기라도 하면 크게 다치는데, 그런 걸 보고만 있을 순 없지."

"그냥 칼로 잘라주시면 안 돼요? 전하의 칼솜씨라면 다치게 하지 않고 깔끔하게 잘라내실 수 있을 것 같은데."

"그런 위험을 감수할 필요는 없지. 가서 부하들에게 맡기면 금방 풀어 줄 테니 조금만 참거라."

"그럼 적당히 말아서 제가 쥘게요."

"여기저기 다쳐서 보기도 안쓰러운데 네게 맡길 순 없다."

"아니에요. 무거운 것도 아닌데요, 뭐. 괜찮으니 저한테 주세요."

"나나야. 짐을 생각하는 네 마음 확실히 닿았단다. 아무 말 말고 그냥 이대로 있으렴."

"저기요, 그런데, 죄송한데……, 아니, 물론 당연히 아니겠지만…….."

"으응? 뭘 말이냐?"

"혹시 전하……, 지금 이 상황…… 즐기시는 건 아니죠?"

열쇠로 자물쇠를 푸는 것을 잊고 나오는 바람에 나나의 목에는 흉물스러운 목줄이 그대로 감겨 있었다. 마치 애완견목걸이처럼 길게 매달린 그 스트랩을 아론은 마치 고삐처럼 손에 쥐고 이랴이랴, 나나를 몰고 있었다.

"즐기다니, 말이 너무 심하구나."

"그런데…… 아까부터 왜 웃을까 말까 하세요? 혹시 억지로 웃음 참고 있는 거 아니에요?"

"짐을 의심하다니, 푸훗, 우리 나나, 그렇게 안 봤는데 상당히 건방지구나."

"방금 푸훗, 하지 않으셨어요? 웃은 거 아니에요 그거?"

"누가? 짐이? 쯧쯧. 귀에도 부상을 입은 모양이군, 어서 가서 치료를 받아야겠다."

"으음, 기분이 이상한데요? 왠지 속고 있는 느낌인데요?"

"기분 탓이란다."

"정말요?"

나나가 울상을 하고서 아론의 뒤를 따라 터벅터벅 걸음을 이어가는 것을 뒤에서 보고 있던 시배리우스와 아이나는 터져 나오는 웃음을 참느라 필사적이었다.

목줄을 벗고 로또의 안으로 들어간 나나는 몇 번이고 눈을 비비며 사방을 둘러봤다.

"이, 이게…… 뭐예요?"

천장부터 바닥의 마루까지, 주방, 카운터, 테이블과 의자 소파 할 것 없이 모든 게 다 바뀌어 있었다. 사방은 도무지 눈을 제대로 뜨고 있기도 어려울 정도로 번쩍번쩍 금칠이 되어 있었다.

도무지 이해할 수가 없었다. 이 황당한 상황도, 그리고 이런 짓을 해치운 자의 미적 감각도.

"마음에 드십니까, 전하."

"으음. 화려하니 딱 보기 좋군."

"내……, 내……, 커피숍에다 도대체 무슨 짓을 한 거예요오오오!"

나나가 버럭 소리를 지르자 벤포르테는 눈살을 찌푸리며 그녀에게로 다가왔다.

"무엄하도다. 어느 안전이라고 감히 목소리를 높이는 게냐."

벤포르테는 이윽고 나나를 머리부터 발끝까지 훑어보았다.

아직도 그 붉은색 드레스 차림이라는 것을 깨닫고 놀란 나나는 다급하게 가슴을 가리고 얼굴을 붉혔다.

"뭘 봐요!"

"흠, 참으로 미색이긴 하다만 애완동물로 삼기엔 예절교육이 도통 안되었구나. 너 좀 이리 와 앉아 보거라."

"네?"

"지구 나이로 몇 살이냐."

"스물아홉 살인데요."

"이름은?"

"신……나나요."

"신나나요라니? 요상한 이름이로구나."

"신나나, 까지가 이름이에요. 그리고 요상한 걸로 따지자면 그쪽 왕님 성함이 백배는 더 요상하시던데요?"

"허허, 이 계집, 말버릇 보게. 그래, 부모님은 살아계시고?"

"아뇨, 두 분 다 돌아가셨어요."

"쯧쯧. 어쩌다?"

한쪽 무릎을 세우고 의자에 앉으며 날카로운 눈을 빛내는 중년 노인을 보고 있자니 딱 '난 이 결혼 반댈세.'를 외치는 예비 시어머니를 보고 있는 것만 같았다.

나나가 황당한 표정으로 아론을 건너다보자, 그는 키득키득 웃다가 손뼉을 딱 치고 유쾌하게 소리쳤다.

"모두 나가라. 조용히 쉬고 싶다."

부하들이 썰물 빠지듯 모두 나가고 탐탁지 못한 듯 눈을 흘기던 벤포르테마저 사라지자 사방은 마침내 정적에 휩싸였다.

"저기……."

"짐은……."

왠지 모르게 서먹서먹한 기분으로 서 있던 두 사람은 동시에 뭔가 말을 하려다 입을 다물었다.

"전하 먼저 말씀하세요."

"아니, 네가 먼저 말하거라."

"뭐……, 별 건 아니고……. 되게 오랜만인 것 같네요."

떨어져 있었던 시간은 겨우 하루 남짓일 뿐이었는데 마치 오랫동안 헤어져 있다가 재회한 듯한 느낌이었다.

나나는 코밑을 쓱 문지르고서 쭈뼛쭈뼛하다가 조그맣게 중얼거렸다.

"보고 싶었다는, 그 얘기 하고 싶었어요."

아론은 부드럽게 웃어 보이며 곧장 나나에게로 손을 뻗었다.

나나는 그의 손을 두 손으로 가만히 잡고서 손바닥을 내려다봤다.

그의 손바닥 상처는 조금 전 나나가 벤포르테에게 시어머니 잔소리를 듣고 있는 동안 의무병들에 의해 말끔히 치료되어 있었다. 이쪽보다 훨씬 더 진보한 문명이라더니, 상처는 그 짧은 시간 동안 벌써 다 아물어 희미한 흉터만 남았을 뿐이었다.

"많이 아팠죠?"

검지로 길게 남은 흉터를 따라 그려본 나나는 정작 다쳤던 아론보다 훨씬 더 아픈 표정을 하고 있었다.

"이 정도 아픈 건 아픈 축에도 안 들지."

아론은 손바닥을 뒤집어 나나의 손을 꽉 쥐었다. 그녀의 손등, 손목, 팔뚝 할 것 없이 피부엔 온통 푸르죽죽한 멍이 남아 있었다.

"너 혼자서 얼마나 무서워하고 있을지……, 그리고 너를 그렇게 만들어놓은 게 바로 짐이라 생각하는 게 몇 배는 더 고통스럽더구나."

웬일로 솔직히 속내를 털어놓는 아론의 모습이 꽤 낯설었다.

"다시는 못 보게 될 줄 알았어요."

"앞으로 이런 일은 없을 거다. 약속하지."

나나의 손을 벌려 손가락 사이사이에다 단단히 깍지를 낀 아론은 부드럽게 그녀를 끌어당겨 품에 안더니 귓가에다 속삭였다.

"다시는 너를 짐의 곁에서 떨어지게 하지 않을 거다. 다시는."

고개를 숙인 아론은 이내 살며시 나나의 입술을 찾아들었다.

보드랍고 촉촉한 입술을 살짝살짝 건드리며 감촉을 음미한 그는 이윽고 깊고 진하게 키스하며 한동안 채우지 못했던 갈증을 원 없이 해소했다. 아론의 익숙한 향기와 온기, 그리고 감미로운 키스에 흠뻑 취한 나나는 그대로 눈을 감아버렸다. 이대로 영원히 잠들어도 좋을 것처럼 행복했다.

"나나야……."

영원처럼 길게 느껴진 키스가 마침내 끝나고 입술이 떨어졌을 때, 그녀의 귀에 미리 알고는 있었지만 전혀 예상치 못했던 말이 들려왔다.

"곧 짐과 함께 긴 여행을 떠날 테니, 마음의 준비를 하거라."

그녀에겐 실의와 절망만을 안겨주었던 지구에 드디어 마지막 순간이 올 모양이었다.

그동안 그렇게 노래를 불렀건만, 무슨 일인지, 한 걸음 뒤로 물러나 아론을 올려다보는 나나의 표정은 그리 밝지만은 않아 보였다.

머리 위로 한국 공군의 전투기가 쐐액 하고 지나갔다. 한두 대가 아니었다.

그들은 여신의 은총에서 빠져나온 셔틀이 머물러 있는 상공을 정찰하는 중이었다. 외계인들이 아직 이렇다 할 움직임을 보이지 않으니 공격은 하지 않고 있었지만, 팽팽한 대치 상태는 여전히 계속되고 있었다.

"아아, 두 분이 어쩜 저렇게 잘 어울리시는지……."

창문 너머로 왕과 나나의 키스 장면을 훔쳐보고 있던 아이나가 눈을 초롱초롱 빛내며 하는 말에 시배리우스는 고개를 끄덕이며 수긍했다.

"함께 위기를 극복하면 사이는 더욱더 돈독해지는 법이지. 두 분이서 옙흔 사랑 하세효."

"아아, 시배리우스 님."

아이나가 무언가를 기대하는 듯한 눈으로 또 한 번 추파를 던지자 시배리우스는 여전히 철벽을 두른 듯 단호한 태도로 고개를 저었다.

"제발, 더 이상 나를 유혹에 빠뜨리지 말아, 아이나."

"시배리우스 님, 아아, 어쩜 이리도 끝까지 매정하신가요."

"아이나, 미안하다!"

"처음이자 마지막으로 한 번만 꼭 안아주세요. 그럼 깔끔하게 포기할게요."

아이나가 눈물을 글썽이며 하는 말에 시배리우스는 안타까운 눈으로 그녀를 내려다보다 어쩔 수 없다는 듯 그녀를 향해 팔을 벌렸다.

"딱 한 번 만이다."

"감사합니다, 시배리우스 님."

역사적이고 운명적인 첫 포옹을 나누던 순간, 머리 위에서 전투기 한 대가 굉음을 내며 저공비행했다.

소리에 화들짝 놀란 시배리우스는 아이나의 허리를 으스러져라 껴안고 말았고, 그 바람에 그의 품속에 들어 있었던 순간이동기가 삑 소리를 내며 구동하고 말았다.

털썩, 털썩, 쏴아아…….

나란히 앉아 드넓은 뻘 밭을 바라보며 파도소리를 듣고 있던 아이나가 물었다.

"여긴 대체 어디죠, 시배리우스 님?"

"웰컴 투 오이도."

쭈그리고 앉아 망연자실 수평선을 바라보는 두 사람의 머리 위로 갈매기 한 마리가 괘액 하고 울며 지나갔다.

17
함께 만든 추억

잠이 오질 않았다.

보통 사람에게 있어서 그런 큰 사건에 휘말린 후 깊은 잠을 자는 건 무리일 것이다. 참고로, 저쪽에서 아까부터 숙면 취하고 계시는 분은 보통 사람이 아니므로 패스.

나나가 있는 창가 카우치 맞은 편 벽엔 보기만 해도 절로 입이 떡 벌어질 정도로 거대한 침대가 놓여 있었다. 영화에서나 보던 기둥 달린 침대는 침대 자체와 침구는 물론이고 드리워진 휘장까지도 온통 황금색이었다. 아무리 황족을 상징하는 색이라 해도, 무슨 금색 강박증도 아니고 저게 뭔가 싶었다.

저 침대가 놓여 있는 자리는 원래 단체손님들이 올 때를 대비해 긴 소파를 놓아둔 곳이었다. 주인이 잠깐 자리 비운 사이에 남의 가게에다 무슨 민폐인지 몹시 약이 올랐지만, 어차피 곧 흔적도 없이 사라질 곳이니 항의하는 것도 우스울 일이었다.

"흔적도 없이 사라진다……?"

괜스레 심란해진 나나는 창밖을 내다보다 도둑고양이 한 마리를 발견했다. 먹을 것을 찾고 있는 듯, 길가의 음식물쓰레기 수거통 근처를 맴돌고 있었다.

깊은 잠에 빠져 있는 아론을 힐끗 곁눈질한 나나는 자리에서 일어나 수납장에서 멸균우유를 꺼내 우묵한 그릇에 부어 들고 밖으로 나갔다.

밤바람은 미지근했다.

모두들 잠든 세상이 고요하고 새삼스러웠다.

"안녕, 야옹아? 배고프니?"

경계 태세로 쏘아보고 있던 고양이는 나나가 쪼그리고 앉아 그릇을 내밀자 살금살금 눈치를 살피며 그녀에게로 가까이 다가왔다.

"괜찮아. 먹어. 착하지."

나나가 나직이 중얼거리며 그릇을 밀어주자 고양이는 조심스럽게 혀를 내밀고 우유를 핥아 먹었다.

"안에 또 있으니까 모자라면 더 줄게. 많이 먹어라. 먹어야 살지."

산다……. 삶……이라.

「곧 짐과 함께 긴 여행을 떠날 테니, 마음의 준비를 하거라.」

물끄러미 고양이를 바라보고 있던 나나는 고개를 들어 주변을 둘러봤다.

너무도 익숙했기에 늘 신경 쓰지 않고 지났던 거리의 구석구석과 길가의 나무들, 보도블록 사이의 잡풀 한 포기까지도 눈에 똑똑히 들어왔다.

"아아……."

문득 덜컥 겁이 났다.

그동안 애써 생각하지 않은 채 마음 한구석으로 미뤄두었던 문제가 비로소 스멀스멀 기어 나오고 있었다.

쓱싹쓱싹 요란한 소리에 눈을 뜬 아론은 찌뿌드드한 몸을 일으키고 헝클어진 머리카락을 쑤석거리며 주위를 둘러봤다.

모선의 자기 방과 비슷한 인테리어로 개조된 커피숍-이미 더 이상은 커피숍이 아니게 됐지만- 안에 나나는 보이질 않았다.

비척비척 일어나 밖으로 나가 보니 어느새 해가 중천에 떴는지, 햇살이 눈부셨다.

"일어나셨어요?"

"음. 뭘 하고 있는 거지?"

몹시 원시적인 디자인의 빗자루를 공중에다 흔들어 보이며 나나는 배시시 웃었다.

"이제 슬슬 주변 정리하려고요."

"좋은 생각이구나. 언제든 놀고 일어난 자리는 치워야 하는 법이지."

"저⋯⋯."

"뜸들이지 말고 말해라."

"딱 하루만 여유를 좀 주시면 안 될까요? 여기서 함께 만드는 마지막 추억 같은 것도 좋잖아요."

고개를 든 아론은 지구의 정찰기들이 바쁘게 날아다니는 하늘을 바라보다 어깨를 으쓱하며 대꾸했다.

"하루 정도야 못 줄 것도 없지."

"고맙습니다."

다시 한 번 야무지게 주차장 청소를 하는 나나는 평소보다 훨씬 더 생기 있고 발랄해 보였다. 오랫동안 꿈꿔 왔던 소원 성취를 눈앞에 둔 탓인지도 몰랐다.

아론은 그런 나나를 팔짱을 끼고 문틀에 기댄 채 부드러운 눈으로 관찰했다. 가슴속에서 따스한 무언가가 아지랑이처럼 피어올랐다.

"짐이 좀 도와줄까?"

"네?"

믿을 수 없는 말에 나나는 눈을 동그랗게 뜨고 아론을 돌아봤다.

평소처럼 짓궂은 장난을 치는 것 같지는 않아 보였기에 나나는 화사한 미소를 지어 보이며 고개를 끄덕였다.

"그럼 우리 같이 세차해요."

주차장 한쪽의 수전에 연결된 긴 호스를 끌어온 나나는 아론에게 그것을 맡기고 양동이와 기다란 손잡이가 달린 솔을 들고 차로 다가갔다.

"그간 전하 따라다니느라 도통 세차를 안 했더니 먼지가 엄청나요. 외부만이라도 좀 씻어내야겠어요."

나나는 졸졸졸 맑은 물이 흐르는 호스를 가만히 들고만 있는 아론에게 소리 높여 주문했다.

"이쪽에 물 좀 뿌려주세요!"

"음. 어……?"

보이는 것보다 수압이 셌던지 아론이 잠깐 방심하는 사이 좌아악 하는 소리와 함께 사방으로 물이 튀었다.

"아악!"

차체에 부딪쳐 분수처럼 치솟는 물에 옷자락을 적시고 만 나나는 후다닥 도망치며 원망스러운 어조로 항의했다.

"갑자기 뭐예요! 조준 잘 하셔야죠!"

"아, 실수."

아론이 사과도 뭐도 아닌 대꾸를 툭 내뱉자 나나는 약 오른 표정으로 투덜거리며 세차솔을 들고 차체를 슥슥 닦아내기 시작했다.

물방울이 송골송골 맺힌 나나의 가지런한 단발머리와 혈색 좋은 피부, 그리고 언제나 그렇듯 깨물어주고 싶게 예쁜 두 뺨을 보고 있자니 아론은 또 한 번 슬슬 장난기가 동했다.

"한 번만 더 이쪽으로요!"

나나의 주문에 아론은 호스를 들어 뿌려주는 대신 끝부분을 손가락으로 꾹 눌러서 납작하게 만들었다. 동시에 압력을 이기지 못하고 튀어나간 물이 나나를 제대로 덮쳤다.

"캬악!"

졸지에 비 맞은 생쥐 꼴이 된 나나가 황당한 얼굴로 아론을 바라봤고, 그 꼴이 너무도 깜찍하고 우스웠던 아론은 자기도 모르게 폭소를 터뜨리고 말았다.

"하하하!"

나나가 울상을 하고 있는 걸 알면서도 도무지 웃음을 멈출 수가 없어 한참이나 눈물까지 찔끔거리며 자지러지던 아론의 웃음소리가 일순 딱 멈추었다.

촤악!

나나의 양동이에 가득 담겨 있던 물세례가 쏟아지자, 아론 역시 그녀와 똑같은 꼴로 물에 빠진 생쥐 꼴이 되고 말았다.

그 광경을 보면서 나나는 뭐가 그리 좋은지 박수까지 치며 까르르 웃고 있었다.

"나나야."

아론이 젖은 머리카락을 쓸어 올리며 부드럽게 부르는 음성이 더없이 섹시하게 느껴졌다.

저도 모르게 얼굴을 붉힌 나나가 수줍게 아론을 건너다보는 순간, 사악한 미소가 그의 입가에 떠올랐다.

"네게는 한정된 자원을 제대로 안배해 사용하는 법부터 가르쳐야겠구나."

"네? 그게 무슨……? 아차!"

나나가 시선을 내려 빈 양동이를 내려다보고 경악하는 순간 아론이 씩 웃었다. 이윽고 얼음장처럼 차가운 물이 호스에서 맹렬하게 터져 나와 그녀에게로 향했다.

"꺄악! 차가워! 하지 마요! 어푸푸! 잘못했어요! 다시는 기어오르지 않겠습니푸학!"

두 사람이 어린애들처럼 마구 물장난을 치며 웃고 떠드는 사이, 강렬한 햇살 아래 선명한 무지개가 떠올랐다.

"어머, 신기해라!"

"뭐가 말이냐."

"분명 전기랑 같이 끊겼을 거라고 생각했는데, 수도가 아직 살아 있어요!"

귀한 보물이라도 발견한 듯 나나가 크게 환호하자 아론은 피식 웃으며 원룸 안을 돌아봤다.

"그보다……, 정말이지 볼 때마다 놀랍다니까. 짐의 신발장보다도 좁은 이런 곳에서 어떻게……."

"으이그, 알았어요, 알았다고요! 그만 좀 하세요!"

나나는 똥 씹은 표정으로 핀잔을 주며 방 정리를 시작했다.

나나가 바쁘게 움직이는 사이 아론은 책장 앞으로 가 그녀의 책을 주욱 훑어보다 보통 책들과는 다른 모양과 두께의 책을 발견했다. 꺼내서 펼쳐보니 그녀의 어린 시절 사진이 담긴 앨범이었다.

갓 태어난 아기 때부터 학창시절까지의 추억이 고스란히 배어 있는 사진들을 차근차근 내려다보는 아론의 얼굴에 희미한 미소가 떠올랐다.

"어? 이 사진 진짜 오랜만이네!"

어느새 곁으로 다가온 나나는 까치발을 하고서 아론의 어깨너머로 사진을 보며 재잘거렸다.

"그건 부모님이랑 동물원 갔을 때 찍은 거예요. 엄마가 새벽부터 일어나서 김밥을 쌌는데, 자리 깔고 먹으려는 순간 아부지가 뚜껑을 열다가 딱 놓친 거예요. 와장창!"

"저런."

"결국 김밥은 다 엎어져서 하나도 못 먹고 엄마랑 아부지가 거기서 부부싸움하시는 바람에 완전히 엉망이었어요. 그래서 앵앵 울다가 저렇게 얼굴이 팅팅 부어서 찍힌 거예요."

"예쁘기만 한데."

그 소리에 나나가 눈을 쭉 찢고서 어깨를 으쓱하며 빈정거렸다.

"하긴, 전하의 눈에 제가 뭘 어찌한들 안 예뻐 보이시겠습니까."

"이건 언제 찍은 거지?"

"아, 그건 중학교 입학식 때요. 제 바로 뒤에 찍힌 친구가 저랑 초등학교 동창인데⋯⋯."

두 사람은 본격적으로 자리에 앉아 앨범을 사이에 두고 도란도란 추억을 나누기 시작했다.

어느덧 창밖으로 뉘엿뉘엿 해가 지며 점점 그림자가 길어지기 시작했다.

"그러고 보니 저 스스로가 안 좋은 일들만 곱씹고 있었던 것 뿐, 사실 불행한 기억보다는 행복했던 추억들, 좋은 주변사람들이 더 많았던 것 같네요."

"그래. 모든 건 생각하기 나름이라고 하지 않았느냐."

"아아. 이건 로또 개업식에 찍은 사진이에요. 이 날은 정말로 행복했어요. 그냥. 음, 뭐랄까. 뒷일 같은 건 생각 않고 나는 꼭 여기서 뼈를 묻어야지, 하면서 막 의욕에 불타오를 때였거든요."

사진 속, 커피숍 로또 앞에서 손가락으로 브이를 그려 보이는 나나는 과연 눈이 부실 정도로 환한 미소를 짓고 있었다.

"뭐, 결과적으론 홀랑 말아먹긴 했지만, 저한테 있어서 로또는 진짜 로또였다고 생각해요."

애잔한 눈으로 사진 속 자신의 모습을 내려다보고 있던 나나는 고개를 들어 아론의 눈을 똑바로 마주하며 말을 이었다.

"이렇게 전하를 만날 수 있게 해줬으니까요."

아론이 부드럽게 미소 지으며 나나의 볼을 어루만지자, 그녀는 조심스럽게 물었다.

"여기서 트릴라듐인가 하는 자원을 찾고 계신다고 했죠? 그거……, 꼭 필요한 거예요?"

아론은 너무도 당연한 걸 묻는다는 표정으로 답했다.

"현재 황위 계승 서열 1위는 짐보다 스무 살이나 연상이고 은하계 영토 확장에 혁혁한 공을 세운 인물이지. 그런 자를 밀어내고 황좌에 오르려면 그에 상응하는 업적을 이루어야 하는데, 그게 바로 핵융합 에너지원 트릴라듐 수집이란다. 우리가 조사한 바에 따르면 29개 행성에 트릴라듐 원석이 묻혀 있는데, 지구가 바로 그 마지막 29번째 행성이지."

"그러니까 다른 데는 이미 다 파냈고, 여기서 파낸 것까지 가져가야만 전하가 황제가 될 수 있다 그 말씀이시네요?"

"그래."

잠시 생각에 잠겨 있던 나나가 물었다.

"그건 꼭 행성을 멸망시켜야만 얻을 수 있는 거예요?"

"투르칸을 비롯해 몇몇 행성은 비교적 지표 근처에 묻혀 있어서 광산을 만들었지만, 효율이 별로 좋진 않더구나. 게다가 일전에 그런 일도 있었고……."

테오도르에게서 찔렸던 옆구리를 가만히 쓰다듬던 아론이 딱 잘라 말했다.

"지구의 경우엔 심부에서 감지되어 광산도 의미 없으니 그냥 깔끔하게 밀어 버리고 파내는 걸로 결론지었지."

"그렇군요."

나나가 멍하니 고개를 끄덕이자 아론은 그녀의 귀 뒤로 머리카락을 넘겨주며 미소 지었다.

"걱정 마라. 너는 짐과 함께 세라프로 가 여생을 편안하게 살 수 있을 테니까. 약속하지."

아론은 나나의 뒷목을 단단히 붙잡아 빠져나가지 못하게 한 뒤 부드럽게 그녀의 입술을 훔쳤다.

뺨 위로 쏟아지는 나나의 향긋한 숨결과 입술에 와 닿는 따스한 온기를 오래도록 만끽한 아론은 입술이 떨어지는 게 아쉬웠던 나머지 그녀의 몸을 으스러져라 끌어안았다.

품 안에 들어온 어깨가 더없이 여렸다. 목덜미에서 풍기는 향기는 눈이 멀어 버릴 정도로 아찔했고, 머리부터 손끝 발끝, 심지어 머리카락 한 올까지도, 나나의 몸은 어느 한 군데 예쁘지 않은 구석이 없었다.

이게 뭘까, 이런 기분을 뭐라고 해야 하는 거지, 신기해하는 아론의 귓가에 나나의 음성이 들릴 듯 말 듯 감겨 왔다.

"테오도르에게 잡혀갔다가 깨달은 건데요. 아무래도 저, 전하를 ……하나 봐요."

"뭐라고?"

"사랑해요."

갑작스러운 고백이었다.

아아, 그건 이런 느낌이었나.

사랑한다는 말을 듣고서 나나의 어깨에다 얼굴을 파묻은 아론은 한없이 편안한 마음에 저도 모르게 긴 한숨을 내뱉고 말았다.

폐부에 고여 있던 무거운 공기가 다 빠져나고 그 자리에 나나의 향기가 빈 틈 없이 들어찼다. 온몸은 우주를 유영하듯 나른했으며, 이제야 지친 몸 뉠 자리를 찾은 것만 같은 감격에 가슴이 뿌듯하게 벅차올랐다.

"나나야……."

아론의 긴 머리카락을 살며시 쓰다듬고 있던 나나의 손이 방향을 바꾸어 그의 어깨와 등 쪽으로 내려왔다.

"안아주실래요?"

"지금 안고 있지 않느냐."

"온전히…… 품에 안아주세요."

그 말 안에 담긴 깊은 뜻을 한 박자 늦게 깨달은 아론은 천천히 고개를 들어 나나의 눈을 들여다봤다.

전기가 끊긴 방 안은 어느새 완벽한 암흑에 잠겨 있었다.

서로의 체온에 의지한 채 두 사람은 조용히 손을 잡고 손가락 사이사이를 맞물려 굳게 깍지를 끼었다.

희미한 달빛이 들어찬 자그만 창을 배경으로 두 사람의 그림자가 하나로 합쳐졌다.

지켜보던 달이 부끄러웠던지 구름 사이로 숨자, 어둠이 짙게 내린 방 안에 서서히 뜨거운 열기가 달아오르기 시작했다.

쩍쩍, 시끄러운 새소리에 눈을 뜬 아론은 어느새 일어나 씻고 옷을 갈아입은 나나를 발견하고 졸린 눈을 비볐다.

나나는 어제보다 훨씬 더 성숙하고 아름다워 보였다. 오직 그만의 여자가 되었다는 생각 때문인지도 몰랐다.

밤새 맛보았던 황홀경을 한 번 더 느껴보거나, 그게 아니라면 적어도 오랫동안 같은 이불을 덮고서 체온을 나누고 싶었는데. 아론은 다소 아쉬운 마음에 한숨을 내쉬며 핀잔 아닌 핀잔을 주었다.

"벌써 일어나다니, 부지런하기도 하지."

"전기도 가스도 끊겨서 아침식사는 대충 라면으로 때워야 할 것 같아요."

나나가 휴대용 버너를 끌어안고서 미안한 듯 돌아보자 아론은 씩 웃으며 고개를 저었다.

하긴. 앞으로도 시간은 많으니까. 세라프의 황궁으로 돌아가면 먹지도 자지도 않은 채 몇 날 며칠이고 나나를 품에 안고 놓아주지 않을 생각이었다.

"죄송해요. 그래도……, 곧 고국에 돌아가면 좋은 음식들 많이 드실 수 있을 테니 이번만 참아주세요."

"짐은 세라프의 산해진미보다 네가 해주는 초라한 음식이 훨씬 더 좋으니 앞으로도 그런 말은 하지 마라."

그 말에 나나의 눈이 두 개의 하이픈으로 변했다.

"꼭 그렇게 면전에서 대놓고 디스를 해야겠어요?"

키득거리며 자리에서 일어난 아론은 홑이불을 치마처럼 둘러 하체를 가리고 욕실로 향했다.

보기 좋게 근육이 잘 잡힌 그의 멋진 등을 바라보고 있던 나나의 얼굴에 문득 어두운 그림자가 드리워졌다.

원룸 정리를 마무리하고 살던 곳에 작별인사까지 잘 하고 나온 두 사람은 다시 로또로 돌아왔다.

두 사람의 인연이 시작된 바로 그 자리.

정복을 차려 입고서 마침내 모선으로 올라갈 준비를 마친 아론은 통신기를 꺼내 벤포르테에게 귀환을 알리고 순간이동기를 구동시켰다.

"준비는 다 됐겠지?"

"네, 전하."

"그럼 이제……."

아론이 손을 내밀며 다정하게 속삭였다.

"가자, 나나야."

잡으면 머리부터 발끝까지 단번에 녹아버릴 것처럼 따뜻해 보이는 아론의 손을 내려다보는 나나의 눈동자가 일순 말갛게 부풀어 올랐다.

눈물이 그렁그렁해진 채 미소를 지으며 한참이나 말이 없던 나나는 아론의 손을 맞잡는 대신 달팽이 케이지를 건넸다.

"저 대신 잘 키워주세요."

"뭐……라고?"

"그동안 정말 고마웠어요. 죽어서도 절대 잊지 않을게요."

"나나야……!"

케이지 안의 달팽이는 이 상황을 아는지 모르는지, 그저 죽은 듯 웅크리고만 있을 뿐이었다.

18
히로인의 사정

조금 전까지만 해도 눈앞에 있던 이가 사라진 자리는 적막하기만 했다.
번쩍번쩍 금칠 된 커피숍 인테리어가 더없이 비현실적이었다. 마치 오랫동안 꿈을 꾸었다 깬 사람처럼 몽롱했다.

「불쾌한 장난은 그만둬라.」

「장난이 아니에요. 죄송해요. 저는…… 못 가겠어요.」

「왜!」

「제가 나고 자란 곳이에요. 여기 살고 있는 사람이 70억 명이라고요. 그런데 어떻게 저 혼자만 쏙 빠져나가서 호의호식해요?」

「대체 무슨 말 같지도 않은 소릴 하는 거지? 애초에 여길 가루도 안 남게 없애달라고 부탁한 건 너였지 않나!」

「물론 그땐 그랬으면 좋겠다고 생각했지만……, 그런 건 절대 이루어지지 않을 거라 생각했기 때문에 맘 편히 생각했던 거지, 사실 정말로 이렇게 될 줄 알았다면 그런 소원 못 빌었죠!」

「지금 무슨 말을 하는지 전혀 이해할 수가 없구나.」

「한 번만 더 생각해주시면 안 돼요?」

「뭘 말이냐.」

「지구를 그냥 이대로 놔둬주세요.」

「예쁘다고 봐주니 건방지기가 짝이 없군. 짐이 황위를 거머쥐기 위해 얼마나 오랫동안 피나는 노력을 했는지, 그걸 위해서 그동안 포기하고 버린 게 얼마나 많은지, 너는 알지도 못하면서 어떻게 그렇게 쉽게 말을 하지?」

「그런 게 아니에요!」

「너는 짐의 고통을 죽어도, 아니, 수천 번 죽었다 깨어나도 절대 이해 못할 거다! 절대로! 그런데 너 따위가 감히……!」

분노에 사로잡혀 제대로 말도 잇지 못하는 아론의 눈동자 안에선 주변을 모두 태워버릴 것처럼 사나운 불길이 날뛰고 있었다.

그는 진심이었다. 물러설 마음이라곤 요만큼도 없어 보였다.

당연한 일이었다. 아론에게 있어서 황위를 물려받는다는 것은 그가 모든 것을 다 바쳐, 심지어 자기 자신조차 내려놓고서 달성하고자 했던 일생일대의 목표였을 테니까.

한참이나 울먹이다 고개를 끄덕인 나나는 아론의 손을 꼬옥 붙잡고 속삭였다.

「전하를 따라가고 싶은 마음이 없진 않아요. 아니, 내가 사랑하는 남자니까 당장 따라가고 싶어 죽겠어요. 저도 사람이니까요.」

「그렇다면 제발 허튼 생각은 그만두고 함께 가자, 나나야.」

아론이 어울리지 않게 간절히 내놓는 말에도 나나는 완강했다.

「그치만……, 사람이니까, 아니, 제가 사람이기 때문에 못 가요. 이 많은 사람들 버리고 저 혼자 도망치고 평생 죄책감에 시달리면서 살 자신이…… 없어요. 죄송해요.」

붙잡은 아론의 손이 차갑게 식어가며 부들부들 떨리는 게 느껴지자,

나나는 더 이상 견딜 수가 없어져 그의 손을 놓아 버렸다.

「너는……, 너는……, 끝까지……!」

격해진 감정을 감추지 못한 채 괴로운 한 마디 한 마디를 흘리던 아론이 몸을 홱 돌리고 나나를 등졌다.

「전하……!」

마치 영화 속 한 장면처럼, 순식간에 눈앞 풍경이 바뀌었다. 길고 부드러운 금발이 나나의 눈앞에서 춤추는가 싶더니 단번에 사라져 버렸다. 머리카락 한 올, 무엇 하나 남기지도 않은 채 홀연히.

"정말로 가버렸네. 정말로……."

홀로 멍하니 서 있던 나나의 몸이 휘청거렸다.

잃어버린 그의 체온만큼 추워진 그녀는 몸을 잔뜩 웅크린 채 주섬주섬 짐을 챙겨서 커피숍 밖으로 나갔다. 더 이상은 이곳에 있고 싶지 않았다.

차에 올라 운전대를 쥐고서 망연자실 앞만 바라보고 있던 나나는 천천히 시동을 걸고 차를 출발시켰다.

턱을 괸 채 지휘석에 앉아 인상을 찌푸리고 있던 아론의 손이 단단한 주먹으로 움츠러들었다. 툭 불거진 손마디가 하얗게 질려가고 있었다.

「그동안 정말 고마웠어요. 죽어서도 절대 잊지 않을게요.」

"왜……, 도대체 왜!"

그가 사납게 소리치고 주먹으로 팔걸이를 내리치자 옆 테이블의 달팽이가 들어 있던 플라스틱 케이지가 공중으로 튀어 올랐다. 함교의 승조원들은 기가 질려 쥐 죽은 듯 조용히 왕의 눈치만 살피고 있을 뿐이었다.

"너마저 배신하다니! 너마저……! 어떻게 네가 이럴 수가……!"

눈을 감아도 떠도 나나의 얼굴이 생생했다. 귓가엔 그녀의 목소리가 끊임없이 울렸고 곁에 없는데도 그녀의 향기가 풍겨오는 것만 같아 미칠 것만 같았다.

처음이었다. 누군가와 밤새도록 맨살을 맞대고 남김없이 마음을 열어 보여주는 것. 그녀와 완벽히 하나가 되었다고 생각했는데, 그건 결국 그만의 착각이었던 모양이다.

"크윽……!"

아론은 탄식을 내뱉고 머리를 감싸며 무너졌다.

거친 호흡만큼이나 혼란스러운 마음을 가라앉힐 수가 없었다.

그때, 벤포르테가 다가와 조심스럽게 말했다.

"전하. 명령을 내려주십시오."

머리를 쓸어 올리며 몸을 일으킨 아론의 얼굴은 나나에 대한 원망과 분노로 벌겋게 달아올라 있었다.

"위업을 달성하시어 긴 여행의 종지부를 찍고 드디어 세라프로 돌아가실 시간이 됐습니다."

마지막 트릴라듐을 충분히 채굴해가지 않으면 원정은 결과적으로 실패였다. 그런 상황에서 황위 계승이 가능할 리가 없었다.

황좌에 올라 드넓은 세라프 행성, 더 나아가 전 은하의 패권을 쥐고 우주를 호령하는 것. 지금까지 아론에게 있어서는 그것만이 유일한 목표였다.

하지만…….

"돌아간다……라."

돌아간다고? 무엇 때문에?

어차피 거길 가도 기다리는 사람은 아무도 없다. 곁에 있어주는 사람도 없고 걱정해주는 사람도, 사랑해주는 사람도 없다.

돌연 머리가 차갑게 식었다.

그는 외톨이였다. 지금껏 스스로 인정하지만 않았을 뿐, 그건 너무도 명백한 사실이었다.

"전하. 어서 공격 명령을."

벤포르테가 채근하자 아론은 나나의 애완달팽이를 물끄러미 내려다보며 생각했다.

평생을 다 바쳐 이루고자 했던 꿈을 포기하고서 나나를 선택할 이유가 과연 있는가.

답은 이미 나와 있었다.

"벤포르테."

"네, 전하."

"전열을 재정비하라."

"받들겠사옵니다!"

벤포르테는 비장한 표정으로 뒤로 돌아 우렁차게 소리쳤다.

"전원 위치로!"

아론과 함께 레모네이드를 마시며 즐거운 한때를 보냈던 뒷산에 올라간 나나는 멍하니 하늘만 올려다보고 있었다.

머릿속은 이미 뒤엉킨 실타래처럼 뒤죽박죽이었다.

따라갈걸 그랬나, 아니, 그럴 수가 있나, 좀 더 바짓가랑이를 붙들고 늘어질 걸 그랬나, 아니, 세상천지에 어떻게 이런 일이 있을 수가 있나, 그래도 그간의 정이 있지, 어떻게 한 번을 뒤도 안 돌아보고 그렇게 달팽이만 홀랑 데려가버릴 수가 있나, 다시 돌아오겠지, 설마 오겠지 했는데, 끝까지 오지도 않고, 이렇게 섭섭한 경우가 어디 있냐 말이다!

그때, 사방이 갑자기 밤처럼 어두워졌다.

이러지도 저러지도 못한 채 우왕좌왕하던 나나의 시선이 허공 한 군데에 머물렀다.

눈을 비비고 또 비벼 봐도 착각이 아니었다.

여신의 은총이 저렇게 큰 우주선인 줄은 전혀 몰랐었다. 아론이 탄 함선은 태양을 온몸으로 가로막은 채 지평선을 다 뒤덮을 기세로 벌써 이만큼이나 다가와 있었다.

심장이 덜컹하고 아랫배로 떨어지는 느낌이었다.

수많은 공군 전투기들이 쇄액 하고 초계비행을 하고 있었지만, 상대가 될 것 같진 않아 보였다. 모선에서 발진한 소형 전투정들이 이미 하늘에 새까맣게 들끓고 있었으니까.

"아아……!"

이제야말로 끝이구나.

겨우 이렇게 끝나다니. 겨우 이렇게.

무릎을 꿇고 바닥에 털썩 주저앉은 나나는 아론에게서 선물 받았던 머리핀을 손에 꼭 쥔 채 가슴에 댔다.

죽기 전에 진짜 사랑 한 번 해봤으니 그리 나쁜 인생은 아닌 건가.

아니, 아니다. 이렇게 끝나는 건 받아들이기 힘들었다.

"전하……."

소리 내어 불러보자 애틋함에 가슴이 미어졌다. 미치도록 그리웠다. 단 한 번만이라도 얼굴을 볼 수 있다면 영혼이라도 팔 수 있을 것만 같았다.

다 늦은 이제야 지구 대신 그를 선택하지 않은 것이 미치도록 후회스러웠다.

"전하……, 흑, 전하……."

나나가 계속해서 되뇌며 고개를 숙이자 후드득 후드득, 잔디 위로 쉴 새 없이 구슬 같은 눈물이 떨어졌다.

"아론!"

단 한 번도 불러보지 못했던 이름을 입 밖으로 내밀자 어디선가 그가 당장이라도 나타나 핀잔을 줄 것만 같았다.

"아로온……! 흑흑! 으허엉!"

"매정한 것."

이제 환청까지 들리는 지경이었다. 귓가에서 울리는 그의 목소리에 나나는 계속해서 울부짖으며 대꾸했다.

"매정한 건 내가 아니라 당신이지! 이 나쁜 놈아! 으허엉! 어떻게 날 그냥 버리고 갈 수가 있어! 흑흑!"

"매정한 것도 모자라 버르장머리도 없군. 예쁘다 귀엽다 하니 이제 함부로 짐의 이름을 부르지 않나, 반말로 꼬박꼬박 말대꾸를 하지 않나."

"으……응?"

눈물콧물 범벅이 된 얼굴을 들고 뒤를 돌아본 나나는 몇 번이고 눈을 비볐다. 흐릿했던 시야가 원 상태로 돌아오자, 흰색 차이나칼라 정복을 입고 꼿꼿한 자세로 서 있는 금발 남자가 눈에 들어왔다. 뚱한 표정의 아론이었다.

"저……전하? 정말로 전하 맞으세요?"

나나의 물음에 아론은 눈살을 찌푸리며 도도하게 내뱉었다.

"뵈는 게 전혀 없는 모양이군. 여기 네가 전하라고 부를 사람이 짐밖에 더 있던가."

"으……, 으으……, 으흑!"

끅끅거리며 울음을 참던 나나는 눌러놓은 용수철이 튀어 오르듯 단숨에 땅을 박차고 일어나 그의 품에 몸을 던졌다.

나나의 돌발행동에도 아론은 민첩하게 두 팔을 벌려 그녀를 안전하게 받아 안았다.

"흑! 으흐흑! 흐어엉!"

품에 안긴 채 오열하는 나나의 어깨를 부드럽게 어루만져본 아론은 이내 등을 토닥토닥 두드려주며 그녀를 달랬다.

"울지 마라, 나나야."

"흐흑, 가지 마세요! 버리지 말아요! 나……, 헤어지기 싫단 말이에요!"

나나는 아이처럼 소리 높여 울며 아론의 옷자락을 꼬옥 붙들었다.

"그래. 그래서 이렇게 내려오지 않았느냐."

애틋한 눈으로 그녀를 내려다보던 아론이 조용히 고백했다.

"사랑한다."

돌연 나나의 흐느낌이 딱 멎었다. 자기 청력을 의심한 건지, 그녀는 숨조차 참고서 귀를 기울이고 있었다.

아론은 짓궂게 씩 웃으며 몸을 낮추더니 나나의 귓가에다 입술을 바싹 대고서 다시 한 번 속삭였다.

"사랑한다, 나나야."

놀란 나나가 한 걸음 뒤로 물러나더니 이내 비틀거리다 바닥에 풀썩 주저앉았다.

"무……,무슨, 뭐라고요?"

"사랑한다고."

"아……, 그러니까……, 저도, 저도……, 저도 사랑해요."

나나가 믿을 수 없다는 표정으로 더듬더듬 화답하자 아론은 그녀에게로 다가와 손을 내밀었다.

"일어서라."

여전히 어리둥절한 눈으로 올려다보며, 나나는 아론의 손을 잡고 일어섰다.

나나가 제대로 서는 것을 지켜본 아론은 이내 그녀의 손을 놓고서 한 걸음 뒤로 물러나더니 한쪽 무릎을 바닥에 대고서 정중하게 예를 표했다.

"왜……, 왜 이러세요?"

나나는 당황해서 몸 둘 바를 몰랐지만, 아론은 아무렇지도 않은 듯 진지한 태도로 그녀를 올려다보며 말을 이었다.

"아론 세라프 리그누시스 앙골무아 3세, 진실 된 마음을 묻는다. 그대는 나의 반려로서 일생을 함께 할 의향이 있는가?"

너무도 갑작스러운 일에 나나는 말문이 막혀 입이 떨어지질 않았다.

"처, 청혼하시는 거예요, 지금 이거……?"

"그래. 대답해라."

"왜……?"

"대답은 네, 아니오, 둘 중 하나만 하도록. 질문은 받지 않겠다."

여전히 아무 말도 못한 채 뻣뻣하게 굳어 서 있는 나나를 올려다보며, 아론이 다시 한 번 물었다.

"신나나, 짐의 비(妃)가 되어주지 않겠나?"

"왕비 같은 건 필요 없어요, 저는……, 저는……! 흐흑!"

나나는 두 손으로 얼굴을 감싸고 울음을 터뜨리며 크게 소리쳤다.

"애완동물이든 뭐든 좋으니, 그저 전하 곁에 있을 수만 있다면……!"

"아니, 네가 왕비가 되어주지 않는다면 곤란하다."

"네?"

나나가 여전히 눈물을 줄줄 흘리며 되묻자 아론은 천천히 자리에서 일어나 말했다.

"왕비의 친정 행성을 멸망시키는 패륜을 저지를 순 없지 않느냐. 지구를 지키고 싶다면 네가 내 비가 되어주는 수밖에 없지."

감동을 이기지 못해 내내 울기만 하던 나나는 가슴 벅찬 표정으로 또 한 번 그의 품 안으로 뛰어들었다.

그 어느 때보다 더 뜨거운 키스를 나누는 두 사람 위로 비행선들이 굉음을 내며 하늘을 가로지르고 있었다.

한 달 여나 지속되었던 외계침략의 공포는 의외로 엉뚱하게 마무리되었다.

곧이라도 총공격을 퍼부을 것만 같았던 외계인들은 무슨 일인지 한 발 물러나 평화조약을 체결하자고 먼저 제의를 해왔다.

지구의 전력이 전적으로 열세였기에 전쟁이 시작되면 멸망은 정해진 수순이었다. 그런데 평화조약이라니, 운이 좋았다.

그러나 나중에 밝혀진 바로는 그저 운이 좋았던 게 아니었다.

멸망 위기의 지구를 구한 이는 놀랍게도 대한민국의 여자 한 명이었다. 그것도 아주 평범한 외모의 히로인.

2014년 8월 말.

[곽대기 특파원, 곽대기 특파원, 그곳 상황은 어떻습니까?]

[네, 이곳 팔콤의 날씨는 서울의 봄 날씨와 비슷한 정도입니다. 저는 현재 팔콤의 왕궁 앞에 나와 있는데요, 이곳은 명실상부 축제 분위기입니다. 실제로 내일부터 축제가 시작되어 다음 달 말까지 쉴 새 없이 이어진다고 하는데요. 아! 말씀드리는 순간, 오늘의 주인공들이 드디어 모습을 드러내는군요! 팔콤의 왕인 앙골무아 3세입니다!

앙골무아 3세와 결혼식을 올리고 왕비 자리에 오른 세기의 여인은 여러분도 다들 아시다시피 지구인, 그 중에서도 자랑스러운 대한민국의 신나나 양입니다. 이제 식을 마친 국왕 내외가 군중들에게 손을 흔들어 인사를 하고 있습니다!]

카메라가 왕궁의 동쪽 탑을 클로즈업하자 결혼식 성장(盛裝)을 하고

서 발코니에 나와 있는 왕과 왕비 내외가 화면 가득 비쳤다.

긴 금발에 아름다운 이목구비, 화려한 외모를 뽐내는 아론과 아름다운 흰색 드레스를 차려 입고서 화사한 미소를 짓고 있는 나나는 놓칠 세라 서로의 손을 꼬옥 붙잡고 있었다.

"멀리서나마 축하드립니다. 전하."

"아아, 너무나 아름다워요. 이 얼마나 아름다운 광경인지, 흑."

"울지 마라, 아이나."

"아니, 감동해서 우는 건 아니에요."

"나도 네가 걱정되어 우는 게 아니란다. 네가 울면 나도 따라 울고 싶어지잖니."

"시배리우스 님……, 흐흑."

"으어엉, 아이나!"

오이도 조개포차에서 아르바이트 중이던 두 사람은 서로를 부둥켜안고서 동시에 울부짖었다.

"전하아아아아! 저희 여기 있어요오오오오오! 빨리 데리러 와주세요오오오오!"

환호하는 군중들을 내려다보던 나나가 갑자기 몸을 부르르 떨었다.

"왜 그래?"

아론이 힐끗 곁눈질을 하자 나나는 그의 어깨에 머리를 기대며 살며시 고개를 저었다.

"갑자기 소름이 돋아서요."

445

"피곤한가?"

"아뇨, 왕관이 좀 무겁긴 한데, 그런 것 때문은 아닌 것 같고……."

아론의 얼굴에 대번에 걱정스러운 빛이 어리자 나나는 손을 내저으며 그를 안심시켰다.

"괜찮아요. 별일 아니에요."

가만히 나나의 얼굴을 들여다보고 있던 아론은 장갑을 벗고 맨손으로 그녀의 뺨을 어루만졌다.

"사람들이 이렇게 많은데 뭘 하려고 그래요?"

"몰라서 물어?"

"못 살아."

얼굴을 붉히며 핀잔을 주긴 했어도, 나나 역시 싫지는 않은 눈치였다.

아론은 천천히 그녀의 입술을 따라 자잘한 입맞춤을 이어가다 이내 깊고 진하게 키스했다. 나나가 팔을 들어 그의 목을 휘감자, 군중의 환호는 더욱더 거세졌다.

긴 키스 끝에 입술이 떨어지자마자, 아론은 들릴 듯 말 듯 나직한 목소리로 속삭였다.

"사랑해."

"저도요. 사랑해요. 제 인생 최고로 행복한 날이에요."

"앞으로 올 날은 계속해서 어제보다 더 행복한 날들이 될 거다. 약속하지."

감동에 눈물까지 글썽이던 나나가 또 한 번 몸을 부르르 떨더니 고개를 갸웃거렸다.

"그런데요, 아론. 우리 뭔가 잊은 거 있는 것 같지 않아요?"

"그래? 뭘까?"

"잘 생각해봐요. 뭔가가 분명……."

나나가 눈을 동그랗게 뜨고 생각에 잠기자 아론은 그녀의 허리를 가볍게 안아 자기 쪽으로 바짝 붙이더니 음흉한 어조로 말했다.

"침실에서 깊이 생각해보도록 하지."

"엥? 왜 하필 침실인데요?"

"며칠 동안 안 나올 생각이니까."

"아니, 이런 변태를 봤나!"

왕의 성혼을 축하하는 불꽃놀이가 온 하늘을 아름답게 수놓고 있었다.

도란도란 이야기를 주고받으며 안으로 들어가는 동안에도, 두 사람의 맞잡은 손은 끝까지 풀리지 않았다.

덧.

촉촉이가 황국 역사상 유례없는 전투맹수가 되어 전장을 누비게 된 것, 시배리우스와 아이나가 오이도에서 극적으로 구조되어 고국으로 돌아온 것, 그리고 한국의 위대한 해장문화를 전파해 전 신민의 지친 속을 달래준 공로로 아론이 결국 황제 자리에까지 오르게 된 것은 좀 더 훗날의 일이었다.

— fin.

작가 후기

안녕하세요, 정경윤입니다.

'히로인의 사정'은 제가 지금껏 써왔던 로맨스소설과는 조금 다른, 웹소설이라는 새로운 장르에 도전한 첫 작품이었습니다. 쓰는 동안 고충도 많고 좌절도 많이 겪었기에 특히 기억에 남네요.

며칠 전 편집부로부터 최종 원고를 건네받았을 때, 작품 연재 기간 내내 함께 고락을 나누며 작업했던 이 차장님께서 '이 원고를 보니 옛사랑을 다시 만난 기분'이라고 하시더군요. 그 소리에 문득 주책없이 눈시울이 뜨겁고 코끝이 시큰해졌습니다.

힘든 일도 많았지만, 작업하는 내내 정말 똥꼬발랄 즐겁고 행복했던 작품이었습니다. 철없던 시절의 옛사랑처럼 아련하고 좋은 추억만 가득한 그런 작품. 후기를 적는 이 시간이 그 어느 때보다 더 소중하고 감동적이네요. 참 감사한 일입니다.

'히로인의 사정'을 내려놓으며.

작품을 읽어주신 독자 여러분, 곁에서 늘 응원해주는 소중한 가족과 친구들, 책을 펼 수 있도록 도와주신 모든 분들, 우주 최고 섹시 미녀 일러스트레이터 Awin님, 그리고 영원한 정신적 지주이신 수진 언니, 마지막으로 사랑하는 내 친구 이승진 차장님께 무한한 사랑과 감사의 키스를 보냅니다.

2016년 6월 , 정경윤

외계인이
침공해서 지구가
망해버리면
좋겠어!
그런데
그 일이 실제로
일어났습니다!

내 인생,
이대로
끝낼 수 없어!
그동안 나에게
못되게 굴었던
사람들에게
복수할 거야!